Zu diesem Buch

Die hier vorliegenden gesammelten Tagebücher umfassen die Zeitspanne von dem Bruch Camus' mit der KPF über die Veröffentlichung des Romans «Der Fremde» bis zur Vollendung seines großen Essays «Der Mensch in der Revolte». Wir finden hier vor allem Werkstattaufzeichnungen: in groben Umrissen sind zahlreiche Szenen und Gedanken skizziert, die später in Camus' Werken ihre endgültige Gestalt fanden. Neben Studien zu später veröffentlichten Texten finden sich Entwürfe und Notizen zu geplanten, aber nicht ausgeführten Publikationen, Gedanken über die Aufnahme seiner Werke durch Publikum und Kritik, Beobachtungen aus dem täglichen Leben, in Stichworten oder zu kurzen Erzählungen ausgearbeitet, und vor allem Reflexionen zu den Themen, die Camus zeitlebens beschäftigten: Gerechtigkeit und Revolte, Gott und Geschichte, Christentum und Kommunismus. Darüber hinaus gibt der Band Aufschluß über Camus' Ansichten zur Zeitgeschichte – Krieg, Besatzung, Résistance, Nachkriegszeit – und über seine Lektüre während dieser entscheidenden Jahre.

1957 hatte Albert Camus den Nobelpreis erhalten. Am 4. Januar 1960 kam er bei einem Autounfall ums Leben. – Camus wurde am 7. November 1913 in Mondovi/Nordafrika in kärglichen Verhältnissen geboren. Als Werkstudent besuchte er die Universität Algier und schloß seine Studien mit einer Arbeit über Plotin und Augustin ab. Im Krieg schrieb er in der illegalen Widerstandspresse. 1942 erschien die Erzählung «Der Fremde» (rororo Nr. 432), die bereits Camus' geniale Gabe zeigt, das Einzelschicksal ins Symbolische zu überhöhen, sowie «Der Mythos von Sisyphos» (rororo Nr. 12375), in dem er seiner Vorstellung vom «Menschen, der, in einer absurden Welt auf sich selbst zurückgeworfen, dennoch durchhalten müsse», philosophischen Ausdruck gab. Von Albert Camus erschienen außerdem: «Die Pest» (rororo Nr. 15), «Kleine Prosa» (rororo Nr. 441), «Der Fall» (rororo Nr. 1044), «Verteidigung der Freiheit» (rororo Nr. 1096), «Der Mensch in der Revolte» (rororo Nr. 1216), «Fragen der Zeit» (rororo Nr. 4111), «Der glückliche Tod» (rororo Nr. 5152), «Reisetagebücher» (rororo Nr. 5842), «Dramen» (Rowohlt 1962), «Jonas oder Der Künstler bei der Arbeit» (Rowohlt 1983), «Unter dem Zeichen der Freiheit. Camus-Lesebuch» (Rowohlt 1985) und «Tagebuch März 1951–Dezember 1959» (Rowohlt 1991).

In der Reihe «rowohlts monographien» erschien als Band 50 eine Darstellung Albert Camus' mit Selbstzeugnissen und Bilddokumenten von Morvan Lebesque, die eine ausführliche Bibliographie enthält.

Albert Camus

TAGEBÜCHER

1935 – 1951

Michael Scholz
1996

rororo
Rowohlt

Die Originalausgabe erschien in zwei Bänden bei Éditions Gallimard,
Paris, unter den Titeln «Carnets, mai 1935–février 1942» und
«Carnets, janvier 1942–mars 1951»
Die deutsche Buchausgabe erschien in zwei Bänden
unter den Titeln «Tagebuch 1935–1942» und
«Tagebuch 1942–1951»
Aus dem Französischen übertragen von Guido G. Meister
Umschlagentwurf Werner Rebhuhn

57.–59. Tausend April 1992

Veröffentlicht im Rowohlt Taschenbuch Verlag GmbH,
Reinbek bei Hamburg, Januar 1972

Gesetzt aus der Linotype-Aldus-Buchschrift
und der Palatino (D. Stempel AG)
Gesamtherstellung Clausen & Bosse, Leck
Printed in Germany
1280-ISBN 3 499 11474 7

Die Taschenbuchausgabe vereinigt die beiden bislang veröffentlichten Tagebuchbände I, 1935–1942 und II, 1942–1951. Eine Veröffentlichung der Aufzeichnungen von 1951 bis zu Camus' Tod steht noch aus.

Der erste Band enthält die vollständigen Aufzeichnungen von 1935 bis 1942; obwohl sie kein eigentliches Tagebuch bilden, besitzen sie genügend Zusammenhang, um dem Leser die wesentlichsten Gedankengänge zu vermitteln, die mit der Entstehung von *Licht und Schatten, Hochzeit des Lichts, Der Mythos von Sisyphos* und *Der Fremde* verbunden waren. Es schien uns nützlich, seine Aufzeichnungen durch einige zu ihrem Verständnis nötige biographische Angaben sowie Hinweise auf Zusammenhänge mit den erwähnten Werken zu ergänzen. Die Abfassung dieser Hinweise hat freundlicherweise Roger Quilliot übernommen.[1]

Der zweite Tagebuchband hat den Herausgebern einiges Kopfzerbrechen bereitet. Albert Camus hatte ein unkorrigiertes maschinengeschriebenes Exemplar hinterlassen. Für den vorliegenden Text haben Mme Camus und Roger Quilliot eine frühere, teilweise vom Autor korrigierte Abschrift und das Manuskript zu Hilfe genommen. Einige Tippfehler konnten berichtigt und die meisten fraglichen Stellen entschieden werden. In den wenigen Fällen, in denen ein Zweifel bestehen bleibt, wird der Leser durch eine Anmerkung darauf hingewiesen. Abgesehen von achtzehn Zeilen (S. 263), die den Gesundheitszustand einer noch lebenden Person betreffen, wird der Text ungekürzt vorgelegt. Die Herausgeber haben sich auch genötigt gesehen, einige Namen auf den Seiten 197, 203, 211, 238, 263, 269, 283, 295 durch ein X zu ersetzen. Zwei Abschnitte, die Albert Camus in andere Hefte aufgenommen hatte, um sie zu einem späteren Zeitpunkt zu benutzen, sind wieder eingesetzt worden. Eine Anmerkung gibt den entsprechenden Hinweis.

Da die Berichte Albert Camus' über seine Aufenthalte in Nordamerika (März bis Mai 1946) und Südamerika (Juni bis August 1949) regelrechte Reisetagebücher darstellen, schien es richtiger, sie nicht in diesen Band aufzunehmen. Sie werden demnächst gesondert erscheinen.

1 Seitenangaben beziehen sich auf die deutschen Ausgaben der Werke.

ERSTES HEFT

Mai 1935 – September 1937

Mai 1935

Was ich sagen will:

Daß man – ohne jede falsche Romantik – Sehnsucht nach einer verlorenen Armut haben kann.[1] Eine gewisse Anzahl im Elend verbrachter Jahre genügt, eine Empfindlichkeit entstehen zu lassen. In diesem besonderen Fall bildet das merkwürdige Gefühl, das der Sohn seiner Mutter entgegenbringt, *seine ganze Empfindlichkeit.*[2] Wie sich diese Empfindlichkeit auf den verschiedensten Gebieten äußert, erklärt sich zur Genüge aus der latenten, greifbaren Erinnerung an seine Kindheit (ein Leim, der an der Seele haften bleibt).

Daher bei dem, der sich dessen bewußt wird, Dankbarkeit und damit ein schlechtes Gewissen. Daher und aus der Vergleichsmöglichkeit, die ein Milieuwechsel bietet, auch das Gefühl, Reichtümer verloren zu haben. Reichen Leuten scheint der Himmel, den sie noch dazu bekommen, ein selbstverständliches Geschenk. Für die armen Leute gewinnt er wieder sein eigentliches Wesen unendlicher Gnade.

Ein schlechtes Gewissen verlangt nach Geständnis. Das Werk ist ein Geständnis, ich muß Zeugnis ablegen. Ich habe genau besehen nur eines zu sagen. In diesem Leben der Armut, unter diesen schlichten oder eitlen Leuten bin ich dem am nächsten gekommen, was mir als der wahre Sinn des Lebens erscheint. Werke der Kunst werden da niemals ausreichen. Die Kunst ist für mich nicht alles. So soll sie wenigstens ein Mittel sein.

Was ebenfalls zählt, das sind die falschen Schamgefühle, die kleinen Feigheiten, die unbewußte Achtung, die man der anderen Welt zollt (der Welt des Geldes). Ich glaube, daß die Welt der Armen eine der wenigen, ja vielleicht die einzige ist, die sich auf sich selbst beschränkt, die eine Insel in der Gesellschaft bildet. Man kann dort billig Robinson spielen. Wer sich in sie versenkt, muß «drüben» sagen, wenn er von der Wohnung des benachbarten Arztes spricht.

Das alles sollte in den Gestalten von Mutter und Sohn Ausdruck finden.

Dies ganz allgemein.

Genauer betrachtet, wird alles komplizierter:

1. Ein Schauplatz. Das Stadtviertel und seine Bewohner.
2. Die Mutter und ihre Handlungen.
3. Das Verhältnis des Sohnes zur Mutter.

Welche Lösung. Die Mutter? Letztes Kapitel: der Symbolwert im Heimweh des Sohnes gestaltet???

☆

1 Vgl. auch: Germaine Brée: *Albert Camus. Gestalt und Werk.* S. 36.

2 Dieser Text, in dem das Thema der Mutter auftaucht (*Der Fremde, Das Mißverständnis, Die Pest*), bildet offenbar die erste Fassung von *Zwischen Ja und Nein.*

Grenier[1]: wir schätzen uns immer falsch ein. Aber Armut, Krankheit, Einsamkeit: wir werden uns unserer Ewigkeit bewußt. «Wir müssen bis in unsere letzten Stellungen gedrängt werden.»

Genau das, nicht mehr und nicht weniger.

☆

Nichtigkeit des Wortes Erfahrung. Die Erfahrung ist kein Experiment. Man kann sie nicht machen wollen. Man macht sie. Eher Geduld als Erfahrung. Wir gedulden uns – vielmehr: wir dulden.

Die Summe der Erkenntnis: nach der Erfahrung ist man kein Weiser, sondern ein Sachverständiger. Aber worin?

☆

Zwei Freundinnen: beide schwer krank. Aber die eine nervenkrank: eine Wiederherstellung ist immer noch möglich. Die andere: fortgeschrittene Tuberkulose. Keinerlei Hoffnung.

Eines Nachmittags. Die Tuberkulöse am Lager ihrer Freundin. Diese sagt:

«Siehst du, bisher war mir selbst in meinen schlimmsten Krisen etwas geblieben. Eine sehr zähe Lebenshoffnung. Heute scheint mir, daß es nichts mehr zu hoffen gibt. Ich bin so matt; daß ich das Gefühl habe, mich nie mehr zu erholen.»

Da blitzt eine wilde Freude in den Augen der anderen auf; sie ergreift ihre Hand und sagt: «Oh, dann machen wir die letzte Reise gemeinsam!»

Dieselben – die Tuberkulöse im Sterben, die andere beinahe genesen. Sie hat deswegen eine Reise nach Frankreich unternommen, um eine neue Therapie zu versuchen.

Und die andere wirft ihr das vor. Scheinbar wirft sie ihr vor, sie im Stich gelassen zu haben. In Wirklichkeit leidet sie darunter, die andere geheilt zu sehen. Sie hatte die wahnwitzige Hoffnung, nicht allein sterben zu müssen – ihre liebste Freundin mit sich zu nehmen. Sie wird allein sterben. Und dieses Wissen durchtränkt ihre Freundschaft mit einem furchtbaren Haß.

☆

Gewitterhimmel im August. Glühende Winde. Schwarze Wolken. Im Osten jedoch ein zart blaues, durchsichtiges Band. Unmöglich, es anzuschauen. Es ist eine Pein für Augen und Seele. Denn die Schönheit ist unerträglich. Diese Ewigkeit von der Dauer einer Minute, die wir gleichwohl über alle Zeit hin ausdehnen möchten, sie läßt uns verzweifeln.

☆

1 Jean Grenier, bei dem Camus Philosophie studierte, hat einen sehr starken Einfluß auf ihn ausgeübt. Davon zeugen nicht nur die Freundschaft, die die beiden Männer allezeit verband, sondern auch die Widmungen von *Licht und Schatten* und *Die Wüste* [enthalten in: *Literarische Essays*, S. 107 ff] sowie die letzte Ausgabe von Jean Greniers *Les Iles*.

Er fühlt sich wohl dabei, aufrichtig zu sein. Sehr selten.

☆

Wichtig auch das Thema der Komödie. Was uns aus unseren schlimmsten Schmerzen erlöst, ist das Gefühl, daß wir zwar verlassen und allein sind, aber doch nicht allein genug, um nicht von «den anderen» in unserem Unglück «angesehen» zu werden. In diesem Sinne sind wir zuweilen in den Augenblicken wahrhaft glücklich, da das Gefühl unserer Verlassenheit in uns aufsteigt und uns in eine unendliche Traurigkeit erhebt. In diesem Sinne ist auch das Glück häufig nichts anderes als das Bemitleiden unseres Unglücks.

Auffällig bei den Armen – Gott hat der Verzweiflung die Selbstgefälligkeit beigegeben wie der Krankheit das Heilmittel.

☆

In meiner Jugend forderte ich von den Menschen mehr, als sie geben konnten: eine beständige Freundschaft, ein unwandelbares Gefühl.

Heute verstehe ich es, weniger von ihnen zu fordern, als sie zu geben vermögen: ein Zusammensein ohne Phrasen. Und ihre Gefühle, ihre Freundschaft, ihren edlen Taten bewahren in meinen Augen ihren ganzen Wert als Wunder: eine ausschließliche Wirkung der Gnade.

☆

... Sie hatten schon eins über den Durst getrunken und wollten essen. Aber es war Silvesterabend, und das Lokal war überfüllt. Abgewiesen, hatten sie auf ihrem Vorhaben bestanden. Man hatte sie an die Luft gesetzt. Da hatten sie die Wirtin, die schwanger war, mit Füßen getreten. Und der Wirt, ein schmächtiger, blonder junger Mann, hatte zur Waffe gegriffen und geschossen. Die Kugel war dem Mann in die rechte Schläfe gedrungen. Auf diese Seite hatte sich der Kopf gedreht, der jetzt ruhte. Trunken von Alkohol und Entsetzen hatte der Freund begonnen, um die Leiche herumzutanzen.

Ein banaler Vorfall, der am nächsten Tag in einer Zeitungsnotiz sein Ende finden würde. Aber das spärliche Licht auf dem von kurz zuvor gefallenem Regen glitschigen Pflaster, das feuchte, langgezogene Rauschen der Autos, das zeitweilige Auftauchen lärmender, erleuchteter Straßenbahnen verliehen in diesem Augenblick, in diesem entlegenen Winkel des Viertels dieser Szene aus einer anderen Welt eine beunruhigende Eindrücklichkeit: süßliches, aufdringliches Bild dieses Viertels, wenn der herabsinkende Abend die Straßen mit Schatten bevölkert; oder vielmehr, wenn zuweilen ein einziger namensloser Schatten, der sich durch dumpfe Schritte und verworrene Laute ankündigt, erscheint, in die blutige Gloriole des roten Lichts einer Apothekerkugel getaucht.

☆

Januar 36

Von dem Garten jenseits des Fensters sehe ich nur die Mauern. Und das spärliche, von Licht durchflossene Blattwerk. Weiter oben ist wiederum Laub. Und noch weiter oben die Sonne. Und von diesem ganzen Jubilieren der Luft, das man draußen ahnt, von dieser ganzen über die Welt ausgegossenen Freude gewahre ich nur die Schatten der Blätter, die auf den weißen Gardinen spielen. Und auch fünf Sonnenstrahlen, die gelassen einen blonden Duft nach trockenen Kräutern im Zimmer verströmen. Ein Windhauch, und die Schatten auf dem Vorhang werden lebendig. Wenn eine Wolke vor die Sonne tritt und sie wieder freigibt, bricht im Halbdunkel das leuchtende Gelb der Mimosen in ihrer Vase auf. Es genügt: dank dieser aufblitzenden Helligkeit fühle ich mich unvermittelt von einer verworrenen und betäubenden Freude überwältigt.

Als Gefangener der Höhle stehe ich allein dem Schatten der Welt gegenüber. Ein Nachmittag im Januar. Aber die Kälte ist nicht aus der Luft gewichen. Überall eine hauchdünne Schicht Sonne, die unter dem Fingernagel aufsplittern würde, die aber alle Dinge in ein ewiges Lächeln kleidet. Wer bin ich und was kann ich tun – wenn nicht in das Spiel der Blätter und des Lichts eingehen? Dieser Sonnenstrahl sein, in dem meine Zigarette verglimmt, diese Lieblichkeit und diese verhaltene Leidenschaft, die in der Luft atmet. Wenn ich versuche, zu mir selbst zu gelangen, vermag ich es nur in der Tiefe dieses Lichts.[1] Und wenn ich versuche, jene zarte Köstlichkeiten zu erfassen und zu genießen, die das Geheimnis der Welt preisgibt, dann finde ich auf dem Grunde des Weltalls mich selbst. Mich selbst, das heißt jenes überwältigende Gefühl, das mich aus meiner Umgebung heraushebt. Bald werden andere Dinge, werden die Menschen mich wieder in ihren Bann ziehen. Aber laßt mich diese Minute aus dem Gewebe der Zeit herauslösen, so wie andere eine Blume zwischen die Seiten eines Buches legen. Sie schließen einen Spaziergang darin ein, auf dem die Liebe sie gestreift hat. Und auch ich gehe spazieren, mich aber liebkost ein Gott. Das Leben ist kurz, und seine Zeit verlieren ist eine Sünde. Den ganzen Tag hindurch verliere ich meine Zeit, und die anderen sagen von mir, ich sei sehr aktiv. Heute ist ein Tag des Innehaltens, und mein Herz macht sich auf zur Begegnung mit sich selbst.

Die einzige Angst, die mich bedrückt, ist das Gefühl, daß dieser ungreifbare Augenblick mir durch die Finger rinnt wie Quecksilberperlen. Kümmert euch doch nicht um die Leute, die sich von der Welt abkehren wollen. Ich beklage mich nicht mehr, da ich zuschaue, wie ich geboren werde. Ich bin glücklich in dieser Welt, denn mein Reich ist von dieser Welt. Vorüberziehende Wolke, erbleichender Augenblick. Mir selber sterben. Das Buch öffnet sich an einer geliebten Stelle. Wie fade erscheint sie mir heute, da ich das Buch der Welt vor mir habe. Stimmt es, daß ich gelitten habe, stimmt es nicht, daß ich leide; und daß dieses Leiden mich

1 Erste Formulierung der Themen von *Hochzeit des Lichts* [enthalten in: *Literarische Essays*, S. 76 ff].

berauscht, weil es aus dieser Sonne und diesen Schatten besteht, aus dieser Wärme und aus dieser Kälte, die man sehr fern auf dem Grunde der Luft spürt. Was soll ich mich fragen, ob etwas stirbt und ob sie Menschen leiden, da doch alles in diesem Fenster geschrieben steht, durch das der Himmel seine Fülle ergießt. Ich kann sagen und werde es sogleich sagen, daß es einzig darauf ankommt, menschlich zu sein, einfach. Nein, es kommt darauf an, wahr zu sein, und dann ergibt sich alles von selber, die Menschlichkeit und die Einfachheit. Und wann bin ich wahrer und lauterer, als wenn ich die Welt bin?

Augenblick anbetungswürdigen Schweigens. Die Menschen sind verstummt. Aber da erhebt sich das Lied der Welt, und ich, der ich gefesselt in der Tiefe der Höhle liege, ich finde Erfüllung, noch ehe ich begehrt habe. Die Ewigkeit ist da, und ich erhoffte sie. Jetzt kann ich sprechen. Ich weiß nicht, was ich mir Besseres wünschen könnte als dieses ständige mir selber Gegenwärtigsein. Was ich mir jetzt wünsche, ist nicht, glücklich zu sein, sondern nur, bewußt zu sein. Man vermeint, von der Welt geschieden zu sein, aber es genügt, daß ein Olivenbaum im goldenen Staub aufragt, es genügt, daß ein paar Flecken Strand in der Morgensonne aufblitzen, damit man diesen Widerstand in sich dahinschmelzen fühlt. So ergeht es mir. Ich werde mir der Möglichkeiten bewußt, für die ich verantwortlich bin. Jede Minute des Lebens trägt in sich ihren Wert als Wunder und ihr Gesicht ewiger Jugend.

☆

Man denkt nur in Bildern. Wenn du Philosoph sein willst, schreib Romane.

Absurdität — Hellsichtigkeit

Zweckfreies Spiel

Kraft und Güte

Sich vor der Eitelkeit hüten — Beharrlichkeit erlangen

Heilig.: Schweigen. Handeln. Sozialismus in sich Aufnehmen und Verwirklichen

Im Grunde: die heroischen Werte

☆

II. TEIL [1]

A. in der Gegenwart
B. in der Vergangenheit

1 Plan zu *La Mort heureuse*, Camus' erstem, 1937 vollendetem, aber nie veröffentlichtem Roman.

Kap. A 1 – Das ‹Haus zur Welt›. Einführung.
Kap. B 1 – Er erinnerte sich. Verhältnis mit Lucienne.
Kap. A 2 – ‹Haus zur Welt›. Seine Jugend.
Kap. B 2 – Lucienne berichtet von ihrer Untreue.
Kap. A 3 – ‹Haus zur Welt›. Einladung.
Kap. B 4 – Sexuelle Eifersucht. Salzburg. Prag.
Kap. A 4 – ‹Haus der Welt›. Die Sonne.
Kap. B 5 – Die Flucht (Brief). Algier. Erkältet sich, wird krank.
Kap. A 5 – Nacht im Angesicht der Sterne. Catherine.

☆

Patrice [1] erzählt seine Geschichte, die Geschichte des zum Tode Verurteilten: «Ich sehe diesen Mann vor mir. Er ist in mir. Und jedes Wort, das er spricht, bedrückt mein Herz. Er lebt und atmet mit mir. Er hat Angst mit mir.

...Und jener andere, der ihn in die Knie zwingen will. Auch ihn sehe ich leben. Er ist in mir. Ich schicke ihm den Priester, um ihn jeden Tag zu schwächen.

Ich weiß, daß ich jetzt schreiben werde. Es kommt eine Zeit, da der Baum, nachdem er viel gelitten hat, Frucht tragen muß. Jeder Winter endet in einem Frühling. Ich muß Zeugnis ablegen. Nachher wird der Kreislauf neu beginnen.

...Ich werde nichts anderes ausdrücken als meine Liebe zum Leben. Aber ich werde sie auf meine Art ausdrücken...

Andere schreiben verdrängter Versuchungen wegen. Und jede Enttäuschung ihres Lebens schenkt ihnen ein Kunstwerk, eine aus den Lügen ihres Lebens gesponnene Lüge. Meine Werke aber werden aus meinem Glück entstehen. Bis in ihre Grausamkeit hinein. Ich muß schreiben, wie ich schwimmen muß, weil mein Körper darauf besteht.»

III. TEIL (alles in der Gegenwart)

Kap. I – Catherine, sagt Patrice, ich weiß, daß ich jetzt schreiben werde. Geschichte des zum Tode Verurteilten. Ich habe meine wahre Funktion gefunden, nämlich das Schreiben.

Kap. II – Abstieg vom ‹Haus zur Welt› zum Hafen, usw. Sehnen nach Tod und Sonne. Liebe zum Leben.

☆

Sechs Geschichten:
Geschichte des brillanten Spiels. Luxus.
Geschichte des Armenviertels. Tod der Mutter.

1 Patrice ist die Hauptfigur in *La Mort heureuse.* Das Thema des zum Tode Verurteilten wird in *Der Fremde* wieder aufgenommen.

Geschichte des ‹Hauses zur Welt›.
Geschichte der sexuellen Eifersucht.
Geschichte des zum Tode Verurteilten.
Geschichte des Abstiegs zur Sonne.

☆

Auf den Balearen: Im vergangenen Sommer.

Was den Wert des Reisens ausmacht, ist die Angst. Denn in einem gewissen Augenblick, so fern von unserer Heimat, von unserer Sprache (eine französische Zeitung wird unerschwinglich teuer. Und die Abendstunden in den Cafés, wo wir versuchen, mit anderen Menschen in Tuchfühlung zu kommen), überfällt uns eine unbestimmte Angst, und wir empfinden unwillkürlich das Verlangen, in den Schutz unserer alten Gewohnheiten zurückzukehren. Das ist das augenfälligste Ergebnis des Reisens. In diesem Moment fiebern wir und sind zugleich durchlässig. Der geringste Stoß erschüttert uns bis auf den Grund unseres Wesens. Laßt uns einem Sturzbach des Lichts begegnen, und wir stehen vor der Ewigkeit. Deshalb darf man nicht sagen, man reise zu seinem Vergnügen. Es gibt kein Vergnügen des Reisens. Ich möchte eher eine Askese darin sehen. Man reist um der Bildung willen, wenn wir unter Bildung die Betätigung des geheimsten unserer Sinne verstehen, nämlich des Sinns für das Ewige. Das Vergnügen lenkt uns von selbst ab, so wie die von Pascal beschriebene Zerstreuung uns von Gott entfernt. Das Reisen, das gleichsam eine höhere und ernstere Wissenschaft ist, führt uns zu uns zurück.

☆

Balearen.

Die Bucht.
San Francisco – Kreuzgang.
Bellver.
Reiches Viertel (der Schatten und die alten Frauen).
Armes Viertel (das Fenster).
Kathedrale (Geschmacklosigkeit und Kunstwerk).
Café mit Musik und Gesang.
Küste von Miramar.
Valldemosa und die Terrassen.
Soller und der Süden.
San Antonio (Kloster). Felanitx.
Pollensa: Stadt. Kloster. Pension.
Ibiza: Bucht.
La Peñe: Befestigungen.
San Eulalia: Der Strand. Das Fest.
Die Cafés am Hafen.
Die Steinmauern und die Mühlen in den Feldern.

☆

13. Februar 36
Ich fordere von den Menschen mehr, als sie mir zu bringen vermögen. Das Gegenteil zu behaupten, wäre eitel. Aber welch ein Irrtum und welch ein Verzweifeln. Und ich selber vielleicht ...

☆

Begegnungen suchen. Alle Begegnungen. Wie kann ich mich von der Landschaft abwenden, wenn ich über die Menschen schreiben will? Und wenn der Himmel oder das Licht mich anzieht, kann ich darüber die Augen oder die Stimme derer, die ich liebe, vergessen? In jedem Fall schenkt man mir die Bausteine einer Freundschaft, die einzelnen Regungen eines Gefühls, nie das Gefühl, nie die Freundschaft.

Man sucht einen älteren Freund auf, um ihm alles zu sagen. Zumindest dieses Etwas, an dem man erstickt. Er aber hat es eilig. Man spricht von allem möglichen. Die Zeit vergeht. Und nun bin ich einsamer, leerer als zuvor. Die gebrechliche Weisheit, die ich aufzubauen versuche – der zerstreute Ausspruch meines Freundes, der sich mir entzieht, wird sie zerstören: «Non ridere, non lugere» ... und die Zweifel an mir selber und an den anderen.

☆

März
Wolken und Sonne machen sich den Tag streitig. Mit gelbem Flitter durchsetzte Kälte. Ich sollte in einem besonderen Heft das Wetter jedes Tages aufzeichnen. Der wunderbar durchsichtige Sonnenschein von gestern. Die im Licht zitternde Bucht – wie eine feuchte Lippe. Und ich habe den ganzen Tag gearbeitet.

☆

Ein Titel: Hoffnung der Welt.

☆

Grenier zum Thema Kommunismus: «Das Problem erschöpft sich in folgender Frage: sollen wir uns einem Ideal von Gerechtigkeit zuliebe mit Absurditäten einverstanden erklären?» Man kann diese Frage mit Ja beantworten – schön! Mit Nein – ehrlich![1]

Ohne die Maßstäbe aus den Augen zu verlieren: das Problem des Christentums. Stößt sich der Gläubige an den Widersprüchen der Evangelien und den Übergriffen der Kirche? Heißt glauben, die Arche Noah als wirklich anerkennen – heißt es, die Inquisition rechtfertigen oder das Gericht, das Galilei verurteilte?

Aber wie soll man andererseits Kommunismus und Ekel vereinbaren? Wenn ich die Grenzfälle betrachte, die Erscheinungsformen, die an das Absurde und Nutzlose stoßen, so leugne ich den Kommunismus. Und dieses religiöse Anliegen ...

☆

1 Vgl. auch: Germaine Brée, *Albert Camus. Gestalt und Werk.* S. 37 f.

Der Tod, der dem Spiel und dem Heldentum seinen wahren Sinn verleiht.

☆

Gestern. Die Sonne auf den Quais, die arabischen Akrobaten und der von Sonne überquellende Hafen. Es ist, als blühte das Land für den letzten Winter, den ich hier verbringe, verschwenderisch auf. Dieser einzigartige, so ganz vor Kälte und Sonne berstende Winter. Eine blaue Kälte.

Hellsichtiger Rausch und lächelnde Blöße – die Verzweiflung in der männlichen Ergebung der griechischen Stelen. Was brauche ich zu schreiben oder zu schaffen, zu lieben oder zu leiden. Das Verlorene in meinem Leben ist letzten Endes nicht das Wichtigste. Alles wird unnütz.

Angesichts dieses Himmels und des lichtvollen Brodems, der aus ihm herabsinkt, scheinen mir Verzweiflung und Freude gleichermaßen unbegründet.

☆

16. Mai

Langer Spaziergang. Hügel und im Hintergrund das Meer. Und schwache Sonne. In allen Gebüschen weiße Heckenrosen. Riesige, seimige Blüten mit violetten Blättern. Auch rückzu sanfte Freundlichkeit der Frauen. Ernste und lächelnde Gesichter junger Frauen. Lächeln, Scherze und Pläne. Man geht auf das Spiel ein. Und ohne daran zu glauben, lächelt jedermann dem Schein zu und gibt vor, sich ihm zu fügen. Kein Mißklang. Mit all meinen Handlungen bin ich der Welt, mit all meiner Dankbarkeit den Menschen zugehörig.[1] Vom Kamm der Hügel aus sah man, wie unter dem Druck der Sonne die vom letzten Regen zurückgebliebenen Dunstschleier neu erstanden. Sogar als ich durch den Wald hinabstieg, als ich in diese Watte eindrang, ahnte ich die Sonne über diesem wundersamen Tag, in dem die Bäume sich abzeichneten. Vertrauen und Freundschaft, Sonne und weiße Häuser, kaum vernehmbare Halbtöne, o Vielfalt meines unversehrten Glücks, das schon dahintreibt und das mir in der wehmütigen Abendstimmung nichts anderes mehr preisgibt als das Lächeln einer jungen Frau oder den klugen Blick einer Freundschaft, die sich verstanden weiß.

☆

Die Zeit verfliegt so schnell, weil wir sie nicht mit Wegmarken versehen. So auch der Mond im Zenit und am Horizont. Deshalb scheinen die Jugendjahre so lang, weil sie so ausgefüllt sind, und die Jahre des Alters so kurz, weil sie schon ihre feste Form haben. Bemerkenswert ist zum Beispiel, daß es beinahe unmöglich ist, einen Zeiger fünf Minuten lang über das Zifferblatt wandern zu sehen, so aufreizend endlos kommt es einem vor.

☆

1 Diese Aufzeichnung wurde in *Hochzeit des Lichts* aufgenommen.

März
Grauer Himmel. Aber das Licht sickert durch. Vorhin ein paar Tropfen Regen. Die Bucht dort unten verschwamm bereits. Lichter blinken auf. Das Glück und die Menschen, die glücklich sind. Sie haben nur das, was sie verdienen.

☆

März
Meine Freude kennt kein Ende.

☆

Dolorem exprimit quia movit amorem.

☆

März
Klinik oberhalb von Algier. Ein ziemlich starker Wind weht den Hügel empor und vermengt Gräser und Sonne. Und dieses ganze weiche und blonde Gewoge legt sich in einiger Entfernung von der Kuppe zu Füßen der schwarzen Zypressen, die enggedrängten Reihen den Kamm erklimmen. Wunderbares Licht, das vom Himmel herabströmt. Dort unten das Meer, ohne ein Fältchen, und das Lächeln seiner blauen Zähne. Ich stehe aufrecht im Wind und in der Sonne, die meine eine Gesichtshälfte erwärmt, und betrachte das Verrinnen dieser einzigartigen Stunde, ohne ein Wort aussprechen zu können. Aber da taucht ein Verrückter mit seinem Krankenwärter auf. Er hat eine Schachtel unter den Arm geklemmt und nähert sich mit ernstem Gesicht.

«Guten Tag, Mademoiselle» (zu der jungen Frau, die mich begleitet). «Monsieur, gestatten Sie, daß ich mich vorstelle: Monsieur Ambrosino.»

«Monsieur Camus.»

«Ach! Ich habe einen Camou gekannt. Transportunternehmen in Mostaganem. Sicher ein Verwandter.»

«Nein.»

«Macht nichts. Erlauben Sie mir, ein Weilchen in Ihrer Gesellschaft zu verbringen. Ich habe jeden Tag Anrecht auf eine halbe Stunde Ausgang. Aber ich muß vor dem Krankenwärter auf dem Bauch kriechen, damit er sich bereit findet, mich zu begleiten. Sind Sie mit dem Fräulein verwandt?»

«Ja, Monsieur.»

«Ach, in dem Fall teile ich Ihnen mit, daß wir uns Ostern verloben werden. Meine Frau hat es mir erlaubt. Gestatten Sie, Mademoiselle, daß ich Ihnen diese paar Blumen überreiche. Und diesen Brief. Er ist für Sie. Setzen Sie sich neben mich. Ich habe nur eine halbe Stunde Zeit.»

«Wir müssen weiter, Monsieur Ambrosino.»

«Ach so. Aber wann werde ich Sie wiedersehen?»

«Morgen.»

«Ach, ich habe nämlich nur eine halbe Stunde Zeit und war gerade gekommen, um ein bißchen Musik zu machen.»

Wir verabschieden uns. Den Weg entlang die zauberhafte Pracht der roten Geranien. Der Verrückte hat ein der Länge nach aufgeschlitztes Schilfrohr aus seiner Schachtel gezogen, dessen Spalt mit einem Gummihäutchen überzogen ist. Er entlockt seinem Instrument eine seltsame Musik, klagend und warm: «Il pleut sur la route...» Die Musik verfolgt uns, während wir uns zwischen den Geranien und den dicht gedrängten Margeriten entfernen, vor uns das Meer mit seinem unbeirrbaren Lächeln.

Ich habe den Brief geöffnet. Er enthielt ausgeschnittene, mit Bleistift numerierte und sorgfältig geordnete Reklamen.

☆

M.[1] – Er legte jeden Abend die Waffe auf den Tisch. Nach beendeter Arbeit räumte er seine Papiere weg, rückte den Revolver näher und preßte seine Stirn daran, bewegte seine Schläfen darüber, kühlte an der Kälte des Eisens die Fieberglut seiner Wangen. Und dann verharrte er lange so, ließ seine Finger über den Abzug tasten, spielte mit der Sicherung, bis die Welt rings um ihn verstummte und er sich, schon schläfrig, mit seinem ganzen Wesen einzig der Empfindung des kalten, schmutzigen Eisens hingab, aus dem der Tod hervorbrechen konnte.

Sobald man sich nicht umbringt, muß man zum Leben schweigen. Er aber, erwachend, den Mund voll von bereits bitterem Speichel, er beleckte den Lauf der Waffe, führte seine Zunge in die Mündung ein und sagte, vor grenzenlosem Glück stöhnend, voll Staunen ein ums andere Mal: «Mein Glück kennt keinen Preis.»

M. – 2. Teil. Die aufeinanderfolgenden Katastrophen – Sein Mut – Das Leben ist ein Gewebe aus all diesem Unglück. Er richtet sich in diesem schmerzensreichen Gespinst ein, baut seine Tage rings um seine abendliche Heimkehr, seine Einsamkeit, sein Mißtrauen, all seinen Ekel. Man hält ihn für stoisch und zäh. Genau besehen stehen die Dinge zum besten. Eines Tages ein belangloser Zwischenfall: einer seiner Freunde unterhält sich nur zerstreut mit ihm. Er geht nach Hause. Er bringt sich um.

☆

31. März
Mir scheint, daß ich ganz langsam auftauche.

Die sanfte und zurückhaltende Freundschaft der Frauen.

☆

Gesellschaftliches Problem gelöst. Gleichgewicht wiederhergestellt. In vierzehn Tagen ziehe ich die Bilanz. – Mein Buch, ständig daran denken. Meine Arbeit, sie ungesäumt ab Sonntag einteilen.

Wieder aufbauen, nach dieser langen Zeit hektischen und verzwei-

1 Notizen zu *La Mort heureuse.*

felten Lebens. Die Sonne schließlich und mein keuchender Körper. Schweigen – Mir selber vertrauen.

☆

April

Die ersten heißen Tage. Erdrückend. Alle Tiere liegen auf der Flanke. Merkwürdige Beschaffenheit der Luft über der Stadt im sich neigenden Tag. Die Geräusche, die emporsteigen und sich darin verlieren wie Luftballons. Unbeweglichkeit der Bäume und der Menschen. Auf den Terrassen maurische Frauen, die plaudernd auf den Abend warten. Kaffee wird geröstet, und auch sein Geruch steigt herauf. Zärtliche und verzweifelte Stunde. Nichts zu umarmen. Nichts, wovor man sich, vor Dankbarkeit vergehend, auf die Knie werfen könnte.

☆

Die Hitze auf den Quais – Ungeheuerlich, erdrückend, sie benimmt einem den Atem. Füllige Teergerüche, die in der Kehle kratzen. Zunichtewerden und Todesgeschmack. Dies ist das wahre Klima der Tragödie, nicht die Nacht, wie gemeinhin behauptet wird.

☆

Die Sinne und die Welt – Alles Verlangen verschmilzt. Und in dem Körper, den ich an mich presse, umfasse ich auch jene seltsame Freude, die vom Himmel zum Meer herabsteigt.

☆

Sonne und Tod.[1] Der Hafenarbeiter mit dem gebrochenen Bein. Die Blutstropfen, die einer nach dem anderen auf die glühenden Steine des Quais fallen. Ihr leises Zischen. Im Café erzählt er mir sein Leben. Die anderen sind weggegangen, es bleiben sechs Gläser. Ein Haus in einem Vorort. Allein, kehrte nur abends nach Hause zurück, um sich sein Essen zu kochen. Ein Hund, ein Kater, eine Katze, sechs Junge. Die Katze kann nicht säugen. Ihre Jungen sterben eines nach dem anderen. Jeden Abend ein Totes und Unrat. Und auch zwei Gerüche: ein Gemisch aus Urin und Tod. Am letzten Abend (er legt die Arme über den Tisch, öffnet sie sachte, schiebt die Gläser langsam bis an den Tischrand). Die letzte Katze ist gestorben. Aber die Mutter hat sie zur Hälfte aufgefressen. Immerhin eine halbe Katze! Und nach wie vor der Unrat. Der Wind, der ums Haus heult. Ein Klavier, ganz in der Ferne. Er sitzt inmitten dieses Verfalls und dieses Elends. Und der ganze Sinn der Welt war ihm unvermittelt in die Kehle gestiegen. (Die Gläser fallen eins nach dem anderen, und er öffnet seine Arme immer weiter.) Er verharrt so mehrere Stunden, von einem gewaltigen, wortlosen Zorn geschüttelt, die Hände im Urin, die Gedanken mit dem zu kochenden Abendbrot beschäftigt.

1 Notizen zu *La Mort heureuse.*

Alle Gläser sind zerschlagen. Und er lächelt. «Regen Sie sich nicht auf», sagt er zum Wirt. «Es wird alles bezahlt.»

☆

Das gebrochene Bein des Hafenarbeiters. In einer Ecke ein junger Mann, der lautlos vor sich hin lacht.

☆

«Das ist unwichtig. Am meisten haben mir die allgemeinen Begriffe geschadet.» – Dem Lastwagen nachrennen, Geschwindigkeit, Staub, Lärm. Überstürzter Rhythmus der Trossen und der Maschinen, Tanz der Masten am Horizont, Rollen der Schiffsrümpfe. Auf dem Lastwagen: Rütteln auf dem holperigen Pflaster der Quais. Und in dem weißen, kreidigen Staub die Sonne und das Blut, und in der ungeheuren und phantastischen Szenerie des Hafens zwei junge Leute, die sich eilends entfernen und wie verrückt lachen, bis ihnen der Atem ausgeht.

☆

Mai

Sich nicht von der Welt lossagen. Man kann sein Leben nicht verfehlen, wenn man es ins Licht stellt. Mein ganzes Bemühen zielt in allen Lagen, in Unglück und Enttäuschung darauf ab, wieder Beziehungen herzustellen. Und sogar während diese Traurigkeit in mir wohnt, welch ein Verlangen, zu lieben, und welche Trunkenheit beim bloßen Anblick eines Hügels in der Abendluft.

Beziehungen zum Wahren: zunächst zur Natur, dann zur Kunst der Menschen, die begriffen haben, und zu meiner eigenen Kunst, wenn ich dazu fähig bin. Sonst liegen Licht und Wasser und Trunkenheit noch vor mir, sowie die feuchten Lippen des Verlangens.

Lächelnde Verzweiflung. Ausweglos, aber sie übt ohne Unterlaß eine Herrschaft aus, von deren Vergeblichkeit ich weiß. Die Hauptsache: sich nicht verlieren und das nicht verlieren, was von sich in der Welt schlummert.

☆

Mai

Alle Bezüge = Kult des Ich? Nein.[1]

Der Kult des Ich setzt Laienhaftigkeit oder Optimismus voraus: Beides Unfug. Sein Leben nicht wählen, sondern es ausweiten.

Aufgepaßt: Kierkegaard, die Wurzel all unserer Übel ist der Vergleich.

Sich rückhaltlos einsetzen. Und dann mit derselben Kraft das Ja und das Nein annehmen.

☆

Mai

Der sich neigende Tag in Algier, wenn die Frauen so schön sind.

☆

1 Eine Überlegung, die gewisse Stellen aus *Der Mythos von Sisyphos* vorwegnimmt.

Mai

Am äußersten Ende – Und darüber: das Spiel. Ich leugne, bin feig und schwach, ich handle, als bejahte ich, als wäre ich stark und mutig. Frage des Willens = das Absurde auf die Spitze treiben = ich bin fähig, zu ...

Deshalb das Spiel in bezug auf die Anstrengung als tragisch, in bezug auf das Ergebnis als komisch betrachten (oder vielmehr als gleichgültig).

Aber deshalb nicht seine Zeit verlieren. Die äußerste Erfahrung in der Einsamkeit suchen. Das Spiel durch die Eroberung des eigenen Selbst läutern – mit dem Wissen, daß es absurd ist.[1]

Den indischen Weisen und den europäischen Helden miteinander versöhnen.

«Die allgemeinen Begriffe haben mir am meisten geschadet.»

Diese äußerste Erfahrung muß immer angesichts einer ausgestreckten Hand innehalten. Um nachher wieder aufgenommen zu werden. Die ausgestreckten Hände sind selten.

☆

Gott – Mittelmeer: Konstruktionen – nichts Natürliches.

Natur = Äquivalenz.

☆

Gegen Rückfall und Schwäche: Anstrengung – Achtung, Dämon: Kultur – der Körper.

Wille – die Arbeit (Phil.)

Aber auf der anderen Seite: die Fürsprecher – alle Tage
mein Werk (die Gemütsbewegungen)
die äußersten Erfahrungen.

Philosophisches Werk: das Absurde.

Literarisches Werk: Kraft, Liebe und Tod im Zeichen der Eroberung.

In beiden Gattungen beides mischen, aber den besonderen Ton wahren. Eines Tages ein Buch schreiben, das den Sinn gibt.

Und über dieser Spannung: die Gleichmütigkeit – den Vergleich verachten.

☆

Ein Essay über Tod und Philosophie – Malraux. Indien.

Ein Essay über die Chemie.

☆

Mai

Daß das Leben stets die Oberhand behält – eine Wahrheit, aber Rechtfertigung jeder Feigheit. Man muß ganz offenkundig das Gegenteil denken.

☆

Und da meckern sie: ich bin ein Immoralist.

Mit anderen Worten: ich habe es nötig, mir eine Moral zuzulegen. So gib es doch zu, Dummkopf. Ich auch.

☆

1 Auch diese Überlegung nimmt gewisse Stellen aus *Der Mythos von Sisyphos* vorweg. Die ersten Zeilen besitzen schon den bitteren Geschmack von *Der Fall.*

Die andere Leier: es gilt, einfach zu sein, wahr, keine Literatur – hinnehmen und sich hingeben. Aber wir tun ja nichts anderes.

Wenn man richtig von seiner Verzweiflung überzeugt ist, muß man so handeln, als hoffte man – oder sich umbringen. Das Leiden verleiht keine Rechte.

☆

Intellektueller? Ja. Und nie abtrünnig werden. Intellektueller = einer, der sich verdoppelt. Das gefällt mir. Ich freue mich, beides zu sein. «Ob sich das vereinigen läßt?» Eine praktische Frage. Man muß es versuchen. «Ich verachte die Intelligenz» heißt in Wirklichkeit: «Ich kann meine Zweifel nicht ertragen.»

Ich ziehe es vor, die Augen offen zu halten.

☆

November

Griechenland sehen. Geist und Gefühl, Freude am *Ausdruck* als Beweis der Dekadenz. Der Niedergang der griechischen Skulptur beginnt mit dem Auftauchen des Lächelns und des Blicks. Für die italienische Malerei gilt das gleiche, mit dem 16. Jahrhundert der «Koloristen».

Paradox des Griechen, der unfreiwillig ein großer Künstler ist. Die dorischen Darstellungen Apollons sind bewundernswert, weil sie keinen Ausdruck zeigen. Nur wurde ihnen der Ausdruck durch die Malerei verliehen (bedauerlich) – Aber die Farbe ist verschwunden, und zurück bleibt das Meisterwerk.

☆

Die Nationalitäten erscheinen als Zeichen der Auflösung. Kaum ist die religiöse Einheit des Heiligen Römischen Reiches Deutscher Nation gebrochen: die Nationalitäten. Im Orient bleibt das Ganze erhalten.

Der Internationalismus versucht, dem Abendland seinen wahren Sinn und seine Berufung wiederzuschenken. Aber der Grundgedanke ist nicht mehr christlich, er ist griechisch. Humanismus von heute: er betont noch die Kluft, die zwischen Orient und Okzident bestand (Fall Malraux). Aber er stellt eine Kraft wieder her.

☆

Protestantismus: Nuance. In der Theorie bewundernswerte Haltungen: Luther, Kierkegaard. In der Praxis?

☆

Januar

Caligula oder vom Sinn des Todes. Vier Akte.[1]

I – a) Seine Thronbesteigung. Freude. Tugendhafte Rede (vgl. Sueton).
b) Spiegel.

II – a) Seine Schwestern und Drusilla.
b) Verachtung der Mächtigen.
c) Drusillas Tod. Caligulas Flucht.

1 Erste Erwähnung von *Caligula*: erster Entwurf für das Ende.

III –

Ende: Caligula tritt auf; er schiebt den Vorhang beiseite:

«Nein, Caligula ist nicht tot. Er ist da, und da. Er ist in einem jeden von euch. Wenn euch die Macht verliehen wäre, wenn ihr Herz besäßet, wenn ihr das Leben liebtet, würdet ihr sehen, wie diese Ungeheuer oder diese Engel, die ihr in euch tragt, entfesselt losbrechen. Unsere Epoche geht daran zugrunde, daß sie an die bleibenden Werte geglaubt hat, daß sie geglaubt hat, die Dinge könnten schön sein und aufhören, absurd zu sein. Lebt wohl, ich kehre in die Geschichte zurück, in der ich seit so langer Zeit von den Menschen gefangen gehalten werde, die Angst haben, zu sehr zu lieben.»

☆

Januar

Essay: Das ‹Haus zur Welt›.[1]

– Im ganzen Viertel nannte man es das Haus der 3 Studenten.

– Man verläßt es nur, um sich einzuschließen.

– Das ‹Haus zur Welt› ist kein Haus, in dem man sich vergnügt, sondern ein Haus, in dem man glücklich ist.

☆

– «Wir befinden uns hier nicht unter lauter jungen Mädchen», sagt M. zu X., der unflätig daherredet.

M. und die Liebe:

– «Sie sind jetzt in einem Alter, in dem man glücklich ist, sich im Kind der anderen wiederzuerkennen.»

– «Er muß bei Einstein die Relativität lernen, um zum Liebesakt fähig zu sein.»

– «Gott behüte mich davor», sagt M.

☆

Bei jedem Hinaufsteigen erobert man sie neu, so steil ist der Weg.

☆

Februar

Die Zivilisation besteht nicht in einem mehr oder weniger hohen Grad der Verfeinerung, sondern in dem gemeinsamen Bewußtsein eines ganzen Volkes. Und dieses Bewußtsein ist nie verfeinert. Es ist sogar ganz einfach. Wer die Zivilisation zum Werk einer Elite macht, setzt sie der Kultur gleich, die etwas völlig anderes ist. Es gibt eine mediterrane Kultur. Aber es gibt auch eine mediterrane Zivilisation. Andererseits: Zivilisation und Volk nicht verwechseln.

☆

1 *La Maison devant le Monde* bildet ein Kapitel des Romans *La Mort heureuse.*

Tourneen (Theater).

Am Morgen Weichheit und Zartheit des Landes um Oran, das uns in der Sonne des Tages als so hart und so gewaltsam bekannt ist: oleandergesäumte, schimmernde Queds, beinahe banale Farbtöne des Frühhimmels, malvenfarbige, rosa geränderte Berge. Alles verkündet einen strahlenden Tag. Aber mit einer Verschämtheit und einer Verhaltenheit, deren nahes Ende man bereits erahnt.

☆

April 37
Merkwürdig: Unfähigkeit, allein zu sein, Unfähigkeit, nicht allein zu sein. Man nimmt beides hin. Beides gewinnt dabei.

☆

Die gefährlichste Versuchung: nichts zu gleichen.

☆

Kasbah: Irgendwann kommt immer der Augenblick, da man sich von sich selber trennt. Kleines Kohlenfeuer, das in einem schmierigen, dunklen Gäßchen seine Funken versprüht.

☆

Wahnsinn – Schöner Hintergrund des wunderbaren Morgens – Sonne. Himmel und Gebeine. Musik. Ein Finger auf der Fensterscheibe.

☆

Das Bedürfnis, recht zu haben, Kennzeichen eines gewöhnlichen Geistes.

☆

Erzählung – der Mann, der sich nicht rechtfertigen will. Die Vorstellung, die man sich von ihm macht, wird ihm vorgezogen. Er stirbt und bleibt sich als einziger seiner Wahrheit bewußt – Nichtigkeit dieses Trostes.[1]

☆

April
Die Frauen – die ihre Ideen ihren Empfindungen vorziehen. – Zum Essay über die Ruinen[2]:

Der ausdörrende Wind – Der alte Mann, so knorrig wie ein Olivenbaum im Sahel.

1) Essay über die Ruinen: der Wind in den Ruinen oder der Tod in der Sonne.
2) *Mont dans l'âme*[3] wieder vornehmen – Vorahnung.

1 Thema von *Der Fremde.*
2 Notizen zu *Der Wind in Djemila* [enthalten in: *Literarische Essays,* S. 85 ff].
3 *Tod im Herzen* [enthalten in: *Literarische Essays,* S. 48 ff]. Camus hat versucht, dieses Thema in *La Mort heureuse* wieder aufzunehmen.

3) Das ‹Haus zur Welt›.
4) Roman – daran arbeiten.
5) Essay über Malraux.
6) Doktorarbeit.

☆

Sonne, die in einem fremden Land die auf einem Hügel liegenden Häuser übergoldet. Der Eindruck ist überwältigender als angesichts des gleichen Bildes im eigenen Land. Es ist nicht die gleiche Sonne. Ich weiß, daß es nicht die gleiche Sonne ist.

☆

Abends. Milde der Welt über der Bucht – Es gibt Tage, an denen die Welt lügt, Tage, an denen sie die Wahrheit sagt. Heute abend sagt sie die Wahrheit – und mit welch eindringlicher und trauriger Schönheit.

☆

Mai
Der Irrtum einer auf Einzelheiten bedachten Psychologie. Die Menschen, die sich suchen, die sich analysieren. Um sich zu kennen, sich zu behaupten. Die Psychologie ist Tat, nicht Nachsinnen über sich selber. Man bestimmt sich im Verlauf seines Lebens. Sich ganz kennen heißt sterben.

☆

1) Die zauberhafte Poesie, die der Liebe vorausgeht.
2) Der Mann, dem alles mißriet, sogar sein Tod.
3) In der Jugend fühlt man sich eher einer Landschaft verbunden als einem Menschen.
Weil Landschaften sich deuten lassen.

☆

Mai
Entwurf eines Vorworts zu *L'Envers et l'Endroit.*[1]
So wie diese Essays sich darbieten, sind sie in mancher Hinsicht formlos. Das erklärt sich nicht aus einer bequemen Verachtung der Form, sondern nur aus einer ungenügenden Reife. Die Leser aber müssen diese Seiten als das nehmen, was sie wirklich sind, nämlich Versuche, und man kann von ihnen nur verlangen, daß sie die fortschreitende Entwicklung erkennen. Von der ersten bis zur letzten Zeile werden sie dann vielleicht ein Vorwärtstasten spüren, das die Einheit dieser Seiten ausmacht, fast möchte ich sagen: das ihnen ihre Daseinsberechtigung verleiht, wenn die Rechtfertigung mir nicht sinnlos vorkäme und wenn ich nicht wüßte, daß man dem Menschen jederzeit die Vorstellung vorzieht, die man sich von ihm macht.

☆

Schreiben heißt sich distanzieren. Eine gewisse Entsagung in der Kunst. Neu schreiben. Die Anstrengung, die immer einen Gewinn bringt, wel-

1 Enthalten in: *Literarische Essays,* S. 8 ff.

cher Art er auch sei. Eine Frage der Trägheit bei jenen, denen es nicht gelingt.

☆

Luther: «Taußent mal mer ligt daran, wie du festiglich glaubst dem urteyl des pristers, dann [= als daran] wie du wirdig seyst und gnug thust. Ja der selb glaub macht dich wirdig und hilft dir ein recht Gnugthuung machen.»

(Am 29. Juni 1519 in Leipzig gehaltene Predigt über Matth. XVI, 13 bis 19.)

☆

Juni
Ein zum Tode Verurteilter, den ein Priester jeden Tag besucht. Wegen des abgeschnittenen Halses, der zusammenbrechenden Knie, der Lippen, die einen Namen bilden möchten, jenes wahnwitzige Drängen zur Erde, um sich in einem «Mein Gott, mein Gott!» zu verkriechen.

Und jedesmal der Widerstand in dem Menschen, der nichts von dieser Bequemlichkeit wissen und allein seine ganze Angst wiederkäuen will. Er stirbt ohne ein Wort, die Augen voller Tränen.[1]

☆

Die Philosophien sind so viel wert wie die Philosophen. Je größer der Mensch, desto wahrer seine Philosophie.

☆

Zivilisation gegen Kultur.
Imperialismus ist reine Zivilisation. Vgl. Cecil Rhodes. «Expansion ist alles» – die Zivilisationen sind kleine Inseln – Die Zivilisation als schicksalhaftes Ende der Kultur (vgl. Spengler).

Kultur: Aufschrei der Menschen angesichts ihres Schicksals.

Zivilisation, ihr Niedergang: Verlangen des Menschen angesichts der Reichtümer. Verblendung.

Zu einer politischen Theorie über den Mittelmeerraum.

«Ich spreche von Dingen, die ich kenne.»

☆

1) Wirtschaftliche Augenfälligkeiten (Marxismus).
2) Geistige Augenfälligkeiten (Heiliges Römisches Reich Deutscher Nation).

☆

Tragischer Kampf der leidenden Welt. Belanglosigkeit des Problems der Unsterblichkeit. Was uns interessiert, ist unser Schicksal, gewiß. Aber nicht «nachher», sondern *«vorher»*.

☆

1 Entwurf zu einer der letzten Szenen aus *Der Fremde*.

Tröstlichkeit der Hölle.

1) Einerseits können wir uns ein Leiden ohne Ende nicht vorstellen. Wir erdenken Ruhepausen.

2) Wir haben kein Gefühl für das Wort Ewigkeit. Für uns nicht abschätzbar. Höchstens in dem Maß, in dem wir von der «Ewigkeit einer Sekunde» sprechen.

3) Die Hölle ist das Leben mit diesem Körper – das der Vernichtung noch nicht vorzuziehen ist.

☆

Logische Regel: Die Einzahl hat Allgemeingültigkeit.
Unlogische " : Das Tragische ist widersprüchlich.
Praktische " : Ein auf einem bestimmten Gebiet intelligenter Mensch kann auf anderen Gebieten ein Dummkopf sein.

☆

Aus Unaufrichtigkeit tief sein.

☆

Die Kleine, wie Marcel sie sieht. «Ihr Mann verstand sich nicht darauf. Eines Tages sagte sie mir: ‹Mit meinem Mann ist es nie so.›»

☆

Die Schlacht von Charleroi, wie Marcel sie sieht.

«Wir Zuaven, wir waren da einfach als Scharfschützen eingesetzt. Der Kommandant, der sagte: ‹Angriff›. Und dann gingen wir hinunter, es war so eine Schlucht mit Bäumen. Da hieß es angreifen. Vor uns kein Mensch. Wir also immer drauflosmarschiert. Und dann gab's da auf einmal Maschinengewehre, die in uns hineinhagelten. Alles fällt übereinander. Lauter Verwundete und Tote und in der Schlucht so viel Blut, daß man mit einer Pastera hätte rüberfahren können. Und dann welche, die ‹Mutter!› schrien, schrecklich.»

☆

«Ach Marcel, wie viele Orden du hast, wo hast du die nur alle her?»

«Wo ich die her habe? Aus dem Krieg natürlich.»

«Wieso aus dem Krieg?»

«Soll ich dir vielleicht die Zeugnisse bringen, auf denen es steht? Du willst es wohl schwarz auf weiß haben. Was glaubst du eigentlich?»

Die «Zeugnisse» werden gebracht.

Die «Zeugnisse» betreffen das ganze Regiment, zu dem Marcel gehörte.

☆

Marcel. Unsereins ist nicht reich, aber wir essen gut. Sieh doch meinen Enkel an, er ißt mehr als sein Vater. Sein Vater kommt mit einem Pfund Brot aus, er muß ein ganzes Kilo haben. Und dann ran an die *soubressade,* ran an die *escabèche.* Manchmal, wenn er fertig ist, grunzt er «ham, ham», und dann ißt er weiter.

☆

Landschaft von La Madeleine.[1] Schönheit, die Freude an der Armut schenkt. Ich bin so fern von meinem Fieber, so wenig fähig zu anderem Stolz als dem, zu lieben. Sich fern halten. Ich muß sagen, und zwar ungesäumt sagen, was mein Herz erfüllt.

☆

«Keinerlei Zusammenhang.» Richtiger Roman. Einer, der sein Leben lang für seinen Glauben eintritt. Seine Mutter stirbt. Er gibt alles auf. Die Wahrheit seines Glaubens hat sich dennoch nicht geändert. Keinerlei Zusammenhang. Es ist einfach so.

☆

Wasserflugzeug: Herrlichkeit des funkelnden Metalls über der Bucht und am blauen Himmel.

☆

Die Pinien, das Gelb der Pollen und das Grün des Laubs.

☆

Wie Gide fordert das Christentum vom Menschen, er solle sein Verlangen zügeln. Aber Gide erblickt darin eine zusätzliche Lust. Das Christentum hingegen betrachtet es als Kasteiung. In diesem Sinn ist es «natürlicher» als Gide, der Intellektuelle. Aber weniger natürlich als das Volk, das seinen Durst an den Brunnen stillt und weiß, daß jedes Verlangen nach Sättigung strebt (eine «Apologie der Sättigung»).

☆

Prag. Flucht vor sich selbst.[2]

«Ich möchte ein Zimmer.»

«Gerne. Für eine Nacht?»

«Nein. Ich weiß nicht.»

«Wir haben Zimmer zu 18, 25 und 30 Kronen.»

(Keine Antwort)

«Welches Zimmer möchten Sie?»

«Irgendeines.» (Er schaut hinaus.)

«Boy, bringen Sie das Gepäck auf Nummer 12.»

(Erwachend)

«Wieviel kostet dieses Zimmer?»

«30 Kronen.»

«Das ist mir zu teuer. Ich möchte ein Zimmer für 18 Kronen.»

«Boy, Zimmer 34.»

☆

1 La Madeleine ist ein Außenviertel von Algier in der Nähe von El-Biar.

2 Fragment, das aus *La Mort dans l'âme* in *La Mort heureuse* übernommen wurde.

1) Im Zug, der ihn nach «...» führte, betrachtete «X.» seine Hände.
2) Der Kerl, der immer da ist. Jedoch Zufall.

☆

Lyon.

Vorarlberg-Halle.

Kufstein – die Kapelle und den Inn entlang die Felder im Regen. Sich verdichtende Einsamkeit.

Salzburg – Jedermann. Peter-Friedhof. Mirabell-Garten in seiner kostbaren Vollkommenheit. Regen. Phlox – See und Berge – Wandern über die Hügel.

Linz – Donau und Arbeitervorstädte. Der Arzt.

Budweis – Vorort. Kleiner gotischer Kreuzgang. Einsamkeit.

Prag – Die ersten vier Tage. Barock-Kreuzgang. Judenfriedhof. Barock-Kirchen. Im Restaurant angekommen. Hunger. Kein Geld. Der Tote. Essiggurke. Der Einarmige und seine unter den Hintern geklemmte Ziehharmonika.

Dresden – Malerei.

Bautzen – Gotischer Friedhof. Geranien und Sonnenblumen in den Backsteinbögen.

Breslau – Nieselregen. Kirchen und Fabrikschlote. Eine eigene Tragik.

Schlesische Ebene: unerbittlich und undankbar – Hügel – Vogelschwärme im feucht-nebligen Morgen über der klebrigen Erde.

Olmütz – Weiche, gemächliche Felder Mährens. Saure Pflaumen und beeindruckende Fernsicht.

Brünn – Armenviertel.

Wien – Zivilisation – Angehäufter Luxus und schützende Gärten. Geheime Not, die sich in den Falten dieser Seide verbirgt.

☆

Italien.

Kirchen – im Zusammenhang damit ein ganz eigenes Gefühl: Vgl. Andrea del Sarto.

Malerei: ernste, starre Welt. Vertrauen, usw.

Festzuhalten: die italienische Malerei und ihr Niedergang.

☆

Der Intellektuelle und das Bekenntnis der Zugehörigkeit (Fragment).

☆

Juli

Für die Frauen hat die Zärtlichkeit ohne Liebe, die ein Mann ihnen bezeigen kann, etwas Unerträgliches.

Für den Mann eine bittere Süße.

☆

Die Ehepaare: der Mann versucht vor einem Dritten zu glänzen. Die Frau sofort: «Aber du auch ...», und sie versucht, ihn herabzusetzen, ihn ihrer eigenen Mittelmäßigkeit anzugleichen.

☆

In der Eisenbahn: eine Mutter zu ihrem Kind:

«Lutsch nicht an deinen Fingern, du Schmutzfink.» Oder: «Wenn du nicht aufhörst, wirst du was erleben.»

Id. Ehepaare: Die Frau ist im überfüllten Eisenbahnwagen aufgestanden.

«Gib mir mal», sagt sie.

Der Mann sucht in seiner Tasche und gibt ihr das nötige Papier.

☆

Juli 37

Zum Roman des Spielers.[1]

Vgl. *Les Pléiades*[2]: Wilder Rhythmus. Sich an die Spielregeln halten.

Vom Luxus geprägte Seele. Der Abenteurer.

☆

Juli 37 – Spieler.

Revolution, Ruhm, Liebe und Tod. Was bedeutet mir das, gemessen an dem in mir, das so ernst ist und so wahr?

«Na und?»

«Dieses schwere Dahinfließen der Tränen», sagt er, «das meine ganze Liebe zum Tod ausmacht.»

☆

Juli 37

Der Abenteurer. Hat deutlich das Gefühl, daß in der Kunst nichts mehr zu wollen ist. Nichts Großes oder Neues ist möglich – zumindest in unserer abendländischen Kultur. Es bleibt nur die Tat. Aber wer Seelengröße besitzt, wird sich zur Tat nur mit Verzweiflung entschließen.

☆

Juli

Ist die Askese freiwillig, kan man sechs Wochen fasten (Wasser genügt). Ist sie erzwungen (Hungersnot), nicht mehr als zehn Tage.

Vorrat an echter Energie.

☆

Atmungsgewohnheiten der Yogi in Tibet. Man sollte auf Experimente dieser Tragweite unsere positive Methodologie anwenden. «Offenbarungen» erleben, an die man nicht glaubt. *Was mir gefällt:* Seine Hellsichtigkeit in die Ekstase hineintragen.

☆

Frauen auf der Straße. Das brünstige Tier der Begierde, das lauernd in den Lenden ruht und sich mit wilder Sanftheit regt.

☆

1 Auf dem Manuskript von *Caligula* findet sich der Untertitel «Le Jouer».

2 Gemeint ist der Roman von J. Gobineau (dt. *Das Siebengestirn*. Leipzig 1909).

August
Unterwegs nach Paris: das Fieber, das in den Schläfen pocht, das eigenartige und plötzlich von Welt und Menschen Verlassensein. Gegen seinen Körper kämpfen. Auf meiner Bank im Wind, von innen her leer und ausgehöhlt, dachte ich die ganze Zeit an Mansfield, an diese lange rührende und schmerzliche Geschichte eines langen Kampfes mit der Krankheit. Was mich in den Alpen erwartet, ist nicht nur die Einsamkeit und der Gedanke, daß ich dort sein werde, um gesund zu werden, sondern das *Bewußtsein* meiner Krankheit.

☆

Nicht auf halbem Wege stehenbleiben, bedeutet nicht nur Widerstand leisten, sondern auch sich gehenlassen. Ich brauche das Gefühl meiner selbst in dem Maße, in dem es Gefühl dessen ist, was über mich hinausgeht. Ich habe zuweilen das Bedürfnis, Dinge zu schreiben, die ich zum Teil nicht fassen kann, die aber gerade den Beweis für das erbringen, was in mir stärker ist als ich.

☆

August
Zärtliche und bewegende Stimmung von Paris. Die Katzen, die Kinder, die Ungezwungenheit des Volks. Die grauen Farben, der Himmel, eine gewaltige Parade von Steinen und Wasser.

☆

Arles.

☆

August 1937
Er drang jeden Tag weit ins Gebirge vor und kehrte stumm zurück, das Haar voller Gräser und am Körper die Schrammen eines ganzen Tages. Und jedesmal war es dieselbe Eroberung ohne Verführung. Nach und nach bezwang er den Widerstand dieses feindseligen Landes. Er gelang ihm, so zu werden, wie die runden weißen Wolken hinter der einzigen Tanne, die sich auf einem Kamm abhob, so zu werden wie die Felder mit ihren rosa Weidenröschen, ihren Ebereschen und ihren Glockenblumen. Er fügte sich ganz in diese duftende und felsige Welt ein. Wenn er den fernen Gipfel erreichte, kam in ihm angesichts der sich plötzlich darbietenden unendlichen Landschaft nicht die Liebe zur Ruhe, sondern die Bereitschaft zu einer Art inneren Paktes entstand, den er mit dieser fremden Natur schloß: der Waffenstillstand, der zwischen zwei harten, verbissenen Gesichtern zustande kommt, die Vertrautheit zweier Gegner, nicht die Hingabe zweier Freunde.

☆

Lieblichkeit Savoyens.

☆

August 37
Ein Mann, der das Leben dort gesucht hat, wo man es zu suchen pflegt (Ehe, Stellung usw.) und unvermittelt beim Lesen eines Modejournals

entdeckt, wie sehr er dem Leben fremd war.[1] (Dem Leben, wie es in Modejournalen dargestellt wird.)

I. Teil – Sein bisheriges Leben.

II. Teil – Das Spiel.

III. Teil – Der Verzicht auf Kompromisse und die Wahrheit in der Natur.

☆

August 37

Letztes Kapitel? Paris Marseille. Die Fahrt zum Mittelmeer hinunter.

Und er begab sich ins Wasser und er wusch von seiner Haut die schwarzen und fratzenhaften Bilder ab, die die Welt darauf zurückgelassen hatte. Plötzlich nahm er beim Spiel seiner Muskeln von neuem den Geruch seiner Haut wahr. Noch nie wohl hatte er in solchem Maß gespürt, wie sehr er im Einklang stand mit der Welt, wie genau seine eigene Bahn auf die der Sonne abgestimmt war. Zu der Stunde, da die Nacht von Sternen überquoll, hoben sich seine Gebärden vom großen, stummen Gesicht des Himmels ab. Wenn er die Arme bewegt, umreißt er den Raum zwischen jenem funkelnden Gestirn und jenem anderen, das zeitweilig zu verschwinden scheint, zieht in seinem Schwung ganze Sterngarben, ganze Wolkenzüge mit. So steht über ihm das Himmelsmeer, von seinem Arm aufgerührt, und rings um ihn die Stadt wie ein Mantel aus schimmernden Muscheln.

☆

Zwei Gestalten. Selbstmord der einen?

☆

August 37

Der Spieler.

«Es wird schwierig sein, sehr schwierig. Aber das ist kein Grund.»

«Natürlich nicht», sagt Catherine und blickt zur Sonne auf.

☆

Der Spieler.

Frau X, im übrigen eine richtige alte Vettel, war eine sehr begabte Musikerin.

Für Roman.

I. Teil: Wandertheater. Film. Geschichte der großen Liebe (Institut Sainte-Chantal).

☆

August 37

Entwurf zu einem Plan. Spiel und Leben verbinden.[2]

I. Teil

A – Flucht vor sich selbst.

1 Camus selber bezeichnete diese Zeilen als erste bewußte Formulierung des Themas von *Der Fremde*.

2 Plan zu *La Mort heureuse*. M. bezeichnet Mersault, die Hauptperson.

B–M. und Armut. (Alles in der Gegenwart.) Die Kapitel der Reihe A beschreiben den Spieler. Die der Reihe B das Leben bis zum Tode der Mutter (Marguerites Tod – Verschiedene Berufe: Makler, Automobilzubehör, Präfektur, usw.).

Letztes Kapitel: Abstieg zur Sonne und Tod (Selbstmord – natürlicher Tod).

II. Teil

Umgekehrt. A in der Gegenwart: Neuentdeckung der Freude. ‹Haus zur Welt›. Verbindung mit Catherine.

B in der Vergangenheit. Vom Spiel gefangen. Sexuelle Eifersucht. Flucht.

III. Teil

Alles in der Gegenwart. Liebe und Sonne. Nein, sagt der Junge.

☆

August 37

Sooft ich eine politische Rede höre, oder lese, was die uns Regierenden schreiben, bin ich entsetzt, seit Jahren nichts zu vernehmen, was einen menschlichen Klang hätte. Es sind immer die gleichen Wort, die die gleichen Lügen berichten. Und daß die Menschen sich damit abfinden, daß der Zorn des Volkes diese Hampelmänner noch nicht zerschmettert hat, ist für mich der Beweis, daß die Menschen ihrer Regierung keinerlei Bedeutung zumessen und daß sie spielen, ja wahrhaftig mit einem ganzen Teil ihres Lebens und ihrer sogenannten lebenswichtigen Interessen spielen.

☆

A 2 oder A 5 von I.

Was mich zutiefst betrübt, ist die Wichtigkeit, die den Regungen der Seele beigemessen wird. Ist einer schwermütig, wird das Leben zu zweit unmöglich. Denn für eine gesunde Natur sind die vielen Fragen, die einem gestellt werden, nicht zu ertragen. Dabei mag das soviel Bedeutung haben wie ein erwachsenes Hungergefühl oder der Wunsch . . .

☆

August 37

Plan. 3 Teile.

1\. Teil: A in der Gegenwart
B in der Vergangenheit.

Kap. A 1 – Mersaults Tag von außen gesehen.
Kap. B 1 – Armenviertel von Paris. Pferdeschlachterei. Patrice und seine Familie. Der Stumme. Die Großmutter.
Kap. A 2 – Gespräch und Paradoxa. Dachboden. Kino.
Kap. B 2 – Patrices Krankheit. Der Arzt. «Jenes unerträgliche Stechen . . .»
Kap. A 3 – Ein Monat Wandertheater.
Kap. B 3 – Die Berufe (Makler, Automobilzubehör, Präfektur).
Kap. A 4 – Die Geschichte der großen Liebe: «Und das haben Sie noch nie empfunden?» – «Doch, Madame, für Sie.» Das Revolverthema.

Kap. B 4 – Tod der Mutter.
Kap. A 5 – Begegnung mit Raymonde.

oder

☆

I A – Sexuelle Eifersucht.
B – Armenviertel – Mutter.
II A – ‹Haus zur Welt› – Sterne.
B – Überschäumendes Leben.
III – Flucht – Catherine, die er nicht liebt.

☆

Raffen, verdichten, Geschichte der sexuellen Eifersucht, die zur Verlorenheit führt. Rückkehr zum Leben.

«Die Lehre, die er sich in so weiter Ferne geholt hatte, gewiß, sie bewahrte ihren unverminderten Wert, aber nur, weil sie ins Reich des Lichts zurückgeführt worden war.»

☆

Ankunft in Prag – bis zur Abreise – Krankheit.
Erklärung – Lucile – Flucht.

☆

August
Es gibt keine spanischen Philosophen.

☆

Roman: der Mann, der erkannt hat, daß man reich sein muß, um zu leben, der sich ganz dieser Eroberung des Geldes gewidmet hat, dem es gelingt, der *glücklich* lebt und stirbt.[1]

☆

September
Dieser August ist wie ein Zwischenglied gewesen – ein tiefes Atemholen, ehe alles in einer unbändigen Anstrengung aufgelöst wird. Provence und etwas in mir, das sich verschließt. Provence wie eine sich aufstützende Frau.

Es gilt, zu leben und schöpferisch zu sein. Bis zu Tränen leben – wie angesichts jenes Hauses mit den Rundziegeln und den blauen Fensterläden auf einem zypressenbestandenen Hügel.

☆

Montherlant: Ich bin derjenige, dem etwas zustößt.

☆

In Marseille, Glück und Trauer – Ganz am Ende meiner selbst. Lebendige Stadt, die ich liebe. Aber gleichzeitig dieser bittere Geschmack der Einsamkeit.

☆

1 Notiz zu *La Mort heureuse.*

8. Sept.
Marseille, Hotelzimmer. Große gelbe Blumen auf der grau getönten Tapete. Geographie des Schmutzes. Schmierige, schmutzige Ecken hinter dem gewaltigen Heizkörper. Lamellenbett, zerbrochener Lichtschalter ... Diese Art Freiheit, die aus dem Fragwürdigen und Zweideutigen entsteht.

☆

M. 8. Sept.
Lange, sonnenschimmernde Fahrt nach Süden. Die Oleander von Monaco und Genua in voller Blüte. Die blauen Abende der ligurischen Küste. Meine Müdigkeit und diese Lust nach Tränen. Diese Einsamkeit und dieser Durst nach Liebe. Schließlich das lebendige und herbe Pisa mit seinen grünen und gelben Palästen, seinen Kuppelbauten und der Anmut, die über dem strengen Flußlauf des Arno ist. Was alles in Edlem in dieser Weigerung liegt, sich hinzugeben. Eine schamhafte und empfindsame Stadt. In den verlassenen Straßen der Nacht, mir so nahe – daß bei meinem einsamen Spazierengehen meine Lust nach Tränen sich endlich löst. Diese offene Wunde in mir, die zu vernarben beginnt.

☆

Auf den Mauern von Pisa: «Alberto fa l'amore con la mia sorella.»[1]

☆

9. Donnerstag
Pisa und seine vor dem Duomo liegenden Menschen. Der Campo Santo, seine geraden Linien, die Zypressen in allen vier Ecken. Man versteht die Streitigkeiten des 15. und 16. Jahrhunderts. Hier zählt jede Stadt mit ihrem eigenen Gesicht und ihrer eigenen tiefen Wahrheit.

Es gibt kein anderes Leben als das, zu dessen Einsamkeit meine Schritte am Arno entlang den Rhythmus geben. Kein anderes auch als das, das mich im Zug nach Florenz bewegte. Diese so ernsten Frauengesichter, die unvermittelt von einem Lachen mitgerissen wurden. Da war besonders eine mit langer Nase und hochmütigem Mund, die lachte. In Pisa eine lange, auf dem Rasen der Piazza del Duomo vertrödelte Stunde. Ich trank an dem Brunnen, und das Wasser war ein bißchen zu lau, aber so fließend. Während der Fahrt nach Florenz betrachtete ich die Gesichter, ich trank Lächeln. Bin ich glücklich oder unglücklich? Die Frage ist kaum von Bedeutung. Ich lebe mit einer solchen Besessenheit.

Dinge, Menschen erwarten mich, und ohne Zweifel erwarte auch ich sie, verlange nach ihnen mit meiner ganzen Kraft und meiner Traurigkeit. Hier aber verdiene ich mein Leben mit Schweigen und Geheimnis.[2]

Das Wunder, nicht von sich selbst sprechen zu müssen.

☆

1 Diese Aufzeichnung findet sich wieder in *Literarische Essays*, S. 115.

2 Diese ganze Reise nach Pisa und Florenz wurde in *Die Wüste* verwendet [enthalten in: *Literarische Essays*, S. 107 ff].

Gozzoli und das Alte Testament (Kostüme).

☆

Die Giottos von Santa Croce. Das verinnerlichte Lächeln des hl. Franziskus, der die Natur und das Leben liebte. Er rechtfertigt alle, die sich zum Glück bekennen. Weiches, zartes Licht über Florenz. Der Regen zögert noch und schwellt den Himmel. Grablegung des Giottino: der verbissen beherrschte Schmerz Marias.

☆

Florenz. Neben jeder Kirche Stände mit Blumen, üppig und glänzend, wasserüberperlt, naiv.

☆

Mostra Giottesca.

Es braucht Zeit, bis man entdeckt, daß die Gesichter auf den Bildern der alten Florentiner Maler die gleichen sind, die man täglich auf der Straße sieht. Das kommt daher, daß wir die Gewohnheit verloren haben, das Wesentliche eines Gesichts zu erkennen. Wir schauen unsere Mitmenschen nicht mehr an, sondern nehmen von ihnen nur, was zu unserer Orientierung (in jedem Sinne) dient. Die alten Meister entstellen nicht, sie «realisieren».

Im Kreuzgang der Toten, in der Santissima Annunziata, ein grauer, wolkenbeladener Himmel, eine strenge Architektur, doch spricht nichts von Tod. Es gibt Grabplatten und Votivtafeln, der eine war ein liebender Vater und getreuer Gatte, jener andere gleichzeitig der beste Gemahl und ein gewiegter Kaufmann, eine junge Frau Ausbund aller Tugenden, sprach Französisch und Englisch «si come il nativo». (Sie alle haben sich Pflichten geschaffen, und auf diesen Platten, die ihre Tugend verewigen wollen, spielen heute Kinder Bockspringen.) Dort war ein junges Mädchen die ganze Hoffnung ihrer Angehörigen, «ma la gioia è pellegrina sulla terra».[1] Aber nichts von alledem vermag mich zu überzeugen. Nach den Inschriften zu urteilen, haben beinahe alle sich abgefunden, sicherlich weil sie ihre anderen Pflichten auf sich nahmen. Ich werde mich nicht abfinden. Mit meinem ganzen Schweigen werde ich bis zum Schluß Einspruch erheben. Man braucht nicht zu sagen «es muß sein». Mit meiner Auflehnung habe ich recht, und jener Freude, die wie ein Pilger auf Erden ist, muß ich Schritt auf Schritt folgen.

Die Wolken ballen sich über dem Kreuzgang, und die Nacht überdunkelt nach und nach die Grabplatten, auf denen die Moral festgehalten ist, die man den Verstorbenen zuschreibt. Wenn ich hier eine Morallehre schreiben müßte, würde das Buch hundert Seiten umfassen, und davon wären 99 leer. Auf die letzte würde ich schreiben: «Ich kenne nur eine einzige Pflicht, das ist die Pflicht, zu lieben.» Und zu allem übrigen sage ich *nein*. Ich sage *nein* mit all meiner Kraft. Die Platten versichern mir,

1 Vgl. *Literarische Essays*, S. 112 f.

das sei nutzlos und das Leben sei gleichsam «col sol levante col sol cadente». Aber ich sehe nicht ein, daß die Nutzlosigkeit meiner Auflehnung Abbruch tun soll, während ich sehr wohl spüre, was sie durch sie gewinnt.

An dies alles dachte ich, als ich an eine Säule gelehnt am Boden saß, während Kinder lachten und spielten. Ein Priester lächelte mir zu. Frauen musterten mich voll Neugier. In der Kirche spielte gedämpft die Orgel, und die warmen Töne drangen zuweilen durch das Geschrei der Kinder hindurch. Der Tod! So weitermachen, und ich würde am Ende glücklich sterben. Ich hätte meine ganze Hoffnung aufgezehrt.

☆

September

Wenn einer sagt: «ich verstehe das Christentum nicht, ich will ohne Trost leben», dann ist er ein engstirniger, parteiischer Mensch. Aber wenn einer ohne Trost lebt und sagt: «ich verstehe die christliche Einstellung und bewundere sie», dann ist er ein seichter Dilettant. Ich habe langsam genug davon, etwas auf die Meinung der Leute zu geben.

☆

Kreuzgang von San Marco. Die Sonne inmitten der Blumen.

☆

Alte Meister von Siena und Florenz. Die Beharrlichkeit, mit der sie die Bauwerke kleiner malen als die Menschen, rührt nicht von einer Unkenntnis der Perspektive her, sondern von dem unentwegten Vertrauen, das sie dem Menschen und den abgebildeten Heiligen entgegenbringen. In diesem Geist ein Bühnenbild schaffen.

☆

Die späten Rosen im Kreuzgang von Santa Maria Novella und die Frauen in Florenz an diesem Sonntagmorgen. Die freien Brüste, die Augen und die Lippen, die bei einem Herzklopfen, ein trockenes Gefühl im Mund und Glut in den Lenden hinterlassen.[1]

☆

Fiesole.

Wir führen ein schwer zu lebendes Leben. Es gelingt nicht immer, sein Tun mit der eigenen Anschauung der Dinge in Einklang zu bringen. (Und während ich eben die Farbe meines Schicksals zu erkennen glaube, entzieht sie sich bereits meinem Blick.) Man müht sich ab und kämpft, um seine Einsamkeit zurückzuerobern. Aber eines Tages trägt die Erde ihr ursprüngliches, unschuldiges Lächeln. Dann ist es, als wären Leben und Kämpfe in uns mit einem Schlag ausgelöscht. Millionen Augenpaare haben diese Landschaft betrachtet, und mir kommt sie vor wie das erste Lächeln der Welt.[2] Sie bringt mich im tieferen Sinne des Wortes außer mich.

1 Vgl. *Literarische Essays*, S. 113.
2 ebd., S. 118 f.

Sie versichert mir, daß außerhalb meiner Liebe alles nutzlos ist und daß sogar meine Liebe für mich keinen Wert besitzt, wenn sie nicht unschuldig und gegenstandslos ist. Sie verweigert mir eine Eigenpersönlichkeit und entzieht meinen Leiden ihr Echo. Die Welt ist schön, und darin liegt alles beschlossen. Ihre große Wahrheit, die sie geduldig lehrt, lautet, daß der Geist nichts ist und nichts das Herz. Und daß der Stein, den die Sonne erwärmt, oder die Zypresse, die der wolkenlose Himmel übergroß erscheinen läßt, die einzige Welt abstecken, in der «recht haben» einen Sinn gewinnt: die Natur ohne Menschen. Diese Welt vernichtet mich. Sie führt mich bis ans Ende. Sie leugnet mich ohne Zorn. Ich aber schreite willig und besiegt einer Wahrheit entgegen, in der schon alles erobert ist – wenn mir nicht Tränen in die Augen stiegen und wenn das schwere Aufschluchzen der Dichtung, das mein Herz beinahe sprengt, mich nicht die Wahrheit der Welt vergessen ließe.

☆

13. Sept.
Der Lorbeergeruch, dem man in Fiesole an jeder Straßenecke begegnet.

☆

15. Sept.
Im Kreuzgang von San Francesco in Fiesole: ein kleiner, bogengesäumter Innenhof, geschwellt von roten Blumen, Sonne und gelb-schwarzen Bienen. In einer Ecke eine grüne Gießkanne.[1] Überall summen Fliegen. Von Hitze durchglüht, dampft leise der kleine Garten. Ich sitze am Boden und denke an die Franziskaner, deren Zellen ich eben besucht habe und deren Inspirationsquelle ich jetzt betrachte, und wenn sie recht haben, das fühle ich deutlich, haben sie auf die gleiche Weise recht wie ich. Ich weiß, daß hinter der Mauer, an die ich mich lehne, der Hügel liegt, der sich zur Stadt hinunterschwingt, und hingebreitet ganz Florenz mit seinen Zypressen. Aber diese Pracht der Welt ist gleichsam die Rechtfertigung jener Männer. Ich setze meinen ganzen Stolz darein, zu glauben, daß auch ich und alle Menschen meines Schlags dadurch gerechtfertigt werden – alle, die wissen, daß eine äußerste Grenze der Armut sich stets mit dem Luxus und dem Reichtum der Welt trifft. Sie entäußern sich um eines erhabenen Lebens willen (nicht um eines anderen Lebens willen). Das ist der einzige Sinn, den ich dem Wort «Entblößung» zu geben bereit bin. «Bloß sein» bewahrt stets einen Anhauch von körperlicher Freiheit, und diese Übereinstimmung zwischen der Hand und den Blumen, dieses liebende Einverständnis zwischen der Erde und allen vom Menschlichen befreiten Menschen – dazu würde ich mich wahrhaftig gern bekehren, wenn es nicht bereits meine Religion wäre.[2]

Heute fühle ich mich gegenüber meiner Vergangenheit und allem, was ich verloren habe, frei. Ich begehre nichts anderes als diese Eingeschränkt-

1 Vgl. *Literarische Essays*, S. 114.
2 ebd., S. 114 f.

heit und diesen geschlossenen Raum – diese hellsichtige und geduldige Inbrunst. Und wie den warmen Brotteig, den man immer wieder durchknetet, will ich nur mein Leben zwischen den Händen halten, jenen Männern gleich, die es verstanden haben, ihr Leben zwischen Blumen und Säulen einzuschließen. So ist es auch mit den langen Nächten in der Eisenbahn, in denen man von Angesicht zu Angesicht mit sich sprechen und sich auf das Leben vorbereiten kann, und diese bewundernswerte Geduld, Gedanken wieder aufzunehmen, sie in ihrer Flucht aufzuhalten und dann wieder vorzudringen. An seinem Leben wie an einer Zuckerstange lecken, es formen, es schleifen, es schließlich lieben, so wie man nach dem endgültigen Wort, dem Bild, dem Satz sucht, der den Schlußpunkt setzt, der zum Halten zwingt, mit dem man aufbricht und der hinfort die ganze Farbe unseres Blicks ausmacht. Ich kann gut hier innehalten, endlich zum Abschluß eines hektischen, überforderten Lebensjahres kommen. Dieses mir selber Gegenwärtigsein zu Ende führen, es vor allen Gesichtern meines Lebens aufrechtzuerhalten, selbst um den Preis der Einsamkeit, die so schwer zu ertragen ist, wie ich jetzt weiß – darauf ist mein Bemühen gerichtet. Nicht nachgeben: darin liegt alles beschlossen. Nicht einwilligen, nicht verraten. Meine ganze Heftigkeit hilft mir dabei, und an dem Punkt, an den sie mich trägt, gesellt sich meine Liebe zu mir und gleichzeitig die wilde Leidenschaft, mit der ich lebe und die den Sinn meiner Tage ausmacht.

Jedesmal wenn man (wenn ich) seinen Schwächen nachgibt, jedesmal, wenn man denkt und lebt, um etwas zu «scheinen», begeht man Verrat. Jedesmal war es das große Unglück, etwas scheinen zu wollen, das mich angesichts des Wahren kleiner gemacht hat. Es ist nicht nötig, sich den anderen anzuvertrauen, sondern nur denen, die man liebt. Denn in dem Fall gibt man sich nicht mehr preis, um etwas zu scheinen, sondern einzig, um zu schenken. Es steckt viel mehr Kraft in einem Menschen, der nur etwas scheint, wenn es sein muß. Bis zum Ende gehen heißt, sein Geheimnis bewahren können. Ich habe unter dem Alleinsein gelitten, aber weil ich mein Geheimnis bewahrte, habe ich die Qual des Alleinseins überwunden. Und heute kenne ich keinen größeren Ruhm, als allein und unbeachtet zu leben. Schreiben, meine tiefe Freude! Ja sagen zur Welt und zum Genuß, aber nur in der Entblößung. Ich wäre nicht würdig, die Blöße des Strandes zu lieben, wenn ich es nicht verstünde, vor mir selber bloß dazustehen. Zum ersten Male scheint der Sinn des Wortes Glück mir nicht zweideutig. Es bedeutet ein wenig das Gegenteil dessen, was man gewöhnlich unter «ich bin glücklich» versteht.

Eine gewisse Beharrlichkeit im Verzweifeln erzeugt schließlich Freude. Und dieselben Männer, die in San Francesco angesichts jener roten Blumen leben, haben in ihrer Zelle den Totenschädel, der ihren Meditationen Nahrung gibt, Florenz vor ihrem Fenster und auf dem Tisch den Tod.[1] Wenn ich das Gefühl habe, an einem Wendepunkt meines Lebens

1 Vgl. *Literarische Essays*, S. 115.

zu stehen, so nicht wegen der Dinge, die ich erworben, sondern wegen der Dinge, die ich verloren habe. Ich spüre gewaltige, tiefe Kräfte in mir. Ihretwegen muß ich leben, wie ich es für richtig halte. Heute stehe ich deswegen allem so fern, weil ich keine andere Kraft habe als die, zu lieben und zu bewundern. Das Heute ist nicht gleichsam eine Atempause zwischen Ja und Nein. Sondern es ist Ja und es ist Nein. Nein und Auflehnung allem gegenüber, was nicht Tränen und Sonne ist. Ja zu meinem Leben, dessen kommende Verheißung ich zum ersten Male fühle. Ein zu Ende gehendes sengendes, ungezügeltes Jahr und Italien; die Ungewißheit der Zukunft, aber die unbedingte Freiheit meiner Vergangenheit und mir selbst gegenüber. Darin liegt meine Armut und mein einziger Reichtum. Es ist, als finge ich die Partie von vorne an; weder glücklicher noch unglücklicher. Aber mit dem Bewußtsein meiner Kräfte, der Verachtung meiner eitlen Schwächen und diesem hellsichtigen Fieber, das mich meinem Schicksal entgegendrängt.

15. Sept. 37

ZWEITES HEFT

September 1937 – April 1939

22. September

La Mort heureuse – «Sehen Sie, Claire, es ist ziemlich schwierig zu erklären. Es gibt nur ein Problem: wissen, was man wert ist. Aber dazu muß man Sokrates beiseite lassen. Um mich selbst zu erkennen, muß man handeln, was aber nicht besagt, daß man sich definieren kann. Der Kult des Ich! Daß ich nicht lache. Welches Ich und welche Persönlichkeit? Wenn ich mein Leben und seine geheime Farbe betrachte, ist in mir etwas wie das Zittern von Tränen. Ich bin ebensosehr jene Lippen, die ich geküßt habe, wie jene Nächte im ‹Haus zur Welt›, jenes Kind armer Leute wie jener Taumel des Lebenshungers und des Ehrgeizes, der mich in manchen Augenblicken mitreißt. Viele Menschen, die mich kennen, erkennen mich in gewissen Stunden nicht wieder. Und ich selber fühle mich überall jenem unmenschlichen Bild der Welt gleich, das mein eigenes Leben bildet.»

«Gewiß», sagte Claire. «Sie spielen gleichzeitig auf zwei verschiedenen Ebenen.»

«Das stimmt. Aber als ich zwanzig Jahre alt war, las ich wie alle anderen Leute, daß das Leben eine Komödie sein könne, usw. Doch wollte ich gar nicht das sagen. Mehrere Leben, mehrere Ebenen, ohne Zweifel. Aber sobald der Schauspieler auf der Bühne steht, treten die hergebrachten Regeln in Kraft. Nein, Claire, wir wissen genau, daß es Ernst ist – irgend etwas sagt es uns.»

«Warum?» fragt Claire.

«Weil die Tränen des Schauspielers echte Tränen und sein Leben ein echtes Leben wäre, wenn er spielte, ohne zu wissen, daß er Theater spielt. Und sooft ich an alle Regungen des Schmerzes und der Freude in mir denke, weiß ich genau, und zwar mit überwältigender Freude, daß der Teil, den ich spiele, der ernsteste und begeisterndste von allen ist.

Und eben dieser vollkommene Schauspieler will ich sein. Ich pfeife auf meine Persönlichkeit und wüßte nicht, wozu ich sie pflegen sollte. Ich will das sein, was mein Leben aus mir macht, und kein Experiment aus meinem Leben machen. Ich selber bin das Experiment, und das Leben formt und führt mich. Ich weiß genau, welchen Grad vollkommener Unpersönlichkeit ich erreichen könnte, bis zu welchem Ausbruch tätigen Nichts meine Kräfte gehen könnten, wenn ich nur genügend Kraft und Geduld aufbrächte. Was mir immer Einhalt geboten hat, ist meine persönliche Eitelkeit. Heute erkenne ich, daß handeln, lieben und leiden in der Tat leben bedeutet, aber leben nur, soweit es durchsichtig sein bedeutet, indem man sein Geschick als einmaligen Abglanz eines Regenbogens von Freuden und Leidenschaften bejaht.

Der Weg, usw....

Aber dazu braucht es Zeit, ich habe jetzt Zeit.»

Nach einem langen Schweigen blickt Claire Patrice ins Gesicht und sagte langsam:

«Viel Leid erwartet die Menschen, die Sie lieben.»

Patrice stand auf, und sein Blick hatte etwas Verzweifeltes, als er mit Heftigkeit sagte:

«Die Liebe, die man mir entgegenbringt, verpflichtet mich zu nichts.»

«Das stimmt», erwiderte Claire. «Ich stellte ja nur fest. (Sie werden eines Tages allein bleiben.)»

☆

23. September. Von K.[1] in Ph. Br. (*Philosophische Brocken*).

«Die Sprache hat recht, wenn sie in dem Wort Leidenschaft das Gewicht der Seele legt; dabei läßt die Verwendung des Wortes Leidenschaft uns eher an die krampfartige Heftigkeit denken, über die wir uns verwundern, und somit vergessen, daß es sich um ein Leiden handelt (Stolz – Trotz).»

Id. Der vollkommene (Lebens)-Schauspieler ist derjenige, der «gespielt wird» – und es weiß –, die leidende Leidenschaft.

☆

«Er erwachte in Schweiß gebadet, seine Kleider waren in Unordnung; er irrte ein Weilchen in der Wohnung umher. Dann zündete er sich eine Zigarette an, setzte sich und betrachtete mit leerem Kopf die Falten seiner zerknitterten Hose. Die ganze Bitterkeit des Schlafs und der Zigarette erfüllte seinen Mund. Rings um ihn schwappte sein schlaffer, kraftloser Tag wie Schlamm.»[2]

☆

Ramakrishna über das Feilschen:

«Der wahrhaft Weise verachtet nichts.»

Schwachsinn und Heiligkeit nicht verwechseln.

☆

23. September

Einsamkeit, Luxus der Reichen.

☆

26. September

1) Roman Fragmente des Tagebuchs vorausschicken (Ende).

2) Auch noch in der Ekstase seine Hellsichtigkeit bewahren.

Konkrete Beschreibung: Verschwinden der Freunde.
Straßenbahnen (Schluß des Fahrdienstes?)
Ideen – Leitmotiv.

☆

Er versank in immer tieferes Schweigen, kuschelte sich ganz in sich selbst ...

1 Kierkegaard. Camus hat diesen Philosophen in *Der Mythos von Sisyphos* ausführlich behandelt.

2 Fragment zu *La Mort heureuse*.

... An dem Punkt angekommen, wo die Hellsichtigkeit in ihr Gegenteil umschlagen kann. Ungeheure Anstrengung: kehrt in die Welt zurück – Schweißtropfen – denkt an die geöffneten Beine einer Frau – Geht zum Balkon und ergießt sich rückhaltlos in die Welt aus Körperhaftigkeit und Lichtern. «Das ist hygienisch.»

Dann nimmt er eine Dusche und trainiert am Expander.

☆

(Theologisch-politische Abhandlung.)

☆

Lese Georges Sorel.[1] Wäre dem «Humanismus der Linken» zu widmen, der uns einreden will, Helvetius, Diderot und Holbach seien die Krönung der französischen Literatur.

Die Idee des Fortschritts, die die Arbeiterbewegungen verseucht, ist eine aus dem 18. Jahrhundert hervorgegangene bürgerliche Idee. «Alle unsere Bemühungen müssen darauf abzielen, zu verhindern, daß die bürgerlichen Ideen die hochkommende Klasse vergiften: deshalb kann gar nicht genug dafür getan werden, jedes Band zwischen dem Volk und der Literatur des 18. Jahrhunderts zu zerschneiden.» (*Les Illusions du Progrès*, p. 285 s.)

☆

30. September

Letzten Endes geschieht es immer, daß ich die Grenzen eines Menschen ganz abgeschritten habe. Man muß sich nur genügend Zeit lassen. Einmal kommt der Augenblick, in dem ich den Bruch spüre. Bemerkenswert ist, daß dieser Augenblick immer dann kommt, wenn ich fühle, daß der andere sich irgendeiner Sache gegenüber «unwißbegierig» verhält.

☆

Dialog.

«Und was ist Ihr Beruf?»

«Ich zähle.»

«Wie bitte?»

«Ich zähle. Ich sage: eins, das Meer, zwei, der Himmel (oh, wie schön!), drei, die Frauen, vier, die Blumen (oh, wie ich mich freue!).»

«Das wird ja mit der Zeit albern.»

«Du liebe Zeit, Sie vertreten die Meinung Ihres Morgenblatts. Ich vertrete die Meinung der Welt. Sie denken wie das *Echo de Paris*, und ich denke wie die Welt. Wenn sie in Licht getaucht ist, wenn die Sonne brennt, habe ich Lust, zu lieben und zu umarmen, in Körper wie in Lichter hineinzugleiten, in Sonne und lebendigem Fleisch zu baden. Wenn die Welt

1 Georges Sorel (1842–1922). Besuchte die École Polytechnique. Ließ sich für den Bolschewismus gewinnen. Pessimist, Gegner des Intellektualismus, antiparlamentarischer Gewerkschafter. Pries die Gewalttätigkeit und den Generalstreik. Übte einen bedeutenden Einfluß auf Lenin und Mussolini aus.

grau ist, erfüllen mich Wehmut und Zärtlichkeit. Ich habe das Gefühl, besser zu sein, fähig, zu lieben, ja sogar zu heiraten. Im einen wie im anderen Fall hat das keine Bedeutung.»

Nachdem er gegangen ist:

1) – Er ist ein Einfaltspinsel.

2) – Ein Wichtigtuer.

3) – Ein Zyniker.

«Nein», sagt die Lehrerin, «er ist ein verwöhntes Kind; das sieht man doch. Ein Sohn reicher Eltern, der das Leben nicht kennt.»

(Denn es wird immer selbstverständlicher, daß man das Leben nur schön und einfach finden kann, wenn man es nicht kennt.)

☆

30. September

Nur um sich schneller im Ruhm zu sonnen, ist man nicht bereit, etwas neu zu schreiben. Verdient Verachtung. Von vorne beginnen.

☆

2. Oktober

«Er tritt unentwegt im nieselnden Regen durch die kotigen Straßen. Er sah nur ein paar Schritte weit. Aber er ging ganz allein durch die kleine, von allem so weit entfernte Stadt. Von allem und von ihm selber. Nein, es war nicht mehr möglich. Weinen, angesichts eines Hundes, angesichts aller Welt. Er wollte glücklich sein. Er hatte das Recht, glücklich zu sein. Er hatte das nicht verdient.»

☆

4. Oktober

«Ich habe bis vor ein paar Tagen in dem Glauben gelebt, man müsse im Leben etwas erreichen, und insbesondere müsse man, wenn man arm sei, seinen Lebensunterhalt verdienen, eine Stellung haben, sich fest niederlassen. Und dieser Glaube, den ich noch nicht Vorurteil zu nennen wage, war offenbar tief in mir verwurzelt, da er trotz meiner ironischen Bemerkungen und meiner endgültigen Worte in der Sache weiterbestand. Als ich nun aber nach Bel-Abbès berufen wurde [1], strömte angesichts der Endgültigkeit eines solchen Sich-Niederlassens plötzlich wieder alles zurück. Ich lehnte ab, offenbar weil ich der Aussicht gegenüber, ein wirkliches Leben zu führen, einem gesicherten Leben keinerlei Wert beimaß. Ich schreckte zurück vor dem Trübseligen und Lähmenden dieser Existenz. Wenn ich länger als ein paar Tage geblieben wäre, hätte ich mich sicher damit abgefunden. Aber darin lag die Gefahr. Ich hatte Angst, Angst vor der Einsamkeit und dem Endgültigen. Ich vermöchte heute nicht zu sagen, ob es Stärke oder Schwäche war, dieses Leben von mir gewiesen, mir alles, was ‹Zukunft› genannt wird, verschlossen zu haben,

1 Camus war an die Schule von Sidi-Bel-Abbès berufen worden.

um weiterhin in Ungewißheit und Armut zu verharren. Aber ich weiß zumindest, daß der Konflikt, wenn von Konflikt die Rede sein kann, um etwas ging, das sich lohnte. Es sei denn, daß genau besehen... Nein. Was mich in die Flucht trieb, war zweifellos weniger das Gefühl, mich fest niederzulassen, sondern das Gefühl, damit in etwas Unangenehmes zu geraten.

Bin ich aber jetzt zu dem fähig, was die anderen ‹Ernsthaftigkeit› nennen? Bin ich ein Faulenzer? Ich glaube es nicht und habe es mir auch schon bewiesen. Aber hat man das Recht, die Strafe abzulehnen unter dem Vorwand, sie gefalle einem nicht? Ich glaube, daß der Müßiggang nur auf die Menschen zersetzend wirkt, denen es an Temperament gebricht. Und wenn es mir daran gebrechen sollte, bliebe mir nur eine Lösung übrig.»

☆

10. Oktober

Wert haben oder keinen Wert haben. Schöpferisch sein oder nicht. Im ersten Fall ist alles gerechtfertigt. Alles, ohne Ausnahme. Im zweiten Fall herrscht vollkommene Absurdität. Bleibt die Wahl des ästhetischsten Selbstmords: Heirat + 40 Stunden oder Revolver.

☆

Unterwegs nach La Madeleine – wieder das unendliche Verlangen nach Entäußerung angesichts einer so schönen Landschaft wie dieser.

☆

15. Oktober

Giraudoux (ausnahmsweise)[1]: «Die Unschuld eines Menschen liegt in der restlosen Anpassung an die Welt, in der er lebt.»

Beisp.: Unschuld des Wolfs.

Unschuldig ist, wer keine Erklärungen abgibt.

☆

17. Oktober

Auf den Wegen oberhalb von Blida, eine lichte und milde Nacht, voller Gnade und Meditation. Der Morgen über dem Gebirge, dessen glattes Haar von Herbstzeitlosen aufgewühlt ist – die eiskalten Quellen – der Schatten und die Sonne – mein Körper, der Ja sagt und dann Nein. Die konzentrierte Anstrengung des Wanderns, die Luft in den Lungen wie ein rotglühendes Eisen oder ein geschliffenes Rasiermesser – völliges Aufgehen in diesem Eifer und dieser Bemühung, den Abhang zu bezwingen – wie eine Selbsterkenntnis durch den Körper. Der Körper ist ein echter Weg zur Bildung: er zeigt uns unsere Grenzen.

☆

1 Camus hielt damals nicht übermäßig viel von Giraudoux. 1938 widmete er ihm eine kritische Betrachtung in *Alger-Républicain.*

Dörfer, die um naturgegebene Stellen geschart sind und deren jedes sein Eigenleben führt. In lange, weiße Tücher gekleidete Menschen, deren knappe schlichte Gebärden sich deutlich von einem stets blauen Himmel abheben. Schmale Wege, gesäumt von Feigenkakteen, Oliven, Johannisbrotbäumen und Judendorn. Man begegnet Männern mit olivenbeladenen Eseln. Die Gesichter sind braun, die Augen hell. Und von Mensch zu Baum, von Gebärde zu Gebirge entsteht eine Art zugleich feierlicher und fröhlicher Übereinstimmung. Griechenland? Nein: Kabylien. Und es ist, als ob plötzlich über Jahrhunderte hinweg ganz Hellas, zwischen Meer und Gebirge versetzt, in seiner antiken Pracht wiedererstünde, durch seine Lässigkeit und seine Ehrfurcht vor dem Schicksal vom angrenzenden Orient kaum abgehoben.

☆

18. Oktober

Im September verströmen die Johannisbrotbäume über ganz Algerien einen Liebesduft, und es ist, als ruhte die ganze Erde sich aus, nachdem sie sich der Sonne hingegeben hat und ihr Schoß von mandelduftendem Samen feucht ist.

Auf dem Weg nach Sidi-Brahim sinkt nach dem Regen schwül und bedrängend der Liebesduft mit dem ganzen Gewicht seiner Feuchtigkeit von den Johannisbrotbäumen herab. Dann saugt die Sonne alles Wasser auf, und in den erneut strahlenden Farben wird der Liebesduft so leicht, daß die Nase ihn kaum mehr wahrnimmt. Wie eine Geliebte, mit der man nach einem erstickend heißen Nachmittag auf die Straße tritt und die einen inmitten der Lichter und der Menge, Schulter an Schulter, anblickt.

☆

Huxley. «Schließlich ist es besser, ein guter Bürger zu sein wie alle anderen, als ein schlechter Bohemien oder ein falscher Aristokrat oder ein zweitrangiger Intellektueller ...»

☆

20. Oktober

Der Anspruch auf Glück und die geduldige Suche danach.[1] Es besteht keine Notwendigkeit, eine Schwermut zu verdrängen, wohl aber diesen Hang zum Schwierigen und Unseligen in uns zu zerstören. Mit seinen Freunden glücklich sein, mit der Welt in Einklang, und sein Glück erlangen, indem man einem Weg folgt, der allerdings zum Tode führt.

«Sie werden vor dem Tode zittern.»

«Sicher, aber ich werde nichts von dem versäumt haben, was meine Sendung ausmacht, nämlich zu leben.» Zu Konvention und Bürostunden nicht Ja sagen. Nicht verzichten. Nie verzichten – immer höhere Ansprüche stellen. Aber den klaren Blick bewahren, sogar während dieser Bürostunden. Nach der Blöße trachten, in die die Welt uns zurückstürzt, so-

1 Fragment zu *La Mort heureuse.*

bald wir ihr allein gegenüberstehen. Aber vor allem nicht scheinen wollen, um zu sein.

☆

21. Oktober

Es braucht ungleich viel mehr Energie, bescheiden zu reisen, als den gehetzten Reisenden zu spielen. Auf dem Schiff einen Deckplatz nehmen, übermüdet und innerlich ausgehöhlt ankommen, lange dritter Klasse reisen, häufig nur einmal am Tag essen, sein Geld zählen und jeden Augenblick befürchten, daß ein unvorhergesehener Zwischenfall einer an sich schon schwierigen Reise ein Ende setzt – das alles erfordert einen Mut und einen Willen, die einem verbieten, das Gerede von der «Rastlosigkeit» ernst zu nehmen. Reisen ist nicht spaßig und auch nicht einfach. Und man muß schon Lust am Schwierigen und Liebe zum Unbekannten haben, um seine Reiseträume zu verwirklichen, wenn man arm und mittellos ist. Aber genau gesehen schützt das vor Dilettantismus, und wenn ich auch nicht behaupten will, Gide und Montherlant litten darunter, auf der Eisenbahn keine Ermäßigung zu genießen, durch die sie gleichzeitig gezwungen wären, sechs Tage an einem Ort zu bleiben, so weiß ich doch genau, daß ich im Grunde die Dinge nicht so sehen kann wie Montherlant oder Gide – eben wegen der Fahrpreisermäßigung.

☆

25. Oktober

Geschwätz – das Unerträgliche und Erniedrigende daran.

☆

5. November

Friedhof von El Kettar. Ein bedeckter Himmel und ein tosendes Meer zu Füßen der mit weißen Gräbern bedeckten Hügel. Bäume und Erde sind naß. Tauben zwischen den weißen Grabplatten. Eine einzige Geranie, zugleich rosa und rot, und eine gewaltige, verlorene und stumme Traurigkeit, die uns das schöne, reine Gesicht des Todes vertraut werden läßt.

☆

6. November

Auf dem Weg nach La Madeleine. Bäume, Erde und Himmel. Ach! Zwischen meiner Gebärde und jenem ersten Stern, der uns auf dem Rückweg erwartet, welch eine Entfernung und zugleich welch geheimes Einvernehmen.

☆

7. November

Gestalt A. M., invalid – beide Beine amputiert – einseitig gelähmt.[1]

«Man hilft mir, meine Bedürfnisse zu verrichten. Man wäscht mich. Man trocknet mich ab. Ich bin beinahe völlig taub. Nun gut, ich werde

1 Bei dieser Gestalt handelt es sich um Zagreus, der in *La Mort heureuse* von Mersault ermordet wird.

nie etwas unternehmen, um ein Leben abzukürzen, an das ich so innig glaube. Ich würde noch Schlimmeres auf mich nehmen. Blind zu sein und der sinnlichen Wahrnehmung beraubt – stumm und ohne Berührung mit der Außenwelt –, wenn ich nur jene dunkle und glühende Flamme spüre, die ich ist, und zwar ich, der Lebende – der dem Leben noch dafür dankt, daß es mir erlaubt hat, zu brennen.»

☆

8. November
In den billigen Kinos werden Pfefferminzbonbons verkauft, auf denen steht: «Werden Sie mich einmal heiraten?» – «Lieben Sie mich?» Und dazu die Antworten: «Heute abend» – «Von Herzen», usw. Man gibt sie der Nachbarin, die auf dieselbe Weise antwortet. Ein ganzes Leben wird auf den Austausch von Pfefferminzbonbons gegründet.[1]

☆

13. November
Cviklinsky[2]. «Ich habe immer aus Trotz gehandelt. Jetzt geht es besser. Ich soll so handeln, daß ich glücklich werde? Ich soll mich lieber in diesem Land niederlassen, das mir gefällt? Aber gefühlsbestimmtes Vorwegnehmen ist immer trügerisch – immer. Darum müssen wir leben, wie wir am leichtesten leben können. Sich keinen Zwang antun, auch wenn man Entrüstung auslöst. Das ist ein bißchen zynisch, aber es ist auch der denkbar vernünftigste Standpunkt der Welt.»

Mag sein, aber ich bin nicht sicher, daß jedes gefühlsbestimmte Vorwegnehmen trügerisch ist. Es ist nur unvernünftig. Wie dem auch sei, das einzige Experiment, das mich interessiert, ist jenes, bei dem ich alles genau so vorfände, wie ich es erwartet hätte. *Etwas tun, um glücklich zu werden, und darüber glücklich sein.* Was mich anzieht, ist jenes Band, das sich von der Welt zu mir schlingt, jener doppelte Widerschein, der bewirkt, daß mein Herz eingreifen und mein Glück zu einer gewissen Grenze bestimmen kann, an der die Welt es dann vollenden oder zerstören mag.

Aedificabo et destruam, sagt Montherlant. Ich sage lieber: Aedificabo et destruat. Die Wechselseitigkeit geht nicht von mir zu mir. Sondern von der Welt zu mir und von mir zur Welt. Eine Frage der Demut.

☆

16. November
Er sagt: «Man braucht eine Liebe – eine große Liebe im Leben, denn sie bietet ein Alibi für die grundlosen Verzweiflungen, von denen wir niedergedrückt werden.»

☆

17. November
«Wille zum Glück.»

Es gibt keine grundlosen Verzweiflungen die durch Liebe entstehen.

1 Vgl. *Literarische Essays,* S. 99.
2 Mit Camus befreundeter algerischer Arzt und Philosoph.

3. Teil. Verwirklichung des Glücks.

Mehrere Jahre. Ablauf der Zeit in den Jahreszeiten und nichts anderes.

1. Teil (Ende). Der Invalide sagt zu Mersault:

«Das Geld. Nur eine Art geistiger Snobismus verleitet uns zum Glauben, man könne ohne Geld glücklich sein.»

M. kehrt heim, überdenkt die Ereignisse seines Lebens im Lichte dieser Tatsachen. Antwort: Ja.

Für eine «gesunde Natur» heißt glücklich sein, das Schicksal aller Menschen auf sich nehmen, und zwar nicht mit dem Willen zum Verzicht, sondern mit dem Willen zum Glück. Um glücklich zu sein, braucht es Zeit, viel Zeit. Auch das Glück ist ein langes Sich-Gedulden. Die Zeit jedoch wird uns von der Notwendigkeit des Geldverdienens gestohlen. Die Zeit ist käuflich. Alles ist käuflich. Reich sein heißt Zeit haben zum Glücklichsein, wenn man dessen würdig ist.[1]

☆

22. November
Es ist normal, etwas von seinem Leben wegzugeben, um es nicht ganz zu verlieren. Sechs oder acht Stunden am Tag, um nicht Hungers zu sterben. Und überdies gereicht dem, der auf Vorteil bedacht ist, alles zum Vorteil.

☆

Dezember
Ein zäher Regen, wie Öl an den Scheiben, der hohle Hufschlag der Pferde und das dumpfe, beharrliche Gießen, alles nahm die Züge einer Vergangenheit an, deren drückende Traurigkeit in Mersaults Herz drang wie das Wasser in seine feuchten Schuhe und die Kälte in seine Knie, die nur von dünnem Stoff bedeckt waren. Von überall aus der Tiefe des Himmels zogen unablässig Wolken herbei, rasch verschwunden und rasch wieder ersetzt. Der herabsinkende Wasserstaub, weder Nebel noch Regen, wusch M.s Gesicht wie eine behutsame Hand und legte seine tief umränderten Augen bloß. Die Bügelfalte war aus seiner Hose verschwunden und zugleich jene Wärme und jenes Vertrauen, die ein normaler Mensch in einer für ihn geschaffenen Welt zeigt.[2]

☆

Ironie im Umgang mit Marthe – verläßt sie.

☆

Der junge Bursche, der zu so viel Hoffnungen berechtigte und jetzt in einem Büro arbeitet.[3] Sonst tut er nichts, kommt nach Hause, legt sich

1 Fragment zu *La Mort heureuse.*
2 Fragment zu *La Mort heureuse.*
3 Fragment zu *La Mort heureuse.* Camus wird es in *Der Fremde* benutzen.

hin und wartet rauchend, bis es Zeit ist, zu Abend zu essen, legt sich dann wieder hin und schläft bis zum nächsten Morgen. Sonntags steht er sehr spät auf und stellt sich ans Fenster, um den Regen oder die Sonne, die Vorübergehenden oder das Schweigen zu betrachten. So treibt er es das ganze Jahr hindurch. Er wartet. Er wartet auf das Sterben. Wozu die Hoffnungen, wenn doch ohnehin ...

☆

Die Politik und das Schicksal der Menschen werden von Männern ohne Ideale noch Größe gemacht. Die Menschen, die eine Größe in sich haben, beschäftigen sich nicht mit Politik. So steht es mit allem. Aber jetzt geht es darum, in sich einen neuen Menschen zu schaffen. Es geht darum, daß die Männer der Tat auch Männer eines Ideals sind und die Dichter Industrielle. Es geht darum, seine Träume zu leben – sie in Tat umzusetzen. Bisher verzichtete man darauf oder verlor sich darin. Man darf sich nicht daran verlieren und nicht darauf verzichten.[1]

☆

Wir haben keine Zeit, wir selber zu sein. Wir haben nur Zeit, glücklich zu sein.

☆

Oswald Spengler (*Untergang des Abendlandes*): I. Gestalt und Wirklichkeit:

«Die Welt verstehen nenne ich der Welt gewachsen sein.»

«Wer definiert, kennt das Schicksal nicht.»

«Es gibt außer der Notwendigkeit von Ursache und Wirkung – ich möchte sie die Logik des Raumes nennen – im Leben auch noch die organische Notwendigkeit des Schicksals – die Logik der Zeit ...»

Fehlen des historischen Sinns bei den Griechen. «... die antike Geschichte (ist) bis auf die Perserkriege herab ... das Produkt wesentlich mythischen Denkens.»

Die ägyptische Säule war ursprünglich aus Stein, die dorische war eine Holzsäule. Darin sprach sich die tiefe Feindseligkeit der antiken Seele gegen die Dauer aus. «Die ägyptische Kultur ist eine Inkarnation der Sorge.» Die Griechen haben als glückliches Volk keine Geschichte.

☆

Der Mythos und seine antipsychologische Bedeutung. Am Anfang der Geistesgeschichte des Abendlandes hingegen steht ein Fragment tiefeigenster Selbsterforschung, und es beginnt die Vita Nuova des Abendlands. (Vgl. im Gegensatz dazu: mythische Fragmente des Herakles: die gleichen von Homer bis zu Senecas Tragödien. Ein Jahrtausend. Mit anderen Worten: Antike = Gegenwart.)

☆

1 Eine Betrachtung, von der wir gleichsam ein Echo in *Caligula* wiederfinden.

Beisp.: (Es waren) «die Deutschen, welche die mechanischen Uhren erfanden, schauerliche Symbole der rinnenden Zeit, deren Tag und Nacht von zahllosen Türmen über Westeuropa hin hallende Schläge vielleicht der ungeheuerste Ausdruck sind, dessen ein historisches Weltgefühl überhaupt fähig ist».

«Wir Menschen der westeuropäischen Kultur sind mit unserem historischen Sinn eine Ausnahme und nicht die Regel.»

Sinnlosigkeit des Schemas: Altertum – Mittelalter – Neuzeit.

«Was bedeutet der Typus des Übermenschen für die Welt des Islam?»

«Die Zivilisation ist das unausweichliche Schicksal einer Kultur ... Der Römer als Nachfolger des Hellenen. Griechische *Seele* und römischer *Intellekt* ... Der Übergang von der Kultur zur Zivilisation vollzieht sich in der Antike im 4., im Abendland im 19. Jahrhundert.»

(Unsere) «Lyrik und Musik ... (sind) für den weltstädtischen Geistesmenschen».

«Wir nehmen die Geschichte der Philosophie als letztes ernsthaftes Thema der Philosophie an.»

Das wahre Problem:
die Antithese der Geschichte und der Natur
die Mathematik Geschichte
und Tabellen (zu überprüfen).

☆

Dezember

Was ihn bewegte, war ihre Art, sich an ihn zu klammern, ihm zu folgen und dabei seinen Arm zu drücken, jene Hingabe und jenes Vertrauen, das an seine Männlichkeit rührte. Auch ihr Schweigen, das sie ganz in ihrer jeweiligen Gebärde aufgehen ließ und sie, zusammen mit dem Ernst, den sie in ihre Küsse legte, vollends einer Katze gleichen ließ ...

In der Nacht spürte er unter seinen Fingern die eiskalten, hervortretenden Backenknochen und die lauwarmen Lippen, die unter den Fingerspitzen nachgaben.[1] Da stieg es in ihm auf wie ein unbeteiligter und heftiger Schrei. Angesichts der von Sternen berstenden Nacht und der von irdischen Lichtern geschwellten Stadt, die wie ein umgestülpter Himmel war, im heißen durchdringenden Hauch, der vom Hafen zu seinem Gesicht aufstieg, überkam ihn der Durst nach dieser lauen Quelle, der ungezügelte Wille, auf diesen lebendigen Lippen den ganzen Sinn der unmenschlichen und schlafenden Welt zu erfassen wie ein in ihrem Munde eingeschlossenes Schweigen. Er beugte sich vor, und es war, als drückte er seine Lippen auf einen Vogel. Marthe stöhnte. Er biß in ihre Lippen und atmete minutenlang Mund an Mund jene laue Wärme ein, die ihn so verzückte, als drückte er die Welt in seine Arme. Sie jedoch klammerte sich an ihn wie eine Ertrinkende, tauchte für Sekunden aus dem großen tiefen Loch auf, in das sie gestürzt war, stieß dann seine Lippen

1 Fragment zu *La Mort heureuse*.

von sich, um sich gleich wieder an sich zu ziehen, und versank erneut in den eisigen und schwarzen Wassern, die sie versengten wie ein Volk von Göttern.

☆

Dezember

Ein Mann, der Freude am Spiel hat, ist in Gesellschaft von Frauen immer glücklich. Die Frau ist ein gutes Publikum.

☆

Die ermüdenden Dinge ermüden einen immer gleich zu Anfang. Nachher kommt der Tod. «Dieses Leben werde ich nie führen können»; aber gerade es zu führen, erlaubt einem, es auf sich zu nehmen.

☆

Roman. I. T. Kartenspiel (Brisque). Die Gespräche.

«Wir Zuaven ...»

«Mein Mann und ich ...»

Ein Betrunkener: «Du ekelst mich an. Du ekelst mich an. Und ich will dir sagen, warum. Weil du ein kleiner Spießer bist. Ich mag kleine Spießer nicht. *Du weißt nicht, was leben heißt.*»

(Park Saint-Raphaël.)

Roman. Titel: Ein reines Herz
Die Glücklichen auf Erden
Der goldene Strahl.

☆

«Kennen Sie viele der ‹Liebe zugetane› Männer, die eine sich anbietende hübsche Frau von sich weisen würden? Und selbst wenn es sie gibt, so nur aus Mangel an Temperament.»

«Sie nennen Temperament das Fehlen jedes ernsten Gefühls.»

«Ganz genau. (Zumindest in dem Sinn, in dem Sie das Wort ‹ernst› verwenden.)»

☆

Roman. I. T.

Zagreus' Wohnung draußen vor der Stadt. Mord. Das Zimmer ist überheizt. Mersault spürt, wie seine Ohren rot werden, und hat das Gefühl, zu ersticken. Beim Hinausgehen erkältet er sich (daher die Krankheit, die ihn niederwerfen wird).

Kap. IV: das «unbeteiligt» begonnene Gespräch mit Z.

«Ja», sagt Z., «aber das können Sie nicht machen, wenn Sie arbeiten.»

«Nein, weil ich aufsässig gestimmt bin, und das ist von Übel.»

... Im Grunde, sagt M., bin ich ein gefährlicher Feuerkopf.

☆

Roman. IV. T. Eine passive Frau.[1]

«Der Irrtum», sagt M., «besteht darin, zu glauben, daß man eine

1 Fragment zu *La Mort heureuse*.

Wahl treffen, daß man seine Absichten ausführen muß, daß es für das Glück Voraussetzungen gibt. Das Glück ist oder es ist nicht. Nur der Wille zum Glück zählt, eine Art ungeheuren, stets gegenwärtigen Bewußtseins. Alles übrige, Frauen, Kunstwerke, gesellschaftliche Erfolge, ist nur Vorwand. Ein Kanevas, der auf unsere Stickereien wartet.»

☆

Roman. III. T.

Einige Zeit später teilt Mersault seine Abreise mit. Er wollte zuerst auf Reisen gehen und sich dann in der Umgebung von Algier niederlassen. Einen Monat später war er zurück, von nun an überzeugt, daß das Reisen ein Leben versinnbildliche, das ihm verschlossen sei. Das Reisen erschien ihm als das, was er wirklich ist, als Glück der Ruhelosen. Aber nicht das begehrte M. auf seiner Suche nach bewußtem Glücklichsein. So fühlte er sich denn auch krank, und er wußte, was er wollte. Zum zweiten Male schickte er sich an, das ‹Haus zum Meer› zu verlassen.

☆

Februar 38

Hier haben die Menschen ein Gefühl für das Schicksal. Das kennzeichnet sie.

☆

Der Schmerz, nicht alles gemeinsam zu haben, und das Unglück, alles gemeinsam zu haben.

☆

Februar 38

Der revolutionäre Geist ist ganz in einem Protest des Menschen gegen die Seinsbedingung des Menschen enthalten.[1] In diesem Sinn ist er das ewige, in mancherlei Gestalt auftretende Thema der Kunst und der Religion. Eine Revolution richtet sich immer gegen die Götter – angefangen bei der des Prometheus. Es ist ein Aufbegehren des Menschen gegen sein Geschick, für das Tyrannen und bürgerliche Hanswurste nur Vorwände bilden.

Diesen Geist kann man ohne Zweifel in seinem historischen Wirken erfassen. Aber es bedarf der ganzen inneren Beteiligung eines Malraux, um dann dem Willen, Beweise zu führen, zu widerstehen. Leichter findet man ihn in seinem Wesen und in seinem Schicksal. So gesehen, wäre ein Kunstwerk, das die Eroberung des Glücks aufzeichnete, ein revolutionäres Werk.

☆

Eine Maßlosigkeit im Maß finden.

☆

1 Diese Betrachtungen, die Malraux' Vorstellung von der Revolution und der Kunst verwandt sind, nehmen die wichtigsten Themen von *Der Mensch in der Revolte* vorweg.

April 38

Die Niedrigkeit und Jämmerlichkeit, die der Seinsbedingung eines arbeitenden Menschen und einer auf arbeitende Menschen gegründete Zivilisation anhaftet.

Aber es geht darum, festzuhalten und nicht loszulassen. Die natürliche Reaktion geht immer dahin, sich von der Arbeit abzulenken, sich mit billiger Bewunderung zu umgeben, sich ein Publikum zu schaffen, einen Vorwand zu haben, Feigheiten zu begehen und sich etwas vorzumachen (die meisten Ehen werden deswegen geschlossen). Eine andere unvermeidliche Reaktion besteht im Phrasendreschen. Beides kann sich übrigens sehr gut vertragen, wenn man den physischen Schlendrian hinzunimmt, die Vernachlässigung des Körpers und die Erschlaffung des Willens.

Es geht zunächst darum, zu schweigen – das Publikum auszuschalten und es fertigzubringen, sich selber zu beurteilen. Eine aufmerksame Pflege des Körpers in Einklang zu bringen mit einem aufmerksamen Bewußtsein zu leben. Jede Anmaßung fallen zu lassen und auf zweierlei Befreiung hinzuarbeiten – vom Geld und von den eigenen Eitelkeiten und Feigheiten. Richtig leben. Zwei Jahre eines Lebens sind nicht zuviel dafür, über einen einzigen Punkt nachzudenken. Es gilt, alle früheren Zustände abzustoßen und seine ganze Kraft daran zu wenden, zunächst nichts zu verlernen, anschließend geduldig dazuzulernen.

Unter diesen Voraussetzungen stehen die Aussichten eins zu zehn, daß es gelingt, der niedrigsten und jämmerlichsten Seinsbedingung zu entrinnen: der des arbeitenden Menschen.

☆

April

Zwei Essays abschicken. *Caligula.* Keinerlei Bedeutung. Nicht ausgereift. In Algier veröffentlichen.

Philosophie und Kultur wieder vornehmen. Alles um dieses einen willen liegenlassen: Doktorarbeit

entweder Biologie + Staatsexamen

oder Indochina.

Jeden Tag in diesem Heft festhalten: In zwei Jahren *ein Werk* schreiben.

☆

April 38

Melville[1] begibt sich auf Abenteuerfahrt und landet in einem Büro. Er stirbt unbekannt und arm. Die Einsamkeit und die Vereinsamung (was nicht das gleiche ist) müssen auf die Dauer sogar die Bosheit und die Verleumdungen zum Schweigen bringen.

Aber man muß zu jeder Zeit in sich selbst gegen Bosheit und Verleumdung angehen.

☆

1 Camus wird dem Autor von *Moby Dick,* dessen Romantechnik *Die Pest* beeinflußte, später ein Vorwort widmen (vgl. S. 127).

Mai

Nietzsche. Verurteilung der Reformation, die das Christentum rettet, entgegen den Grundsätzen des Lebens und der Liebe, die Cesare Borgia ihm einflößte. Der Papst Borgia rechtfertigte endlich das Christentum.

☆

Was mich an einer Idee fesselt, ist das Prickelnde und Originelle – das Neue und Oberflächliche, das sie enthält. Das muß ich wohl zugeben.

☆

C., der überall zu gefallen sucht, der jedermann viel gibt und nie etwas hält, der das Bedürfnis hat, Liebe und Freundschaft zu erwerben, zu gewinnen, doch zu beidem unfähig ist. Schöne Romangestalt und klägliches Bild eines Freundes.

☆

Szene: der Mann, die Frau und das Publikum.

Er ist ein Mann von Format und liebt es, zu brillieren. Sie schweigt, zerstört aber mit knappen, trockenen Bemerkungen alle Effekte des lieben Gemahls. Betont so ständig ihre Überlegenheit. Er beherrscht sich, leidet aber unter der Demütigung, und so entsteht der Haß.

Beisp.: Mit einem Lächeln: «Stell dich nicht dümmer als du bist, mein Lieber.»

Das Publikum windet sich und lächelt verlegen. Er wird rot, geht auf sie zu, küßt ihr die Hand und sagt lächelnd: «Du hast vollkommen recht, Liebling.»

Der Schein ist gewahrt, und der Haß wächst.

☆

Ich erinnere mich noch an die Verzweiflung, die mich ergriff, als meine Mutter mir mitteilte, jetzt sei ich groß genug und werde zu Neujahr nur noch nützliche Geschenke erhalten. Noch heute krampft sich unwillkürlich alles in mir zusammen, wenn ich solche Geschenke erhalte. Und dabei wußte ich natürlich genau, daß damals die Liebe zu mir sprach, aber warum bedient die Liebe sich zuweilen einer so lachhaften Sprache?

☆

Über ein und dieselbe Sache denkt man am Morgen nicht das gleiche wie am Abend. Aber wo liegt die Wahrheit, im Denken der Nacht oder im Geist des Mittags? Zwei Antworten, zwei Menschenrassen.

☆

Mai

Die Greisin, die im Altersheim für Männer stirbt.[1] Ihre Freundin, die in drei Jahren gewonnene Freundin, die weint, «weil sie nichts mehr hat». Der Pförtner des kleinen Leichenhauses, der Pariser ist und mit seiner

1 Fragment zu *Der Fremde.*

Frau hier lebt. «Wer hätte den beiden voraussagen können, daß er mit vierundsiebzig Jahren in einem Altersheim für Männer in Marengo landen würde?» Sein Sohn hat eine gute Stellung. Sie sind aus Paris gekommen. Die Schwiegertochter wollte sie nicht aufnehmen. Szenen. Der Alte hat schließlich «die Hand gegen sie erhoben». Sein Sohn hat die Eltern zu den alten Männern gesteckt. Der Totengräber, der mit der Verstorbenen befreundet war. Bisweilen gingen sie abends zusammen ins Dorf. Der kleine Alte, der unbedingt den Leichenzug bis zur Kirche und zum Friedhof begleiten will (zwei km). Da er gebrechlich ist, kann er nicht Schritt halten und bleibt zwanzig Meter zurück. Aber er kennt die Gegend und benutzt Abkürzungen, die ihm erlauben, zwei- oder dreimal zum Zug zu stoßen, ehe er wieder zurückbleibt.

Die maurische Krankenpflegerin, die den Sarg zunagelt, hat eine von Krebs zerfressene Nase und trägt darüber ständig eine Binde.

Die Freunde der Toten: versponnene alte Leutchen. Früher war alles schön. Einer zu einer anderen: «Ihre Tochter hat ihnen nicht geschrieben?» – «Nein.» – «Sie könnte sich ruhig daran erinnern, daß sie eine Mutter hat.»

Die andere ist gestorben – gleichsam als Zeichen und Warnung für alle.

☆

Juni

Zu *Mort heureuse*: Eine Reihe von Abschiedsbriefen. Bekanntes Thema: weil ich dich zu sehr liebe.

Und der letzte: ein Meisterwerk an klarer Erkenntnis. Aber auch da ist der Anteil der Komödie nicht zu ermessen.

☆

Ende. Mersault trinkt.

«Oh!» sagte Céleste [1] und wischte die Theke ab. «Du wirst alt, Mersault.»

Mersault hielt jäh inne und stellte sein Glas ab. Er betrachtete sich im Spiegel hinter der Theke. Es stimmte.

☆

Sommer in Algier.[2]

Für wen dieser Schwarm schwarzer Vögel am grünen Himmel? Der blinde und taube Sommer, der einsickert und den Schreien der Mauersegler und den Rufen der Zeitungsverkäufer einen reineren Sinn verleiht.

☆

Juni. Für diesen Sommer:

1) Florenz und Algier abschließen.

1 Auch die Gestalt Célestes trat zuerst in *La Mort heureuse* auf, ehe sie in *Der Fremde* aufgenommen wurde.

2 Für *Hochzeit des Lichts.*

2) *Caligula.*
3) Impromptu d'été.
4) Essay über das Theater.
5) Essay über 40 Stunden.
6) Roman neu schreiben.
7) Das Aburde.

☆

Zu Impromptu d'été:

«Zuschauer.»
«Wie!»
«Zuschauer.»
«Wie!»
«Du bist ein seltener Vogel, Zuschauer.»
«Wieso selten?» (Er wendet sich um.)
«Nun, selten! Du bist nicht zahlreich. Du bist ein paar wenige.»
«Jeder ist, was er kann.»
«Natürlich. So wie du bist, sagst du uns zu.»

☆

Roman.

«Ich muß zugeben, daß ich schwere Fehler habe», sagt Bernard [1]. «So bin ich zum Beispiel verlogen.»

«?»

«Oh, ich weiß wohl. Es gibt Fehler, die man nie eingesteht. Und andere, zu denen man sich ohne weiteres bekennt. Natürlich im Brustton der falschen Bescheidenheit! ‹Es stimmt, ich bin jähzornig, ich bin ein Leckermaul.› In gewissem Sinn schmeichelt ihnen das. Aber verlogen zu sein, eitel, mißgünstig, das gibt keiner zu. Das sind immer die anderen. Und indem man seine Zornesausbrüche eingesteht, drückt man sich überdies darum, von allem übrigen zu spechen. Bei einem Menschen, der sich aus freien Stücken anklagt, werden Sie doch keine anderen Fehler suchen, nicht wahr?

Ich hingegen habe gar kein Verdienst. Ich sage Ja zu mir selber. Deshalb ist alles so einfach.»

☆

Caligula: «Ich bin ein einfacher Mensch, und gerade das werdet ihr nie begreifen.»

☆

Essay über 40 Stunden.

In meiner Familie: Arbeit 10 Stunden. Schlaf. Sonntag – Montag – Arbeitslosigkeit: der Mann weint. Das große Elend des Menschen besteht darin, daß er über das weinen und nach dem verlangen muß, was ihn demütigt (Wettbewerb).

☆

1 Bernard ist der Arzt in *La Mort heureuse.*

Gegenwärtig spricht man viel von der Würde der Arbeit, von ihrer Notwendigkeit. Besonders Gignoux[1] besitzt in dieser Frage sehr entschiedene Ansichten...

Aber es ist ein Betrug. Eine Würde der Arbeit gibt es nur in freiwillig angenommener Arbeit. Einzig der Müßiggang ist ein moralischer Wert, weil er dazu dienen kann, die Menschen zu beurteilen. Verderblich wird er nur den Mittelmäßigen. Das ist seine Lehre und seine Größe. Die Arbeit dagegen erdrückt alle Menschen gleichermaßen. Auf sie läßt sich kein Urteil gründen. Sie setzt eine Metaphysik der Demütigung ins Werk, eine Demütigung, die in der Form der Versklavung, die ihr augenblicklich die Gesellschaft der tonangebenden Leute verleiht, auch die Besten nicht überleben...

Ich schlage vor, die hergebrachte Formulierung umzukehren und aus der Arbeit eine Frucht des Müßiggangs zu machen. So geht von den kleinen am Sonntag hergestellten Fäßchen eine Würde der Arbeit aus. Hier begegnen sich Arbeit und Spiel, und das der Technik dienstbar gemachte Spiel reicht ans Kunstwerk und an die ganze Schöpfung heran...

Ich kenne Leute, die sich ereifern und sich empören. Wieso denn! Meine Arbeiter verdienen 40 Francs am Tag...

☆

Monatsende, an dem die Mutter mit aufmunterndem Lächeln sagt: «Heute abend trinken wir Milchkaffee. Von Zeit zu Zeit ist das eine Abwechslung...»

☆

Aber zumindestest werden sie sich lieben können...

☆

Die einzige noch mögliche Brüderlichkeit, die einzige, die man uns bietet und gewährt, ist die schmutzige, schmierige Brüderlichkeit angesichts des Soldatentods.

☆

Juni

Die kleine Oranerin, die mit ihrem Mann im Kino sitzt, vergießt heiße Tränen über das Mißgeschick des Helden. Ihr Mann bittet sie, doch aufzuhören. Unter Schluchzen: «Laß mich doch, ich will auch etwas davon haben!»

☆

La Mort heureuse.

Im Zug sitzt Zagreus ihm gegenüber. Nur er hat das schwarze Halstuch, das er zu tragen pflegte, durch eine sehr helle Sommerkrawatte ersetzt. (Übernimmt nach Mord die Wohnung. Ändert nichts. Setzt nur einen neuen Spiegel ein.)

☆

1 Es handelt sich um den zeitgenössischen liberalen Nationalökonomen.

Die allen intelligenten Menschen gemeinsame Versuchung: der Zynismus.

☆

Elend und Größe dieser Welt: sie bietet keine Wahrheiten, sondern Liebesmöglichkeiten. Es herrscht das Absurde, und die Liebe errettet davor.

☆

In Fortsetzungsromanen gibt es eine zwar richtige, aber großzügige Psychologie. Sie trägt den Einzelheiten nicht Rechnung. Sie ist wohlwollend. Dadurch wird sie falsch.

☆

Die alte Frau anläßlich der Neujahrswünsche: Man verlangt ja nicht viel: Arbeit und Gesundheit.

☆

Die merkwürdige Eitelkeit des Menschen, die glauben will und glauben läßt, er strebe nach Wahrheit, während er von dieser Welt Liebe verlangt.

☆

Es ist schwer einzusehen, daß man vielen überlegen sein kann, ohne ein überlegener Mensch zu sein. Und daß die wahre Überlegenheit . . .

☆

August

Ein Zimmer geht auf den Hof – hat eine Tür zu einem zweiten Zimmer, das dorther sein Licht erhält und seinerseits in ein drittes, fensterloses übergeht. In diesem Raum drei Matratzen. Drei Schlafende. Aber da die Breite des Zimmers geringer ist als die Länge der Matratzen, hat man ein Ende der Matratzen gegen die Wand gelegt, und die Menschen schlafen gekrümmt.

☆

Der Blinde, der nachts zwischen ein und vier Uhr mit einem anderen befreundeten Blinden ausgeht. Weil sie sicher sind, auf der Straße niemandem zu begegnen. Wenn sie an einen Laternenpfosten stoßen, können sie ungehemmt lachen. Und sie lachen. Am Tage dagegen ist das Mitleid der anderen da, das sie am Lachen hindert.

«Schreiben», sagt dieser Blinde. «Aber das interessiert keinen. Was an einem Buch interessiert, ist das Gepräge einer pathetischen Existenz. Und unser Leben ist nie pathetisch.»

☆

Beim Schreiben immer ein bißchen unterhalb der Ausdrucksgrenze bleiben (anstatt darüber hinauszugehen). Vor allem kein Geschwätz.

Die «wirkliche» Erfahrung der Einsamkeit ist denkbar unliterarisch – und tausend Meilen von der literarischen Vorstellung entfernt, die man sich von der Einsamkeit macht.

Vgl. das Erniedrigende an allem Leiden. Sich nicht der Leere überlassen. Sich bemühen, zu überwinden und die Zeit «auszufüllen» – sie nicht zu verlieren.

☆

Die einzige mögliche Freiheit ist eine Freiheit dem Tode gegenüber. Der Mensch ist wahrhaft frei, der den Tod als solchen und gleichzeitig seine sämtlichen Folgen bejaht – das heißt die Umkehrung aller herkömmlichen Werte des Lebens. Das «Alles ist erlaubt» eines Iwan Karamasow ist der einzige Ausdruck einer stichhaltigen Freiheit. Aber man muß der Formel auf den Grund gehen.[1]

☆

21. August 1938
«Nur wer die ‹Gegenwart› gekannt hat, weiß wirklich, was die Hölle ist.» (Jakob Wassermann)

☆

Manus Gesetzbuch:
«Der Mund einer Frau, die Brust eines jungen Mädchens, das Gebet eines Kindes, der Rauch des Opfers sind immer rein.»

☆

Über den bewußten Tod, vgl. Nietzsche. (*Götzen-Dämmerung*)
Nietzsche: «Die geistigen Menschen, vorausgesetzt, daß sie die mutigsten sind, erleben auch bei weitem die schmerzhaftesten Tragödien: aber eben deshalb ehren sie das Leben, weil es ihnen seine größte Gegnerschaft entgegenstellt.»[2]

☆

Nietzsche. «Wonach sehnen wir uns beim Anblick der Schönheit? Darnach, schön zu sein: wir wähnen, es müsse viel Glück damit verbunden sein. – Aber das ist ein Irrtum.» (*Menschliches, Allzumenschliches*)

☆

Die Luft ist von grausamen, furchteinflößenden Vögeln bevölkert.

☆

Das Glück eines Menschenlebens erhöhen heißt, die Tragik seines Zeugnisses ausweiten. Das wahrhaft tragische Kunstwerk (sofern es ein Zeugnis ist) muß das Werk eines glücklichen Menschen sein. Denn dieses Kunstwerk wird ganz vom Tod eingegeben sein.

☆

Methode der Meteorologie. Die Temperatur wechselt von einer Minute zur anderen. Es ist eine zu unbeständige Erscheinung, als daß man sie in mathematischen Formeln festlegen könnte. Die Beobachtung entspricht hier einem willkürlichen Schnitt durch die Wirklichkeit. Und nur der

1 In *Der Mythos von Sisyphos* aufgenommenes Fragment.
2 *Götzen-Dämmerung*. Streifzüge eines Unzeitgemäßen, Aphorismus 17.

Begriff des Mittelwerts erlaubt, eine Vorstellung von dieser Wirklichkeit zu vermitteln.

☆

Etruskische Bibliographie:

A. Grenier: *Recherches Étrusques* in *Revue des Études Anciennes* IX, 1935, p. 219 sq.

B. Nogara: *Les Étrusques et leur civilisation,* Paris 1936.

Fr. de Ruyt: *Charon, démon étrusque de la mort.* (Quelle?)

☆

Belcourt.

Die junge Frau, deren Mann sein Mittagsschläfchen hält, und nicht von den Kindern gestört werden darf. Zwei Zimmer. Sie legt im Eßzimmer eine Decke auf den Boden und spielt still mit den Kleinen, damit der Mann schlafen kann. Sie läßt die Flurtür offen, weil es heiß ist. Manchmal schläft sie ein, und man sieht im Vorbeigehen, wie sie zurückgesunken daliegt, während die schweigend um sie versammelten Kinder die leisen Regungen ihres Körpers beobachten.

☆

Belcourt.

Fristlos entlassen. Wagt nicht, es ihr zu sagen. Spricht.

«Nun, wir werden abends Kaffee trinken. Von Zeit zu Zeit ist das eine Abwechslung.»

Er schaut sie an. Er hat oft Geschichten von armen Leuten gelesen, in denen die Frau «tapfer» war. Sie hat nicht gelächelt. Sie ist wieder in die Küche gegangen. Tapfer? Nein, resigniert.

☆

Der ehemalige Boxer, der seinen Sohn verloren hat. «Was sind wir schon auf dieser Erde? Und man strampelt sich ab und strampelt sich ab.»

☆

Belcourt.

Geschichte von R.[1] «Ich habe eine Dame gekannt ... sie war sozusagen meine Geliebte ... Ich habe gemerkt, daß Betrug mit im Spiel war»: Geschichte der Lotterielose. («Hast du für mich eins gekauft?») Geschichte des Jackenkleids und der Schwester. Geschichte der Armbänder und des «Pfandscheins».

Überschlägt die 1300 Francs. Sie kommt nicht aus damit. «Warum arbeitest du nicht halbtags? Du würdest mir für all diese kleinen Ausgaben eine große Last abnehmen. Ich habe dir das Jackenkleid gekauft, ich gebe dir 20 Francs am Tag, ich bezahle die Miete, und du trinkst am Nachmittag Kaffee mit deinen Freundinnen. Du gibst ihnen den Kaffee und den Zucker. Ich gebe dir das Geld. Ich habe dich gut behandelt, und du vergiltst es mir so.»

1 Aufzeichnungen, die für die Gestalt Raymonds in *Der Fremde* verwendet wurden.

Er holt sich Rat. Es reizt ihn immer noch, mit ihr zu schlafen. Er will einen Brief mit «Fußtritten» und «solchen Sachen, daß es ihr leid tut».

Beisp.: «Du willst dich mit deinem Ding amüsieren, weiter willst du nichts.» Und dann: «Ich hatte geglaubt, daß ...» usw.

«Du merkst nicht, daß die anderen eifersüchtig sind auf das Glück, das ich dir schenke.»

«Ich schlug sie, aber sozusagen zärtlich. Sie schrie. Ich schloß die Läden.»

Idem mit der Freundin.

Er will, daß sie von sich aus zurückkehrt. Tragische Figur in diesem Verlangen, sie zu demütigen. Er wird sie in ein Hotel mitnehmen und dann die «Sitte» holen.

Geschichte der Freunde und des Biers. «Ach ihr, ihr behauptet zur Unterwelt zu gehören.» – «Sie haben mir gesagt, wenn ich wollte, würden sie ihr einen Denkzettel verpassen.»

Geschichte des Überziehers. Geschichte der Streichhölzer.

«Du wirst merken, was für ein Glück ich dir geschenkt habe.»

Sie ist Araberin.

☆

Thema: Die Welt des Todes. Tragisches Werk: glückliches Werk.[1]

... «Aber nach Ihrem Ton zu urteilen, befriedigt dieses Leben Sie nicht, Mersault.»

«Es befriedigt mich nicht, weil man es mir rauben wird – oder vielmehr: ich empfinde das ganze Grauen, es zu verlieren, gerade weil es mich zu sehr befriedigt.»

«Das verstehe ich nicht.»

«Sie wollen nicht verstehen.»

«Vielleicht.»

Nach einem Weilchen bricht Patrice auf.

«Aber Patrice, es gibt doch die Liebe.»

Er wandte sich um, seine Züge waren von Verzweiflung entstellt.

«Ja», sagte Patrice, «aber die Liebe ist von dieser Welt.»

☆

Altersheim für Männer (der alte Mann, der querfeldein geht).[2] Beerdigung. Die Sonne, die den Asphalt auf der Straße zum Schmelzen bringt – die Füße sinken darin ein und hinterlassen Wunden im schwarzen Fleisch. Man entdeckt eine Ähnlichkeit zwischen diesem schwarzen Schlamm und dem Lederhut des Kutschers. Und überall dieses Schwarz, klebriges Schwarz des aufgebrochenen Asphalts, stumpfes Schwarz der Kleider, lackglänzendes Schwarz des Wagens – die Sonne, der Geruch nach Leder und Pferdemist, Lack und Weihrauch. Die Müdigkeit. Und der andere, querfeldein.

1 Fragment zu *La Mort heureuse.*

2 In *Der Fremde* verwendete Aufzeichnungen.

Er geht zur Beerdigung, weil sie seine einzige Freundin ist. Im Altersheim sagte man zu ihm wie zu einem Kind: «Ach, Ihre Braut.» Und er lachte. Und er war zufrieden.

☆

Gestalten.

A) Etienne, «physische» Gestalt; die Aufmerksamkeit, die er seinem Körper schenkt:

1. die Wassermelone
2. die Krankheit (die Punkte)
3. die natürlichen Bedürfnisse – Gut – Heiß, usw.
4. Er lacht vor Vergnügen, wenn er etwas Gutes ißt.

B) Marie C.[1] Ihr Schwager und das Zusammenleben, «er zahlt die Miete».

C) Marie Es. Kindheit. Ihre Stellung in der Familie. Ihre Jungfräulichkeit, über die alle reden. Hl. Franz von Assisi. Leiden und Demütigung.

D) Madame Leca. Vgl. oben.

E) Marcel, der Chauffeur – und die Alte im Café.

☆

Wir empfinden nicht Geühle, die uns verwandeln, sondern Gefühle, die uns den Gedanken an eine Wandlung nahelegen. So läutert die Liebe uns nicht vom Egoismus, aber sie läßt ihn uns bewußt werden und weckt in uns die Vorstellung einer fernen Heimat, wo für den Egoismus kein Raum mehr ist.

☆

Arbeit über Plotin wieder aufnehmen.[2]

Thema: Die Vernunft bei Plotin.

1) Die Vernunft – der Begriff ist nicht eindeutig.

Interessant, ihre Rolle in der Geschichte zu einem Zeitpunkt zu betrachten, da sie sich entweder anpassen oder untergehen muß.

Vgl. Diplomarbeit.

Es ist die gleiche Vernunft und doch nicht die gleiche.

Denn eigentlich sind es zwei:

die eine ethisch, die andere ästhetisch.

Gründlich untersuchen: das Plotinsche Bild als Syllogismus dieser ästhetischen Vernunft. Das Bild entspricht dem Gleichnis: dieser Versuch, das Undefinierbare des Gefühls in das augenfällig Undefinierbare des Konkreten zu überführen.

Wie bei allen beschreibenden Wissenschaften (Statistiken – die Tatsachen sammeln –) ist das Hauptproblem der Meteorologie praktischer

1 Vielleicht Marie Cardona.

2 1935 hatte Camus an der Universität seine Arbeit über die Beziehungen zwischen Hellenismus und Christentum bei Plotin und Augustinus abgeschlossen.

Art: das Problem, fehlende Beobachtungen zu ersetzen. Und die zur Hilfe herangezogenen Methoden der Interpolation bedienen sich immer des Begriffs des Mittelwerts und setzen somit die Verallgemeinerung und Rationalisierung einer Erfahrung voraus, deren Rationalität es eben aufzudecken gilt.

☆

Becourt. Der Zuckerspekulant, der sich auf dem Abort das Leben nimmt.

☆

Die deutsche Familie 1914. Vier Monate Aufschub. Der Vater wird abgeholt. Konzentrationslager. Vier Jahre ohne Nachricht. Das Leben während dieser Zeit. 1919 kehrt er zurück. Tuberkulös. Stirbt nach wenigen Monaten.

Die kleinen Mädchen in der Schule.

☆

Künstler und Kunstwerk. Das wahrhafte Kunstwerk ist das an Worten sparsamere. Es besteht ein gewisses Verhältnis zwischen der Gesamterfahrung eines Künstlers, seinem Denken + seinem Leben (in gewissem Sinn seinem System – wenn wir beiseite lassen, was dieses Wort an Systematik enthält) und dem Werk, das diese Erfahrung widerspiegelt. Dieses Verhältnis ist schlecht, wenn das Kunstwerk die gesamte, literarisch verbrämte Erfahrung wiedergibt. Es ist gut, wenn das Kunstwerk ein aus Erfahrung gemeißeltes Stück ist, die Facette eines Diamanten, in dem das innere Feuer sich verdichtet, ohne sich einzuschränken. Im ersten Fall herrscht Überladenheit und Literatur. Im zweiten ein fruchtbares Werk, weil es so viel unausgesprochene Erfahrung enthält, deren Reichtum man errät.

Das Problem besteht darin, jene Lebenskunst (oder vielmehr diese Kunst des Gelebthabens) zu erwerben, die über die Schreibkunst hinausgeht. Und letzten Endes ist der große Künstler vor allem einer, der lebt (wobei selbstverständlich leben hier zugleich über das Leben nachdenken heißt – ja, es bedeutet geradezu diese feine Beziehung zwischen der Erfahrung und dem Bewußtsein, das man von ihr gewinnt).

☆

Reine Liebe ist tote Liebe, wenn Liebe ein Leben in Liebe bedeutet, das Entstehen eines eigenen Lebens – dann ist sie in unserem Leben nichts als eine ständige Andeutung, und über alles andere muß man sich verständigen.

☆

Das Denken eilt immer voraus. Es sieht zu weit, weiter als der Körper, der in der Gegenwart bleibt. Die Hoffnung abschaffen, heißt, das Denken dem Körper wieder zuführen. Und der Körper muß verfaulen.

☆

Er lag da, lächelte unbeholfen, und seine Augen glänzten. Sie spürte, wie all ihre Liebe ihr in die Kehle stieg und Tränen ihre Augen füllten. Sie stürzte sich auf seine Lippen und zerdrückte Tränen zwischen ihren Gesichtern. Sie weinte in seinen Mund, und er schmeckte auf den salzigen Lippen die ganze Bitterkeit ihrer Liebe.

☆

Das dürre Herz des Schöpfers.

☆

«Wenn ich wenigstens lesen könnte! Aber ich kann abends nicht bei künstlichem Licht stricken. Deshalb bin ich gezwungen, mich hinzulegen und zu warten. Zwei Stunden so zu verbringen ist lang. Ach, wenn ich meine Enkelin bei mir hätte, könnte ich mit ihr plaudern. Aber ich bin zu alt. Vielleicht rieche ich schlecht. Meine Enkelin kommt nie. Dann eben so, und ganz allein.»

☆

2 P.

Heute ist Mama gestorben.[1] Vielleicht auch gestern, ich weiß es nicht. Ich bekam ein Telegramm aus dem Altersheim. «Mutter gestorben. Beerdigung morgen. Vorzügliche Hochachtung.» Was heißt das schon. Das kann schon gestern gewesen sein ...

☆

Wie der Pförtner sagte: «In der Ebene ist es heiß. Man beerdigt rascher. Vor allem hier.» Er hat mir erzählt, daß er aus Paris stammt und daß es ihm schwergefallen ist, sich hier einzuleben. Denn in Paris bleibt man zwei oder manchmal drei Tage mit den Toten zusammen. Hier hat man keine Zeit. Man hat sich noch nicht mit dem Gedanken vertraut gemacht, und schon muß man hinter dem Leichenwagen herlaufen.

☆

... Aber der Leichenzug bewegte sich wirklich zu schnell. Allerdings brannte die Sonne mit roher Gewalt. Und wie die begleitende Krankenschwester sehr richtig bemerkte: «Wenn man langsam geht, kann man sich einen Sonnenstich holen. Und wenn man zu schnell geht, gerät man in Schweiß und holt sich in der Kirche eine Erkältung.» Sie hatte recht. Da half nichts.

Der Mann vom Beerdigungsinstitut sagte mir etwas, das ich nicht verstand. Er wischte sich mit einem Taschentuch den Schädel, indem er mit einer Hand unter seinen Hut fuhr und ihn mit der anderen lüftete. Ich fragte: «Wie?» Er wies auf den Himmel und wiederholte: «Sie sticht.» Ich sagte: «Ja.» Kurz darauf fragte er: «Ist das Ihre Mutter?» Ich sagte

1 Aufzeichnungen zu *Der Fremde*. Zu diesem Zeitpunkt scheint Camus den Stil seines Buches bereits gefunden zu haben.

wieder: «Ja.» – «War sie alt?» Ich antwortete: «Ziemlich», weil ich das genaue Alter nicht wußte. Dann schwieg er.

☆

Dezember 38

Zu *Caligula*: Im Drama ist der Anachronismus das Ärgerlichste, das man sich einfallen lassen kann. Aus diesem Grunde spricht Caligula in diesem Stück den einzigen Satz nicht, den er vernünftigerweise hätte sprechen können: «Ein einziges denkendes Wesen, und alles ist entvölkert.»

☆

Caligula. «Ich brauche das Verstummen der Geschöpfe rings um mich her. Ich brauche das Schweigen der Geschöpfe und das Verstummen dieses fürchterlichen Aufruhrs im Herzen.»

☆

15.

Die Strafkolonie. Vgl. Reportage.

☆

Bei der Versammlung. Der alte Eisenbahner, sauber, glatt rasiert, überm Arm den sorgfältig zusammengelegten Regenmantel, dessen Schottenfutter nach außen gekehrt ist – mit blank geputzten Schuhen –, der fragt, ob er «hier richtig» sei, und der mir sagt, wie sehr ihn der Gedanke beunruhigt, was aus dem Arbeiter werden soll.

☆

Im Krankenhaus. Der Tuberkulosekranke, dem der Arzt noch fünf Tage gegeben hat. Er kommt den Dingen zuvor und schneidet sich mit einem Rasiermesser die Kehle durch. Er kann keine fünf Tage warten, es leuchtet ein.

Zu einem anwesenden Journalisten sagt der Krankenwärter: «Schreiben Sie nicht in der Zeitung darüber. Er hat so schon genug gelitten.»

☆

Er, der *auf dieser Erde* liebt, und sie, die ihn mit der Gewißheit liebt, in der Ewigkeit mit ihm vereint zu werden. Seine und ihre Liebe messen nicht mit demselben Maß.

☆

Der Tod und das Werk. Im Sterben liegend, läßt er sich sein letztes Werk vorlesen. Es ist noch nicht das, was er zu sagen hatte. Er läßt es verbrennen. Und er stirbt ohne Trost – mit etwas in seiner Brust, das scheppert wie ein gesprungener Akkord.

☆

Sonntag

Der Sturmwind im Gebirge, der uns am Vorwärtskommen hinderte, uns knebelte, in unseren Ohren dröhnte. Von unten bis oben alle Bäume verbogen. Oberhalb der Täler die roten Farne, die von Berg zu Berg fliegen. Und der prächtige Vogel mit dem orangefarbenen Gefieder.

☆

Geschichte des Legionärs, der seine Geliebte im Hinterzimmer eines Lokals umbringt. Und dann packt er die Leiche bei den Haaren und schleift sie in die Gaststube und dann auf die Straße, wo er verhaftet wird. Er ist Teilhaber des Café-Restaurants, und der Besitzer hatte ihm verboten, seine Geliebte mitzubringen. Sie war dennoch gekommen. Er befahl ihr wegzugehen. Sie weigerte sich. Deshalb hat er sie umgebracht.

☆

Das Pärchen in der Eisenbahn. Beide häßlich. Sie hängt sich an ihn, lacht, kokettiert, tut ihm schön. Er blickt verdrossen, und es berührt ihn unangenehm, daß eine Frau, auf die er nicht stolz ist, ihm vor allen Leuten ihre Liebe zeigt.

☆

Die gute Gesellschaft oder die beiden alten Journalisten, die sich auf der Polizeiwache, von einem Kreis grinsender Schutzleute umringt, anschreien. Die senile Wut, die sich nicht in Handgreiflichkeiten äußern kann, macht sich in einem verblüffenden Schwall von Schimpfwörtern Luft: «Miststück – Hornochse – Vollidiot – Priemsack – Zuhälter.»

«Ich bin ein anständiger Kerl.»

«Zwischen dir und mir gibt's einen Unterschied.»

«Das will ich meinen. Du bist ein Armleuchter.»

«Halt's Maul, oder ich schlag dir die Schnauze ein und tret dir in den Arsch, bis er platzt.»

«So viel Kraft wie du hab ich schon im Bauchnabel. Ich bin nämlich ein anständiger Kerl.»

☆

Spanien. Der Mann, der Parteimitglied ist. Will sich als Freiwilliger melden. Die Befragung ergibt, daß er aus Liebeskummer handelt. *Wird abgewiesen.*

☆

Es gibt in jedem Leben eine kleine Anzahl großer Gefühle und eine große Anzahl kleiner Gefühle. Wenn man wählt: zwei Arten von Leben und zwei Arten von Literatur.

☆

Aber *eigentlich* sind es zwei Ungeheuer.

☆

Das Vergnügen, das man im Umgang mit Männern hat. Zum Beispiel das Vergnügen, Feuer anzubieten oder um Feuer zu bitten – ein geheimes Einverständnis, ein Freimaurertum der Zigarette.

☆

P. erklärt sich bereit, «eine Miniatur der schwangeren Jungfrau in einem aus den Schlüsselbeinen eines Stierkämpfers gefertigten Rahmen» zu verschenken.

☆

Anschlag an der Kaserne: «Der Alkohol löscht den Menschen aus, um das Tier zu entflammen.» – Wodurch ihm verständlich wird, warum er den Alkohol liebt.

☆

«Die Erde wäre ein wunderbarer Käfig für Tiere, die nichts Menschliches an sich haben.»

☆

Einige meiner reinsten Freuden verbindet sich mit Jeanne.[1] Sie sagte oft zu mir: «Wie dumm du bist!» Das war ihr Lieblingsausdruck, den sie, zwar lachend, immer dann vorbrachte, wenn sie mich besonders gern hatte. Wir stammten beide von armen Eltern ab. Sie wohnte ein paar Straßen weiter als ich zur Stadtmitte hin. Weder sie noch ich kamen je über das Viertel hinaus, jeder Weg führte hierher zurück. Und in ihrer wie in meiner Familie herrschte dieselbe Traurigkeit, dasselbe jämmerliche Leben. Unser Zusammensein war eine Möglichkeit, alldem zu entkommen. Und doch, wenn ich heute auf ihr müdes Kindergesicht zurückblicke, erkenne ich nach so vielen Jahren, daß wir diesem elenden Leben nicht entkamen und daß in Wirklichkeit gerade der Umstand, einander inmitten dieses Dunkels zu lieben, uns einen Reichtum an Gefühlen schenkte, der durch nichts anderes mehr erkauft werden kann.

☆

Ich glaube, daß ich sehr gelitten habe, als ich sie verlor. Trotzdem regte sich keine Auflehnung in mir. Ich habe mich im Besitzen nie sehr wohl gefühlt. Vermissen scheint mir immer viel natürlicher. Und obwohl ich mich selbst genau kenne, habe ich nie glauben können, daß Jeanne mir damals, wenn sie sich ein bißchen auf die Zehenspitzen stellte, um die Arme um meinen Hals zu legen, inniger verbunden war als in einem Augenblick wie diesem. Ich weiß nicht mehr, wie ich sie kennenlernte. Aber ich weiß, daß ich sie zu Hause besuchte. Und daß ihr Vater und ihre Mutter bei unserem Anblick lachten. Ihr Vater war Eisenbahner, und wenn er zu Hause war, sah man ihn immer nachdenklich in einer Ecke sitzen und, seine riesigen Hände flach auf die Schenkel gelegt, zum Fenster hinausblicken. Ihre Mutter war immer mit Hausarbeiten beschäftigt, Jeanne übrigens auch, aber sie wirkte so leichtfüßig und fröhlich, daß mir nie der Gedanke kam, sie sei gerade beim Arbeiten. Sie war mittelgroß, aber mir kam sie klein vor. Und weil ich sie als so zierlich und schwerelos empfand, zog sich jedesmal mein Herz zusammen, wenn ich sie vor den Lastwagen die Straße überqueren sah. Ich sehe jetzt, daß

1 Erste Erwähnung von Jeanne, Grands ungetreuer Gattin. Dieses Fragment fand sich beinahe unverändert in der ersten Fassung von *Die Pest*, aufgezeichnet von dem sentimentalen Lehrer Stephan.

sie sicherlich nicht intelligent war. Aber damals dachte ich nicht im Traum daran, mir diese Frage zu stellen. Sie hatte eine besondere Art, «böse sein» zu spielen, die mein Herz mit tränenreichem Entzücken erfüllte. Und die verstohlene Bewegung, mit der sie sich nach mir umwandte und sich mir in die Arme warf, wenn ich um Verzeihung bettelte, wie sollte sie nicht auch nach so langer Zeit noch mein Herz berühren, das jetzt so vielen Dingen verschlossen ist? Ich weiß heute nicht mehr, ob ich sie begehrte. Ich weiß, daß alles miteinander verschmolzen war. Ich weiß nur, daß alles, was mich beschäftigte, sich in Zärtlichkeit löste. Wenn ich sie begehrte, so hatte ich es an jenem ersten Tag vergessen, als sie mir im Flur ihrer Wohnung den Mund reichte, um mir für eine kleine Brosche zu danken, die ich ihr geschenkt hatte. Mit ihren strähnigen, zurückgekämmten Haaren, ihrem unregelmäßigen Mund und den ein bißchen zu großen Zähnen, ihren hellen Augen und ihrer geraden Nase kam sie mir an jenem Abend wie ein Kind vor, das ich seiner Küsse und seiner Zärtlichkeit wegen zur Welt gebracht hätte. Und diesen Eindruck bewahrte ich lange Zeit, von Jeanne selber darin bestärkt, die mich ihren «großen Freund» zu nennen pflegte.

Wir erlebten besondere Freuden zusammen. Als wir uns verlobten, war ich zweiundzwanzig, sie achtzehn Jahre alt. Was unser Herz mit ernster, freudiger Liebe erfüllte, war der offizielle Charakter des Ereignisses. Und daß Jeanne bei und zu Hause empfangen wurde, daß Mama sie umarmte und sie «mein Kleines» nannte, waren lauter ein bißchen törichte Freuden, die wir nicht zu verbergen suchten. Aber die Erinnerung an Jeanne ist für mich mit einem Eindruck verbunden, den wiederzugeben mir heute nicht mehr möglich scheint. Manchmal erlebe ich ihn noch: ich brauche nur traurig zu sein, auf ein Frauenantlitz zu treffen, das mich anrührt, und wenige Minuten später auf ein glitzerndes Schaufenster, um Jeanne wieder mit schmerzhafter Deutlichkeit zu sehen, wie sie mir das Gesicht zuwendet und sagt: «Wie schön!» Es war zur Weihnachtszeit. Die Geschäfte in unserem Viertel sparten weder an Beleuchtung noch an Schmuck. Wir blieben vor den Konditoreien stehen. Die Figuren aus Schokolade, die Gebirge aus Gold- und Silberpapier, die Schneeflocken aus Watte, die vergoldeten Teller und die Kuchen in sämtlichen Regenbogenfarben, alles entzückte uns. Ich schämte mich ein wenig. Aber ich vermochte die Freude nicht zurückzudämmen, die mich erfüllte und die Jeannes Augen aufleuchten ließ.

Wenn ich heute versuche, dieses eigenartige Gefühl genauer zu beschreiben, entdecke ich viele Dinge. Natürlich rührte diese Freude zunächst von Jeanne her – von ihrem Parfum und von ihren mein Handgelenk umklammernden Fingern, von ihrer Art, das Gesicht zu verziehen, die ich kannte und erwartete. Aber auch der plötzliche Lichterprunk der Läden in einem sonst so dunklen Viertel, der gehetzte Gesichtsausdruck der mit Einkäufen beladenen Vorübergehenden, die Freude der Kinder auf der Straße, das alles trug dazu bei, uns unserer einsamen Welt zu entreißen. Das Silberpapier der Schokoladenplätzchen war das Zeichen, das für einfache Gemüter eine verworrene, lärmvolle, aber goldene Zeit anbrach, und Jeanne und ich schmiegten uns noch ein bißchen enger aneinander. Vielleicht verspürten wir dann undeutlich das einzigartige Glück des Menschen, der sein Leben mit sich in Einklang fühlt. Zumeist trugen wir die verzauberte Wüste unserer Liebe durch eine Welt, an der die Liebe keinen Anteil mehr hatte. Und an diesen Tagen hatten wir den Eindruck, daß die Flamme, die in uns brannte, wenn unsere Hände ineinanderlagen, dieselbe Flamme war, die in den Auslagen flackerte, im Herzen der auf ihre Kinder blickenden Arbeiter, in der Tiefe des klaren, eisigen Dezemberhimmels.

☆

Dezember

Ein Faust mit umgekehrtem Vorzeichen. Der junge Mann erbittet vom Teufel alle Güter dieser Welt. Der Teufel (der einen sportlichen Anzug trägt und gerne versichert, der Zynismus sei die große Versuchung des Intellekts) sagt ihm sanft: «Aber die Güter dieser Welt hast du ja. Was dir fehlt – wenn du meinst, daß dir etwas fehlt –, mußt du von Gott erbitten. Du schließt einen Handel mit Gott ab und verkaufst ihm für die Güter des Jenseits deinen Körper.»

Nach einer Pause zündet der Teufel sich eine englische Zigarette an und fügt hinzu: «Und dies wird deine ewige Strafe sein.»

☆

Peter Wolf. Entkommt aus einem Konzentrationslager, tötet einen Wachtposten und gelangt über die Grenze. Flieht nach Prag, wo er ein neues Leben anzufangen versucht. Nach dem Abkommen von München wird er von der Prager Regierung ausgeliefert. Den Nazis überantwortet. Zum Tode verurteilt. Wenige Stunden später mit dem Beil hingerichtet.

☆

An einer Tür: «Herein. Ich habe mich erhängt.» Man tritt ein, und es stimmt. (Er sagt «ich», aber er ist nicht mehr «ich».)[1]

☆

Javanische Tänze. Die Langsamkeit, eigentliches Gesetz des indischen Tanzes. Das Sich-Entfalten. Die aufblühenden Einzelheiten in der Gesamtbewegung. Wie die Anhäufung der Einzelheiten in der Architektur. Eine Vielfalt von Gebärden. Nichts ist hastig, alles ist Ablauf. Es ist nicht eine Handlung oder eine Gebärde. Es ist ein Teilnehmen.

Daneben die sprunghaft auftretende Tragik in bestimmten grausamen Tänzen. Die Verwendung der Pausen in der Begleitung (die nebenbei bemerkt nur eine Andeutung von Musik ist). Hier schreibt die Mu-

1 Notiz zu *Die Pest.* In der ersten Fassung erhängt sich Stephan, später wird es Cottard sein.

sik nicht das Muster vor, dem der Tanz folgt. Sie bildet einen Hintergrund. Sie bezieht Gebärde und Musik ein. Sie fließt um die Körper und deren starre Geometrie.

(Othello im Kopftanz.)

☆

Zum Ende von *Noces.*[1]

Die Erde! Es ist die Aufgabe des Menschen, den großen, von den Göttern verlassenen Tempel mit unbenennbaren Idolen nach seinem Bilde zu bevölkern: Gesichter der Liebe und tönerne Füße.

... diese ungeheuerlichen Idole der Freude, Antlitz der Liebe und tönerne Füße.

☆

Der Abgeordnete von Constantine, der zum dritten Male gewählt wird. Am Tag der Wahl stirbt er um die Mittagszeit. Am Abend wird er von der Menge gefeiert. Seine Frau tritt auf den Balkon und erklärt, er sei leicht erschöpft. Kurz darauf wird die Leiche zum Abgeordneten gewählt. Durchaus sinnvoll.

☆

Zum Absurden?

Es gibt nur einen Fall reiner Verzweiflung. Das ist der Fall des zum Tode Verurteilten (man möge mir hier eine kleine Ausführung gestatten). Man könnte einen aus Liebe Verzweifelten fragen, ob er am nächsten Morgen guillotiniert werden möchte, und er würde nein sagen. Wegen des Grauens vor der Hinrichtung? Ohne Zweifel. Aber das Grauen entsteht hier aus der Gewißheit – vielmehr aus dem mathematischen Faktor, der diese Gewißheit ausmacht.[2] Das Absurde wird hier vollkommen deutlich. Es ist das Gegenteil des Irrationalen. Es hat alle Anzeichen der Gewißheit. Irrational ist oder wäre die flüchtige und dahinsterbende Hoffnung, daß es aufhören und daß dieser Tod vermieden werden könnte. Nicht aber das Absurde. Gewiß ist, daß man ihm den Hals abschneiden wird, während er bei klarem Verstand ist – ja, während seine ganze Verstandesklarheit sich darauf konzentriert, daß man ihm den Hals abschneiden wird.

Kirillow hat recht. Sich das Leben nehmen heißt seine Freiheit beweisen. Und für das Problem der eigenen Freiheit gibt es eine einfache Lösung. Die Menschen leben in der Illusion, frei zu sein. Die zum Tode Verurteilten leben ohne diese Illusion. Das ganze Problem liegt in der Wirklichkeit dieser Illusion beschlossen.

Vorher: «Dieses Herz, dieses kleine Geräusch, das mich seit langer Zeit begleitet – wie soll man sich vorstellen, daß es aufhören wird, wie

1 In: *Literarische Essays,* S. 121.

2 Gedanken, die sowohl in *Der Fremde* als auch in *Der Mythos von Sisyphos* zur Verwendung kamen.

soll man es sich vor allem in der entscheidenden Sekunde vorstellen ...»

«Ah, die Strafkolonie, das Paradies der Strafkolonie!»

☆

(Die Mutter: «Und jetzt geben sie ihn mir zurück ... Das haben sie aus ihm gemacht ... Sie geben ihn mir in zwei Stücken zurück.»)

☆

«Ich habe schließlich nur noch tagsüber ein bißchen geschlafen und in meinen Nächten geduldig darauf gewartet, daß das Licht anbreche und mit ihm die Wahrheit eines neuen Tages. Während der ganzen ungewissen Stunde, zu der *sie* – wie ich wußte – zu kommen pflegten, war ich wie ein Tier ... Danach hatte ich nochmals einen Tag ...

Ich rechnete. Ich versuchte, mich zu beherrschen. Die Antwort auf mein Gnadengesuch stand noch aus. Und immer nahm ich das Schlimmste an: es war abgelehnt. Nun gut, so werde ich eben sterben. Vielleicht früher als andere. Doch wie oft ist mir bei dem Gedanken, zu sterben, das Leben absurd erschienen. Wenn man schon stirbt, ist es ohne Belang, wie und wann. Ich muß mich also fügen. Und dann, in diesem Augenblick, *hatte ich das Recht*, die zweite Möglichkeit ins Auge zu fassen. Ich war begnadigt. Ich versuchte, das stürmische Aufwallen des Blutes und des Körpers zu besänftigen, das mir eine unsinnige Freude in die Augen trieb. Ich beschränkte die Bedeutung dieses Aufschreis, um meine Ergebenheit in die erste Hypothese glaubhafter zu machen. Aber wozu. Immer wieder dämmerte der Morgen herauf, und mit ihm die Stunde der Ungewißheit ...

☆

... Aber da sind sie schon. Und dabei ist noch dunkle Nacht. Sie sind früher gekommen. Ich bin betrogen. Ich sage euch, ich bin betrogen ...

☆

... Fliehen. Alles entzweischlagen. Doch nein, ich bleibe. Zigarette? Warum nicht. Zeit gewinnen. Aber zur gleichen Zeit schneidet er den Kragen meines Hemdes ab. Zur gleichen Zeit. Es ist die gleiche Zeit. Es gibt keine gewonnene Zeit. Ich sage euch, man betrügt mich.

☆

... Wie lang dieser Gang ist, aber wie schnell diese Leute gehen ... Hoffentlich sind es viele, hoffentlich empfangen sie mich mit Haßgeschrei. Hoffentlich sind es viele und ich bin nicht allein ...

☆

... Mir ist kalt. Wie kalt es ist. Warum hat man mich in Hemdsärmeln gelassen? Es stimmt, daß dies keine Bedeutung mehr hat. Für mich gibt es keine Krankheiten mehr. Ich habe das Paradies des Leidens verloren, bin im Begriff, es zu verlieren, und damit die Freude, seine Lungen herauszuspucken oder unter den Augen eines geliebten Menschen von einem Krebs zerfressen zu werden.

☆

... Und dieser sternenlose Himmel, diese lichtlosen Fenster und diese von Menschen wimmelnde Straße und dieser Mann in der vordersten Reihe und der Fuß dieses Mannes, der ...»[1]

ENDE

☆

Das Absurde. Gurvitch.[2] Abhandlung über die Verzweiflung. Macht der Führer ...

☆

Mersault.

Caligula.

Sondernummer von *Rivages* über das Theater. Die Inszenierungen wiederfinden. Kommentar zu Miquels Plan.[3] Einführung. Alles, was mit dem Theater zusammenhängt.

Der Mirabell-Garten in Salzburg.

Die Schauspieltruppe auf Tournee in Bordj-bou-Arreridj.

☆

1939

In mir ruhen heißt für mich verzehrt werden. Die Freude ist nicht das einzige, was verzehrt. Sondern auch die unablässige Arbeit, die unablässige Ehe oder das unablässige Verlangen.

☆

Reihenfolge der Arbeit:

Vortrag über das Theater.
Das Absurde in der Lektüre.
Caligula.
Mersault.
Theater.
Rivages montags bei Charlot.[4]
Unterricht.
Zeitung.

☆

1 Fragment zu *Der Fremde.*

2 Gemeint ist der zeitgenössische Soziologe. Seine Hauptwerke: *Les Tendances actuelles de la philosophie allemande, Les Essais de sociologie* [dt. liegt vor: *Grundzüge der Soziologie des Rechts,* Berlin 1960].

3 Louis Miquel, Architekt aus Algier und Freund von Albert Camus. Er entwarf zusammen mit Simounet das «Centre Albert Camus» für Jugend und Sport, das 1960 in Orléansville eingeweiht wurde.

4 Charlot war Camus' erster Verleger. Er sollte die Zeitschrift *Rivages* veröffentlichen, an der Camus mitwirkte. 1939 erschienen zwei Nummern.

Leben, die vom Tod nicht überrascht werden. Die sich darauf eingerichtet haben. Die damit gerechnet haben.

☆

So wie der Tod eines Schriftstellers zur Folge hat, daß man die Bedeutung seines Werkes übertreibt, so führt der Tod des einzelnen dazu, daß der Platz, den er unter uns einnahm, überschätzt wird. Auf diese Weise besteht die Vergangenheit ausschließlich aus dem Tod, der sie mit Illusionen erfüllt.

☆

Eine Liebe, die die Begegnung mit der Wirklichkeit nicht verträgt, ist keine Liebe. Dann ist es das Vorrecht edler Herzen, nicht lieben zu können.

☆

Roman. Diese Seite an Seite geführten nächtlichen Gespräche, diese nicht enden wollenden vertraulichen Mitteilungen ...

«Und dieses Leben des Wartens. Ich warte auf das Abendessen, und ich warte auf den Schlaf. Ich denke an das Erwachen mit einer unbestimmten Hoffnung – worauf? Ich weiß es nicht. Das Erwachen kommt, und ich warte auf das Frühstück. Und so fort bis zum nächsten Tag ... Sich unablässig sagen: Jetzt ist er in seinem Büro, er sitzt beim Mittagessen, er ist in seinem Büro, er hat frei – und diese Leere in seinem Leben, die man sich vorstellen muß, die man sich vorstellt und die einem zum Schreien weh tut ...»

«Voller Freude kommen, um am nächsten Tag wieder wegzugehen – und wie nahe die Verzweiflung neben der Freude liegt! Man dreht sich nach diesen zwei Tagen um. Sie waren schön, und die Tränen decken sie zu.»

☆

Algerien, zugleich maßvolles und maßloses Land. Maßvoll in seinen Linien, maßlos in seinem Licht.

☆

Der Tod von «Caporal». Vgl. Artikel.

☆

Der Verrückte in der Buchhandlung. Vgl. Artikel.

☆

Die Tragödie ist eine in sich geschlossene Welt – wo man anstößt, wo man sich verletzt. Auf dem Theater muß sie im beschränkten Raum der Bühne entstehen und vergehen.

☆

Vgl. Stuart Mill: «Es ist besser, ein unbefriedigter Sokrates zu sein als ein befriedigtes Schwein.»

☆

Dieser sonnenerfüllte Morgen: die heißen Straßen und überall Frauen. An jeder Straßenecke werden Blumen verkauft. Und die Gesichter lächelnder junger Mädchen.

☆

März
«Als ich mich in dem hell erleuchteten, geheizten Abteil erster Klasse befand, schloß ich die Tür hinter mir und zog sämtliche Gardinen vor.[1] Und als ich dann inmitten des ungewöhnlichen Schweigens dasaß, das mich plötzlich aufnahm, fühlte ich mich befreit. Befreit in erster Linie von den atemlosen Tagen, die hinter mir lagen, von der Anstrengung, mein Leben zu meistern, von den mühsamen Kämpfen. Alles war still. Der Wagen vibrierte leise. Und das leise Rauschen der regnerischen Nacht, das ich jenseits der Scheiben vernahm, war in meinen Ohren ebenfalls Schweigen. Ein paar Tage lang brauchte ich nicht mehr zu denken, sondern nur noch unterwegs zu sein. Ich war der Gefangene der Fahrpläne, der Hotels, einer menschlichen Pflicht, die meiner wartete. Jetzt, da ich nicht mehr mir selber gehörte, gehörte ich mir selber. Und ich schloß die Augen, wohlig berührt von dem Frieden, den ich mit der friedvollen Welt ohne Tyrannei und ohne Liebe heraufsteigen fühlte, die soeben außerhalb meiner selbst entstanden war.»

☆

Oran. Bucht von Mers-el-Kébir hinter dem Gärtchen mit den roten Geranien und den Fresien. Das Wetter ist nur zur Hälfte schön: Wolken und Sonne. Ausgeglichenes Land. Ein großes Stück Himmel genügt, um in allzu gespannte Herzen Ruhe einkehren zu lassen.

☆

April 39
In Oran ist ein «Sufoco» eine Beleidigung. Ein «Sufoco» kann nicht hingenommen werden. Er fordert Wiedergutmachung, und zwar sofort. Die Oraner haben heißes Blut.

Eine Landschaft kann großartig sein, ohne groß zu sein. Sie kann die Größe sogar um Haaresbreite verfehlen. So verfehlt die Bucht von Algier die Größe durch ein Übermaß an Schönheit. Mers-el-Kébir hingegen, von Santa-Cruz aus gesehen, gibt das Maß der Größe. Großartig und ohne Zärtlichkeit.

☆

In der unmittelbaren Umgebung von Oran, ein paar Meter hinter den letzten Häusern, beginnen riesige Flächen unbebauten Landes, das um diese Jahreszeit von leuchtendem Ginster bedeckt ist. Weiter in der Ferne liegt das Siedlerdorf. Seelenlos, von einer einzigen Straße durchquert, in der ein symbolischer Musikpavillon steht.

☆

1 Fragment zu *La Mort heureuse.*

Die Hochebene und der Djebel Nador.

Unendliche Weiten von Kornäckern, ohne Bäume und ohne Menschen. In großen Abständen ein Gourbi[1] und eine fröstelnde Silhouette, die einen Kamm entlanggeht und sich vom Horizont abhebt. Ein paar Raben und Schweigen. Nichts, wohin man sich flüchten könnte – nichts, woran man eine Freude knüpfen könnte – oder eine Melancholie, die fruchtbar wäre. Von diesem Land gehen Beklommenheit und Unfruchtbarkeit aus.

In Tiaret haben mir ein paar Schullehrer gesagt, sie «langweilten sich zu Tode».

«Und was machen Sie, wenn Sie sich zu Tode langweilen?»

«Wir lassen uns vollaufen.»

«Und dann?»

«Gehen wir in den Puff.»

Ich bin mit ihnen in den Puff gegangen. Es schneite. Der Schnee fiel in feinen, durchdringenden Flocken. Sie hatten alle getrunken. Ein Aufseher knöpfte mir am Eingang zwei Francs ab. Es war ein riesiger, rechteckiger Saal, der seltsam mit schrägen schwarzen und gelben Streifen ausgemalt war. Man tanzte zu Grammophonmusik. Die Mädchen waren weder hübsch noch häßlich.

Eine sagte: «Schieben wir eine?»

Der Mann wehrte sich schwach.

«Aber», sagte das Mädchen, «ich möchte gerne, daß du eine schiebst.»

Als wir hinauskamen, schneite es immer noch. Wir hatten einen Durchblick auf die Felder. Unverändert dieselbe trostlose Weite, nur daß sie jetzt weiß war.

☆

In Trezel – maurisches Café. Pfefferminztee und Gespräche.

Die Straße der Freudenmädchen heißt «Straße der Wahrheit». Der Preis beträgt drei Francs.

☆

Tolba und die Keilerei.[2]

«Bösartig bin ich nicht, aber sehr fix. Ich hab meine Augen überall. Sagte der andere: ‹Komm runter von der Straßenbahn, wenn du ein Mann bist.› Ich sagte: ‹Mach keinen Ulk.› Er sagte: ‹Du bist kein Mann.› Da stieg ich aus und sagte: ‹Jetzt mach aber einen Punkt, oder ich haue dich windelweich.› – ‹Pustekuchen.› Da langte ich ihm eine. Er fiel hin. Ich wollte ihn wieder aufheben. Aber er trat wie wild um sich. Da verpaßte ich ihm eins mit dem Knie und zwei Kinnhaken. Sein Gesicht war ganz blutig. Und ich sagte: ‹Reicht's dir jetzt?› Er sagte: ‹Ja.›»

☆

1 Hütte.

2 In *Der Fremde* aufgenommenes Fragment. Es ist auffällig, wie sehr der volkstümliche Stil, den Camus in seinen Aufzeichnungen festhält, an den Stil von *Der Fremde* gemahnt.

Mobilmachung.

Der älteste Sohn muß weg. Er sitzt bei seiner Mutter und sagt: «Wird nicht so schlimm sein.» Die Mutter sagt nichts. Sie hat eine Zeitung zur Hand genommen, die auf dem Tisch herumlag. Sie faltet sie zusammen, erst in zwei, dann in vier, dann in acht Teile.

☆

Am Bahnhof die Menge der Begleitenden. Die in den Wagen zusammengepferchten Männer. Eine Frau weint: «Aber ich hätte nie geglaubt, daß er so fahren müßte, so unbequem.» Eine andere: «Komisch, daß man es so eilig haben kann, zu sterben.»

Ein Mädchen weint, an ihren Bräutigam geschmiegt, er ist ernst. Er sagt kein Wort. Dampfwolken, Schreie, Anrucken. Der Zug setzt sich in Bewegung.

☆

Frauengesichter, Freuden der Sonne und des Wassers, das ermordet man. Und wenn man den Mord nicht hinnimmt, muß man sich widersetzen. Wir stehen mitten im Widerspruch. Die ganze Epoche erstickt und lebt bis über die Ohren im Widerspruch, ohne eine erlösende Träne.

Es gibt nicht nur keine Lösungen, es gibt auch keine Probleme.

DRITTES HEFT

April 1939 – Februar 1942

Während die Zypressen der Provence und Italiens im allgemeinen dunkle Flecken am Himmel bilden, war diese Zypresse hier auf dem Friedhof von El Kettar von Licht überströmt, in die goldene Überfülle der Sonne getaucht. Es war, als sprudelte ein aus ihrem schwarzen Herzen aufgestiegener goldener Saft bis in die Spitzen ihrer kurzen Zweige und flösse in langen, falben Rinnsalen über das Grün des Blattwerks.

☆

... Wie jene Bücher, in denen zu viele Stellen mit Bleistift angestrichen sind, als daß man vom Geschmack und dem Geist des Lesers eine gute Meinung haben könnte.

☆

Dialog Europa-Islam.

«Und wenn wir eure Friedhöfe betrachten und was ihr daraus gemacht habt, dann überkommt uns euch gegenüber eine Art mitleidiger Bewunderung, ein von Achtung erfülltes Entsetzen gegenüber Menschen, die mit einem solchen Bild von ihrem Tode leben müssen ...»

«... Auch wir haben manchmal Mitleid mit uns selber. Das hilft uns zu leben. Es ist ein Gefühl, das ihr kaum kennt, und es erschiene euch wenig männlich. Und doch sind es gerade die Männlichsten unter uns, die es empfinden. Denn wir nennen die männlichen, die klar sehen, und wir wollen nichts wissen von einer Kraft, die sich von der Klarsichtigkeit trennt. Für euch hingegen liegt die Tugend des Mannes im Befehlen.»

☆

Im Krieg. Die Leute, die für jeden Frontabschnitt den Grad der Gefährdung abschätzen. «Meiner war am stärksten bedroht.» Noch in der allgemeinen Entwürdigung stellen sie Rangordnungen auf. So kommen sie darüber hinweg.

☆

«Ja», sagt der Latrinenreiniger, «und wenn Sie erst sähen, was für Aborte ‹sie› ihnen dort unten bei der Marine eingerichtet haben! Es ist schade, solchen Leuten so schöne Aborte zu geben.»

☆

Die Frau, die verständnislos neben ihrem Mann herlebt. Eines Tages spricht er im Rundfunk. Man bringt sie vor eine Glaswand, durch die sie ihn sehen, aber nicht hören kann. Er gestikuliert, das ist alles, was sie wahrnimmt. Zum ersten Male sieht sie ihn in seiner Körperlichkeit, als ein physisches Wesen und auch als den Hampelmann, der er ist.

Sie verläßt ihn. «Und so eine Marionette steigt mir jeden Tag auf den Bauch.»

☆

Thema zu einem Stück. Der Mann mit der Maske.[1]

Nach einer langen Reise kehrt er maskiert nach Hause zurück und bleibt es während des ganzen Stücks. Warum? Das ist das Thema.

Am Ende legt er die Maske ab. Er trug sie ohne Grund. Nur um durch eine Maske zu blicken. Er hätte noch lange so weitergemacht. Er war glücklich, wenn dieses Wort einen Sinn hat. Aber das Leiden seiner Frau zwingt ihn, die Maske abzulegen.

«Bisher liebte ich dich mit meinem ganzen Selbst, jetzt aber werde ich dich nur noch so lieben, wie du geliebt sein willst. Ich muß wohl annehmen, daß es dir lieber ist, verachtet zu werden, als zu lieben, ohne zu verstehen. Dahinter verbergen sich zwei Größen.»

(Oder zwei Frauen. Die eine liebt ihn mit der Maske, weil das ihre Neugier reizt. Liebt ihn nachher nicht mehr. «Du liebst mich mit deinem Verstand. Du hättest mich *auch* mit deinen Lenden lieben sollen.» Die andere liebt ihn trotz der Maske und fährt nachher fort, ihn zu lieben.)

Aus einer merkwürdigen, aber natürlichen Reaktion unterlegte sie dem Schmerz des geliebten Mannes ausgerechnet diejenigen Gründe, die ihr selber am meisten weh taten. Sie hatte sich so sehr daran gewöhnt, sich jede Hoffnung zu versagen, daß sie immer, sooft sie das Leben dieses Mannes zu verstehen versuchte, einzig das darin sah, was für sie selber nachteilig war. Und gerade dies verstimmte ihn.

☆

Historischer Geist und ewiger Geist. Der eine besitzt das Gefühl für das Schöne. Der andere das Gefühl für das Unendliche.

☆

Le Corbusier. «Sehen Sie, was den Künstler ausmacht, sind die Minuten, in denen er fühlt, daß er mehr ist als ein Mensch.»

☆

Pia[2] und die Schriftstücke, die verschwinden werden. Das freiwillige Zerbröckeln. Hedonismus und unausgesetzte Ortsveränderung angesichts des Nichts. Der historische Geist wird hier zum geographischen Geist.

In der Straßenbahn. Der angetrunkene Mann, der sich an mich klammert. «Wenn du ein Kerl bist, gibst du mir einen Franc. Und du bist ein Kerl. Schau, ich komm eben aus dem Krankenhaus. Wo soll ich heute abend schlafen? Aber wenn du ein Kerl bist, kann ich ein Glas trinken gehen und vergessen. Ich bin unglücklich, ich habe keinen Menschen.»

Ich gebe ihm fünf Francs. Er ergreift meine Hand, schaut mich an,

1 Erster Entwurf zu *Das Mißverständnis.*

2 Pascah Pia war 1938 Leiter des *Alger-Républicain,* wo Camus seine Journalistenlaufbahn begann. Nach der Befreiung Frankreichs übernahm er den *Combat,* und Camus wurde Chefredakteur.

wirft sich mir an die Brust und beginnt zu schluchzen. «Oh, du bist ein feiner Kerl! Du verstehst mich. Ich habe keinen Menschen, verstehst du, keinen Menschen.» Ich steige aus, die Straßenbahn fährt weiter, er bleibt drinnen, verloren, immer noch weinend.

☆

Der Mann, der seit vielen Jahren allein lebt und ein Kind adoptiert. Er überschüttet es mit seiner ganzen einsamen Vergangenheit. Und in dieser seiner in sich geschlossenen Welt, allein mit diesem Geschöpf, fühlt er sich als Herr des Kindes und eines großartigen Königreichs, das ihm untertan ist. Er tyrannisiert den Kleinen, jagt ihm Angst ein, schreckt ihn mit seinen Launen und maßlosen Ansprüchen. – Bis zu dem Augenblick, da der Junge davonläuft und er sich in seine Einsamkeit zurückversetzt sieht, unter Tränen und mit einem fürchterlichen Liebessehnen nach dem Spielzeug, das er eben verloren hat.

☆

«Ich wartete auf den Augenblick, da wir auf die Straße traten und sie mir das Gesicht zukehrte. Und was sie dann meinem Blick bot, war ein strahlendes und bleiches Antlitz, aus dem die Küsse die Schminke und sogar den Ausdruck vertrieben hatten. Ihr Gesicht war nackt. Und zum ersten Male sah ich selber, nachdem ich sie während der endlosen, erstickenden Stunden des Verlangens verfolgt hatte. Die Geduld meines Liebens wurde endlich belohnt. In diesem Gesicht mit den erblaßten Lippen und den weißen Wangen, das meine Lippen aus dem tauben Gestein der Schminke und der Lächeln ans Licht gefördert hatten, begegnete ich ihrem eigentlichen Wesen.»

☆

Poe und die vier Voraussetzungen des Glücks:

1. Das Leben im Freien
2. Die Liebe zu einem Menschen
3. Die Loslösung von jedem Ehrgeiz
4. Die schöpferische Tätigkeit.

☆

Baudelaire: «Zwei Rechte sind in der Erklärung der Menschenrechte vergessen worden: das Recht, sich zu widersprechen, und das Recht, wegzugehen.»

Id. «Es gibt Verführungskräfte, die so mächtig sind, daß es sich dabei nur um Tugenden handeln kann.»

☆

Madame du Barry auf dem Schafott: «Noch eine Minute, Herr Scharfrichter.»

☆

14. Juli 1939. Vor einem Jahr.

☆

Am Strande der Mann mit den ausgebreiteten Armen, an der Sonne gekreuzigt.

☆

Bei Pierre die Unflätigkeit als Spielart der Verzweiflung.

☆

«Jene furchtbaren Jahre des Zweifels, als er auf die Ehe oder irgend etwas wartete – als er schon die Philosophie des Verzichts ausarbeitete, die sein Versagen und seine Feigheit rechtfertigen sollte.»

☆

«Mit seiner Frau. Die Frage, die sich stellte, war, ob es einem Manne wie ihm erlaubt sei, von den Lügen dieser Frau umgeben, zu leben, ohne zu verkommen.»

☆

August

1) Ödipus vernichtet die Sphinx, und daß er die Geheimnisse lüftet, verdankt er seiner Menschenkenntnis. Die ganze Welt des Griechen ist hell.

2) Aber dieser gleiche Mann wird vom Schicksal grausam zerrissen, dem in seiner blinden Logik unerbittlichen Schicksal. Schattenlose Klarheit des Tragischen und des Vergänglichen.

☆

Siehe Epikur (Essay).

Die Aglauroshöhle auf der Akropolis. Statue der Athene einmal im Jahr ihrer Kleider entledigt. Alle Statuen wahrscheinlich bekleidet. Der griechische Akt ist unsere Erfindung.

☆

In Athen gab es einen dem Alter geweihten Tempel. Dorthin wurden die Kinder geführt.

Krösos und Kallirrhoë (Stück).[1]

Er zum Opfer ausersehen, sie zum Opfer ausersehen. Gerät außer sich über diesen Liebesbeweis.

Legende der als Bettler verkleideten Gottheiten, die zur Mildtätigkeit anhielten. Sie war nicht naturgegeben.

☆

1 Wahrscheinlich handelt es sich um Koresos, einen Priester des Dionysos, der Kallirrhoë, die Tochter eines Königs von Kalydon, liebte und von ihr abgewiesen wurde. Daraufhin schlug der Gott alle Bewohner der Stadt mit Wahnsinn. Das Orakel von Dodona befahl, Kallirrhoë zu opfern. Koresos brachte sich statt dessen um. Von soviel Liebe gerührt, wollte Kallirrhoë auch nicht mehr weiterleben.

In Sikyon wurde Zeus von Prometheus übertölpelt. Zwei Ochsenhäute, die eine mit Fleisch gefüllt, die andere mit Knochen. Zeus wählte die letztere. Deshalb wurde den Menschen das Feuer entzogen. Gemeine Rache.

☆

Die Tochter des Töpfers Dibutades liebte einen jungen Mann und umriß mit einem Stilett den Schatten seines Profils auf der Mauer. Als ihr Vater diese Zeichnung sah, entdeckte er den Stil des griechischen Vasenschmucks. Die Liebe steht am Anfang aller Dinge.

☆

In Korinth stehen nebeneinander zwei Tempel: der Tempel der Gewalt und der Tempel der Notwendigkeit.

☆

Dimetos empfand eine sündige Liebe für seine Nichte, die sich erhängte. Eines Tages trugen die kleinen Wellen eine wunderschöne tote junge Frau auf den feinen Sand des Strandes. Dimetos erblickte sie und fiel, von heftiger Liebe ergriffen, auf die Knie. Aber er mußte mitansehen, wie dieser herrliche Körper zerfiel, und wurde wahnsinnig. Das war die Rache seiner Nichte und das Symbol einer Seinsbedingung, die näher zu bestimmen wäre.

☆

In Pallantion, in Arkadien, ein Altar, der den «reinen Göttern» geweiht ist.

Ich will gerne für sie sterben, sagt P., aber sie soll nicht von mir verlangen, daß ich weiterlebe.

☆

September 39. Der Krieg.

Die Leute, die sich überstürzt von einem bekannten Arzt in Algier operieren lassen, weil sie befürchten, er könnte einberufen werden.

Gaston: «Hauptsache ist, daß ich vor der Mobilmachung noch Zeit habe, eine Kerze aufzustecken.»

Auf dem Bahnsteig sagt eine Mutter zu einem jungen Reservisten (dreißig Jahre): «Sei vorsichtig.»

In der Straßenbahn: «Polen läßt sich nichts gefallen.»

«Mit dem ‹Anti-komertin›-Pakt ist's aus.»

«Wenn man diesem Hitler den kleinen Finger gibt, muß man bald die Hose ausziehen.»

Auf dem Markt: «Wissen Sie, Samstag kommt die Antwort.»

«Welche Antwort?»

«Die von Hitler.»

«Und?»

«Dann wissen wir, ob es Krieg gibt.»

«So ein Elend!»

Am Bahnhof werden Angestellte von Reservisten geohrfeigt: «Drückeberger!»

☆

Der Krieg ist ausgebrochen.[1] Wo ist der Krieg? Wo können wir, abgesehen von den Nachrichten, die wir glauben, von den Anschlägen, die wir lesen sollen, die Zeichen dieses absurden Ereignisses wahrnehmen? Nicht in dem blauen Himmel über dem blauen Meer, nicht in Zirpen der Zikaden noch in den Zypressen auf den Hügeln. Und auch nicht im jugendlichen Branden des Lichts in den Straßen von Algier.

Man möchte an ihn glauben. Man möchte sein Antlitz erkennen, aber es läßt sich nicht fassen. Nur die Welt mit ihren großartigen Gesichtern herrscht.

Im Haß gegen dieses Tier gelebt haben, es vor sich haben und nicht imstande sein, es zu erkennen. So wenig hat sich verändert. Später kommt dann ohne Zweifel der Kot, das Blut und der ungeheure Ekel. Aber am heutigen Tag wird einem nur klar, daß es mit dem Ausbruch von Kriegen ähnlich bestellt ist wie mit dem Beginn des Friedens: die Welt und das eigene Herz bemerken ihn nicht.

☆

... Sich an die ersten Tage eines aller Wahrscheinlichkeit nach verheerenden Krieges erinnern wie an ein gewaltiges Glück, seltsames und lehrreiches Geschick... Ich versuche, meine Auflehnung zu rechtfertigen, die sich bisher noch durch keinerlei Tatsachen begründen ließ.

☆

Die einen sind zum Lieben geschaffen, die anderen zum Leben.

Die Bedeutung des individuellen Lebens wird immer übertrieben.[2] So viele Leute wissen nicht, was sie damit anfangen sollen, daß es nicht unbedingt unmoralisch ist, es ihnen zu rauben. Andererseits gewinnt alles einen neuen Wert. Aber das wurde schon gesagt. Das wesenhaft Absurde dieser Katastrophe ändert nichts an ihrem Vorhandensein. Sie verallgemeinert die noch etwas wesenhaftere Absurdität des Lebens. Sie macht sie unmittelbar und bestimmter. Dieser Krieg kann auf den Menschen höchstens die Wirkung haben, ihn in der Vorstellung zu bestärken, die er sich von seinem Dasein macht, und in dem Urteil, das er darüber fällt. Von dem Augenblick an, da dieser Krieg «ist», geht jedes Urteil fehl, das ihn nicht einbeziehen kann. Ein denkender Mensch verbringt im allgemeinen seine Zeit damit, seine Vorstellung von den Dingen den neuen Tatsachen anzupassen, die ihr widersprechen. In dieser

1 Camus beabsichtigte, dieses Fragment in *Die Pest* (wahrscheinlich in eines der ersten Kapitel) aufzunehmen, verzichtete dann jedoch darauf, es in dieser Form zu verwenden.

2 Auch dieses Fragment sollte in *Die Pest* aufgenommen werden. Die beiden Texte waren übrigens zu einem einzigen verschmolzen worden.

Neigung, in dieser Abweichung des Denkens, in dieser bewußten Berichtigung liegt die Wahrheit, das heißt die Lehre seines Lebens. Deshalb ist es nicht erlaubt, außerhalb dieses Krieges zu stehen, so niederträchtig er auch sein mag. Dies gilt natürlich und in erster Linie für mich – der ich mein Leben aufs Spiel setzen kann, indem ich ohne jegliche Furcht auf den Tod setze. Und es gilt für all die Namenlosen und Schicksalsergebenen, die jenem unentschuldbaren Gemetzel entgegengehen – und mit denen ich mich brüderlich tief verbunden fühle.

☆

Ein kalter Wind weht zum Fenster herein.

Mama: «Das Wetter schlägt um.»

«Ja.»

«Werden wir während des ganzen Krieges die Beleuchtung einschränken müssen?»

«Wahrscheinlich schon.»

«Im Winter wird das traurig sein.»

«Ja.»

☆

Alle haben Verrat begangen; die zum Widerstand aufforderten und die vom Frieden redeten. Das sind sie, ebenso fügsam wie die anderen, aber schuldiger. Und nie hat der einzelne der Lügenmaschine verlassener gegenübergestanden. Aber noch kann er verachten und durch seine Verachtung kämpfen. Hat er nicht das Recht, sich abseits zu halten und zu verachten, so bleibt ihm das Recht, zu urteilen. Nichts kann aus den Menschen, aus der Menge hervorgehen. Der Verrat bestand darin, das Gegenteil zu glauben. Man stirbt allein. Alle werden allein sterben. Möge der allein gelassene Mensch dabei wenigstens die Fähigkeit behalten, zu verachten und in der fürchterlichen Prüfung das zu wählen, was seiner eigenen Größe dient.

Ja sagen zur Prüfung und zu allem, was sie mit sich bringt. Aber schwören, in der unedelsten aller Aufgaben nur die edelsten Taten zu vollbringen. Und den wirklichen Adel (den des Herzens) machen Verachtung, Mut und umfassende Gleichgültigkeit aus.

☆

Dazu geschaffen sein, schöpferisch zu wirken, zu lieben und im Spiel zu gewinnen, heißt dazu geschaffen sein, im Frieden zu leben. Aber der Krieg lehrt, alles zu verlieren und zu werden, was man nicht war. Alles wird eine Frage des Stils.

☆

Ich habe geträumt, daß wir als Sieger in Rom einzogen. Und ich dachte an den Einzug der Barbaren in die Ewige Stadt. Ich aber war unter den Barbaren.

☆

Das beschreibende Werk mit dem erklärenden Werk in Einklang bringen. Der Beschreibung ihren wahren Sinn geben. Wenn sie allein seht, ist sie bewundernswert, aber in nichts hinreißend. Dann genügt es, spüren zu lassen, daß unsere Grenzen mit Absicht gezogen wurden. So werden sie aufgehoben, und das Werk «klingt».

☆

«Auf der einen Seite ärgert's mich», sagt der Zurückgestellte, der vor die Musterungskommission[1] zitiert wird. «Aber auf der anderen Seite bekam ich zu viele faule Witze zu hören. ‹Bist du noch nicht weg?› – ‹Bist ja immer noch da.› In unser Haus gehören vierundvierzig Männer. Ich war der einzige, der nicht im Krieg war. Deshalb kam ich immer erst nachts nach Hause und ging morgens zeitig weg.»

☆

Der andere Reservist, dessen Magen geröntgt wurde:

«Sie haben mir mindestens drei Liter Kalk zu trinken gegeben. Vorher kackte ich schwarz, jetzt kacke ich weiß. Krieg ist Krieg.»

☆

7. September

Man hat sich gefragt, wo der Krieg sei, was er Niederträchtiges an sich habe. Und man entdeckt, daß man weiß, wo er ist, daß man ihn in sich trägt – daß er für die meisten dieses Unbehagens ist, dieser Zwang, zu wählen, der sie hinausziehen und gleichzeitig bereuen läßt, daß sie nicht mutig genug waren, sich fernzuhalten, oder der sie sich fernhalten läßt, wobei es ihnen gleichzeitig leid tut, den Tod der anderen nicht zu teilen.

Er ist da, wirklich da, und wir suchen ihn im blauen Himmel und in der Gleichgültigkeit der Welt. Er ist in dieser fürchterlichen Einsamkeit des Kämpfenden und des Nicht-Kämpfenden, in dieser demütigenden Verzweiflung, die allen gemeinsam ist, und in jeder Erniedrigung, die man in täglich zunehmendem Maße in den Gesichtern aufsteigen sieht. Die Herrschaft der Tiere ist angebrochen.

☆

Dieser Haß und diese Gewalttätigkeit, die man in den Menschen schon aufkommen spürt. Nichts Reines mehr in ihnen. Nichts Unwägbares. Sie denken kollektiv. Man begegnet nur Tieren, bestialischen Gesichtern von Europäern. Ekelerregend ist diese Welt, ist diese alles erfassende Woge der Feigheit, diese Verhöhnung des Muts, diese billige Nachahmung der Größe, diese Entwertung der Ehre.[2]

☆

1 Camus, der sich gemeldet hatte, obwohl er zurückgewiesen worden war, mußte zu diesem Zeitpunkt wahrscheinlich selber vor der Kommission erscheinen.

2 Vgl. auch: Germaine Brée, *Albert Camus. Gestalt und Werk.* S. 47.

Es ist bestürzend zu sehen, wie leicht bei gewissen Menschen die Würde zusammenbricht. Bei näherem Nachdenken ist das nicht überraschend, wird doch in ihnen diese Ehre einzig durch die unablässige Vergewaltigung ihrer eigenen Natur aufrechterhalten.

☆

Es gibt ein einziges Verhängnis, nämlich den Tod, und darüber hinaus gibt es keines mehr. In dem Zeitraum, der von der Geburt zum Tod reicht, ist nichts festgelegt: man kann alles ändern und sogar dem Krieg Einhalt gebieten und sogar den Frieden erhalten, wenn man es inständig, stark und lange genug will.

☆

Grundsatz: zuerst nach dem suchen, was jeder Mensch an Wertvollem in sich trägt.

☆

Vgl. Groethuysen über Dilthey: «Da wir nun das Bruchstückhafte unserer Existenz erkannt haben und das Zufällige und Beschränkte in jedem einzeln betrachteten Leben, werden wir in der Gesamtheit der Leben suchen, was wir in uns selber nicht mehr zu finden vermögen.»

☆

Wenn es stimmt, daß das Absurde vollbracht (oder vielmehr offenbart) ist, dann stimmt es auch, daß keine Erfahrung an sich Wert besitzt und daß alles Tun gleichermaßen lehrreich ist. Der Wille ist nichts. Die Bejahung alles. Unter der Bedingung, daß der Mensch bei jeder noch so einfachen oder noch so herzzerreißenden Erfahrung immer «gegenwärtig» sei – und sie ohne die Waffen zu strecken, im Besitz seiner ganzen Hellsichtigkeit auf sich nimmt.[1]

☆

Es ist immer sinnlos, sich lossagen zu wollen, und wäre es auch von der Dummheit und der Grausamkeit der anderen. Man kann nicht sagen, «ich nehme keine Kenntnis von ihr». Man macht mit, oder man bekämpft sie. Nichts ist unentschuldbarer als der Krieg und der Aufruf zum Völkerhaß. Aber ist der Krieg einmal ausgebrochen, ist es zwecklos und feige, sich unter dem Vorwand, man sei nicht für ihn verantwortlich, abseits zu stellen. Die Elfenbeintürme sind eingestürzt. Es ist nicht erlaubt, sich selbst und den anderen gegenüber ein Auge zuzudrücken.[2]

Es ist unmöglich und unmoralisch, ein Ereignis von außen her zu beurteilen. Nur wenn man mitten in diesem absurden Unglück steht, behält man das Recht, es zu verachten.

Die Reaktion eines einzelnen hat für sich genommen keinerlei Bedeutung. Sie kann zu etwas dienen, aber sie rechtfertigt nichts. Aus Dilettantismus über alles erhaben sein und sich von seiner Umwelt abson-

1 Betrachtung zu *Der Mythos von Sisyphos*.

2 Vgl. auch: Germaine Brée, *Albert Camus. Gestalt und Werk*. S. 47 f.

dern zu wollen, heißt die lächerlichste aller Freiheiten erfahren. Eben deshalb mußte ich versuchen, meinen Dienst zu leisten. Und wenn man mich nicht haben will, muß ich mich auch mit der Stellung des verschmähten Zivilisten abfinden. In beiden Fällen kann mein Urteil unbedingt und mein Ekel rückhaltlos bleiben. In beiden Fällen stehe ich mitten im Krieg und habe das Recht, über ihn zu urteilen. Über ihn zu urteilen und zu handeln.

☆

Bejahen. Zum Beispiel das Gute erkennen, das im Bösen steckt. Wenn ich als Frontkämpfer untauglich bin, so zeigt dies, daß es mein Los ist, immer abseits zu stehen. Und meine größte Stärke und meinen größten Nutzen habe ich immer aus meinem Bemühen geschöpft, unter außergewöhnlichen Umständen ein gewöhnlicher Mensch zu bleiben.[1]

☆

Goethe (zu Eckermann): «Wollte ich mich ungehindert gehen lassen, so läge es wohl in mir, mich selbst und meine Umgebung zu Grunde zu richten ...»[2]

Das erste Gebot ist, Selbstbeherrschung zu lernen.

☆

Über Goethe: «Er ist von unnachsichtiger Duldsamkeit.»

☆

Ein Prometheus – als revolutionäres Ideal.

«Was mich nicht umbringt, macht mich stärker.» (Nietzsche)

☆

«Der Wille zum System ist ein Mangel an Rechtschaffenheit.» (*Götzen-Dämmerung*)

☆

«Der tragische Künstler ist *kein* Pessimist – er sagt gerade *Ja* zu allem Fragwürdigen und Furchtbaren selbst ...» (*Götzen-Dämmerung*)

☆

Was ist der Krieg? Nichts. Es ist zutiefst gleichgültig, ob einer Zivilist ist oder Soldat, ihn mitmacht oder ihn bekämpft.

Der Mensch in Nietzsches Sicht (*Götzen-Dämmerung*).

«G. konzipierte einen starken, hochgebildeten, in allen Leiblichkeiten geschickten, sich selbst im Zaume habenden, vor sich selber ehrfürchtigen Menschen, der sich den ganzen Umfang und Reichtum der Natürlichkeit zu gönnen wagen darf, der stark genug zu dieser Freiheit ist; den Menschen der Toleranz, nicht aus Schwäche, sondern aus Stärke,

1 Vgl. auch: Germaine Brée, *Albert Camus. Gestalt und Werk.* S. 48.
2 Am 21. März 1830.

weil er das, woran die durchschnittliche Natur zugrunde gehen würde, noch zu seinem Vorteil zu brauchen weiß; den Menschen, für den es nichts Verbotenes mehr gibt, es sei denn die Schwäche, heiße sie nun Laster oder Tugend... Ein solcher *freigewordener* Geist steht mit einem freudigen und vertrauenden Fatalismus mitten im All, im *Glauben*, daß nur das Einzelne verwerflich ist, daß im Ganzen sich alles erlöst und bejaht – *er verneint nicht mehr...*»

☆

Auch dies noch überwinden? Es wird sein müssen. Aber dieses unablässige Bemühen ist nicht frei von Traurigkeit. Hätte uns nicht wenigstens das erspart bleiben können? Aber auch diese Mattigkeit muß überwunden werden. Alles hinterläßt seine Spuren. Eines Abends, wenn man vor den Spiegel tritt, liegt eine etwas tiefere Falte um die Mundwinkel. Was ist das nur? Es ist das, woraus ich mein überwundenes Glück gemacht habe.

Die Geschichte von Jarry, der im Sterben lag und gefragt wurde, was er sich wünsche. «Einen Zahnstocher.» Er bekam ihn, steckte ihn in den Mund und starb zufrieden. O Elend, man lacht darüber, und kein Mensch erkennt die schreckliche Lehre. Nicht mehr als ein Zahnstocher, nichts anderes als ein Zahnstocher, so viel wie ein Zahnstocher – das ist der ganze Wert dieses begeisternden Lebens.

☆

«Der Junge ist ja schwer krank», sagt der Leutnant. «Wir können ihn nicht brauchen.» Ich bin 26, ich lebe mein eigenes Leben, und ich weiß, was ich will.[1]

☆

Paulhan verwundert sich in der NRF[2] wie vor ihm so viele andere darüber, daß der Krieg von 1939 nicht in der gleichen Atmosphäre begonnen hat wie der von 1914. Naiv, wer glaubte, das Grauen trage immer dasselbe Gesicht. Naiv, wer sich nicht von den Bildern freimachen kann, von denen er zehrte.

☆

Der Frühling in Paris: ein Versprechen oder die Knospe eines Kastanienbaums, und das Herz wird angerührt. In Algier ist der Übergang jäher. Da ist nicht eine Rosenknospe, da sind tausend Rosenknospen, die uns eines Morgens den Atem benehmen. Und nicht die Zartheit eines Gefühls erwacht in uns, sondern der gewaltige und zählbare Ansturm von tausend Düften und tausend blendenden Farben. Hier wird nicht die Empfindsamkeit angesprochen, sondern der Körper erleidet einen Ansturm.

☆

1 Vgl. auch, Germaine Brée: *Albert Camus. Gestalt und Werk.* S. 48.
2 *Nouvelle Revue Française.*

November 39
Womit man Krieg führt:

1. mit dem, was jedermann kennt
2. mit der Verzweiflung jener, die ihn nicht führen wollen
3. mit der Eigenliebe jener, die nichts zum Gehen zwingt und die gehen, um nicht allein zu sein
4. mit dem Hunger jener, die sich melden, weil sie keine Stelle mehr haben
5. mit vielen edlen Gefühlen, als da sind:
   a) die Solidarität im Leiden
   b) die Verachtung, die sich nicht äußern will
   c) das Fehlen von Haß.

Das alles wird aufs niedrigste ausgenützt, und das alles führt zum Tod.

☆

Tod Ludwigs XVI. Er bittet den Mann, der ihn zur Richtstätte führt, seiner Frau einen Brief zu überbringen. Antwort: «Ich bin nicht hier, um Ihre Aufträge zu erledigen, ich bin hier, um Sie zum Schafott zu führen.»

☆

In den italienischen Museen die bemalten Täfelchen, die der Priester den Verurteilten vor das Gesicht hielt, damit sie das Schafott nicht sahen.

Das Täfelchen: der existentielle Sprung.

☆

Brief an einen Verzweifelten.

Sie schreiben mir, daß dieser Krieg Sie bedrückt, daß Sie bereit wären zu sterben, daß Sie aber diese weltweite Dummheit nicht ertragen können, diese blutrünstige Feigheit und diese verbrecherische Naivität, die immer noch glaubt, menschliche Probleme könnten mit Blut gelöst werden.

Ich lese Ihre Zeilen, und ich verstehe Sie. Ich verstehe vor allem den Zwang zur Entscheidung und den Gegensatz zwischen Ihrer Bereitschaft zu sterben und Ihrem Abscheu davor, die anderen sterben zu sehen. Das beweist die Gesinnung eines Mannes. Das stellt ihn in die Reihe jener, mit denen man sprechen kann. In der Tat, wie soll man nicht verzweifeln? Oft sahen wir das Leben derer, die wir lieben, bedroht. Krankheit, Tod, Wahnsinn, aber es blieb immer Teil von uns, und es blieb das, woran wir geglaubt haben! Oft waren die Werte, die unser Leben ausmachten, am Zusammenbrechen. Aber nie waren unser Los und diese Werte in ihrer Gesamtheit und zur gleichen Zeit bedroht. Noch nie waren wir so restlos der Vernichtung ausgeliefert.

Ich verstehe Sie, aber ich kann Ihnen nicht mehr folgen, wenn Sie aus dieser Verzweiflung eine Lebensregel machen und sich hinter Ihren Ekel zurückziehen wollen, weil ja doch alles unnütz sei. Denn die Verzweiflung ist ein Gefühl und kein Zustand. Sie können nicht darin verharren. Und das Gefühl muß einer klaren Erkenntnis der Dinge weichen.

Sie sagten: «Und kann man im übrigen was tun? Und was kann ich tun?» Aber die Frage stellt sich zunächst gar nicht so. Sie glauben noch an das Individuum, gewiß, da Sie genau spüren, was in den Menschen Ihrer Umgebung und in Ihnen selber gut ist. Aber diese Individuen vermögen nichts, und Sie verzweifeln an der Gesellschaft. Vergessen Sie jedoch nicht, daß Sie diese Gesellschaft schon lange vor der Katastrophe ablehnten und so gut wie ich wußten, daß sie im Krieg enden würde, daß Sie und ich kein Hehl daraus machten und daß wir schließlich nichts Gemeinsames zwischen uns und ihr empfanden. Diese Gesellschaft ist auch heute dieselbe. Sie ist zu ihrem normalen Ende gelangt. Und in Wirklichkeit haben Sie, wenn wir die Dinge kaltblütig betrachten, nicht mehr Ursache zu verzweifeln als im Jahre 1928. Genaugenommen haben Sie gerade gleich viel Ursache.

Und wenn wir es recht bedenken, hatten die Leute, die 1914 in den Krieg zogen, mehr Grund zu verzweifeln, weil sie weniger Einblick in die Dinge hatten. Sie werden mir entgegenhalten, daß es Sie keinen Schritt weiter bringt zu wissen, daß 1928 ebensoviel Grund zu Verzweiflung bestand wie 1939. Dem ist nur scheinbar so. Denn 1928 verzweifeln Sie nicht völlig, während Ihnen jetzt alles sinnlos vorkommt. Wenn die Dinge sich nicht geändert haben, dann deswegen, weil Ihr Urteil über sie falsch ist: wie es jedesmal falsch ist, wenn eine Wahrheit uns nicht im Lichte der Vernunft erscheint, sondern sich lebendig verkörpert. Sie haben den Krieg kommen sehen, aber Sie nahmen an, Sie könnten ihn verhindern. Das hielt Sie davon ab, völlig zu verzweifeln. Heute sind Sie überzeugt, daß Sie nichts mehr verhindern können. Dies ist der springende Punkt.

Aber zunächst müssen Sie sich fragen, ob Sie wirklich alles getan haben, um diesen Krieg zu verhindern. Wenn ja, könnte dieser Krieg Ihnen als ein Verhängnis vorkommen und Sie könnten die Meinung vertreten, daß nichts mehr zu machen sei. Aber ich bin sicher, daß Sie nicht alles getan haben, was nötig war, genausowenig wie wir alle. Sie haben es nicht verhindern können? Nein, das stimmt nicht. Dieser Krieg war nicht unabwendbar, das wissen Sie. Es hätte genügt, den Versailler Friedensvertrag rechtzeitig zu revidieren. Das ist versäumt worden. Das ist die ganze Geschichte, und Sie sehen, daß sie anders sein könnte. Aber dieser Vertrag oder irgendeine andere Ursache kann noch revidiert werden. Dieses von Hitler gegebene Wort – noch kann man erreichen, daß seine Aufrichtigkeit unnütz wird. Diese Ungerechtigkeiten, die andere Ungerechtigkeiten nach sich gezogen haben, noch kann man sie ablehnen und fordern, daß die Antworten darauf ebenfalls abgelehnt werden. Noch gibt es eine nützliche Aufgabe zu erfüllen. Sie nehmen an, daß Ihre Rolle als Individuum praktisch gleich Null ist. Nun, so will ich meine vorhergehende Überlegung umkehren und Ihnen sagen, daß sie nicht größer und nicht kleiner ist als im Jahre 1928. Ich weiß übrigens, daß Sie nicht so unbedingt auf diesem Begriff der Nutzlosigkeit bestehen. Denn ich glaube, daß Sie die Wehrdienstverweigerung aus Gewissensgründen nicht billigen. Und zwar nicht aus Mangel an Mut oder Bewunderung, sondern weil Sie überzeugt sind, daß ihr keinerlei Nützlichkeit innewohnt. Infolgedessen besitzen Sie schon eine Vorstellung von einer gewissen Nützlichkeit, die Ihnen erlaubt, meinen Worten zu folgen.

Sie haben eine Aufgabe, zweifeln Sie nicht daran. Jeder Mensch besitzt einen mehr oder weniger großen Einflußbereich. Er verdankt sie seinen Mängeln ebensosehr wie seinen Vorzügen. Aber gleichviel, sie ist vorhanden, sie kann unmittelbar genutzt werden. Treiben Sie niemanden zum Aufruhr. Man muß mit dem Blut und der Freiheit der anderen haushälterisch umgehen. Aber Sie können zehn, zwanzig, dreißig Menschen davon überzeugen, daß dieser Krieg nicht unabwendbar war noch ist, daß noch nicht alle Mittel versucht worden sind, ihm Einhalt zu gebieten, daß man es sagen, es wenn möglich schreiben, es wenn nötig hinausschreien muß! Diese zehn oder dreißig Menschen werden es zehn anderen weitersagen, die es ihrerseits weiter verbreiten. Wenn die Trägheit sie zurückhält, nun gut, so fangen Sie mit anderen von vorne an. Und wenn Sie alles getan haben, was Sie in Ihrem Bercich, auf Ihrem Gebiet tun müssen, dann halten Sie inne und verzweifeln Sie nach Herzenslust. Sie müssen verstehen, daß man am Sinn des Lebens *im allgemeinen* verzweifeln kann, nicht aber an seinen Erscheinungsformen im besonderen, am Dasein, da wir keine Macht darüber haben, und nicht an der Geschichte, in der das Individuum alles vermag. Individuen sind es, die uns heute in den Tod schicken. Warum sollte es nicht anderen Individuen gelingen, der Welt den Frieden zu schenken? Nur muß man beginnen, ohne an so große Ziele zu denken. Vergessen Sie nicht, daß der Krieg ebensosehr mit der Begeisterung derer geführt wird, die ihn wollen, wie mit der Verzweiflung derer, die ihn mit der ganzen Kraft ihrer Seele ablehnen.

☆

Ein von Green in seinem Tagebuch angeführter Ausspruch:

«Man soll den Tod nicht fürchten, damit erweist man ihm zuviel Ehre.»

☆

Green und sein Tagebuch.

Verzeichnet viele Träume. Erzählte Träume langweilen mich immer.

☆

Tod von Le Poittevin, Flauberts Freund.

«Schließt das Fenster! Es ist zu schön.»[1]

☆

Kathedrale von Bordeaux. In einem Winkel:

«Lieber hl. Paulus, mach, daß ich eine der zehn ersten bin.»

«Lieber hl. Paulus, mach, daß er zum Stelldichein kommt.»

☆

1 Vgl. *Literarische Essays*, S. 133.

Montherlant zitiert als Motto zu *Nutzloses Dienen* [1] ein treffliches Wort von Msgr. Darbout: «Ihr begeht den Irrtum zu glauben, der Mensch sei auf die Erde gestellt worden, um etwas zu tun.» Und er leitet daraus großartige und bittere Lehren des Heroismus ab. Aber man kann auch das genaue Gegenteil daraus ableiten und Diogenes oder Ernest Renan rechtfertigen. Nur große Gedanken können von so widersprüchlicher Fruchtbarkeit sein.

☆

Mir fällt immer wieder auf, wie sehr in Algerien alles, was mit dem Tod zu tun hat, einen «spaßigen» Anstrich gewinnt. Nichts scheint mir besser gerechtfertigt. Man kann die Lächerlichkeit eines Ereignisses, das unter Gegurgel und Schweiß einzutreten pflegt, gar nicht genug betonen, wie man umgekehrt den Anschein des Heiligen, der ihm verliehen wird, gar nicht tief genug herabsetzen kann. Es gibt nichts Verächtlicheres als die auf Furcht gegründete Achtung. Und in diesem Sinn ist der Tod nicht achtbarer als der Kaiser Nero oder der Polizeikommissar meines Viertels.

☆

Lawrence: «Das Tragische sollte wie ein großer Fußtritt sein, den man dem Unglück versetzt.» (Vgl. seinen aristokratischen Kommunismus.)[2]

Id. «Man soll Revolutionen nicht machen, um einer Klasse zur Macht zur verhelfen, sondern um dem Leben eine Chance zu geben.»

☆

M. «Die Menschen sind nicht meinesgleichen. Sie sind diejenigen, die mich anschauen und über mich urteilen; meinesgleichen sind diejenigen, die mich lieben und die mich nicht anschauen, die mich allem zum Trotz lieben, trotz der Erniedrigung, trotz der Gemeinheit, trotz des Verrats, mich und nicht das lieben, was ich getan habe oder tun werde, die mich lieben würden, so lange ich mich selber lieben würde – sogar bis zum Selbstmord.»

... «mit ihr (May) allein habe ich diese Liebe gemeinsam, ob sie nun zerrissen ist oder nicht, so wie andere gemeinsam kranke Kinder haben, die vielleicht sterben werden.»

☆

Absurde Gestalten.

Caligula. Schwert und Dolch.

«Ich glaube, ich bin vorgestern nicht richtig verstanden worden, als ich den Opferpriester mit dem Hammer erschlug, mit dem er die Färse töten wollte. Dabei war es ganz einfach. Einmal wollte ich die Ordnung der Dinge ändern – gewissermaßen um mir ein Bild zu machen. Gesehen habe ich, daß sich nichts geändert hat. Ein wenig Erstaunen und Er-

1 Vgl. auch: Germaine Brée, *Albert Camus. Gestalt und Wek.* S. 47.

2 Vgl. *Literarische Essays*, S. 141 f.

schrecken bei den Zuschauern. Im übrigen ist die Sonne zur gewohnten Zeit untergegangen. Ich habe daraus geschlossen, daß es gleichgültig ist, ob man die Ordnung der Dinge ändert oder nicht.»

Aber warum sollte die Sonne nicht eines Tages im Westen aufgehen?

☆

Id. (Ptolemäus). Ich habe ihn umbringen lassen, weil es keinen Grund gab, daß er sich in einem schöneren Mantel hätte zeigen sollen als ich. Absolut betrachtet, gab es keinen Grund. Selbstverständlich bestand auch kein Grund, warum mein Mantel schöner sein sollte. Aber er war sich dessen nicht bewußt, und da ich der einzige war, der klar sah, war es auch in Ordnung, daß ich mich im Vorteil befand.

☆

Don Quijote und La Pallice.

La Pallice. – Eine Viertelstunde vor meinem Tod war ich noch am Leben. Das hat genügt, um mich berühmt zu machen. Aber es ist ein usurpierter Ruhm. Meine wahre Philosophie lautet, daß ich eine Viertelstunde nach meinem Tod nicht mehr am Leben sein werde.

Don Quijote. – Ja, ich habe Windmühlen bekämpft. Denn es ist zutiefst gleichgültig, ob man gegen Windmühlen kämpft oder gegen Riesen. So gleichgültig, daß es leicht ist, sie zu verwechseln. Ich besitze die Metaphysik der Kurzsichtigen.

☆

Weden. Was der Mensch denkt, das wird er.

☆

Gisèle und der Krieg. «Nein, ich lese keine Zeitung. Mich interessiert nur das Wetter. Ich will am Samstag zelten gehen.»

☆

«Wissen Sie, Fontanes, was ich am meisten bewundere? Die Ohnmacht der Gewalt, etwas zu behalten. Es gibt nur zwei Mächte in der Welt: das Schwert und den Geist. Auf die Dauer wird das Schwert immer durch den Geist besiegt.» Napoleon.[1]

☆

Ludwig XIV. – «Mein Sohn, du wirst ein großer König sein: ahme nicht meinen Hang zum Kriegführen nach. Versuche, die Leiden deiner Völker zu lindern ... denn es macht mich unglücklich genug, daß ich es nicht habe tun können.»

☆

1 Dieses Zitat findet sich wieder zu Beginn von *Die Mandelbäume* (1940) [enthalten in: *Literarische Essays,* S. 140].

Oran.

Das Tlélat[1] wie eine Vorbereitung auf Oran. Die Blöße und Aufnahmebereitschaft vor dem Hinabtauchen in die Sinne, die Sammlung vor dem Abstieg in die köstliche Unterwelt.

Um nach Oran zu gelangen, reist man bei Tag oder nachts. Die Reise bei Tag kenne ich nicht. Aber von der Nachtfahrt weiß ich, daß man in der Morgendämmerung nach Sainte-Barbe-du-Tlélat gelangt, nachdem man zu der Stunde, die noch nicht der Tag und nicht mehr die Nacht ist, an den leise zitternden Eukalyptusbäumen von Perrégaux vorbeigekommen ist. In Tlélat steht der kleine Bahnhof mit den grünen Läden, der riesigen Uhr ...

... Wenn es aber über dem Tlélat regnet ...

☆

... Hl. Barbara von Tlélat, die du Gleichgültigkeit, Gleichwertigkeit und Aufnahmebereitschaft bist, bewahre uns vor jeder übereilt getroffenen Wahl und erhalte uns diese ungeteilte Freiheit, die da Blöße heißt. In wenigen Minuten gelangen wir nach Oran, die Last eines körperhaften und hoffnungslosen Lebens. Santa-Cruz in Reglosigkeit, und der Geruch von Anis in den Gassen von Mers-el-Kébir. Die «Vieilles Cures», die im Café Cintra auf zerstoßenem Eis serviert werden – die immer barhäuptigen Oranerinnen mit ihren ein bißchen zu dicken Fesseln. Hl. Barbara, bewahre die Oranerinnen bis an die Schwelle ihres Alters und ersetze sie alsdann durch viele ebensolche Oranerinnen, die auch unter den Bäumen vor der alten Präfektur spazierengehen werden. Hl. Barbara, hindere die Oranerinnen daran, an Algier oder Paris zu denken, und lehre sie die Wahrheit dieser Welt, die lautet, daß es keine gibt. Du, die du bist wie ein Bahnsteig, wo man träumend eine Zigarette raucht und darauf wartet, daß ein Pfiff uns wieder den Landschaften der Erde entgegenwirft, du weißt, daß ich nicht oft fromm bin. Aber wenn ich es einmal bin, weiß du, daß ich Gott nicht nötig habe und daß ich nur in dem Augenblick fromm sein kann, da ich es vortäuschen will, weil ein Zug abfahren wird und weil mein Gebet ohne Folgen bleibt. Hl. Barbara, die du ein Punkt im Raum auf der Strecke Oran–Algier bist, näher bei Oran, sehr nahe bei Oran, und eine Pause in der Zeit, die mich Oran entgegenträgt, du so körperhafte und so bestimmte, so irdische und so richtungweisende, sei für ein paar Sekunden die Heilige eines Ungläubigen und die Ratgeberin eines Unschuldigen.

☆

Oran.[2] Wunderliche Stadt, wo die Schuhgeschäfte abscheuliche Gipsmodelle verzerrter Füße ausstellen, wo in den Auslagen die Scherzartikel

1 Das Tlélat ist eine ziemlich kahle Ebene, die sich etwa 30 km südöstlich von Oran befindet, wenn man von Sidi-Bel-Abbès oder Relizane kommt.

2 Fragmente zu *Minotaurus* (1939) [enthalten in: *Literarische Essays*, S. 124 ff].

wovon er träumt, was er bewundert, ist das Gegenteil. Er will ein Werk, das aus dem Gegenteil der Gewohnheit entstehen soll – die Vorsätze, die er faßt.

☆

29. November
Die Verherrlichung des Vielfältigen, der Menge, insbesondere des Lebens der Sinne und der Hingabe an die tiefen Gemütsbewegungen, ist nur gerechtfertigt, wenn man seine Selbstlosigkeit gegenüber dem Gegenstand unter Beweis stellt.

Es gibt auch den Sprung in das Stoffliche – und viele Menschen, die die Sinne verherrlichen, tun es nur, weil sie deren Sklaven sind. Auch hier wird der Kopf in den Rachen des Löwen gesteckt.

Daher die unbedingte Notwendigkeit, sich zum Beispiel der Prüfung der Keuschheit unterzogen, sich mit unerbittlicher Strenge behandelt zu haben. Vor jedem theoretischen Unterfangen, das auf die Verherrlichung des Unmittelbaren abzielt, ist *ein Monat* der Askese auf allen Gebieten erforderlich.

Sexuelle Keuschheit.

Keuschheit im Denken – den Wünschen verbieten, sich zu verirren, den Gedanken, sich zu zerstreuen. Ein einziger – beständiger – Gegenstand der Meditation – alles übrige ablehnen.

Eine Arbeit zu festgelegter Stunde, die ohne Unterbrechung, ohne Versagen betrieben wird, usw. usw. (auch moralische Askese).

Ein einziges Versagen, und alles geht unter: Praxis und Theorie.

☆

In Ferrara der Palazzo Schifanoia, den Alberto d'Este erbaute, um «der Langeweile ein Schnippchen zu schlagen».

Das Haus Este.

Hippolito, der seinem Bruder Giulio die Augen ausreißen läßt, weil die von ihm geliebte Frau erklärt hat, sie habe «Giulios Augen lieber als Hippolitos Gestalt».

Giulio und Fernando, die Hippolito und Alfonso d'Este umbringen wollen. Entdeckt, verurteilt, sadistisch auf dem Schafott begnadigt. Aber 35 Jahre Kerker für Fernando, der dort starb, und 54 für Giulio, der wahnsinnig geworden herauskam.

Alfonso d'Este, der Michelangelo eine Statue von Julius II. gießen läßt und eine Kanone daraus macht.

☆

Vgl. Gonzague Truc. «Sie bauten nur für sich selber, und da sie es unterließen, hinter ihrem Werk zurückzutreten, es mit Demut in den Sinn des geheimnisvollen Werks der Welt einzufügen (?), es mit ewigen Werten zu nähren (?), verurteilten sie es dazu, kaum entstanden sogleich wieder unterzugehen. Von ihnen selber blieben nur hochmütige und verfluchte Namen zurück.» *Eben.*

Borgia-Bibliographie.
Louis de Villefosse (*Machiavel et nous*, 1937).
Rafaël Sabatini (*César Borgia*, 37).
Fred Bérence (*Lucrèce Borgia*, 37).
Gab. Brunet (*Ombres vivantes*, 36).
L. Collison-Morley (*Histoire des Borgia*).
Charles Benoist (*Machiavel*).
Das Tagebuch von Jean Burchard (Hsgb. Turmel, 1933), usw. usw.

☆

1940
Die Abende im Freien vor dem Café «Les Deux Merveilles». Der Pulsschlag des Meeres, das man in der Tiefe der Nacht erahnt. Das Rascheln der Olivenbäume und der Rauchgeruch, der von der Erde aufsteigt.

Die Felsen im Meer, von weißen Möwen bedeckt. Ihre graue Masse vom Weiß der Flügel erhellt, wie schwimmende und leuchtende Friedhöfe.

☆

Roman.

Diese Geschichte beginnt an einem heißen und blauen Strand, in den gebräunten Körpern zweier junger Menschen – Baden, Spiele in Wasser und Sonne – Sommerabende auf den Strandwegen mit dem Geruch nach Obst und Rauch im tiefen Dunkel – der Körper und seine Entspannung in den leichten Kleidern. Die Anziehung, die heimliche und zärtliche Trunkenheit in einem siebzehnjährigen Herzen.

– Endet in Paris, Kälte oder grauer Himmel, die Tauben zwischen den schwarzen Steinen des Palais-Royal, die Innenstadt mit ihren Lichtern, die hastigen Küsse, die nervenaufreibende, rastlose Zärtlichkeit, das Verlangen und die Besonnenheit, die im Herzen eines vierundzwanzigjährigen Mannes aufsteigt – das «wir wollen gute Freunde bleiben».

☆

Id. Jene andere Geschichte, begonnen in einer kalten stürmischen Nacht, unter den Zypressen auf dem Rücken liegend, vor den Augen ein von Sternen und Wolken bedeckter Himmel;

– fortgesetzt auf den Hügeln von Algier oder im geheimnisvoll weiten Hafen.

– Armselige und großartige Kasbah, Friedhof von El Kettar, der all seine Gräber dem Meer entgegendrängt, heiße, weiche Lippen zwischen den Granatblüten und einem Grab – Bäume, Hügel, Aufstieg zur ausgetrockneten und kahlen Bouzaréah und, wieder ans Meer zurückgekehrt, der Geschmack der Lippen und die Augen voll Sonne.

Es beginnt nicht mit der Liebe, sondern mit dem Wunsch zu leben. Ist die Liebe wirklich so fern, wenn in dem großen viereckigen Haus über dem Meer die beiden Körper sich finden und sich aneinander schmiegen, nachdem sie im Wind hinaufgestiegen sind, während aus der Tiefe des Horizonts das gedämpfte Atmen des Meeres bis zu diesem von der Welt abgesonderten Zimmer empordringt? Wunderbare Nacht, in der die Liebeshoffnung sich nicht vom Regen, vom Himmel und vom mannigfaltigen Schweigen der Erde trennt. Genaues Gleichgewicht zweier von außen her vereinter Geschöpfe, ähnlich gemacht durch eine gemeinsame Gleichgültigkeit gegen alles in der Welt, was nicht dieser Augenblick ist.

Jener andere Augenblick, der ist wie ein Tanz, sie im Stilkleid, er im Anzug.

Alles wie ein Tanz: ein gigantischer Taumel der Geborgenheit.

☆

Die ersten blühenden Mandelbäume der Straße am Meer entlang. Eine Nacht hat genügt, damit sie sich mit diesem zarten Schnee bedeckten, von dem man sich kaum vorstellen kann, daß er der Kälte und diesem alle Blütenblätter durchnässenden Regen zu widerstehen vermag.[1]

☆

Im Oberleitungsbus.

Die alte Dame, die aussieht wie eine Puffmutter, aber auf dem nicht vorhandenen Busen ein Kreuz trägt:

«Was eine ehrbare Frau ist, die hält auf sich. Nicht wie die Frauen, die am Krieg verdienen. Der Mann ist weg, sie beziehen die Unterstützung, und dann betrügen sie ihn. Ich kenne zum Beispiel eine, die hat mir gesagt: ‹Soll er doch an der Front draufgehen! Im Zivilleben war er ein böser Mensch. Daran ändert auch der Krieg nichts.› Umsonst habe ich ihr gesagt: ‹Er ist jetzt an der Front, da muß man verzeihen.› Nichts zu wollen. Aber sehen Sie, Monsieur, die schlechten Frauen sind eben so. Das steckt im Blut, das steckt im Blut, ich sage Ihnen, daß es im Blut steckt ...»

☆

Februar

Oran. Aus weiter Ferne, gleich nach Valmy, sieht man von der Bahn aus mitten im Land den Berg von Santa-Cruz mit seinem tiefen Einschnitt und die Kathedrale wie ein in den blauen Himmel gereckter Finger aus Stein.

An der Ecke des Boulevard Gallieni muß man sich um zehn Uhr morgens die Schuhe putzen lassen. Ein frischer Wind, die helle Sonne, Männer und Frauen, die es eilig haben, und, auf einem der hohen Sessel hockend, die unglaubliche Befriedigung, die einen überkommt, wenn man den Schuhputzern bei der Arbeit zusieht. In einem bestimmten Augenblick, wenn man sieht, wie sie die weichen Bürsten handhaben und das endgültige Blankreiben der Schuhe betrachtet, könnte man die erstaunliche Operation für beendet halten. Aber da schmiert die gleiche eifrige Hand wiederum Schuhcreme auf die schimmernde Oberfläche, nimmt ihr den Glanz, reibt ein, bis die Creme in die kleinsten Poren des Leders

1 Fragment zu *Die Mandelbäume* [enthalten in: *Literarische Essays*, S. 140 ff].

eingedrungen ist, und läßt dann unter der Bürste den doppelten und nun wirklich endgültigen Glanz aufsprühen, der aus der Tiefe des Leders hervorbricht.

☆

Das Haus des Siedlers, das zugleich eine Metaphysik, eine Moral und eine Ästhetik ausdrückt. Eine von einem ägyptischen *pschent* gekrönte Zuckerbäckerarbeit. Merkwürdiges Mosaik, aus unerfindlichen Gründen in byzantinischem Stil gehalten, auf dem reizende, in Sandalen gehende Krankenschwester Körbe voll Trauben tragen und eine ganze Schar antik gekleideter Sklaven einem leutseligen Siedler mit Tropenhelm und Fliege entgegeneilt.

☆

Die Rue d'Austerlitz und ihre hundertjährigen Juden. Jede Handlung eine kleine Theaterszene.

☆

Die Schneiderkostüme wie Marie-Christine sind «not only fashionable but always up to date». Die Abführmittel sind «nur ein Notbehelf. Ein erzwungener Stuhlgang beseitigt die Ursache nicht.»

☆

Von der Höhe der Aussichtsstraße aus gesehen wirken die Klippen so mächtig, daß die Landschaft vor lauter Pracht unwirklich wird. Der Mensch ist daraus verbannt, und zwar so nachdrücklich, daß soviel lastende Schönheit aus einer anderen Welt zu kommen scheint.

☆

Kleine Place de la Perle, wo um zwei Uhr Kinder spielen. Moschee, Minarette, Bänke, ein Stückchen Himmel. Der spanische Rundfunk mit der blechernen Stimme. Was ich hier liebe, ist nicht diese Stunde, sondern eine andere, die ich erahne, wenn der Sommerhimmel seine Hitze verloren hat und den kleinen Platz am Abend eine sanfte Stimmung erfüllt, wenn Soldaten und Frauen ihn gemächlich abschreiten, während der Anisduft die Männer an die Theken lockt.

☆

Frauenroman: Ein einziges Thema: die Aufrichtigkeit.

☆

«Liebe Seele, trachte nicht nach dem ewigen Leben, sondern schöpfe das Mögliche aus.» (Pindar, Dritte Pythische Ode.) [1]

☆

Gestalten.

Der alte Mann und sein Hund. Acht Jahre Haß.[2]

1 Dieses Zitat wurde *Der Mythos von Sisyphos* als Motto vorangestellt.

2 Es handelt sich offensichtlich um den alten Salamano und um Masson in *Der Fremde.*

Der andere mit seinem Sprachtick: «Er war reizend, geradezu liebenswürdig.» – «Ein betäubendes, geradezu ohrenzerreißendes Geräusch.» – «Es ist ewig, geradezu menschlich.» – A. T. R.

☆

Ein Vormittag in der Sonne und die nackten Körper. Dusche, dann Hitze und Licht.

☆

Februar

Dieses florentinische Gesicht, das seine Liebe und seine schmerzliche Vergangenheit ausdrückt. Wie groß ist der Anteil des Spiels? Und wie groß ist der Anteil des Gefühls, das in gewissen Augenblicken so mächtig, so überwältigend ist und in anderen so unscheinbar?

M. – wie die Seele von Paris. Dieser Vormittag in der Sonne und die Stadt voller Lichter – ihre Augen wie die Stadt und dieses unbeschwerte Leben. «O dolore dei tuoi martiri, o diletto del tuo amore.»

«Sie verkörpert nicht eine Liebe, sondern eine Lebenshoffnung – alles, was nicht Exil ist, alles, was Bejahung des Lebens ist. Und nie trug eine Lebenshoffnung ein so rührendes Antlitz. Wer kann sicher sein, zu lieben? Aber jedermann vermag das Gefühl zu erkennen. Dieses Lied, dieses Antlitz, diese tiefe und biegsame Stimme, dieses erfinderische und freie Leben, das ist alles, was ich erwarte und erhoffe. Und wenn ich auch darauf verzichte, bleiben diese Dinge dennoch wie lauter Verheißungen der Befreiung und wie jenes Bild meiner selbst, von dem ich mich nicht freimachen kann.»

☆

März

Was soll dieses plötzliche Erwachen – in diesem dunklen Zimmer – begleitet von den Geräuschen einer unvermittelt fremd gewordenen Stadt? Und alles ist mir fremd, alles, und kein Mensch, der zu mir gehört, keine Stätte, wo diese Wunde sich schließen könnte. Was tue ich hier, welchen Zusammenhang haben diese Gebärden, dieses Lächeln? Ich bin nicht von hier – auch nicht von anderswo. Und die Welt ist nur noch eine unbekannte Landschaft, in der mein Herz keinen Halt mehr findet. Fremd, wer könnte wissen, was dieses Wort bedeutet.

☆

Fremd, zugegeben, daß mir alles fremd ist.

Nun alles klargestellt ist, abwarten und nichts auslassen. Wenigstens arbeiten, um zugleich das Schweigen und die Schöpfung zu vollenden. Alles übrige, alles, wie es auch kommen mag, ist gleichgültig.

☆

Abend: Ereignisse. Gestalten. Eigene Reaktionen.

☆

Trouville. Eine Ebene voll Asphodill am Rande des Meeres. Landhäuschen mit grünen oder weißen Zäunen und einer Terrasse, die einen unter Tamarisken verborgen, andere ungeschützt inmitten der Steine. In der Tiefe grollt leise das Meer. Aber alles, die Sonne, der leichte Wind, das Weiß der Asphodille, das schon harte Blau des Himmels, läßt bereits das Bild des Sommers erstehen, mit seiner *jeunesse dorée*, seinen gebräunten jungen Mädchen und jungen Männern, mit beginnenden Liebschaften, langen Stunden in der Sonne und der plötzlichen Milde seiner Abende. Welch anderen Sinn könnten wir für unsere Tage finden als diesen und die Lehrer dieser Ebene: ein Geborenwerden und ein Sterben und dazwischen die Schönheit und die Schwermut.

☆

R. C. Einer jener Menschen, von denen man sich sagt, daß sie sich wohl verstecken möchten, um aufs Klosett zu gehen. Und doch wieder nicht: sie haben sich eine Theorie daraus gemacht, und es ist die Größe des Menschen, bewußt zu empfinden, was ihn herabwürdigt. Und unvermittelt sind wir es, die Ekel empfinden.

☆

S. will das Tagebuch eines Romans schreiben, den sein Verfasser nicht geschrieben hat.

☆

Immer mehr wird der Individualismus die einzig mögliche Reaktion der Welt der Menschen gegenüber. Der Mensch ist sein eigenes Ziel. Alles, was man für das Gemeinwohl unternimmt, scheitert am Ende. Und wenn man den Versuch dennoch wagen will, so sollte man ihn mit der erforderlichen Verachtung unternehmen. Sich ganz zurückzuziehen und sein eigenes Spiel spielen. (Idiotisch.)

☆

Der Mann, der vom Ehemann seiner Geliebten einen Brief erhält. In diesem Brief beteuert der Ehemann seine Liebe und erklärt, er wolle sich direkt an seinen Nebenbuhler wenden, bevor er seinem Zorn nachgebe. Was der Liebhaber fürchtet, ist der Zorn. Um so mehr bewundert er die großzügige Regung des Ehemannes. Und je mehr er Angst hat, um so lauter gibt er dieser Bewunderung Ausdruck. Er betont sie immer eindringlicher. Er spielt den Edelmütigen. Er wird alles aufgeben, aus bloßer Anerkennung dieser großzügigen Regung, er wird sich opfern – ohne zu murren –, er fühlt sich ja so unwürdig. Das alles glaubt er übrigens zum Teil selber. Aber man darf die Bedeutung der Angst vor den Ohrfeigen nicht außer acht lassen.

Ein Hund in einer Villa. Gegen den Willen seiner Mutter nimmt S. ihn auf. Der Hund stiehlt zwei Sardellen. Die Mutter jagt hinter ihm her. Der Hund entflieht voll Schrecken, während S. sagt: «Bleib, bleib, nur keine Angst.»

Nachher: S.: «Der arme Hund, er glaubte schon ans Paradies.»

Die Mutter: «Ich habe auch an manches Paradies geglaubt und habe mein Lebtag keines zu Gesicht bekommen.»

S.: «Das schon, aber er war bereits drinnen.»

☆

Abstieg zum Meer oberhalb von Mers-el-Kébir. Die Linie der Hügel und der Klippen, die die Bucht umgeben. Unzugängliches Herz.

☆

Marseille. Der Jahrmarkt. «Das Leben? Das Nichts? Illusionen? Aber eben doch die Wahrheit.» Pause. Bum, bum, hereinspaziert ins Nichts.

☆

Bei Anbruch der Moderne: Alles ist vollbracht? Einverstanden. So wollen wir anfangen, zu leben.

☆

Paris. März 1940

Was an Paris hassenswert ist: die Lieblichkeit, das Gefühl, die abscheuliche Gefühlsduselei, die als hübsch ansieht, was schön ist, und schön findet, was hübsch ist. Die Zartheit und die Trostlosigkeit dieses trüben Himmels, der glänzenden Dächer, dieses endlosen Regens.

Was an Paris begeisternd ist: die fürchterliche Einsamkeit. Als Heilmittel gegen das Leben in der Gesellschaft: die Großstadt. Sie ist für alle Zukunft die einzige benutzbare Wüste. Hier genießt der Körper kein Ansehen mehr. Er wird bedeckt, verborgen unter unförmigen Hüllen. Es gibt nur die Seele, die Seele mit all ihren Ausschweifungen, ihren Völlereien, ihren Orgien weinerlicher Rührseligkeit und allem übrigen. Aber auch die Seele mit ihrer einzigen Größe: der schweigenden Einsamkeit. Wenn man von der Butte Montmartre herab Paris betrachtet, die wie ein ungeheuerlicher Dunst im Regen liegende Stadt, eine formlose, graue Wucherung der Erde, und wenn man sich dann dem Calvaire de Saint-Pierre de Montmartre zuwendet, spürt man, wie eng Landschaft, Kunst, und Religion verwandt sind. Alle Linien dieser Steine erzittern, alle gekreuzigten oder ausgepeitschten Leiber erfüllen die Seele mit der gleichen hilflosen und unreinen Gemütsbewegung wie die Stadt selber.

Aber andererseits hat die Seele niemals recht, und hier noch weniger als anderswo. Denn die großartigsten Gesichter, die sie dieser so sehr auf Seele bedachten Religion geschenkt hat, wurden nach dem Abbild des Fleisches in Stein gehauen. Und wenn dieser Gott uns anrührt, so dank seines Menschenantlitzes. Seltsame Beschränkung der Seinsbedingung des Menschen, die es ihm unmöglich macht, aus dem Menschlichen herauszutreten, die gerade den Symbolen, die den Körper leugnen wollen, eine körperhafte Erscheinung gibt. Sie leugnen ihn, aber er leiht ihnen sein Ansehen. Nur der Körper ist edel. Wir empfinden jenen römischen Legionär als lebendig wegen seiner außerordentlichen Nase oder wegen seines buckligen Rückens, jenen Pilatus wegen der ostentativ zur Schau getragenen Langeweile, die der Stein ihm seit Jahrhunderten erhält.

Das Christentum hat dies erkannt. Und es vermochte uns nur so tief zu ergreifen wegen seines Mensch gewordenen Gottes. Aber seine Wahrheit und seine Größe hören am Kreuz auf, und zwar in dem Augenblick, da er seine Verlassenheit herausschreit. Reißen wir die letzten Seiten des Evangeliums heraus, so wird uns eine menschliche Religion geboten, ein Kult der Einsamkeit und der Größe. Ihre Bitterkeit macht sie natürlich unerträglich. Aber hier liegt ihre Wahrheit und die Lüge alles übrigen beschlossen.

Wie kommt es, daß die Fähigkeit, ein Jahr allein in einem ärmlichen Zimmer in Paris zu wohnen, den Menschen mehr lehrt als hundert literarische Salons und vierzig Jahre Erfahrung im «Pariser Leben»? Es ist etwas Hartes, Entsetzliches, zuweilen Peinigendes, und stets dem Wahnsinn so nahe. Aber in dieser Nachbarschaft muß das Wesen eines Menschen sich stählen und stärken – oder zugrunde gehen. Wenn es aber zugrunde geht, dann weil es nicht stark genug war, um zu leben.

☆

Eisenstein und die Todesfeste in Mexiko.[1] Die makabren Masken zur Belustigung der Kinder, die voll Wonne Totenköpfe aus Zucker lutschen. Die Kinder scherzen mit dem Tod, finden ihn lustig, finden ihn süß und zuckrig. Auch «kleine Tote». Alles endet bei «unserem Freund, dem Tod».

☆

Paris.

Die Frau im oberen Stockwerk hat sich das Leben genommen, indem sie sich in den Hof des Hotels stürzte. Sie war 31 Jahre alt, sagt ein Mieter, das genügt für ein Leben, und wenn sie ein bißchen gelebt hat, konnte sie auch sterben. Über dem Hotel liegt noch der ganze Schatten der Tragödie. Zuweilen kam sie herunter und bat die Besitzerin des Hotels, sie zum Abendessen dazubehalten. Unvermittelt umarmte sie sie – aus Bedürfnis nach Nähe und Wärme. Es endet mit einem sechs Zentimeter langen Riß in der Stirn. Ehe sie starb, sagte sie: «Endlich!»

☆

Paris. Die schwarzen Bäume am grauen Himmel und die himmelfarbenen Tauben. Die Statuen im Rasen und diese wehmütige Eleganz ...

Das Aufflattern der Tauben wie das Knallen auseinadergeschüttelter Wäsche. Das Gurren im grünen Gras.

☆

1 Wahrscheinlich handelt es sich um die von Eisenstein aufgenommenen Szenen zu einem unvollendeten Film, die unter den Titeln *Time in the Sun* und *Que viva México* gezeigt wurden.

Paris. Die kleinen Cafés um 5 Uhr morgens – die beschlagenen Scheiben – der kochend heiße Kaffee – Markthallenkundschaft und Fernfahrer – das erste Gläschen – und der Beaujolais.

La Chapelle. Dunst – Hochbahn und Laternenpfosten.

☆

Léger. Diese Intelligenz – diese metaphysische Malerei, die die Materie neu durchdenkt. Seltsam: sobald man die Materie neu durchdenkt, ist das einzig Bleibende gerade das, was *die Erscheinung* ausmachte: die Farbe.

☆

Der Mann in einem Speiselokal, der hört, wie eine Dame am Telefon seine Nummer anruft und seinen Namen verlangt. *Er* antwortet am anderen Ende. Sie spricht mit *ihm*, als wäre er zu Hause (Familie, genaue Einzelheiten, usw.). Er begreift nichts. Es ist einfach so.

☆

Ohne Zukunft.

«Die Werke, von denen J. M. hier spricht, sind verbrannt worden. Aber es ist klar, daß er sie ebensogut hätte veröffentlichen können und daß er dabei nur Gleichgültigkeit oder Widerspruch geerntet hätte, was auf dasselbe herauskommt.» S. L.

☆

Um Ton und Rhythmus deutlich zu machen, mein ganzes Leben schriftlich festhalten. «Heute werde ich 27 Jahre alt», usw.

☆

Einen Kommentator ein System von Bemerkungen zusammenstellen lassen (oder zusammenfassendes Vorwort).

☆

Der kleine spanische Soldat im Restaurant. Kein Wort Französisch, und dieses Bedürfnis nach menschlicher Wärme, als er mich anspricht. Ein Bauer aus Estremadura, hat auf seiten der Republikaner gekämpft, Konzentrationslager in Argelès, Freiwilliger in der französischen Armee. Wenn er den Namen Spanien ausspricht, ist der ganze Himmel dieses Landes in seinen Augen. Er hat acht Tage Urlaub. Er ist nach Paris gekommen, das ihn innerhalb von wenigen Stunden zermalmt hat. Ohne ein Wort Französisch zu sprechen, mit der Métro verfahren, fremd, allem fremd, was nicht seine Heimat ist, freut er sich darauf, zu seinen Freunden im Regiment zurückzukehren. Und selbst wenn er unter einem tiefhängenden Himmel in zähem Kot verrecken muß, wird er wenigstens Seite an Seite mit Männern aus seiner Heimat sterben.

☆

April

Im Haag. Der Mann, der in einer Pension wohnt, ohne zu wissen, daß es ein Bordell ist. Nie jemand im Speisezimmer. Er geht im Schlafrock hinunter. Herein kommt ein Herr im Gehrock und Zylinder. Er ist Neger, steif, wie aus dem Ei gepellt. Er verlangt eine sehr gute Mahlzeit. Die Taube im Speisesaal gurrt. Dann geht der Mann weg und hinterläßt auf dem Tisch das Geld für die Mahlzeit. Plötzliches Schweigen. Der Kellner kehrt zurück und ist auf einmal ganz aufgeregt. Der Neger hat die Taube unter seinem Zylinder mitgenommen.

☆

Roman (2. Teil – Konsequenzen).

Der Mann (J. C.) hat sich einen ziemlich nahe bevorstehenden Tag zum Sterben vorgenommen. Seine erstaunliche und unmittelbare Überlegenheit über alle sozialen und sonstigen Kräfte.

☆

In der Métro der kleine Soldat. In den Vierzigern. Möchte sich mit einem ziemlich jungen Mädchen verabreden. «Ich könnte Sie vielleicht besuchen, wenn ich dieser Tage einmal dort vorbeikomme» – «Nein, mein Bruder würde mit mir schimpfen.» – «Ach ja, natürlich, ganz selbstverständlich, Sie haben recht. Aber vielleicht könnte ich Ihnen schreiben?» – «Nein, lieber möchte ich mich mit Ihnen verabreden.» Diese geradeheraus erklärte Zustimmung, die er auf Umwegen erreichen wollte, raubt ihm die Fassung. «Ach, schön, schön. Ja, Sie haben recht, Sie haben ganz recht, das ist besser. Nun, mal sehen. Morgen ist Montag. Ja, Montag. Mal sehen. Um wieviel Uhr? Ich muß überlegen, wissen Sie, denn in meinem Beruf ... Mal sehen, ja, morgen ist Montag. Sagen wir um fünf?»

Sie (weiterhin geradeheraus): «Können Sie nicht nach dem Abendessen?»

Er (weiter fassungslos): «Aber doch, aber doch, Sie haben schon wieder recht.»

Sie: «Um acht.»

Er: «Ja, ja, um acht. Im ‹Terrasse›?»

Sie: «Ja.»

Er schweigt. Aber unversehens spürt man, daß eine Panik ihn überfällt, die er nicht eingestehen will. Er muß Vorkehrungen treffen gegen die mögliche Gefahr, ein so einfach und so kostbar gewordenes Abenteuer zu verlieren. «Und wenn etwas dazwischenkommt, könnte ich Ihnen schreiben?» – «Nein, lieber nicht.» – «Nun, dann könnten wir vorsichtshalber, falls etwas dazwischenkommt, ein anderes Treffen abmachen.» – «Ja. Donnerstag um acht an der gleichen Stelle.» Er ist beruhigt, hat aber plötzlich Angst, diese neue Verabredung könnte die morgige rückgängig machen. – «Aber Sie kommen morgen, nicht wahr, um acht, ganz bestimmt? Nur wenn etwas Wichtiges dazwischenkäme.» – «Ja», sagt sie. Sie steigt an der Concorde aus und er in Saint-Lazare.

☆

Maler, der nach Port-Cros fährt, um zu malen. Und alles ist so schön, daß er ein Haus kauft, seine Bilder wegräumt und nicht mehr anrührt.

☆

Beim *Paris-Soir* [1] das ganze Herz von Paris spüren und seinen abscheulichen Midinettengeist. Mimis Mansarde ist zum Wolkenkratzer geworden, aber das Herz hat sich nicht verändert. Es ist verdorben. Die Rührseligkeit, das Malerische, die Selbstgefälligkeit, alle diese schmierigen Schlupfwinkel, in denen der Mensch sich in einer für den Menschen so harten Stadt verteidigt.

☆

Sie würden nicht so viel über die Einsamkeit schreiben, wenn Sie das Höchstmögliche daraus zu gewinnen verstünden.

☆

«Ich bin ein Geruchsmensch», sagte er. «Und es gibt keine Kunst, die sich an diesen Sinn wendet. Nur das Leben tut es.»

☆

Novelle. Ein mit seinem Los zufriedener Priester auf dem Land in der Provence. Zufällig muß er einem zum Tode Verurteilten in seinen letzten Augenblicken beistehen. Darüber verliert er den Glauben.[2]

☆

April

Vorwort Terracini – ... Dieser Anhauch des Fremdseins, nach dem viele unter uns auch ein gewisses Heimweh haben. Italien und Spanien haben so viele europäische Seelen geprägt, daß diese Länder ein wenig zu Europa gehören, jenem geistigen Europa, das stärker sein wird als jedes mit den Waffen geschmiedete. Darin liegt vielleicht die Bedeutung dieser Seiten. Aber diese Aktualität hatte bereits vor zweihundert Jahren Gültigkeit. Sie hat sie noch heute. Und man darf die Hoffnung nicht verlieren, daß seine Jugend immer noch lebendig sein wird, wenn eines Tages endlich wieder Blumen aus den Ruinen blühen.

☆

II. Reihe. Zu Don Juan. Siehe Larousse: die Franziskanermönche töteten ihn und behaupteten, er sei durch das Erscheinen des Komturs wie vom Blitz erschlagen worden. Letzter Akt. Rede der Franziskaner vor dem Volk: «Don Juan hat sich bekehrt», usw. «Preis sei Don Juan.»

Vorletzter Akt: Herausforderung des Komturs, der nicht kommt. Bitterkeit, recht zu haben.[3]

☆

1 Zu dieser Zeit arbeitete Camus mit Pascal Pia als Journalist am *Paris-Soir*.

2 Vielleicht der Ausgangspunkt für die Gestalt Pater Paneloux' aus *Die Pest* und zugleich eine Weiterführung von *Der Fremde*.

3 Dieses Thema findet sich in *Der Mythos von Sisyphos* wieder (rowohlts deutsche enzyklopädie, Bd. 90, S. 61 ff). Erinnern wir uns auch daran, daß

II. Reihe. Zu Don Juan.

(Der Pater und Don Juan betreten das Vorzimmer Don Juans, der den Mönch wieder zur Tür zurückbegleitet.)

Beginn I.

Der Franziskanerpater: «Ihr glaubt also an nichts, Don Juan?»

Don Juan: «Doch, Pater, an drei Dinge.»

Pater: «Darf man fragen, an welche?»

Don Juan: «Ich glaube an den Mut, an die Intelligenz und an die Frauen.»

Pater: «Wir müssen also an Euch verzweifeln.»

Don Juan: «Ja, falls ein glücklicher Mensch zu beklagen ist. Lebt wohl, Pater.»

Pater (in der Tür): «Ich werde für Euch beten, Don Juan.»

Don Juan: «Ich danke Euch, Pater. Ich will darin eine Form von Mut sehen.»

Pater (sanft): «Nein, Don Juan, es handelt sich nur um zwei Gefühle, die Ihr beharrlich verkennt: die Barmherzigkeit und die Liebe.»

Don Juan: «Ich kenne nur die Zärtlichkeit und die Großzügigkeit, die männlichen Formen dieser weibischen Tugenden. So lebt denn wohl, Pater.»

Pater: «Lebt wohl, Don Juan.»

☆

Mai
L'Étranger ist beendet.

☆

Der großartige *Misanthrope* mit seinen grobschlächtigen Gegensätzen und seinen typisierten Gestalten.

Alceste und Philinte
Célimène und Eliante

Alcestes Eintönigkeit – absurde Konsequenz eines bis ins Letzte entwickelten Charakters – bildet das ausschließliche Thema. Und der Vers, «der schlechte Vers» nur andeutungsweise skandiert wie die Eintönigkeit der Person selber.

☆

Auszug aus Paris.

Clermont. Das Irrenhaus mit seiner merkwürdigen Uhr. Die schmutzigen Morgenstunden um 5 Uhr früh. Die Blinden – der Verrückte im Haus, der den ganzen Tag brüllt – dieser Erdball in verkleinertem Maßstab. Der ganze Körper wendet sich zwei Polen zu, dem Meer oder Paris. Hier in Clermont kann man Paris kennenlernen.

☆

Camus bis zu seinem Lebensende davon träumte, einen *Don Juan* zu schreiben. Kurz vor seinem Tod hatte er begonnen, den *Burlador* von Tirso de Molina zu übertragen.

September
Den ersten Teil des Absurden fertiggestellt.[1]

☆

Der Mann, der sein Haus dem Erdboden gleichmacht, seine Felder abbrennt und mit Salz bedeckt, um sie nicht abgeben zu müssen.

☆

Kleiner Angestellter der Banque de France. Nach Clermont versetzt, versucht er, seine Gewohnheiten beizubehalten. Es gelingt ihm beinahe, nur mit einer unmerklichen Verschiebung.

☆

Oktober 1940. Lyon
Der hl. Thomas (selber Friedrich untertan) erkennt den Untertanen das Recht zur Revolte zu. Vgl. Baumann: *Politique de saint Thomas*, p. 136.

☆

Die letzte Carrara, Gefangener in der von der Pest entvölkerten, von den Venezianern belagerten Stadt Padua, lief durch alle Säle seines Palastes und brüllte: er rief den Teufel herbei und heischte den Tod von ihm.

Ein Condottiere rettet eine Stadt, wahrscheinlich Siena. Er fordert unumschränkte Macht. Überlegung des Volks: «Keine Belohnung wird ihm jemals genügen, nicht einmal die größte Machtfülle. Töten wir ihn. Später beten wir ihn an.» Gesagt, getan.

Giovanni-Paola Gaglione, von dem Machiavelli sagte, er habe die Gelegenheit versäumt, sich unsterblich zu machen, als er die Gelegenheit versäumte, den Papst Julius II. umzubringen.

Burchard: «Ruchlosigkeit, Gottlosigkeit, militärische Begabung und geistige Bildung fanden sich in J. Malatesta (gestorben 1417) vereint.»

Filippo Maria Visconti, Mailänder Condottiere, wollte nie ein Wort über den Tod hören und verlangte, daß seine sterbenden Favoriten aus seinem Gesichtskreis entfernt würden. Dennoch sagt Burchard: «Er starb mit Adel und Würde.»

In Ravenna entfernte das Volk die Kerzen vom Altar, um sie Dante darzubringen: «Du bist ihrer würdiger als der andere, der Gekreuzigte.»

☆

Novelle: Die Rhône, die Saône, ihrem Lauf folgen, die eine springt davon, die andere zögert und vereinigt sich schließlich mit der ersten, verliert sich in ihrem Schwung. Zwei Menschen auf diesen Flüssen: Parallelen.

☆

1 Es handelt sich um den ersten Teil von *Der Mythos von Sisyphos.*

Novelle: Geschichte von Y.

☆

Ternay[1]. Verlassenes und kaltes kleines Dorf am Hang oberhalb der Rhône. Grauer Himmel und eisiger Wind, wie ein weiches Kleid. Die Felder in der Höhe liegen brach. Ein paar schwarze Furchen und Schwärme von Raben. Kleiner, dem Himmel preisgegebener Friedhof: sie waren alle ein guter Gatte und ein guter Vater. Ihrer aller wird ewig in Trauer gedacht.

☆

Die alte Kirche mit einer Kopie von Boucher. Die Kirchendienerin: sie hat solche Angst ausgestanden, als die deutschen Bomber kamen. Schon im letzten Krieg hatte die Gemeinde dreißig Tote. Jetzt sind es nur achtzehn Gefangene, aber auch das ist hart genug. Gleich wird hier eine Hochzeit gefeiert, zwei junge Leute. Die Lehrerin ist ein Flüchtling aus dem Elsaß, sie hat keine Nachrichten von ihren Eltern. «Glauben Sie, daß es bald aufhört, Monsieur?» Ihr Sohn ist 1914 gestorben. Sie holte den Verletzten heim und geriet in den Rückzug an der Marne. Sie brachte ihn nach Hause, hier starb er. «Ich werde nie vergessen, was ich gesehen habe.»

Draußen der gleiche Himmel und die gleiche Kälte. Das umgepflügte Land ist warm, und unten zieht der Fluß dahin, breit und schimmernd und von Zeit zu Zeit erbebend. Ein bißchen weiter entfernt der Wartesaal des kleinen Bahnhofs von Serresin. Kriegsbeleuchtung – Schatten auf den Plakaten, die zu sorglosem Leben in Bandol einladen. Ausgegangener Ofen, und die 8förmigen Wasserspuren vom morgendlichen Besprengen, auf den kalten Fliesen noch sichtbar. Eine Stunde zu warten beim fernen Grollen der Züge und des Abendwinds im Tal. So abgeschnitten und so nahe. Hier rührt man an seine Freiheit, und wie häßlich sie ist! Verbunden, verbunden mit dieser Welt, wo die Blumen und der Wind einen nie dazu bringen werden, daß man alles übrige verzeihen kann.

☆

Dezember

(Ägypten.)

Die Griechen – Die Etrusker – Rom und sein Niedergang – Die Alexandriner und die Christen – Heiliges Römisches Reich Deutscher Nation und das Vermessene Denken – Provence und provenzalische Schismen – Italienische Renaissance – Elisabethanisches Zeitalter – Spanien – Von Goethe zu Nietzsche – Rußland.

Indien, China, Japan.

Mexiko – Vereinigte Staaten.

Die Stile – von der dorischen Säule über Gotik und Barock zum Zementbogen.

Geschichte Philosophie Kunst Religion

P. S. M.

☆

1 Dorf im Département Isère.

Dezember
Die Griechen. Geschichte – Literatur – Kunst – Philosophie.

☆

Bewußt oder unbewußt nutzen die Frauen immer das Gefühl für die Ehre und das gegebene Wort, das beim Manne so lebendig ist.

☆

Die Söhne Kains – ohne Beiwerk. Der Vater als Zuschauer bei der Ermordung Abels, ohne einzugreifen. Aber Kain wächst an Leiden und an Kraft. Der Vater will Vergebung gewähren, Kain lehnt ab: «Ich will dein Antlitz nicht mehr sehen.»

(Oder vielleicht Gedicht – id. Juda.)

☆

Oran. Januar 41
Geschichte von P. Der kleine alte Mann, der vom ersten Stock Papierschnitzel hinunterwirft, um die Katzen anzulocken. Dann spuckt er auf sie. Wenn er eine Katze trifft, lacht der Alte.[1]

☆

Es gibt keinen Ort, den die Oraner nicht mit irgendeinem scheußlichen Bau verschandelt hätten, wie er jedes Landschaftsbild zerstören müßte. Eine Stadt, die dem Meer den Rücken kehrt und sich nach Schneckenart in sich selber gewunden erbaut. Man irrt durch dieses Labyrinth und sucht das Meer wie den Faden Ariadnes. Aber man bewegt sich in all diesen anmutlosen und häßlichen Straßen im Kreis. Zu guter Letzt werden die Oraner vom Minotaurus, das heißt von der Langeweile verschlungen.[2]

Doch alles vergebens: eine der stärksten Landschaften der Welt sprengt die mißliche Staffage, mit der man sie bedeckt, und läßt ihre wilden Schreie zwischen den einzelnen Häusern und über allen Dächern ertönen. Und das Leben, das man in Oran über die Langeweile hinweg führen kann, gleicht diesem Land. Oran erbringt den Beweis dafür, daß es in den Menschen etwas gibt, das stärker ist als ihre Werke.

Wer nicht in Oran gewesen ist, kann nicht wissen, was Stein ist. In einer der staubigsten Städte der Welt sind der Kiesel und der Stein unumschränkte Herrscher. Anderswo besitzen die arabischen Friedhöfe jene Lieblichkeit, die jedermann kennt. Hier finden wir oberhalb der Schlucht von Raz el Aïn, dem Meer zugewandt, am blauen Himmel klebende Felder von kreidigen, mürben Steinen, deren Weiß einen blen-

1 Aufzeichnung zu *Die Pest*.

2 Fragment zu *Minotaurus*, letzter Teil: *Der Stein Ariadnes* [enthalten in: *Literarische Essays*, S. 133 ff] und Verwendung in *Die Pest* zur Beschreibung von Oran.

det. Mitten in diesen Gebeinen der Erde da und dort eine rote Geranie wie das frische Blut und das Leben.

☆

Über Florenz und Athen werden Bücher geschrieben. Diese Städte haben so viele europäische Geister geprägt, daß ihnen wohl ein Sinn innewohnen muß. Sie besitzen Eigenschaften, die rühren oder begeistern. Sie stillen einen gewissen Hunger, der Seele, die sich von der Erinnerung nährt. Aber kein Mensch käme auf den Gedanken, über eine Stadt zu schreiben, in der nichts den Geist anspricht, in der die Häßlichkeit sich einen maßlosen Anteil gesichert hat, in der die Vergangenheit nicht existiert. Und doch ist die Versuchung manchmal recht groß.

Woran liegt es, daß man sich für etwas interessiert und an etwas hängt, das einem nichts zu bieten hat? Diese Leere, diese Häßlichkeit, diese Langeweile unter einem unerbittlichen und großartigen Himmel – welches sind ihre verführerischen Kräfte? Ich kann darauf antworten: die Kreatur. Für einen gewissen Menschenschlag ist die Kreatur, wo immer sie schön ist, eine Heimat mit tausend Hauptstädten. Oran ist eine davon.

Café. Kleine Langusten, Bratspießchen, Schnecken in einer Sauce, die einem den Mund verbrennt. Nachher beschwichtigt man den Gaumen mit einem widerlich süßen Muskatwein. So etwas erfindet man nicht. Nebenan singt ein Blinder «Flamenco».

☆

Die Hügel oberhalb von Mers-el-Kébir wie eine vollkommene Landschaft.

☆

Servitude et Grandeur Militaires.[1] Ausgezeichnetes Buch, das man im Mannesalter wieder lesen muß.

«Montecuculli, der sich nach Turennes Tod zurückzog, weil er sich nicht dazu herabließ, sich mit einem gewöhnlichen Gegenüber zu messen.»

Die Ehre «ist eine Tugend, die aus dem Tod geboren sein könnte, ohne den Lohn des Himmels nach dem Tod; sie ist die Tugend des Lebens».

☆

Oran. Schlucht von Noiseux: langes sich Hinziehen zwischen zwei ausgedörrten und staubigen Hängen. Die Erde birst unter der Sonne. Die Mastixbäume sind von der Farbe des Steins. Der Himmel darüber gießt gleichmäßig seinen Vorrat an Hitze und Glut aus. Nach und nach werden die Mastixbäume dicker und grüner. Ein Schwellen der Vegetation, zunächst kaum merklich, dann überraschend. Nach einem sehr langen Weg werden die Mastixbäume allmählich zu Eichen, alles wird zugleich größer und weicher, und an einer jähen Wegbiegung taucht ein Feld mit

1 *Glanz und Elend des Militärs* von Alfred de Vigny. Rowohlts Klassiker Bd. 3.

blühenden Mandelbäumen auf: für die Augen wie kühles Wasser. Ein Tälchen, gleichsam ein verlorenes Paradies.

Die Straße am Hügelhang, von der man das Meer überblickt. Befahrbar, aber verlassen. Jetzt ist sie mit Blumen überwuchert. Gänseblümchen und Butterblumen färben sie gelb und weiß.

☆

21. Februar 1941
Sisyphe beendet. Die drei Absurden sind fertig.

Anfänge der Freiheit.

☆

15. März 1941
In der Eisenbahn. «Sie haben doch Camps gekannt?»

«Camps? Ein Großer, Magerer, mit einm schwarzen Schnurrbart?»

«Ja, er war Weichensteller in Sidi-Bel-Abbès.»

«Ja, natürlich.»

«Er ist gestorben.»

«Ach! Woran denn?»

«Schwach auf der Brust.»

«Komisch, er sah gar nicht so aus.»

«Ja, aber er spielte in der Blasmusik. Immer ins Horn blasen, das hat ihn umgebracht.»

«Natürlich. Wenn man krank ist, muß man sich pflegen. Dann soll man nicht das Horn blasen.»[1]

☆

Die Frau, die so aussieht, als litte sie an drei Jahre alter Verstopfung: «Diese Araber! Sie maskieren ihre Töchter hinter Schleiern. Ach, die sind noch nicht zivilisiert!»

Nach und nach offenbart sie uns ihr Ideal der Zivilisation: ein Mann mit 1200 Francs im Monat, eine Zweizimmerwohnung mit Küche und Bad, sonntags Kino und für wochentags eine Inneneinrichtung aus den «Galeries Barbès.».

☆

Das Absurde und die Macht – zu untersuchen (vgl. Hitler).

☆

18. März 1941
Die Höhen über Algier strotzen im Frühling von Blumen. Der Honigduft der gelben Rosen strömt in die engen Straßen. Riesige schwarze Zypressen lassen in ihren Wipfeln Glyzinien und Weißdorn auffunkeln, deren sonstiges Wachstum verborgen bleibt. Ein sanfter Wind, die unendlich weite und glatte Bucht. Starkes und einfaches Sehnen – und die Absurdität, dies alles zu verlassen.

☆

1 Aufzeichnungen, die in *Die Pest* aufgenommen wurden (rororo. 15, S. 17 f).

Santa-Cruz und der Aufstieg zwischen den Pinien. Die ständig sich weitende Bucht, bis der Blick sich vom Gipfel aus in der Unendlichkeit verliert. Gleichgültigkeit – und auch ich habe meine Wallfahrten.

☆

19. März

Jedes Jahr das Blühen der Mädchen am Strand. Sie erleben nur eine Saison. Im Jahr darauf werden sie durch andere Blütengesichter ersetzt, die in der vorhergehenden Saison noch kleine Mädchen waren. Für den Mann, der sie betrachtet, sind es jährliche Wogen, deren Gewicht und Herrlichkeit sich über den gelben Strand ergießen.

☆

20. März

Zu Oran. Eine belanglose und absurde Biographie schreiben. Zu Kain: der unbedeutende Unbekannte, der die unbedeutenden Löwen auf der Place d'Armes meißelte.

☆

21. März

Das eisige Wasser beim Baden im Frühjahr. Die toten Quallen am Strand: eine Gallertmasse, die nach und nach im Sand verschwindet. Die gewaltigen Dünen aus gebleichtem Sand. – Das Meer und der Sand, diese beiden Wüsten.

☆

Das Wochenblatt *Gringoire* fordert die Verlegung der spanischen Flüchtlingslager in die äußerste Südspitze Tunesiens.

☆

Auf die Knechtschaft verzichten, die die Anziehungskraft der Frauen darstellt.

☆

Rosanow. «Michelangelo und Leonardo haben aufgebaut. Die Revolution wird ihnen die Zunge herausstrecken und sie im zwölften oder dreizehnten Jahr umbringen, wenn sie ihre Persönlichkeit, ihre eigene Seele offenbaren werden.»

☆

«Des Sündhaften beraubt, könnte der Mensch nicht leben; des Heiligen beraubt, könnte er nur allzu gut leben.» Die Unsterblichkeit ist ein Begriff ohne Zukunft.

☆

Cakia-Mouni blieb viele Jahre in der Wüste, unbeweglich, die Augen zum Himmel erhoben. Selbst die Götter beneideten diese Weisheit und dieses steinerne Los. In seinen ausgestreckten, steif gewordenen Händen nisteten die Schwalben. Aber eines Tages flogen sie weg und kehrten nicht wieder. Und er, der Verlangen und Willen, Ruhm und Schmerz in sich abgetötet hatte, er begann zu weinen. So sprießen die Blumen aus den Steinen.[1]

☆

1 Camus verwendete diesen Text in *Minotaurus* [enthalten in: *Literarische Essays*, S. 136 f].

«They may torture, but shall not subdue me.»

☆

Der Abt: «Und warum nicht mit anderen Menschen wirken?»
Manfred: «Mein Wesen war dem Leben abgewandt.»

☆

Wodurch wird ein Herz regiert? Die Liebe? Nichts ist ungewisser. Man kann wissen, was Liebesschmerz ist, ohne zu wissen, was Liebe ist. In diesem Fall ist sie Entbehren, Sehnsucht, leere Hände. Ich werde nicht den nötigen Schwung haben; mir bleibt die Beklommenheit. Eine Hölle, in der alles das Paradies voraussetzt. Indessen ist es eine Hölle. Ich nenne Leben und Liebe, was mich leer zurückläßt. Abschied, Zwang, Bruch, dieses lichtlose Herz, das in mir verstreut ist, der salzige Geschmack der Tränen und der Liebe.

☆

Der Wind, eines der wenigen sauberen Dinge auf der Welt.

☆

April. II. Reihe.
Die Welt der Tragödie und der Geist der Revolte – Budejovice (3 Akte).[1]
Pest oder Abenteuer (Roman).

☆

Die befreiende Pest.

Eine glückliche Stadt. Man lebt nach allerlei Systemen. Die Pest: bringt alle Systeme auf einen Nenner. Aber die Menschen sterben trotzdem. Doppelt sinnlos. Ein Philosoph schreibt eine «Anthologie der belanglosen Handlungen». Unter diesem Gesichtspunkt wird er das Tagebuch der Pest führen. (Ein anderes Tagebuch, aber in pathetischer Sicht. Ein Latein- und Griechischlehrer.[2] Er erkennt, daß er Thukydides und Lukrez bis dahin nicht verstanden hat.) Sein Lieblingsausspruch: «Aller Wahrscheinlichkeit nach»:

«Die Straßenbahngesellschaft konnte nur über 760 Angestellte verfügen anstatt über 2130. Aller Wahrscheinlichkeit nach ist die Pest daran schuld.»

Ein junger Priester verliert den Glauben angesichts des schwarzen Eiters, der aus den Wunden fließt. Er nimmt seine Salböle wieder mit. «Wenn ich davonkomme ...» Aber er kommt nicht davon. Es muß alles bezahlt werden.[3]

Die Leichen werden in den Straßengraben weggeschafft. Ganze Ber-

1 *Budejovice* war als erster Titel für *Das Mißverständnis* vorgesehen.

2 Gemeint ist die Gestalt Stephans, des Lehrers, die in der endgültigen Fassung nicht vorkommt.

3 Halten wir fest, daß Camus ursprünglich vorsah, Paneloux werde den Glauben verlieren, wie dies in der ersten Fassung von *Die Pest* noch der Fall ist.

ge von Blumen und Toten liegen am Meer entlang. Sofort werden die Schaffner entlassen: die Fahrgäste zahlen nicht mehr.

Die Agentur «Ransdoc-SVP» erteilt alle Auskünfte telefonisch. «Heute 200 Opfer, Monsieur. Wir belasten Ihre Abrechnung mit 2 Francs.» – «Ausgeschlossen, Monsieur, in den nächsten Tagen ist kein Leichenwagen frei. Wenden Sie sich an die Straßenbahngesellschaft. Wir belasten ...» Die Agentur macht Reklame im Rundfunk: «Wollen Sie wissen, wie viele Opfer die Pest täglich, wöchentlich, monatlich fordert? Wenden Sie dich an Ransdoc – 5 Anschlüsse: Rufnummer 3 53–91 und folgende.»

Die Stadt wird geschlossen. Man stirbt im luftleeren Raum und im Gewühl. Ein Mann gibt indessen seine Gewohnheiten nicht auf. Er zieht sich weiterhin zum Abendessen um. Ein Familienmitglied nach dem anderen erscheint nicht mehr bei Tisch. Er stirbt über seinem Teller, nach wie vor sorgfältig angezogen. Wie das Dienstmädchen sagt: «Immerhin ein Vorteil. Man braucht ihn nicht anzuziehen.» Sie werden nicht mehr begraben, man wirft sie ins Meer. Aber sie sind zu zahlreich, es sieht aus wie ein ungeheuerlicher Schaum auf dem blauen Wasser.

Ein Mann liebt eine Frau und entdeckt auf ihrem Gesicht die Male der Pest. Nie wird er sie heißer lieben. Aber nie hat ihn stärker vor ihr geekelt. Er liegt mit sich selbst im Widerstreit. Aber den Sieg trägt immer der Körper davon. Der Ekel überwiegt. Er nimmt sie bei der Hand, zerrt sie aus dem Bett, ins Zimmer, in den Vorraum, den Hausflur, dann durch zwei kleine Straßen auf die Hauptstraße. Vor einem Gully läßt er sie liegen. «Schließlich ist sie nicht die einzige.»

Zuletzt entschließt die unbedeutendste Gestalt sich zum Sprechen: «In gewissem Sinne», sagt er, «ist es eine Heimsuchung.»

☆

Unterdessen: kleine Schrift über Oran. Die Griechen.

☆

Das ganze Bemühen der abendländischen Kunst geht dahin, der Einbildungskraft Typen darzubieten. Und die Geschichte der europäischen Literatur scheint nichts anderes zu sein als eine Folge von Variationen über diese gegebenen Typen und Themen. Die von Racine gestaltete Liebe ist eine Variation über einen Typus von Liebe, den es vielleicht im Leben gar nicht gibt. Sie ist eine Vereinfachung: ein Stil. Das Abendland zeichnet nicht sein Alltagsleben nach. Es nimmt sich unausgesetzt gewaltige Bilder vor, die es erregen. Es jagt ihnen nach. Es will Manfred oder Faust, Don Juan oder Narziß. Aber die Annäherung bleibt immer erfolglos. Immer ist es das Fiebern nach Einheit, das alles mitreißt. Aus lauter Verzweiflung hat man schließlich den Filmhelden erfunden.

☆

Die Dünen am Meer – das laue Morgengrauen und die nackten Körper vor den ersten, noch schwarzen und bitteren Wellen. Das Wasser hängt schwer an einem. Der Körper taucht wieder hinein und läuft in den ersten Sonnenstrahlen über den Strand. Jeder Sommermorgen am Strand wirkt wie der erste Morgen der Welt. Jeder Sommerabend hat das Gesicht eines feierlichen Weltuntergangs. Die Abende über dem Meer waren ohne Maß. Die Tage voll Sonne über den Dünen waren erdrückend. Um 2 Uhr nachmittags kann man keine hundert Meter zu Fuß über den glühenden Sand gehen, ohne zu taumeln. Gleich wird man umfallen. Diese Sonne wird einen töten. Am Morgen, Schönheit der gebräunten Körper auf den hellen Dünen. Schreckliche Unschuld dieser Spiele und dieser Nacktheit im tanzenden Licht.

Nachts färbt der Mond die Dünen weiß. Kurz zuvor läßt der Abend alle Farben hervortreten, läßt sie nachdunkeln und macht sie kräftiger. Das Meer ist ultramarin, die Straße rot wie geronnenes Blut, der Strand gelb. Alles verschwindet mit der grünlichen Sonne, und die Dünen werden vom Mondlicht überrieselt. Nächte eines Glücks ohne Maß unter einem Regen von Sternen. Was man an sich preßt – ist es ein Körper oder die laue Nacht? Und jene Gewitternacht, da die Blitze die Dünen entlangliefen, erstarben, auf den Sand und in die Augen orangefarbene oder weißliche Glanzlichter setzten. So eine Vereinigung ist unvergeßlich. Schreiben können: ich bin acht Tage lang glücklich gewesen.

☆

Man muß zahlen und sich mit dem gemeinsamen menschlichen Leiden besudeln. Das schmutzige, widerliche und schmierige Reich des Schmerzes.

☆

«... und nichts als nur Stöhnen füllt' / Und Schmerzgeschrei weithin das Meereswogen, bis / Der schwarze Blick der Nacht das Schreckliche begrub.» (*Die Perser*, Schlacht von Salamis.)

☆

Um das Bündnis von Delos zu bekräftigen, wurden im Jahre 477 Eisenblöcke ins Meer versenkt. Der Bündnisschwur sollte so lange gelten, wie das Eisen auf dem Meeresgrunde bliebe.

☆

Man ist sich in der Politik noch nicht deutlich genug bewußt geworden, wie sehr eine gewisse Gleichheit der Freiheit feindlich ist. In Griechenland gab es freie Menschen, weil es Sklaven gab.

☆

«Es ist immer ein großes Verbrechen, die Freiheit eines Volkes zu zerstören, weil es angeblich einen schlechten Gebrauch von ihr macht.» (Tocqueville)

☆

Das Problem in der Kunst ist ein Problem des Umsetzens. Schlechte Schriftsteller: die sich beim Schreiben nach einem inneren Zusammenhang richten, den der Leser nicht kennen kann. Man muß sich beim Schreiben verdoppeln: Um es noch einmal zu sagen, das Wichtigste ist, daß man sich beherrschen lernt.

☆

Kriegs-, Gefangenen-, Frontkämpferliteratur. Sie alle sind an unaussprechlichen Erfahrungen vorübergegangen und haben nichts daraus gelernt. Sechs Monate in einem Postamt hätten sie ebenso wenig gelehrt. Sie wiederholen, was in den Zeitungen steht. Was sie gelesen haben, hat sie weit mehr beeindruckt, als was sie mit ihren eigenen Augen gesehen haben.

☆

«Hier ist es Zeit, durch Taten zu beweisen, / Daß Manneswürde nicht der Götterhöhe weicht.» (*Faust I*)

☆

«Herrschaft gewinn' ich, Eigentum! / Die Tat ist alles, nichts der Ruhm.» (*Faust* II)

☆

«Dem Tüchtigen ist diese Welt nicht stumm! / Was braucht er in die Ewigkeit zu schweifen?» (*Faust II*)

☆

Auch der Wille ist eine Einsamkeit.

☆

Liszt über Chopin: «Er bediente sich der Kunst nur noch, um sich seine eigene Tragödie vorzuspielen.»

☆

September
Man kann alles ordnen: das ist klar und einfach. Aber das menschliche Leiden kommt dazwischen und ändert alle Pläne.

☆

Der Taumel, der darin liegt, sich zu verlieren und alles zu leugnen, nichts zu gleichen, für immer zu zerbrechen, was uns definiert, der Gegenwart die Einsamkeit und das Nichts zu bieten, die einzige Basis wiederzufinden, wo die Geschicke jederzeit neu begonnen werden können. Die Versuchung besteht ohne Unterlaß. Soll man ihr nachgeben oder sie von sich weisen? Kann man die Besessenheit durch ein Werk inmitten eines behaglichen Lebens auf sich nehmen, oder muß man umgekehrt sein Leben dem Werk angleichen, dem Blitz gehorchen? Schönheit, neben der Freiheit meine größte Sorge.

☆

J. Copeau. «In großen Zeiten sollt ihr den dramatischen Dichter nicht in seiner Studierstube suchen. Er ist auf der Bühne, inmitten seiner Schauspieler. Er ist selber Schauspieler und Regisseur.»
Wir leben nicht in einer großen Zeit.

☆

Über das griechische Theater:

G. Meautis: *Eschyle et la Trilogie*
L'aristocratie athénienne.

Navarre: *Le théâtre grec.*

☆

In der Pantomine benutzen die fahrenden Schauspieler eine zwar nicht dem Sinne nach, aber für das Leben unverständliche Sprache (Esperanto der Posse).

Chancerel betont zu recht die Bedeutung des Mimen. Der Körper im Theater: das ganze zeitgenössische französische Theater (außer Barrault) hat ihn vergessen.

☆

Entstehung der Zibaldone in der Commedia dell'arte. (Louis Moland: *Molière et la Comédie italienne.*) (Vorhang aus applizierten Stoffen.)

Der sterbende Molière läßt sich ins Theater tragen, weil er die Schauspieler, Musiker und Bühnenarbeiter, «die nur ihren Lohn zum Leben haben», nicht um die Einkünfte aus der Vorstellung bringen will.

Das Buch von Chancerel ist interessant trotz eines Mangels: es entmutigt leicht. Bedeutsam auch, einen auf den moralischen Einfluß des Theaters bedachten Mann dennoch ein Repertoire empfehlen zu sehen, das die elisabethanischen Stücke einschließt. Wir sind eine solche Einsicht nicht mehr gewohnt.

☆

Nicolas Clément, Bibliothekar Ludwigs XIV., äußert sich über Shakespeare: «Dieser englische Dichter hat eine recht schöne Phantasie und drückt sich gewandt aus; aber diese schönen Vorzüge werden durch die Unflätigkeiten beeinträchtigt, die er in seine Komödien mischt.»

Dieses große Jahrhundert verdankt seine Größe einer Verstümmelung der Seele und des Geistes, wie Clément beweist. Unterdessen ließ der englische Dichter Richard II. so treffend sagen:

«Von Gräbern sprecht, von Würmern, Leichensteinen!» Und Webster: «Ein Mensch ist wie Kassia; man muß ihn zerreiben, um seinen Geruch zu erhalten.»

☆

Die Masken, eine Gelegenheitsbelustigung. Die Tänzer bildeten mit ihren Schritten die Initialen der Neuvermählten, zu deren Ehren das Fest gegeben wurde, auf dem Boden.

☆

«Oh! No, there is not the end; the end is death and madness.» (Kyd: *Spanische Tragödie.*) Und mit dreißig Jahren stirbt Marlowe durch einen Dolchstoß in die Stirn, von einem Schergen ermordet.

53 handschriftliche Stücke der Sammlung Warburton (Philip Massinger und Fletcher) von einer geschickten Köchin verbrannt: sie umwickelte ihre Pasteten damit. Logischer Schluß.

☆

Vgl. Georges Conne: *Le Mystère shakespearien* (Boivin).
État présent des études shakespeariennes (Didier).

☆

Oktober

Pest. Bonsels, p. 144 und 222.

1342 – Schwarze Pester über Europa. Die Juden werden ermordet.

1481 – Pest verheert Südspanien. Die Inquisition behauptet: die Juden. Aber die Pest rafft einen der Inquisitoren dahin.

☆

Im 2. Jahrhundert Diskussionen über die leibhaftige Erscheinung Jesu. Hl. Cyrillus und hl. Justin: um der Menschwerdung ihren ganzen Sinn zu verleihen, mußte er ein abscheuliches, widerwärtiges Aussehen haben. (Hl. Cyrillus: «der häßlichste der Menschensöhne».)

Aber der griechische Geist: «Wenn er nicht schön ist, ist er kein Gott.» Die Griechen haben gesiegt.

☆

Über die Katharer: Douais: *Les Hérétiques du Midi au XIIIe siècle.*

☆

La hermosa Sombra. Zeigt ihren Vater an, der gegen die Inquisition komplottiert, denn sie hat einen kastilischen Geliebten, und sie sind «conversos». Sie tritt ins Kloster ein. Von Verlangen verzehrt, verläßt sie es wieder. Hat mehrere Kinder. Wird häßlich. Stirbt als Protegé eines Krämers – verlangt, ihr Schädel solle als Erinnerung an ihren schlechten Lebenswandel über der Tür ihres Hauses angebracht werden. In Sevilla.

☆

Alexander Borgia bietet als erster Torquemada die Stirn. Zu klug und zu «distinguiert», um diese Raserei zu ertragen.

☆

Siehe Herder. *Ideen zur Philosophie der Geschichte der Menschheit.*

☆

Menschen, die ihre Werke mitten in Zeiten der Unruhe geschaffen haben: Shakespeare, Milton, Ronsard, Rabelais, Montaigne, Malherbe.

☆

In Deutschland fehlte es ursprünglich an Nationalgefühl. An seiner Stelle gab es ein Rassebewußtsein, das von den deutschen Intellektuellen aus der Luft gegriffen wurde. *Viel virulenter.* Den Deutschen interessiert die Außenpolitik – den Franzosen die Innenpolitik.

☆

Von der Eintönigkeit.

Eintönigkeit der letzten Werke Tolstojs. Eintönigkeit der indischen Bücher – Eintönigkeit der biblischen Prophezeiungen – Eintönigkeit Buddhas. Eintönigkeit des Korans und aller religiösen Bücher. Eintönigkeit Nietzsches – Pascals – Schestows – schreckliche Eintönigkeit Prousts, des Marquis de Sade, usw. usw.

☆

Während der Belagerung von Sewastopol springt Tolstoj aus dem Schützengraben und flieht unter dem Kugelregen des Feindes zum Bollwerk: er hatte fürchterliche Angst vor Ratten und hatte gerade eine bemerkt.

☆

Die Politik kann nie Gegenstand der Dichtung sein (Goethe).

Zum Absurden [1] folgendes Zitat von Tolstoj als Muster unlogischer Logik:

«Wenn alle irdischen Güter, für die wir leben, wenn alle Freuden, die uns das Leben gewährt, Reichtum, Ruhm, Ehren, Macht, uns durch den Tod geraubt werden, haben diese Güter keinerlei Sinn. Wenn das Leben nicht unendlich ist, dann ist es ganz einfach absurd, ist es nicht wert, gelebt zu werden, und man muß sich seiner so schnell wie möglich durch den Selbstmord entledigen.» (*Meine Beichte*)

Aber etwas später berichtigt er: «Das Vorhandensein des Todes zwingt uns, entweder freiwillig auf das Leben zu verzichten oder unser Leben so umzugestalten, *daß wir ihm einen Sinn verleihen, den der Tod ihm nicht rauben kann.*»

☆

Angst und Schmerz sind die flüchtigen Empfindungen, versichert Byrd.[2] In der absoluten Einsamkeit des Nordens entdeckt er, daß der Körper ebenso anspruchsvolle Bedürfnisse hat wie der Geist: «Töne, Gerüche, Stimmen *kann er nicht entbehren.*»

☆

T. E. Lawrence, der sich nach dem Krieg als *einfacher Soldat* unter einem falschen Namen wieder anwerben läßt. Sehen, ob die Namenlosigkeit bringt, was das Ansehen nicht hat geben können. Er lehnt die Orden des Königs ab, gibt sein Kriegskreuz seinem Hund. Er schickt seine Manuskripte anonym an Verleger, die sie ablehnen. Motorradunfall.

Daher die Definition von A. Fabre-Luce: Den Übermenschen erkennt man an der Unbedingtheit, mit der er sich in der Geschichte festsetzt, und an der inneren Freiheit, die er sich ihr gegenüber nimmt.

☆

1 Es handelt sich um den ersten Teil von *Der Mythos von Sisyphos.*

2 Der Erforscher der Arktis.

Beim nochmaligen Lesen der Aufzeichnungen des Malte Laurids Brigge: unbedeutendes Buch. Verantwortlich: Paris. Eine Pariser Niederlage. Eine nicht überstandene Pariser Infektion. Beispiel: «Die Welt betrachtet den Einsamen als ihren Feind.» Irrtum, die Welt schert sich keinen Pfifferling um ihn, und das ist ihr gutes Recht.

Das einzig Brauchbare: die Geschichte von Arvers, der im Augenblick des Sterbens einen Französischfehler verbessert: «Es muß ‹collidor› heißen.»

☆

Wie Newton sagte: immer daran denken.

☆

Jean Hytier[1] über den Dramaturgen: «Er kann tun, was er will, wenn er nur das Richtige tut.»

☆

Für Montherlant (der von den Frauen verschuldete Niedergang der Ritterschaft). Jehan de Saintré, p. 108. MA. LF.

☆

Pierre de Larrivey: Übersetzer. *Les Esprits*, übertragen von Lorenzino Medici – Saint-Évremond.[2]

☆

Die Vorgebirge der Küste sehen aus wie eine auslaufende Flotte. Diese Schiffe aus Fels und Azur beben auf ihrem Kiel, als wollten sie Inseln des Lichts entgegeneilen. Das ganze Oraner Land ist zum Aufbruch bereit, und jeden Tag um die Mittagszeit durchläuft es ein Zucken des Abenteuers. Eines Morgens werden wir vielleicht gemeinsam aufbrechen.

☆

In der brütenden Hitze über den endlosen Dünen zieht die Welt sich zusammen und grenzt sich ein. Sie ist ein Käfig aus Hitze und Blut. Sie geht nicht über meinen Körper hinaus. Aber wenn weit weg ein Esel schreit, gewinnen die Dünen, die Wüste, der Himmel ihre Ferne zurück. Und sie ist unendlich.

☆

Essay über die Tragödie.

I. Das Schweigen des Prometheus
II. Die Elisabethaner
III. Molière
IV. Der Geist der Auflehnung.

☆

1 Jean Hytier arbeitete 1939 mit Camus zusammen an der Zeitschrift *Rivages*.

2 Erste Anspielung auf *Les Esprits*, ein Stück, von dem Camus 1940 eine französische Fassung schrieb, das er 1946 in Algier zugunsten der Bewegung für Volksbildung und -erziehung aufführen ließ und 1953 für die Festspiele von Angers neu bearbeitete.

Pest. «Mich verlangt nach etwas Gerechtem.» – «Da haben wir ja gerade die Pest.»

☆

«Die Nacht, eine ‹echte Nacht›, wie viele Menschen kennen sie heute? Die Wasser und die Erde, die wieder eingekehrte Stille. ‹Und auch meine Seele ist eine sprudelnde Quelle.› Ach, daß die Welt sich entfernte, daß die Welt schwiege! Dort drüben, oberhalb von Pollensa ...»

☆

Mit diesem leeren Herzen brechen – alles ablehnen, was es ausdörrt. Wenn die lebendigen Wasser anderswo sind, warum mich aufrecht halten?

☆

In einem bestimmten Augenblick kann man die Rührung der Liebe nicht mehr empfinden. Es bleibt nur die Tragik. Für jemanden oder für etwas leben, hat keinen Sinn mehr. Man kann einen Sinn nur noch *in dem Gedanken* finden, daß man für etwas stirbt.

☆

Ein Spartaner wird von einem Ephoren öffentlich getadelt, weil er einen zu dicken Bauch hat.

Nach einer Athener Redensart gehörten die Bürger, die weder lesen noch schwimmen konnten, auf die unterste Stufe:

Vgl. Alkibiades, nach Plutarch: «In Sparta sportlich, genügsam, streng; in Ionien zartbesaitet und müßig; in Thrakien dem Trunk zugetan; in Thessalien immer zu Pferd; beim Satrapen Tissaphernes aufwendig und prunkliebend wie in ganz Persien nicht.»

☆

Als das Volk ihm eines Tages zujubelte, sagte Phokion: «Sollte ich eine Dummheit gesagt haben?»[1]

☆

Dekadenz! Die Reden über die Dekadenz! Das 3. Jahrhundert v. Chr. ist für Griechenland ein Jahrhundert der Dekadenz. Es schenkt der Welt die Geometrie, die Physik, die Astronomie und die Trigonometrie mit Euklid, Archimedes, Aristarch und Hipparch.

☆

Es gibt immer noch Leute, die Individualismus und Kult der Persönlichkeit verwechseln. Sie bringen zwei Ebenen durcheinander: die soziale und die metaphysische. «Sie verzetteln sich.» Von einem Leben zum anderen übergehen heißt keine eigene Gestalt besitzen. Aber eine eigene

1 Phokion, athenischer Heerführer, Redner und Staatsmann des 4. Jahrhunderts, war der Führer der aristokratischen Partei und machte sich beim Volk gern unbeliebt.

Gestalt besitzen ist eine Vorstellung, die einer bestimmten Zivilisation eigen ist. Anderen kann dies als das schlimmste Unglück erscheinen.

☆

Widerspruch in der modernen Welt. In Athen konnte das Volk seine Macht nur deshalb ausüben, weil es ihr den größten Teil seiner Zeit widmete und Sklaven den ganzen Tag hindurch die notwendigen Arbeiten verrichteten. Von dem Augenblick an, da die Sklaverei abgeschafft wird, schickt man alle Leute arbeiten. Und gerade zu der Zeit, da die Proletarisierung Europas am weitesten fortgeschritten ist, wird das Ideal der Volksherrschaft am lautesten gepriesen: das ist unmöglich.

☆

Nur drei Darsteller im griechischen Theater: es geht nicht darum, eine *Gestalt* zu schaffen.

In Athen ist das Schauspiel eine ernste Sache: die Vorstellungen finden zwei- oder dreimal im Jahr statt. In Paris? Und da wollen sie zu dem zurück, was tot ist! Schafft lieber eure eigenen Formen.

☆

«Es gibt kein noch so unschuldig Ding, in das die Menschen nicht Verbrechen tragen könnten.» (Molière, Vorwort zu *Tartuffe*.)

☆

Letzte Szene des ersten Akts von *Tartuffe* nachlesen: «Hebt die Spannung und hält sie wach»: Fortsetzung nächsten Freitag.

Solon schuf das Werk, das wir kennen, und machte im Alter sein Werk durch die Dichtung unsterblich.

☆

Thukydides läßt Perikles sagen, die Athener besäßen die besondere Eigenschaft, «äußerst kühn zu sein und doch ihre Unternehmungen wohl abzuwägen».

Die bei Salamis siegreichen Triremen wurden von den *elendesten* Athenern gerudert.

Vgl. Cohen: «Athen besaß ein dieses Namens würdiges Theater erst, als es keinen Dichter mehr besaß, der würdig gewesen wäre, es zu beseelen.»

☆

O. Flake über Sade [1]: «Kein Wert ist beständig für einen, der sich nicht davor beugen kann. Sade sah keinen Grund, sich zu beugen, er suchte lange nach einem solchen Grund und fand ihn nicht.» Nach Sade ist der Mensch ohne Gnade nicht verantwortlich.

Vgl. die Mathematik des Bösen in Juliette.

1 Camus wird Sade in *Der Mensch in der Revolte* behandeln (S. 41 ff).

Der Monomane der Auflehnung gegen das Grundgesetz, das Geist und Sexualität die gleiche Daseinsberechtigung zuspricht. Im Irrenhaus von Charenton, verfolgt und geistig gesund, läßt er schließlich die Verrückten Stücke aufführen, bei denen er alles leitet: Tableau.

«Er hat Grausamkeiten ersonnen, die er nicht erlebt hat und nicht hätte erleben wollen – nur um mit großen Problemen in Berührung zu kommen.»

☆

Moby Dick und das Symbol[1], p. 120, 121, 123, 129, 173 bis 177, 203, 209, 241, 310, 313, 339, 373, 415, 421, 452, 457, 460, 472, 485, 499, 503, 517, 520, 522.

Die Gefühle, die Bilder verzehnfachen die Philosophie.

☆

In Athen kümmerte man sich nur während der Anthesterien um die Toten. Nachher: «Entfernt euch, ihr Seelen, die Anthesterien sind zu Ende.»

Ursprünglich ist nach griechischen Vorstellungen jeder in der Unterwelt. Es gibt weder Belohnung noch Strafe – wie auch in der jüdischen Religion. Der Gedanke einer Belohnung ist aus sozialem Grund entstanden.

☆

404. Nachdem Athen den Waffenstillstand unterzeichnet hat, endet der Peloponnesische Krieg damit, daß Lysander bei Flötenklang die Mauern Athens erstürmt.

☆

Die schöne Geschichte von Timoleon, dem Tyrannen von Syrakus (er hatte seinen Vater gefangengenommen, um ihn als Hochverräter hinrichten zu lassen). (P. 251, 2, 3)

☆

Im 4. Jahrhundert leisteten in gewissen griechischen Städten die Oligarchen folgenden Eid:

«Ich werde stets der Feind des Volkes sein und das anraten, was ihm nach meiner Überzeugung schaden muß.»

Die Flucht des von Alexander verfolgten Darius (333).

Das Vermählungsfest von Susa: 10 000 Soldaten, 80 Heerführer und Alexander verbinden sich mit Perserinnen.

☆

1 Lektüre zu *Die Pest*.

Demetrios Poliorketes [1] – bald hoch auf dem Thron, bald von Dorf zu Dorf irrend.

Antisthenes [2]: «Es ist etwas Königliches, Gutes zu tun und übel von sich reden zu hören.»

☆

Vgl. Marc Aurel: «Überall, wo man leben kann, kann man gut leben.»

«Was ein geplantes Werk aufhält, wird selber zum Werk.»

Was den Weg versperrt, bringt uns vorwärts.

Beendet im Februar 1942.

1 Demetrios Poliorketes (etwa 336–283 v. Chr.), Sohn des Antigonos des Einäugigen und Neffe Alexanders. Mazedonischer Abenteurer, der eine Zeitlang über Athen herrschte, dann über Mazedonien, ehe er all seinen Besitz verlor und in Gefangenschaft endete.

2 Antisthenes (etwa 444–365 v. Chr.), ehemaliger Schüler von Sokrates und Gorgias, Mitbegründer der Schule der sogenannten Zyniker.

VIERTES HEFT

Januar 1942 – September 1945

Januar – Februar

«Alles, was mich nicht umbringt, macht mich stärker.» Gewiß, aber ... Und wie hart ist es, ans Glück zu denken. All das ist bedrückend. Am besten spricht man nicht mehr davon und geht zur Tagesordnung über.

☆

Ein Dilemma, sagt Gide: moralisch sein, aufrichtig sein. Und weiter: «Wirklich schön ist nur das, was die Torheit diktiert und die Vernunft niederschreibt.»

☆

Sich von allem lösen. In Ermangelung der Wüste die Pest oder Tolstojs kleine Bahnstation.

☆

Goethe: «Ich fühlte mich hinlänglich als Gott, um zu den Töchtern der Menschen hinabzusteigen.»

☆

Es gibt kein großes Verbrechen, dessen ein intelligenter Mensch sich nicht fähig fühlte. Nach Gide lassen sich wirklich große Geister nicht dazu hinreißen, *weil sie sich dadurch beschränken würden.*

☆

Retz beruhigt einen ersten Aufruhr in Paris mühelos, weil Abendessenszeit ist: «Auch die hitzigsten Gemüter wollen nicht aus ihrem gewohnten Rhythmus gebracht werden.»

☆

Ausländische Anhaltspunkte { Tolstoj; Melville; D. Defoe; Cervantes.

☆

Retz: «Abgesehen vom Mut, besaß der Herzog von Orleans alle Eigenschaften, die zu einem Ehrenmann gehören.»

☆

Edelleute der Fronde begegnen einem Leichenzug, gehen mit dem blanken Schwert auf das Kruzifix los und rufen: «Da ist der Feind!»

☆

Für die offizielle Feindseligkeit gegenüber England gibt es viele Gründe (stichhaltige und fadenscheinige, politische und unpolitische). Aber einer der schändlichsten Beweggründe wird verschwiegen: das niedrige, ohnmächtig wütende Verlangen, denjenigen unterliegen zu sehen, der der Macht Widerstand zu leisten wagt, die einen selber zerschmettert hat.

☆

Der Franzose hat die Gewohnheit und die Traditionen der Revolution [1] beibehalten. Es fehlt ihm nur der Mut: er ist Beamter geworden, Kleinbürger, Midinette. Der Geniestreich besteht darin, ihn in einen legalen Revolutionär verwandelt zu haben. Er konspiriert mit dem Segen der Behörden. Er verbessert die Welt, ohne den Hintern vom Sessel zu heben.

☆

Motto zu Oran oder Der Minotaurus [2].

Gide. Ein unvoreingenommener Geist. «Ich stelle mir vor, wie er am Hof des Königs Minos herauszufinden versucht, was für eine Art unsägliches Ungeheuer der Minotaurus wohl sein mag; ob er wirklich so schrecklich oder nicht vielleicht bezaubernd ist.»

☆

In der antiken Tragödie muß immer derjenige büßen, der recht hat: Prometheus, Ödipus, Orest, usw. Aber das ist nicht von Bedeutung. Recht oder Unrecht, sie landen alle auf jeden Fall in der Unterwelt. Es gibt weder Lohn noch Strafe. Deshalb wirken diese Tragödien auf uns, deren Blick durch Jahrhunderte christlicher Perversion getrübt ist, so willkürlich – und so erschütternd.

Gegenüberstellen «Die große Gefahr besteht darin, sich von einer fixen Idee beherrschen zu lassen» (Gide) und Nietzsches «Gehorsam». Nochmals Gide, über die Besitzlosen: «Laßt ihnen das ewige Leben, oder gebt ihnen die Revolution.» Zu meinem Essay über die Revolte. «Reißt mich nicht aus meiner lieben kleinen Höhle», sagt die Gefangene von Poitiers, die dort in der Scheiße lebte.

☆

Die Anziehungskraft, die die Gerechtigkeit und ihr absurder Lauf auf bestimmte Geister ausübt. Gide, Dostojevskij, Balzac, Kafka, Malraux, Melville, usw. Die Erklärung suchen.

☆

1 Im Manuskript stand *des erhabenen Denkens.* In einem anderen, korrigierten Text steht *der Revolution.* Die Änderung stammt nicht von Camus' Hand, aber wir haben angenommen, daß sie von ihm diktiert wurde.

2 Dieses Motto fand sich in der Erstausgabe von 1939 (bei Charlot), fehlt jedoch in der bei Gallimard erschienenen Ausgabe (*L'Été* [dt.: *Heimkehr nach Tipasa.* Enthalten in: *Literarische Essays,* S. 124 ff]).

Stendhal. Man stelle sich vor, die Geschichte Malatestas oder des Hauses Este werde zuerst von Barrès und dann von Stendhal erzählt. Stendhal wird den Chronikstil wählen, den Bericht über «große Ereignisse». Ins Mißverhältnis zwischen Stil und Erzähltem legt Stendhal sein Geheimnis (mit gewissen Amerikanern vergleichen). Genau das gleiche Mißverhältnis, das zwischen Stendhal und Beatrice Cenci besteht. Verfehlt, wenn Stendhal einen pathetischen Ton angeschlagen hätte. (Den Literaturgeschichten zum Trotz ist Tyrtaios komisch und hassenswert.) *Rot und Schwarz* trägt den Untertitel «Chronik von 1930». Die italienischen Chroniken (usw.).

☆

März

Miltons Luzifer. «Je weiter von Ihm entfernt, desto besser... Der Geist ist sich selber die eigene Heimstatt, er kann in sich aus der Hölle einen Himmel, aus dem Himmel eine Hölle machen... Lieber in der Hölle herrschen als im Himmel dienen.»

Kurzgefaßte Psychologie Adams und Evas: Er für die Kontemplation und den Mut geschaffen – sie für die Weichheit und die verführerische Anmut. Er für Gott allein. Sie für Gott in ihm.

☆

Schiller stirbt, nachdem er «gerettet hat, was zu retten war».

☆

Zehnter Gesang der *Ilias*. Die von der Schlaflosigkeit, von der unerträglichen Niederlage verfolgten Anführer, die zurückblicken, umherirren, sich lieben, sich versammeln und ein Abenteuer unternehmen, einen Überfall auf den Feind, um «nicht untätig zu bleiben».

Die Rosse des Patroklos weinen während der Schlacht, weil ihr Herr gefallen ist. Und (18. Gesang) der dreifache Schrei des Achilles, der wieder in den Kampf eingreift, sich im Verteidigungsgraben verschanzt, in seinem schimmernden Waffenschmuck, unbezwingbar. Und die Trojaner weichen zurück. 24. Gesang. Achilles und sein Gram, seine Tränen in der Nacht nach dem Sieg. Priamus: Denn ich habe vermocht, was noch kein Mensch auf Erden vollbracht hat: die Hände dessen, der meine Kinder getötet hat, an meine Lippen zu führen. (Der Nektar war rot!)

☆

Das größte Lob, das der Ilias gespendet werden kann: obwohl man den Ausgang der Schlacht kennt, teilt man die Angst der von den Trojanern in ihren Verschanzungen bedrängten Achäer. (Diese Bemerkung gilt auch für die Odyssee; man weiß, daß Odysseus die Freier töten wird.) Wie groß muß die Spannung derer gewesen sein, die dem Bericht zum erstenmal lauschten!

☆

Unsinn

Für eine großzügige Psychologie.

Wir helfen einem Menschen mehr, wenn wir ihm ein günstiges Bild seiner selbst vorhalten, als wenn wir ihn unablässig mit seinen Fehlern konfrontieren. Jeder Mensch ist von Natur bestrebt, dem vollkommensten Bild zu gleichen, das man sich von ihm macht. Kann auf Pädagogik, Geschichte, Philosophie, Politik ausgedehnt werden. Wir sind zum Beispiel das Produkt von zwanzig Jahrhunderten christlicher Vorstellungen. Seit 2000 Jahren ist dem Menschen ein erniedrigtes Bild seiner selbst vorgehalten worden. Wir kennen das Ergebnis. Auf jeden Fall kann niemand sagen, wie wir wären, wenn man in diesen zwanzig Jahrhunderten dem antiken Ideal mit seiner schönen Menschengestalt treugeblieben wäre.

☆

Für einen Psychoanalytiker spielt das Ich sich selbst ein beständiges Theater vor, aber das Rollenbuch ist falsch.

F. Alexander und H. Staub. *Le Criminel.* Vor Jahrhunderten wurden die Hysteriker verurteilt; es wird eine Zeit kommen, wo man die Verbrecher ärztlich behandeln wird.

☆

«Vor einem Spiegel leben und sterben», sagt Baudelaire. Dieses «und sterben» wird nicht genügend beachtet. Mit dem Leben sind alle beschäftigt. Aber seines Sterbens Herr werden, darin liegt die Schwierigkeit.

☆

Verhaftunspsychose [1]. Er ließ sich fleißig bei der vornehmen Gesellschaft sehen: in Konzertsälen, teuren Restaurants. Sich Bindungen schaffen, Solidarität mit diesen Leuten, das gewährt Schutz. Außerdem ist es dort warm, man steht in Tuchfühlung. Er träumte davon, staunenerregende Bücher zu veröffentlichen, die seinen Namen mit einem Nimbus umgeben und ihn unantastbar machen würden. Er hegte die Vorstellung, es genüge, seine Bücher den Polizisten zu lesen zu geben. Dann würden sie sagen: «Aber das ist ja ein empfindsamer Mensch. Ein Künstler. Eine so erhabene Seele kann man nicht verurteilen.» Dann wieder fand er, eine Krankheit, ein Gebrechen würde ihn ebensogut beschützen. Und wie die Verbrecher einst in die Wüste flohen, hatte er vor, in eine Klinik, ein Sanatorium, eine Pflegeanstalt zu fliehen.

Er hatte Anschluß nötig, Wärme. Er vergegenwärtigte sich seine Bekannten. «Unmöglich, daß sie einem Freund von Herrn X, einem Gast von Herrn Y so etwas antun.» Aber es gibt nie genug Verbindungen, um den unbeirrbaren Arm aufzuhalten, der ihn bedrohte. Da verfiel er auf die Epidemien. Ein Typhus, zum Beispiel, eine Pest, das kommt vor, das hat man schon erlebt. Das ist irgendwie glaubwürdig. Klar, alles wird anders, die Wüste kommt zu uns. Man hat keine Zeit mehr, sich mit uns zu befassen. Denn gerade darum geht es: die Vorstellung, daß jemand

1 Vgl. die Gestalt des Cottard in *Die Pest* (rororo. 15, S. 35 f).

sich mit einem befaßt, ohne daß man es selber weiß; und man weiß auch nicht, wie es steht – was er beschlossen hat und ob er etwas beschlossen hat. Deshalb die Pest – ganz zu schweigen von Erdbeben.

So rief dieses menschenscheue Herz nach seinen Mitmenschen und bettelte um ihre Wärme. So flehte diese verheerte, verkrüppelte Seele die Wüste um ihre Kühle an und machte ihren Frieden mit einer Krankheit, mit einer Heimsuchung, mit Katastrophen. (Weiterentwickeln.)

☆

Als der Großvater von A. B. 50 Jahre alt wurde, fand er, nun habe er genug getan. Er legte sich in seinem Häuschen in Tlemcen nieder und erhob sich nicht mehr, außer für das Unerläßliche, bis er im Alter von 84 Jahren starb. Aus Geiz hatte er sich sein Leben lang keine Uhr kaufen wollen. Er berechnete die Zeit, und vor allem die Essenszeiten, mit Hilfe von zwei Kochtöpfen, deren einer Kichererbsen enthielt.[1] Er füllte sie mit einer gleichmäßigen, aufmerksamen Bewegung in das andere um und schuf sich so in einem mit dem Kochtopf gemessenen Tag seine Anhaltspunkte.

Er hatte schon früher Anzeichen seiner Berufung insofern offenbart, als ihn nichts interessierte, weder seine Arbeit noch die Freundschaft, noch die Musik, noch das Café. Er hatte seine Stadt nie verlassen außer einmal, als er nach Oran fahren sollte, aber, vor diesem Abenteuer zurückschreckend, am ersten Bahnhof hinter Tlemcen wieder ausstieg. Wenn jemand während der 34 Jahre, die er im Bett verbrachte, sein Erstaunen über seine Lebensweise äußerte, pflegte er zu sagen, daß der Religion zufolge die Hälfte des Menschenlebens ein Aufstieg sei und die andere Hälfte ein Abstieg und daß der Mensch während des Abstiegs nicht mehr frei über seine Tage verfügen könne. Er widersprach sich übrigens, indem er behauptete, es gebe keinen Gott, denn dann wären die Priester überflüssig gewesen; aber diese Philosophie wird seiner Ungehaltenheit über die häufigen Sammlungen in seiner Gemeinde zugeschrieben.

Abgerundet wird das Bild seiner Gestalt durch seinen gegenüber jedermann geäußerten innigen Wunsch, sehr alt zu sterben.

☆

Gibt es einen tragischen Dilettantismus?

☆

Ein zum Absurden gelangter Mensch, der *folgerichtig* zu leben versucht, entdeckt unweigerlich, daß nichts in der Welt schwerer ist, als stets bewußt zu handeln. Die Umstände stehen dem fast immer entgegen. Es gilt, in einer Welt, in der die Zerstreuung die Regel bildet, hellsichtig zu leben.

1 Vgl. die Gestalt des alten Asthmatikers in *Die Pest* (rororo. 15, S. 70).

So stellt er fest, daß das eigentliche Problem, *auch ohne Gott*, das Problem der psychologischen Einheit ist (das Wirken des Absurden stellt im Grunde genommen nur das Problem der metaphysischen Einheit von Welt und Geist) und der innere Frieden. Er stellt außerdem fest, daß dieser nicht möglich ist ohne eine Disziplin, die sich nur schwer mit der Welt in Einklang bringen läßt. *Darin liegt das Problem.* Man muß sie nur mit der Welt in Einklang bringen. Es gilt, eine *Ordensregel für Laien* in die Tat umzusetzen.

Das Hindernis *besteht im bisherigen Leben* (Beruf, Ehe, frühere Meinungen, usw.), in dem, was bereits geschehen ist. Keinem Aspekt dieses Problems aus dem Weg gehen.

☆

Verabscheuenswert der Schriftsteller, der daherredet, aus nicht selbst Erlebtem Kapital schlägt. Aber Vorsicht: ein Mörder ist nicht der geeignetste Mann, über das Verbrechen zu sprechen. (Aber ist er nicht der geeignetste Mann, über *sein* Verbrechen zu sprechen? Nicht einmal das ist sicher.) Man muß eine bestimmte Distanz zwischen Schöpfung und Tat annehmen. Der wahre Künstler befindet sich auf halbem Wege zwischen seinen Einfällen und seinen Taten. Er ist derjenige, der «fähig ist, zu». Er könnte sein, was er beschreibt, leben, was er schreibt. Seine einzige Beschränkung wäre die Tat, er wäre derjenige, der getan hat.

☆

«Die Vorgesetzten verzeihen es ihren Untergebenen nie, wenn sie die Erscheinung der Größe besitzen.» (*Der Landpfarrer*)

Id. «Es ist kein Brot mehr da.» Véronique und das Tal von Montignac wachsen *miteinander*. Die gleiche Symbolik wie in *Die Lilie*.

Für die Leute, die behaupten, Balzac schreibe schlecht, vgl. Mme Graslins Tod: «Ihr ganzes Wesen läuterte sich, wurde licht, und auf ihrem Gesicht lag gleichsam ein Abglanz der flammenden Schwerter der sie umgebenden Schutzengel.»

Frauenstudie: Der Bericht ist unpersönlich – aber Bianchon ist der Erzähler.

Alain über Balzac: «Seine Genialität besteht darin, daß er sich in der Mittelmäßigkeit einrichtet und sie verklärt, ohne sie zu verwandeln.»

Balzac und die Friedhöfe in *Ferragus*.

Das Barocke bei Balzac: die Passagen über die Orgel in *Ferragus* und *Die Herzogin von Langeais*.

Jene Flamme, deren undeutlichen roten Widerschein die Herzogin bei Montriveau sieht, durchglüht Balzacs ganzes Werk.

☆

Es gibt zwei Arten von Stil: Mme de Lafayette und Balzac. Bei dem einen liegt die Vollkommenheit im Detail, der andere gestaltet in großen Zügen, und vier Kapitel reichen kaum hin, um eine Ahnung von seinem

Atem zu vermitteln. Balzac schreibt gar nicht *trotz*, sondern *mit* seinen Französischfehlern.

☆

Geheimnis meines Weltalls: Gott ohne menschliche Unsterblichkeit denken.

☆

Charles Morgan und die Einheit des Geistes: das Glück, nur ein einziges Ziel zu verfolgen – das unbeirrbare Talent zum Hervorragenden – «Genie ist die Fähigkeit zu sterben», die Opposition zur Frau und ihrer tragischen Liebe zum Leben – soviel Themen, soviel Sehnsüchte.

☆

Shakespeares Sonette:
«Die dunklen Ufer sehn, die Blinden sich eröffnen.»
– All die Toren unserer Tage
Die, für das Gute sterbend, im Verbrechen lebten.

☆

Die Länder, die eine Heimstatt der Schönheit sind, sind besonders schwer zu verteidigen – man möchte sie so gern verschonen. Deshalb wären die künstlerisch begabten Völker zwangsläufig die Opfer der unschöpferischen Völker – wenn im Herzen der Menschen die Liebe zur Freiheit nicht stärker wäre als die Liebe zur Schönheit. Das ist eine instinktive Weisheit – denn die Freiheit ist die Quelle der Schönheit.

☆

Kalypso bietet Odysseus die Möglichkeit, zwischen der Unsterblichkeit und dem Land seiner Väter zu wählen. Er lehnt die Unsterblichkeit ab. Darin liegt vielleicht der ganze Sinn der Odyssee. Im 11. Gesang, Odysseus und die Toten vor der mit Blut gefüllten Grube – und Agamemnon sagt zu ihm: Sei deiner Frau gegenüber nicht zu gutmütig, und vertraue ihr nicht alle deine Gedanken an.

☆

Bemerkenswert auch, daß in der Odyssee Zeus als Schöpfer-Vater bezeichnet wird. Eine Taube stürzt auf die Felsen, «aber der Vater schafft eine andere, um die Zahl wieder vollzumachen».

XVII. – Der Hund Argos.

XXII. – Die Frauen, die sich hingegeben haben, werden erhängt – unvorstellbare Grausamkeit.

☆

Nochmals der Chronist Stendhal – Vgl. Tagebuch, S. 28–29.

«Der Gipfel der Leidenschaft kann darin bestehen, für seine Geliebte eine Fliege zu töten.» – «Nur Frauen, die einen edlen Charakter besitzen, können mich glücklich machen.»

Und dieser Zug: «Wie es häufig bei Menschen vorkommt, die ihre ganze Energie auf einen oder zwei lebenswichtige Punkte gerichtet haben, wirkte er nachlässig und ungepflegt.»

Bd. II: «Ich habe heute abend so viel empfunden, daß mich der Leib schmerzt.»

Stendhal, der sich über seine eigene literarische Zukunft nicht getäuscht hat, täuscht sich gründlich über die Chateaubriands: «Ich möchte wetten, daß um 1913 niemand mehr von seinen Werken spricht.»

☆

Grabschrift für H. Heine: Er hat die Rosen der Brenta geliebt.

☆

Flaubert: «Ein Mensch, der über einen anderen zu Gericht sitzt, ist ein Schauspiel, über das ich mich totlachen könnte, wenn es mir nicht erbärmlich vorkäme.»

Was er in Genua gesehen hat: «Eine Stadt ganz aus Marmor mit Gärten voller Rosen.»

Und: «Dummheit besteht darin, Schlüsse ziehen zu wollen.»

☆

Flaubert Briefe.

Band II. «Erfolg bei Frauen ist im allgemeinen ein Kennzeichen von Mittelmäßigkeit» (?).

Id. «Wie ein Bürger leben und wie ein Halbgott denken»?? vgl. die Geschichte vom Bandwurm.

«Meisterwerke sind einfältig, sie besitzen das gleichmütige Aussehen der großen Tiere.»

«Wenn ich mit 17 Jahren geliebt worden wäre, welch ein Künstler wäre ich heute!»

☆

«In der Kunst soll man sich nie davor fürchten zu *übertreiben* ... Aber die Übertreibung muß kontinuierlich sein – proportional zu sich selbst.»[1]

Ihr Ziel: die ironische Hinnahme des Daseins und dessen völlige Umschmelzung durch die Kunst. «Leben geht uns nichts an.»

Den Menschen durch dieses weittragende Schlüsselwort erklären: «Ich behaupte, daß der Zynismus an die Keuschheit grenzt.»

Id. «Wir vollbrächten nichts auf dieser Welt, wenn wir nicht von falschen Vorstellungen geleitet würden» (Fontenelle).

Auf den ersten Blick ist das Leben des Menschen interessanter als seine Werke. Es bildet ein obstinates und gespanntes Ganzes. Es herrscht geistige Einheit in ihm. Ein einziger Atem geht durch all die Jahre. Es ist der Roman. Natürlich zu überprüfen.

☆

Es gibt immer eine Philosophie für den Mangel an Mut.

☆

1 Zu Beginn des handgeschrieben Textes steht: «Vgl. Berlioz Briefe. Traité Théologico-Politique.»

Um nicht als Literatur abgetan zu werden, versucht die Kunstkritik, sich der Sprache der Malerei zu bedienen, und gerade dann wird sie literarisch. Wir müssen zu Baudelaire zurückkehren. Die menschliche, *aber objektive* Umsetzung.

☆

Mme V. inmitten Gestank faules Fleisch. 3 Katzen. 2 Hunde, hält Reden über den inneren Gesang. Die Küche ist geschlossen. Es herrscht eine grauenvolle Hitze darin.

Das ganze Gewicht des Himmels und der Hitze lastet auf der Bucht. Alles leuchtet. Aber die Sonne ist verschwunden.

☆

Die Beschwerlichkeiten der Einsamkeit sind erschöpfend zu behandeln.

☆

Montaigne: Ein dahingleitendes, düsteres und stummes Leben.

☆

Der moderne Verstand weiß sich keinen Rat mehr. Unsere Kenntnisse haben sich dermaßen erweitert, daß Welt und Geist jeglichen Anhaltspunkt verloren haben. Es stimmt, daß wir an Nihilismus leiden. Aber das wirklich Bewundernswerte sind die Predigten über alle Arten von «zurück»[1]. Zurück zum Mittelalter, zum einfachen Denken, zur Scholle, zur Religion, zum Arsenal der alten Lösungen. Um diesen Linderungsmitteln einen Schimmer von Wirksamkeit zuzuerkennen, müßten wir so tun, als seien unsere Kenntnisse nicht mehr vorhanden – als hätten wir nichts gelernt –, kurz, vorgeben, auszulöschen, was unauslöschbar ist. Wir müßten mit einem Federstrich den Beitrag mehrerer Jahrhunderte streichen und zugleich die unbestreitbaren Errungenschaften eines Geistes, der schließlich (das ist sein letzter Forschritt) das Chaos auf eigene Rechnung neu erschafft. Das ist nicht möglich. Um zu gesunden, müssen wir mit dieser Klarheit, mit diesem Scharfblick zurechtkommen. Wir müssen den Einsichten Rechnung tragen, die wir unvermittelt aus unserem Exil gewonnen haben. Nicht weil das Wissen eine Umwälzung der Welt hervorgerufen hat, weiß der Verstand sich keinen Rat mehr, sondern weil er sich nicht mit dieser Umwälzung abfinden kann. Er «hat sich nicht an diesen Gedanken gewöhnt». Sobald er sich daran gewöhnt hat, wird seine Ratlosigkeit ein Ende nehmen. Dann bleibt nur die Umwälzung bestehen und die klare Erkenntnis, die der Geist davon besitzt. Eine ganze Kultur muß neu geschaffen werden.

☆

Einzig die Beweise müssen handgreiflich sein. = Wahrhaftigkeit?

☆

1 Anspielung auf die Reden und Schriften der Pétain-Zeit.

müssen und können nur Beweise wahrhaftig sein?

«Europa», sagt Montesquieu, «wird an seinen Militärs zugrunde gehen.»

☆

Wer vermag zu sagen: ich habe acht vollkommene Tage erlebt. Meine Erinnerung versichert es mir, und ich weiß, daß sie nicht lügt. Ja, dieses Bild ist vollkommen, wie jene langen Tage vollkommen waren. Es waren rein körperliche Freuden, und sie besaßen ausnahmslos die Billigung des Geistes. Darin besteht die Vollkommenheit, die Übereinstimmung mit seinem Dasein, die Anerkennung und Achtung des Menschen.

Langgezogene Dünen, wild und rein! Fest des Wassers, am Morgen so schwarz, am Mittag so durchsichtig und am Abend so lau und golden. Lange Vormittage auf den Dünen und inmitten der nackten Körper, erdrückende Mittagshitze, und man müßte alles Folgende wiederholen, das Gesagte nochmals sagen. Dort war Jugend. Dort ist Jugend, und mit meinen 30 Jahren habe ich nur den einen Wunsch, daß diese Jugend fortbestehen möge. Aber ...

☆

Die Werke von Kopernikus und Galilei standen bis 1822 auf dem Index. Drei Jahrhunderte Starrsinn, das ist hübsch.

☆

Todesstrafe. Der Verbrecher wird getötet, weil das Verbrechen die ganze Lebensfähigkeit eines Menschen erschöpft. Er hat ausgelebt, wenn er getötet hat. Er kann sterben. Der Mord ist erschöpfend.

☆

Worin unterscheidet die Literatur des 19. und insbesondere des 20. Jahrhunderts sich von der der klassischen Jahrhunderte? Auch sie ist moralisch, da sie französisch ist. Aber die klassische Moral ist eine kritische Moral (außer bei Corneille) – negativ. Die Moral des 20. Jahrhunderts ist im Gegenteil positiv: sie definiert *Lebensstile*. Beispiele: der romantische Held, Stendhal (er ist sicherlich ein Kind seines Jahrhunderts, aber eben darum), Barrès, Montherlant, Malraux, Gide, usw.

☆

Montesquieu. «Es gibt Arten von Dummheiten, die so schlimm sind, daß eine größere Dummheit vorzuziehen wäre.»

☆

Wir verstehen die «Ewige Wiederkehr» besser, wenn wir sie uns als eine Wiederholung der entscheidenden Augenblicke vorstellen – als sei alles darauf angelegt, die Höhepunkte der Menschheit wiederkehren oder widerhallen zu lassen. Die alten italienischen Meister oder die Johannespassion lassen das «Es ist vollbracht» von Golgatha immer neu lebendig werden, ahmen es nach, legen es unablässig aus. Alle Niederlagen besitzen eine Ähnlichkeit mit Athen, wie es seine Tore den römischen Barbaren öffnet, alle Siege erinnern an Salamis, usw. usw.

☆

Brulard: «Meine Kompositionen haben mir stets dieselbe Scheu eingeflößt wie meine Liebschaften.»

Id. «Eine Gesellschaft von acht oder zehn Personen, von denen alle Frauen Geliebte gehabt haben, in der die Unterhaltung munter ist, witzig, und wo eine halbe Stunde nach Mitternacht leichter Punsch getrunken wird, ist die Umgebung, in der ich mich am wohlsten fühle.

☆

Verhaftungspsychose[1]: als er seinem Sohn sein Monatsgeld schickte, erhöhte er es um hundert Francs. Denn er fühlt sich zur Rührung, zur Großzügigkeit geneigt. Die Angst macht ihn hilfsbereit.

So empfinden die beiden Männer, die den ganzen Tag über in einer Stadt verfolgt werden, Rührung, sobald sie sprechen können. Der eine weint und redet von seiner Frau, die er seit zwei Jahren nicht gesehen hat. Man stelle sich die Abende in den Städten vor, wo der Gehetzte allein umherirrt.

☆

A. J. T. über *Der Fremde.*

Es ist ein sehr streng aufgebautes Buch, und sein Ton ... ist gesucht. Er schwingt sich vier- oder fünfmal auf, gewiß, aber nur, damit die Eintönigkeit vermieden wird und damit eine Struktur vorhanden ist. Dem Seelsorger gegenüber rechtfertigt mein Fremder sich nicht. Er gerät in Zorn, das ist etwas anderes. Dann gebe *ich* die Erklärung, werden Sie sagen? Ja, und ich habe viel darüber nachgedacht. Ich habe mich dazu entschlossen, weil ich meine Gestalt auf dem Weg des Alltäglichen und Selbstverständlichen zum einzigen bedeutenden Problem gelangen lassen wollte. Dieser entscheidende Augenblick mußte hervorgehoben werden. Beachten Sie andererseits, daß es in meiner Gestalt keinen Bruch gibt. In diesem Kapitel wie im ganzen übrigen Roman beschränkt sie sich darauf, *Fragen zu beantworten.* Bis dahin waren es die Fragen, die die Welt uns alle Tage stellt – in diesem Augenblick sind es die Fragen des Seelsorgers. So grenze ich meine Gestalt negativ ab.

Bei alledem handelt es sich natürlich um die künstlerischen Mittel, nicht um den Zweck. Der Sinn des Buches liegt gerade in der Parallelität der beiden Teile. Schlußfolgerung: die Gesellschaft braucht die Leute, die bei der Beerdigung ihrer Mutter Tränen vergießen; oder auch: man wird nie für das Verbrechen verurteilt, für das man verurteilt zu werden erwartet. Übrigens sehe ich noch zehn andere mögliche Schlußfolgerungen.

☆

1 Vgl. *Die Pest* (rororo. 15, S. 30).

Die großen Aussprüche Napoleons. «Das Glück besteht in der höchsten Entfaltung meiner Fähigkeiten.»

Vor der Insel Elba: «Ein lebender Troßknecht ist mehr wert als ein toter Kaiser.»

«Ein wirklich großer Mann stellt sich immer über die Ereignisse, die er verursacht hat.»

«Man muß leben wollen und sterben können.»

☆

Kritiken zu *Der Fremde*. Das «Moralin» wütet. Ihr Dummköpfe, die ihr die Verneinung für einen Verzicht haltet, während sie eine Wahl ist. (Der Chronist der Pest zeigt die heroische Seite der Verneinung auf.) Kein anderes Leben steht einem Menschen ohne Gott offen – und alle Menschen sind in diesem Fall. Die Idee, daß die Männlichkeit sich in prophetischem Gefasel findet, die Größe in geistreicher Geziertheit! Aber dieser Kampf mit Hilfe der Poesie und ihrer Dunkelheiten, diese scheinbare Revolte des Geistes *kommt am billigsten zu stehen*. Sie ist wirkungslos, und das wissen die Tyrannen genau.

☆

Ohne Zukunft.[1]

«Was ist mein Trachten, das größer ist als ich und das ich empfinde, ohne es benennen zu können? Eine Art mühseliges Vorwärtsschreiten, einer Heiligkeit der Verneinung entgegen – ein Heldentum ohne Gott – endlich der reine Mensch. Alle menschlichen Tugenden, die Einsamkeit in bezug auf Gott einbegriffen.

Worin besteht die Überlegenheit des Christentums als *Beispiel* (seine einzige)? Christus und seine Heiligen – die Suche nach einem *Lebensstil*. Dieses Werk umfaßt ebenso viele Formen wie Stufen auf dem Weg zu einer Vollkommenheit, die keinen Lohn empfängt. Der Fremde ist der Nullpunkt. *Id.* Der Mythos. Die Pest ist ein Fortschritt, nicht von Null zu Unendlich, sondern zu einer tieferen Vielschichtigkeit, die zu bestimmen bleibt. Der Endpunkt wird der Heilige sein, aber er wird seinen arithmetischen Wert besitzen – meßbar wie der Mensch.»

☆

Zur Kritik.

Drei Jahre, um ein Buch zu schreiben, fünf Zeilen, um es lächerlich zu machen – und dazu die falschen Zitate.

Brief an A. R., Literaturkritiker (bestimmt, nicht abgeschickt zu werden).

... Ein Satz in Ihrer Kritik hat mich besonders beeindruckt: «ich lasse außer acht ...» Wie kann ein gebildeter Kritiker, der um den Anteil der Komposition an jedem Kunstwerk Bescheid weiß, in der Beschreibung einer Gestalt die *einzige Stelle* außer acht lassen, wo sie von sich selbst

1 *Ohne Zukunft* scheint bei Durchsicht des Manuskripts eingefügt worden zu sein.

spricht und dem Leser etwas von ihrem Geheimnis anvertraut? Und wie konnten Sie übersehen, daß dieser Schluß zugleich auch ein Sammelpunkt ist, eine bevorzugte Stätte, wo das so zerfahrene Wesen, das ich beschrieb, sich endlich verdichtet...

... Sie schieben mir die Absicht unter, realistisch zu schreiben. Realismus ist ein leeres Wort (*Madame Bovary* und *Die Dämonen* sind realistische Romane, aber sie haben nichts miteinander gemein). Darum habe ich mich nicht gekümmert. Wenn es notwendig wäre, meine Absichten zu definieren, würde ich im Gegenteil von einem Symbol sprechen. Das haben Sie übrigens genau herausgespürt. Aber Sie unterschieben diesem Symbol einen Sinn, den es nicht besitzt, und um es geradeheraus zu sagen: Sie unterstellen mir völlig unbegründet eine lächerliche Philosophie. In der Tat rechtfertigt keine einzige Stelle des Buches Ihre Behauptung, ich hielte den Menschen für ein rein biologisches Wesen, ich setzte ein menschliches Wesen einem pflanzlichen Geschöpf gleich, die menschliche Natur stehe außerhalb der Moral usw. usw. Die Hauptperson des Romans ergreift nie die Initiative. Sie haben nicht bemerkt, daß sie sich stets darauf beschränkt, auf Fragen zu antworten, die des Lebens oder die der Menschen. So behauptet sie niemals etwas. Und ich habe nur ein Negativ von ihr gegeben. Nichts erlaubte Ihnen, über ihre Grundhaltung Mutmaßungen anzustellen, außer eben das letzte Kapitel. Aber das «lassen Sie außer acht».

Es würde zu weit führen, Ihnen auseinanderzusetzen, aus welchen Gründen ich «möglichst wenig sagen» wollte. Aber ich kann zumindest bedauern, daß eine oberflächliche Durchsicht Sie dazu verleiten konnte, mir eine Stammtischphilosophie zu unterschieben, die ich keineswegs zu unterschreiben gewillt bin. Sie werden besser verstehen, was ich meine, wenn ich hinzufüge, daß das einzige Zitat in Ihrem Artikel falsch ist (es anführen und berichtigen) und dementsprechend zu unberechtigten Schlußfolgerungen Anlaß gibt. Vielleicht gab es da noch eine andere Philosophie, und Sie haben sie gestreift, als die den Ausdruck «Unmenschlichkeit» beschrieben. Aber wozu dies ausführlich belegen?

Sie mögen denken, dies sei viel Lärm um das schmale Buch eines Unbekannten. Aber ich glaube, daß es hier um mehr geht als meine Person. Denn Sie haben einen moralischen Standpunkt gewählt, der Sie daran gehindert hat, mit dem Scharfblick und dem Talent zu urteilen, die man Ihnen zuschreibt. Dieser Standpunkt ist unhaltbar, und niemand weiß das besser als Sie. Es besteht eine sehr verschwommene Grenzlinie zwischen Ihren Kritiken und den Urteilen, die schon bald unter einer gelenkten Literatur über den moralischen Wert dieses oder jenes Werks gefällt werden können (die vor noch gar nicht so langer Zeit gefällt wurden). Ich sage es Ihnen ohne Zorn: dies ist verabscheuenswert. Weder Sie noch sonst jemand ist berufen, zu entscheiden, ob ein Werk der Nation im Augenblick oder für immer nützen oder schaden kann. Ich weigere mich jedenfalls, mich einer solchen Gerichtsbarkeit zu unterwerfen, und dies ist der Grund meines Briefes. Ich wäre Ihnen zu Dank verpflichtet, wenn Sie mir glauben wollten, daß ich eine schärfere, aber weniger voreingenommene Kritik gleichmütig hingenommen hätte.

Auf alle Fälle möchte ich vermeiden, daß dieser Brief zu einem neuen Mißverständnis Anlaß gibt. Ich wende mich nicht als verärgerter Autor an Sie. Ich bitte Sie, nichts aus diesem Brief zu veröffentlichen. Sie sind meinem Namen in den heutigen Zeitschriften nicht häufig begegnet, obwohl man bei ihnen sehr leicht Eingang findet. Aber da ich dort nichts auszusagen habe, möchte ich der Reklame keine Opfer bringen. Ich veröffentliche gegenwärtig Bücher, an denen ich jahrelang gearbeitet habe, ganz einfach deshalb, weil sie fertig sind und ich die nächsten vorbereite. Ich erwarte mir von ihnen keinerlei materiellen Vorteil und keinerlei Ansehen. Ich hoffte nur, mir mit ihnen die Aufmerksamkeit und Geduld zu erwirken, die man jedem ehrlichen Unterfangen zuzubilligen pflegt. Offenbar war auch dieser Anspruch übertrieben. Dennoch erlaube ich mir, Sie meiner aufrichtigen Hochachtung zu versichern.

☆

Der Fremde baut sich aus drei Gestalten auf: zwei Männer (einer davon bin ich) und eine Frau.

☆

Brice Parain. Essay über Platons Logo[1]. Untersucht den Logos als Sprache. Schreibt Platon wieder eine Philosophie des Ausdrucks zu. Verfolgt Platons Bemühen um einen vernünftigen Realismus. Worin besteht die «Tragik» des Problems? Wenn unsere Sprache keinen Sinn hat, hat nichts einen Sinn. Wenn die Sophisten recht haben, ist die Welt sinnlos. Platons Lösung ist nicht psychologisch, sie ist kosmologisch. Die Originalität vom Parains Standpunkt: für ihn ist das Problem der Sprache ein metaphysisches und kein soziales und psychologisches ... usw. usw. Siehe Aufzeichnungen.

☆

Französische Arbeiter – die einzigen, in deren Gesellschaft ich mich wohl fühle, die ich kennen und mit denen ich «leben» möchte. Sie sind wie ich.

☆

Ende August 42

Literatur. Diesem Wort mißtrauen. Es nicht voreilig aussprechen. Wenn man bei den großen Schriftstellern die Literatur abzöge, zöge man das ab, was vermutlich ihre persönlichste Eigenart ausmacht. Literatur = Sehnsucht. Nietzsches Übermensch, Dostojevskijs Abgrund, Gides zweckfreie Tat, usw. usw.

☆

Dies Geräusch von Quellen die ganzen Tage hindurch. Sie rinnen rings um mich durch die übersonnten Wiesen, dann nähern sie sich mir, und

1 Albert Camus hat über Brice Parains Essay in *Poésie 44*, No. 17, einen Artikel mit dem Titel *Sur une philosophie de l'expression* veröffentlicht.

bald werde ich dies Geräusch in mir tragen, diese Quelle im Herzen, und dieses Brunnengeplätscher wird alle meine Gedanken begleiten. Es ist das Vergessen.

☆

Pest. Unmöglich, eine Lösung zu finden. Zu viele «Zufälle» diesmal bei der Niederschrift. Sich eng an den Grundgedanken halten. *Der Fremde* beschreibt die Blöße des Menschen dem Absurden gegenüber. Die *Pest* beschreibt die tiefe Gleichwertigkeit der individuellen Standpunkte demselben Absurden gegenüber. Es ist ein Fortschritt, der in anderen Werken deutlicher werden wird. Aber außerdem demonstriert *Die Pest*, daß das Absurde einen *nichts lehrt*. Das ist der endgültige Fortschritt.

☆

Panelier [1]. Bevor die Sonne über den hohen Hügeln aufgeht, unterscheiden die Tannen sich nicht von dem Gewoge, das sie trägt. Dann vergoldet die Sonne aus weiter Ferne von hinten die Wipfel. Vor dem beinahe farblosen Hintergrund des Himmels wirken sie wie eine wilde, mit Federbüschen geschmückte Horde, die hinter dem Hügel hervorbricht. Sobald die Sonne höher steigt und der Himmel hell wird, wachsen die Tannen, und das Barbarenheer scheint vorzudringen und sich in einem Gewirr von Federbüschen zum Angriff zu sammeln. Dann, wenn die Sonne schon ziemlich hoch steht, erleuchtet sie schlagartig die Tannen, die die Bergflanken herabsteigen. Und nun findet offenbar ein wilder Lauf dem Tal entgegen statt, der Beginn einer kurzen und tragischen Schlacht, in der die Barbaren des Tages die schwache Armee der Gedanken der Nacht in die Flucht schlagen werden.

☆

Was einen bei Joyce bewegt, ist nicht das Werk, sondern der Umstand, daß er es unternommen hat. Es ist also zu unterscheiden zwischen dem Ergreifenden des Unternehmens – das nichts mit Kunst zu tun hat – und der künstlerischen Empfindung im eigentlichen Sinne.

☆

Sich davon überzeugen, daß das Kunstwerk etwas Menschliches ist und daß der Schöpfer sich nichts von einem transzendenten «Diktat» zu erwarten hat. *Die Kartause, Phèdre, Adolphe* hätten ganz anders ausfallen können – ohne weniger schön zu sein. Es kam auf den Verfasser an – den absoluten Herrscher.

☆

Wenn man in späteren Jahren einen Essay über Frankreich schreibt, wird man auf die gegenwärtige Epoche eingehen müssen. Dieser Gedanke kam mir in einem ländlichen Bummelzug [2], als ich auf den winzigen

1 Gesundheitshalber verbrachte Camus im Winter 1942 und Frühjahr 1943 mehrere Monate in Panelier, in der Nähe von Le Chambon-sur-Lignon.

2 Camus begab sich jede Woche zur Behandlung von Le Chambon-sur-Lignon nach Saint-Étienne.

Bahnhöfen das Gedränge von Franzosen sah, deren Gesichter und Gestalten ich kaum je vergessen werde: alte Bauernehepaare, sie wie Pergament, er mit glattem Gesicht, in dem zwei helle Augen und ein weißer Schnurrbart leuchten – Gestalten, die zwei Winter voll Entbehrungen gekrümmt haben, in abgewetzten und gestopften Anzügen. Die Eleganz hat dieses vom Elend heimgesuchte Volk verlassen. Die Koffer in den Zügen sind abgeschabt, mit Bindfaden verschnürt, mit Pappe geflickt. Alle Franzosen sehen aus wie Auswanderer.

Id. in den Industriestädten – jener alte Arbeiter an seinem Fenster, der eine Brille trägt und das letzte Tageslicht ausnutzt, um in seinem Buch zu lesen, das er sorgsam zwischen die ausgebreiteten Hände gelegt hat.

Am Bahnhof verzehrt eine eilige Völkerschar, ohne zu murren, eine abscheuliche Nahrung und begibt sich dann in die dunkle Stadt, drängt sich, ohne sich zu vermengen, und jeder zieht sich in sein Hotel, sein Zimmer usw. zurück. Ein zur Verzweiflung treibendes, stummes Leben, das ganz Frankreich wartend erträgt.

Um den 10., 11., 12. des Monats rauchen alle Leute. Am 18. ist es unmöglich, sich auf der Straße Feuer geben zu lassen. In den Zügen unterhält man sich über die Dürre. Sie ist hier weniger auffällig als in Algerien, aber nicht weniger tragisch. Ein alter Arbeiter berichtet von seiner Not: seine zwei Zimmer, eine Stunde von Saint-Étienne. Zwei Stunden Weg, acht Stunden Arbeit – nichts zu essen im Hause –, zu arm, um auf dem Schwarzen Markt einzukaufen. Eine junge Frau arbeitet stundenweise als Wäscherin, weil sie zwei Kinder hat und ihr Mann mit einem Magengeschwür aus dem Krieg heimgekommen ist. «Er sollte gegrilltes Kalbfleisch essen. Aber wo gibt es das? Er hat ein ärztliches Attest, daß er diät leben muß. Damit bekommt er Dreiviertel Liter Milch, aber keinerlei Fett. Haben Sie schon einmal gehört, daß man einen Mann ausschließlich mit Milch ernähren kann?» Es kommt vor, daß ihr die Wäsche ihrer Kunden gestohlen wird; sie muß sie bezahlen. – Unterdessen überschwemmt der Regen die schmierige Landschaft eines Industrietals – der scharfe Geruch dieses Elends –, die fürchterliche Not dieser Existenz. Und die anderen halten Reden.

Saint-Étienne frühmorgens, im Dunst, wenn die Sirenen zur Arbeit rufen, inmitten eines Gewirrs von Türmen, Gebäuden und riesigen Schloten, die einen verdüsterten Himmel ihre Schlackenkrone wie einen ungeheuerlichen Opferkuchen entgegenrecken.

☆

Budejovice, Akt III.[1] Die Schwester kehrt nach Selbstmord der Mutter zurück.

Szene mit der Frau: «Mit welchem Recht fragen Sie mich?»
«Mit dem Recht meiner Liebe!»

1 Aufzeichnungen zu *Das Mißverständnis*, III. Akt, 3. Szene, S. 141.

«Was soll dieses Wort bedeuten?»

Die Schwester geht schließlich fort. Die Frau schreit und weint. Von ihrem Schluchzen angelockt, kommt die wortkarge Magd herein.

«Aber Sie wenigstens, helfen Sie mir.»

«Nein.» (Vorhang.)

☆

Alle großen Tugenden besitzen eine absurde Seite.

☆

Sehnsucht nach dem Leben der anderen. Und zwar, weil es, von außen gesehen, ein Ganzes bildet. Während unser eigenes, das wir von innen sehen, verzettelt scheint. Wir laufen noch immer der Illusion der Einheit nach.

☆

Die Wissenschaft erklärt, was funktioniert, nicht, was *ist*. Z. B.: warum verschiedene Arten von Blumen anstatt einer einzigen?

☆

Roman. «Er erwartete sie in der Morgenfrühe am Rande einer Wiese unter großen Haselsträuchern im kalten Herbstwind. Summen der Wespen ohne Wärme, der Wind in den Blättern, ein Hahn, der beharrlich hinter den Hügeln krähte, hohles Gebell, hie und da Gekrächze von Krähen. Zwischen dem trüben Septemberhimmel und der feuchten Erde hatte er den Eindruck, zugleich mit Marthe den Winter zu erwarten.»

☆

Die Paarung mit den Tieren hebt das Bewußtsein vom *anderen* auf. Sie ist «Freiheit». Deshalb hat sie so viele Menschen angezogen, sogar Balzac.

☆

Panelier. Erster Septemberregen mit einem sanften Wind, der die gelben Blätter in den Platzregen mengt. Sie schweben einen Augenblick, und dann läßt ihre Wasserlast sie unvermittelt zu Boden klatschen. Wenn die Natur banal ist wie hier, nimmt man den Wechsel der Jahreszeiten besser wahr.

☆

Kindheit in Armut. Der zu große Überzieher – die Siesta. Die Flasche vor dem Essen – die Sonntage bei der Tante. Die Bücher – die öffentliche Bibliothek. Heimkehr am Weihnachtsabend und die Leiche vor dem Restaurant. Die Spiele im Keller (Jeanne, Joseph und Max). Jeanne sammelt alle Knöpfe, «so wird man reich». Die Geige des Bruders und die Gesangstunden – Galoufa.

☆

Roman. «Die Pest» nicht im Titel verwenden. Eher etwas wie «Die Gefangenen».

☆

Avakkum[1] mit seiner Frau im Eis Sibiriens, zu Fuß. Die Erzpriesterin: «Müssen wir noch lange leiden, Erzpriester?» Avakkum: «Tochter des Markus, bis zum Tod.» Und sie, aufseufzend: «Wohlan denn, Sohn des Petrus, so wollen wir weiterziehen.»

☆

1. Korinther 7, 27: «Bist du an ein Weib gebunden, so suche nicht, los zu werden; bist du los vom Weib, so suche kein Weib.»

Luk. 6, 26: «Weh euch, wenn euch jedermann wohlredet!»

Als Apostel tat Judas Wunder (Heiliger Johannes Chrysostomus).

☆

Tschuang Tse (3. der großen Taoisten – 2. Hälfte des 4. Jahrhunderts v. Chr.) vertritt den gleichen Standpunkt wie Lukrez: «Der große Vogel erhebt sich mit dem Wind bis zu einer Höhe von 90 000 Stadien. Was er von dort oben erblickt, sind Herden wilder Pferde, die dahergaloppieren.»

☆

Bis zum Anbruch des christlichen Zeitalters wird Buddha nicht dargestellt, weil er nirwaniert, das heißt entpersönlicht ist.

☆

Nach Proust ahmt die Natur nicht die Kunst nach. Vielmehr lehrt der große Künstler uns, in der Natur zu erkennen, was sein Werk auf einmalige Weise aus ihr herauszulösen verstand. Alle Frauen werden Renoirs.

«Zu Füßen des Bettes, von jedem Atemzug dieser Agonie durchzuckt, ohne zu weinen, aber bisweilen in Tränen gebadet, empfand meine Mutter die keines Gedankens fähige Verzweiflung vom Regen gepeitschten, vom Sturm geschüttelten Laubwerkes.» *Gu*[2].

«Es kommt selten vor, daß die Geschöpfe, die eine entscheidende Rolle in unserem Leben gespielt haben, ganz plötzlich endgültig daraus verschwinden.» *Gu*.

Die Suche nach der verlorenen Zeit ist ein heroisches und männliches Werk

1) wegen der Beständigkeit des schöpferischen Willens;

2) wegen der Anstrengung, die es von einem Kranken fordert.

«Wenn Anfälle mich gezwungen hatten, mehrere Tage und mehrere Nächte hintereinander nicht nur schlaflos zu verbringen, sondern ohne mich niederzulegen, ohne zu essen und ohne zu trinken, dachte ich im Augenblick, da die Erschöpfung und das Leiden einen solchen Grad er-

1 *Mémoires d'Avakkum,* traduits du russe par Pierre Pascal, 1939, Gallimard.

2 *Gu* für Guermantes.

reichten, daß ich vermeinte, sie nie mehr loszuwerden, an jenen an einen Strand gespülten, von schädlichen Kräutern vergifteten, von Fieber geschüttelten Reisenden in seinen von Meerwasser durchtränkten Kleidern, der sich dennoch nach zwei Tagen wieder besser fühlte und aufs Geratewohl seinen Weg fortsetzte, auf der Suche nach irgendwelchen Einwohnern, die womöglich Menschenfresser waren. Sein Beispiel stärkte mich, schenkte mir neue Hoffnung, und ich schämte mich meiner Anwandlung von Verzagtheit» (Sodom und Gomorrha).

☆

Er schläft nicht mit einer Hure, die ihn anspricht und nach der ihn gelüstet, weil er nur einen Tausendfrancschein bei sich hat und nicht wagt, das Wechselgeld von ihr zu fordern.

☆

Ein Prousts Empfinden entgegengesetztes Gefühl: angesichts jeder Stadt, jeder neuen Wohnung, jedes Menschen, jeder Rose und jeder Flamme über ihre Neuheit staunen und dabei bedenken, was die Gewohnheit daraus machen wird – in der Zukunft jene «Vertrautheit» suchen, die sie uns schenken werden, sich auf die Suche nach jener Zeit machen, die noch nicht angebrochen ist.

Beispiel:

Nachts, die einsame Ankunft in unbekannten Städten – jenes Gefühl des Erstickens, jenes Überwältigtwerden von einem tausendmal vielschichtigeren Organismus. Es genügt, am nächsten Tag die Hauptstraße ausfindig zu machen, alles ordnet sich in Beziehung zu ihr, und wir richten uns ein. Nächtliche Ankünfte in fremden Städten sammeln, von der Macht jener unbekannten Hotelzimmer leben.

☆

In der Straßenbahn: «Er ist normal zur Welt gekommen. Aber acht Tage später haben seine Augenlieder sich verklebt. Da sind seine Augen natürlich verfault.»

☆

Wie wenn wir uns auf Grund von sexuellen Vorstellungen zu bestimmten Städten (fast immer solchen, in denen wir schon gelebt haben) oder zu bestimmten Existenzen hingezogen fühlen – und dann fallen wir einem Trug zum Opfer. Denn wir alle, auch die am wenigsten Geistigen unter uns, leben nie gemäß der Sexualität, oder zumindest gibt es in unserem täglichen Leben zu viele Dinge, die nichts mit der Sexualität zu tun haben. So daß das Leben sich mit langen Abschnitten einer leeren Zeit wie mit abgestreiften Häuten bedeckt, nachdem wir mühselig hie und da eine jener Vorstellungen verkörpert oder eine jener Erinnerungen nahegerückt haben. Und dann müssen wir nach anderen Städten verlangen.

☆

Kritiken zu *Der Fremde*: Die Ungerührtheit, sagen sie. Der Ausdruck ist schlecht gewählt. Wohlwollen wäre richtiger.

☆

Budejovice (oder Gott gibt keine Antwort).[1] Die wortkarge Magd ist ein alter Knecht.

Die Frau in der letzten Szene: «Hab Mitleid mit mir, Herr, kehr dich zu mir. Erhöre mich, Herr. Reich mir deine Hand. Hab Mitleid, Herr, mit denen, die sich lieben und getrennt sind.»

Der Alte kommt herein.

«Sie haben mich gerufen?»

Die Frau: «Ja ... Nein ... Ich weiß nicht mehr. Aber helfen Sie mir, helfen Sie mir, denn ich habe Hilfe nötig. Haben Sie Erbarmen, und helfen Sie mir.»

Der Alte: «Nein.»

(Vorhang.)

Einzelheiten finden, um die Symbolik zu verstärken.

☆

Wie ist es möglich, daß dieses mit so vielen Leiden verbundene Gesicht für mich dennoch das des Glücks bleibt?

☆

Roman. Angesichts des in Agonie liegenden Körpers der Frau, die er liebt: «Ich kann dich nicht sterben lassen, ich kann nicht. Denn ich weiß, daß ich dich vergessen werde. So werde ich alles verlieren, aber ich will dich auf dieser Seite der Welt zurückhalten, der einzigen, wo ich dich umarmen kann», usw. usw.

Sie: «Oh! Es ist so schrecklich, zu sterben und dabei zu wissen, daß man vergessen wird.»

Beständig beide Aspekte sehen und *gleichzeitig* zum Ausdruck bringen.

☆

Meine Absichten mit der *Pest* klar zusammenfassen.

☆

Oktober. Im noch grünen Gras die schon gelben Blätter. Ein kurzatmiger, emsiger Wind schmiedete mit der dröhnenden Sonne auf dem grünen Amboß der Wiesen einen Lichtbalken, dessen Bienengesumm bis zu mir drang. Rote Schönheit.

Prächtig, giftig und einsam wie der rote Fliegenpilz.

☆

1 Notizen zu *Das Mißverständnis*, S. 146.

Wir können bei Spinoza den Kult dessen sehen, was ist, und nicht dessen, was sein will oder soll – den Haß auf die Werte in Schwarz und Weiß, auf die moralische Hierarchie –, eine gewisse Gleichwertigkeit der Tugenden und der Übel im göttlichen Licht. «Die Menschen ziehen die Ordnung der Unordnung vor, als entspräche die Ordnung irgendeiner Wirklichkeit in der Natur» (Anhang 1. Buch).

Nicht daß Gott gleichzeitig mit der Vollkommenheit die Unvollkommenheit schuf, ist für ihn unvorstellbar, sondern daß er sie nicht geschaffen hätte. Denn da er die Macht besaß, die ganze Stufenleiter von der Vollkommenheit bis zur Unvollkommenheit zu schaffen, war es selbstverständlich, daß er es tat. Bedauerlich ist dies nur von unserem Standpunkt aus, der nicht der richtige ist.

Dieser Gott, dieses Universum sind unbeweglich, und die Gründe dafür sind in vollkommenem Einklang. Alles ist ein für allemal gegeben. An uns ist es, falls wir Lust dazu haben, die Konsequenzen und Ursachen zu entwirren (daher die geometrische Form). Aber dieses Universum strebt auf nichts zu und geht aus nichts hervor, da es schon vollendet ist und immer war. Es besitzt keine Tragik, weil es keine Geschichte besitzt. Es ist denkbar unmenschlich. Es ist eine Welt für den Mut.

(Auch eine Welt ohne Kunst – weil ohne Zufall [der Anhang zum 1. Buch verneint die Existenz von Häßlich oder Schön].)

Nietzsche sagt, daß die mathematische Form sich bei Spinoza nur als *ästhetisches* Ausdrucksmittel rechtfertigt.

Siehe *Ethik*, 1. Buch. Das XI. Theorem enthält vier Beweise für die Existenz Gottes. Das XIV. Th. und das große Scholion des XV., das die Schöpfung zu leugnen scheint.

Könnte das den Leuten recht geben, die von Spinozas Pantheismus sprechen? Wir finden bei ihm indessen ein Postulat (ein Ausdruck, den Spinoza in der ganzen *Ethik* vermeidet): es gibt keine Leere (was allerdings in den vorhergehenden Werken bewiesen wird).

Man kann das XVII. dem XXIV. gegenüberstellen: das eine beweist die Notwendigkeit, das andere kann dazu dienen, die Zufälligkeit wieder einzuführen. Das XXV. Theorem begründet die Beziehung zwischen der Entfernung und den Modi. Im XXXI. schließlich wird dem Willen Zwang angetan. Auch Gott, durch seine eigene Natur. Das XXXIII. engt die schon so eingeschnürte Welt noch mehr ein. Es sieht so aus, als sei für Spinoza die Natur Gottes stärker als er – aber im XXXIII. Th. erklärt er (im Widerspruch zu den Verteidigern des Höchsten Guts), daß es widersinnig ist, Gott dem Schicksal zu unterwerfen.

Es ist die Welt des ein für allemal Gegebenen, des «so ist es» – hier herrscht unumschränkt die Notwendigkeit – Originalität und Zufall haben keinerlei Anteil an ihr. Alles ist eintönig.

☆

Seltsam. Es gibt kluge Historiker, die bei der Darstellung der Geschichte eines Landes mit aller Kraft bemüht sind, einer bestimmten Politik das

Wort zu reden, zum Beispiel einer realistischen, der ihrer Ansicht nach das betreffende Land seine Blütezeiten verdankt. Indessen weisen sie von sich aus darauf hin, daß dieser Zustand nie von Dauer sein konnte, weil ziemlich bald ein anderer Staatsmann oder ein neues Regime kamen und alles verdarben. Das hindert sie nicht, beharrlich eine Politik zu vertreten, die keinen Wechsel der Personen überdauert, während doch die ganze Politik gerade im Wechsel der Personen besteht. Sie denken oder schreiben eben nur für ihre Zeit. Die Alternative der Historiker: die Skepsis oder die politische Theorie, die nicht vom Wechsel der Personen abhängt (?).

☆

Dieses lobenswerte Bemühen verhält sich zum Genie wie die ruckweise Fortbewegung der Heuschrecke zum Flug der Schwalbe.

☆

«Zuweilen, nach all den Tagen, während deren nur der Wille befahl, während deren sich Stunde um Stunde jene weder Zerstreuung noch Erlahmen duldende Arbeit aufbaute, die das Gefühl ausschloß und die Welt, ah, welche Hilflosigkeit überkam mich dann, mit welcher Erleichterung stürzte ich mich dann in die Arme jener Not, die mich während all dieser Tage nicht losgelassen hatte. Welch ein Verlangen, welch eine Versuchung, nichts mehr zu sein, was aufgebaut werden muß, dieses Werk aufzugeben und dieses so widerspenstige Gesicht, das ich formen mußte. Ich liebte, ich vermißte, ich begehrte, ich war endlich ein Mensch ...

... der öde Sommerhimmel, das Meer, das ich so innig geliebt habe, und diese vollen Lippen.»

☆

Das Geschlechtsleben wurde dem Menschen geschenkt, um ihn vielleicht von seinem eigentlichen Weg abzulenken. Es ist sein Opium. In ihm schläft alles ein. Außerhalb seiner werden die Dinge wieder lebendig. Gleichzeitig ist die Keuschheit der Untergang der Art, und vielleicht ist das die Wahrheit.

☆

Ein Schriftsteller darf nicht von seinen Zweifeln angesichts seiner Schöpfung sprechen. Es wäre zu einfach, ihm zu erwidern: «Wer zwingt dich, zu schaffen? Wenn es eine so beständige Qual ist, warum erträgst du sie?» Die Zweifel sind unser persönliches Eigentum. Nie von seinen Zweifeln sprechen, *welcher Art sie auch sein mögen*.

☆

Sturmhöhe ist einer der größten Liebesromane, weil er in Niederlage und in Auflehnung endet – das heißt, im Tod ohne Hoffnung. Die Hauptperson ist der Teufel. Eine solche Liebe vermag sich nur dank der letzten Niederlage, dem Tod, zu behaupten. Sie kann sich nur in der Hölle fortsetzen.

☆

Oktober

Die weiten roten Wälder im Regen, die von gelben Blättern übersäten Wiesen, der Geruch trocknender Pilze, die Holzfeuer (die verbrannten Tannenzapfen glühen wie Diamanten der Hölle), der klagend um das Haus streichende Wind, ein denkbar gewöhnlicher Herbst. Die Bauern gehen jetzt ein bißchen vornübergebeugt – gegen den Wind und den Regen.

Die Buchen setzen goldgelbe Flecken in den Herbstwald oder halten sich abseits am Waldrand wie große, von blondem Honig überfließende Nester.

☆

23. Oktober. Beginn

Die Pest besitzt einen sozialen *und* einen metaphysischen Sinn. Es ist ein und derselbe. Dieser Doppelsinn findet sich auch in *Der Fremde.*

☆

Man sagt: es kümmert ihn so wenig wie eine Fliege – und die Fliegen sprechen nicht. Aber betrachten wir, wie die auf dem – eigens für sie geschaffenen – Leimpapier klebenden Fliegen sterben, und wir erkennen, daß der Erfinder der Redensart dieses fürchterliche und unbedeutende Sterben eingehend beobachtet hat – diesen langsamen Tod, der höchstens einen kaum wahrnehmbaren Fäulnisgeruch ausströmt. (Das Genie schafft den Gemeinplatz.)

☆

Idee: Er weist alles zurück, was ihm geboten wird, jedes Glück, dem er begegnet, um einem höheren Anspruch zu genügen. Er läßt seine Ehe in die Brüche gehen, er gerät in unbefriedigende Bindungen, er wartet, hofft. «Ich kann ihn nicht genau beschreiben, aber ich spüre ihn.» So geht das bis zu seinem Lebensende. «Nein, ich werde ihn nie beschreiben können.»

☆

Die Sexualität führt zu nichts. Sie ist nicht unmoralisch, sondern sie ist unproduktiv. Man kann sich ihr während der Zeit hingeben, in der man nichts hervorzubringen sucht. Aber nur die Keuschheit ist mit einem persönlichen Fortschritt verbunden.

Zu einer bestimmten Zeit ist die Sexualität ein Sieg – wenn sie von den moralischen Imperativen befreit wird. Aber bald verwandelt sie sich in eine Niederlage – und der einzige Sieg wird nun *über* sie davongetragen: das ist die Keuschheit.

☆

An den Kommentar zu Molières *Don Juan* denken.[1]

☆

1 Wir haben in Camus' Nachlaß keinen Hinweis auf einen Plan zu einem solchen Kommentar gefunden.

November 42
Im Herbst erblüht diese Landschaft mit Blättern – die Kirschbäume werden feuerrot, die Ahorne gelb, die Buchen bedecken sich mit Bronze. Über der ganzen Hochebene lodern die tausend Flammen eines zweiten Frühlings.

☆

Der Verzicht auf die Jugend. Nicht ich verzichte auf die Menschen und auf die Dinge (ich wäre dessen nicht fähig), sondern die Dinge und die Menschen verzichten auf mich. Meine Jugend flieht mich: darin besteht das Kranksein.

☆

Das erste, was ein Schriftsteller lernen muß, ist die Kunst, das, was er empfindet, umzusetzen in das, was er empfinden lassen will. Die ersten Male gelingt ihm das durch Zufall. Aber später muß das Können an die Stelle des Zufalls treten. So spielt bei der Entstehung des Genies auch das Glück eine Rolle.

☆

Er erklärt immer: «Bei uns daheim würde man sagen ...»[1] und setzt eine Plattheit hinzu, die keinerlei Daheim besitzt. Z. B.: Bei uns daheim würde man sagen, ein traumhaftes Wetter (oder eine glänzende Laufbahn oder ein vorbildliches junges Mädchen oder eine zauberhafte Beleuchtung).

☆

11. November. Wie Ratten![2]

☆

Am Morgen ist alles mit Reif bedeckt, der Himmel strahlt hinter den Girlanden und Wimpeln eines makellosen Jahrmarkts. Um zehn Uhr, wenn die Sonne Wärme zu spenden beginnt, erfüllt das ganze Land sich mit der kristallenen Musik eines ätherischen Auftauens: leises, an Seufzer erinnerndes Knistern des Baumes, Reif, der mit dem Geräusch aufeinanderprallender weißer Insekten auf dem Boden aufschlägt, verspätete Blätter, die unter dem Gewicht des Eises unablässig herabfallen und wie federleichte Gebeine unmerklich auf der Erde aufhüpfen. Ringsum verschwimmen die Täler und die Hügel in Rauchschleiern. Wenn man diese Landschaft eine Weile betrachtet, entdeckt man, daß sie durch den Verlust all ihrer Farben plötzlich alt geworden ist. Es ist ein uraltes Land, das an einem einzigen Morgen aus der Tiefe der Jahrtausende zu uns emporsteigt ... Jene mit Bäumen und Farnen bewachsene Bergnase ragt wie ein Bug am Zusammenfluß der beiden Wasserläufe auf. Er ist, durch die ersten Sonnenstrahlen vom Reif befreit, das einzige Lebendige inmitten dieser wie das Ewige weißen Landschaft. An diesem Punkt verbünden sich wenigstens die murmelnden Stimmen der beiden Bäche ge-

1 Vgl. die Gestalt des Grand in *Die Pest* (rororo. 15, S. 28).
2 Die Landung der Alliierten in Nordafrika schneidet Camus von seiner Heimat und seinen Angehörigen ab.

gen das grenzenlose Schweigen um sie herum. Aber nach und nach fügt das Lied des Wassers sich selber in die Landschaft ein. Es wird um keinen Ton schwächer und verwandelt sich dennoch in Schweigen. Und so müssen hie und da drei rauchfarbene Krähen vorüberziehen, um die Zeichen des Lebens von neuem in den Himmel zu setzen.

Ich sitze an der Spitze des Bugs und verfolge diese unbewegliche Seefahrt ins Land der Gleichgültigkeit. Es bedarf der ganzen Natur und dieses weißen Friedens, den der Winter in die allzu feurigen Herzen trägt, um dieses von einer bitteren Liebe verzehrte Herz zu beschwichtigen. Ich beobachte am Himmel das sich ausbreitende Schwellen des Lichts, das alle Todesahnungen negiert. Endlich ein Anzeichen der Zukunft über mir, dem alles jetzt von Vergangenheit spricht. Sei still, Lunge! Fülle dich mit dieser fahlen, eisigen Luft, die dir zur Nahrung dient. Wahre Schweigen. Ich will nicht länger gezwungen sein, deinem langsamen Faulen zu lauschen – ich will mich endlich dem zuwenden ...

☆

Saint-Étienne.

Ich weiß, was der Sonntag für einen Mann bedeutet, der arm ist und arbeitet. Ich weiß vor allem, was der Sonntagabend bedeutet, und wenn ich fähig wäre, meinem Wissen einen Sinn und eine Gestalt zu verleihen, könnte ich aus einem armen Sonntag ein Werk der Menschlichkeit schaffen.

☆

Ich hätte nicht schreiben sollen: wenn die Welt verständlich wäre, gäbe es die Kunst nicht – sondern: wenn die Welt mir sinnvoll vorkäme, schriebe ich nicht. Es gibt Fälle, in denen man persönlich sein muß, aus Bescheidenheit. Hinzufügen, daß die Formulierung mich gezwungen hätte, sorgfältig nachzudenken, und daß ich sie letzten Endes nicht niedergeschrieben hätte. Es ist eine blendende Wahrheit, die der Begründung entbehrt.

☆

Die zügellose Sexualität führt zu einer Philosophie der Sinnlosigkeit der Welt. Die Keuschheit hingegen verleiht ihr (der Welt) einen Sinn.

☆

Kierkegaard. Ästhetischer Wert der Ehe. Endgültige Ansichten, aber zuviel Gerede.

Rolle der Ethik und der Ästhetik bei der Bildung der Persönlichkeit: sehr viel stichhaltiger und interessanter. Apologie des *Allgemeinen*.

Für Kierkegaard hat die ästhetische Moral die Ursprünglichkeit zum Zweck – und tatsächlich geht es darum, zum Allgemeinen zurückzufinden. *Kierkegaard ist kein Mystiker.* Er übt Kritik an der Mystik, weil sie sich von der Welt trennt – weil sie eben nicht im Rahmen des Allgemeinen bleibt. Wenn es bei Kierkegaard einen Sprung gibt, so finden wir ihn deshalb im Bereich des Verstandes. Es ist der Sprung im Reinzustand. Dies auf der Stufe der Ethik. Aber die religiöse Stufe verklärt alles.

☆

In welchem Augenblick wird das Leben zum Schicksal? Im Tod? Aber das ist ein Schicksal *für die anderen*, für die Geschichte oder für die Angehörigen. Durch das Bewußtsein? Aber es ist der Geist, der die Vorstellung vom Leben als Schicksal hervorbringt, der dort einen Zusammenhang einführt, wo es keinen gibt. In beiden Fällen handelt es sich um eine Illusion. Schlußfolgerung?: es gibt kein Schicksal?

☆

Unmäßige Verwendung Eurydikes [1] in der Literatur der vierziger Jahre. Denn nie waren so viele Liebende getrennt.

☆

Kafkas [2] ganze Kunst besteht darin, den Leser zu zwingen, *nochmals zu lesen.* Seine Lösungen – oder seine fehlenden Lösungen – suggerieren Erklärungen, die aber nicht klar hervortreten und, um als begründet zu erscheinen, von uns fordern, die Geschichte nochmals unter einem neuen Blickwinkel zu lesen. Zuweilen ist eine doppelte oder dreifache Deutung möglich, so daß es notwendig ist, das Buch zwei- oder dreimal zu lesen. Aber es wäre verfehlt, bei Kafka jedes Detail deuten zu wollen. Ein Symbol ist immer allgemein, und der Künstler stellt es in groben Umrissen dar. Es gibt keine wörtliche Übertragung. Nur die großen Linien werden vermittelt. Und im übrigen muß der Anteil des Zufalls berücksichtigt werden, der bei jedem Schaffenden groß ist.

☆

In dieser Landschaft, wo der Winter alle Farben ausgelöscht hat, da alles weiß ist, jedes noch so leise Geräusch, da der Schnee es erstickt, alle Düfte, da die Kälte sie zudeckt, muß der erste Kräutergeruch des Frühlings wie ein freudiger Aufruf an die Sinne wirken, wie eine schmetternde Trompete.

☆

Die Krankheit ist ein Kloster mit seiner Ordensregel, seiner Askese, seinem Schweigen und seinen Erleuchtungen.

☆

In den Nächten Algeriens hallt das Gebell der Hunde aus zehnmal weiteren Räumen zurück als in Europa. So schmückt es sich dort mit einer Sehnsucht, die in diesen engen Ländern unbekannt ist. Es bildet eine Sprache, die nur ich heute in meiner Erinnerung vernehme.

☆

1 Vgl. *Die Pest* (rororo. 15, S. 117 f).

2 Vgl. den 1943 in *L'Arbalète* erschienenen und als Anhang in *Der Mythos von Sisyphos* (rowohlts deutsche enzyklopädie, Bd. 90, S. 102 ff) aufgenommenen Artikel.

Entwicklung des Absurden:

1) ob die Hauptsorge das Verlangen nach Einheit ist;

2) ob die Welt (oder Gott) dem nicht genügen kann.

Am Menschen ist es, sich eine Einheit zu schaffen, sei es in der Abkehr von der Welt, sei es innerhalb der Welt. So werden eine Moral und eine Askese wiederhergestellt, die genauer zu bestimmen bleiben.

☆

Mit seinen Leidenschaften leben heißt zugleich, mit seinen Leiden leben – die das Gegengewicht dazu bilden, das Korrektiv, den Ausgleich und den Preis. Wenn ein Mensch gelernt hat – und zwar nicht aus den Büchern –, mit seinem eigenen Leiden allein zu sein, sein Verlangen nach Flucht zu überwinden, die Illusion, daß andere «teilnehmen» können, dann bleibt ihm nur wenig zu lernen.

☆

Stellen wir uns einen Denker vor, der mehrere Werke veröffentlicht hat und plötzlich in einem neuen Buch erklärt. «Ich habe bisher eine falsche Richtung verfolgt. Ich werde ganz von vorne beginnen. Ich bin jetzt der Ansicht, daß ich unrecht hatte»; kein Mensch würde ihn mehr ernst nehmen. Und doch bewiese er gerade damit, daß er des Denkens würdig ist.

☆

Käse

Außer in der Liebe ist die Frau langweilig. Sie weiß nicht. Man muß mit einer leben und schweigen. Oder mit allen schlafen und handeln. Das Wichtigste liegt anderswo.

☆

Pascal: Der Irrtum rührt von der Ausschließung her.

☆

Die Gleichwertigkeit in Macbeth: «Fair is foul and foul ist fair», aber ihr Ursprung ist diabolisch. «And nothing is but what is not.» Und später, II. Akt, 3. Auftritt: «for from this instant there is nothing serious in mortality.» Garnier übersetzt: «The night is long that never finds the day» mit «Il n'est si longue nuit qui n'atteigne le jour» («Doch auch die längste Nacht erreicht den Tag»)?

Ja[1] – «it is a tale told by an idiot, full of sound and fury, signifying nothing».

☆

Die Götter haben dem Menschen große und glänzende Gaben verliehen, die ihm erlauben, alles zu erobern. Aber zugleich haben sie ihm eine bittere Gabe verliehen, die ihn nachträglich alles verachten läßt, was erobert werden kann.

... Es ist nicht möglich, immer zu genießen, am Ende steht der Über-

1 Das Wort ist im Manuskript schwer zu lesen: man schwankt zwischen *‹M›* *und ‹oui›*.

druß. – Schön. Aber warum? In Wirklichkeit können wir nicht immer genießen, weil wir nicht alles genießen können. Wir empfinden ebensoviel Überdruß im Gedanken an die Zahl der Genüsse, deren wir trotz all unserem Bemühen nie teilhaftig werden, wie im Gedanken an jene, die wir bereits haben. Wenn wir alles zu umfassen vermöchten, wirklich und tatsächlich, gäbe es dann einen Überdruß?

☆

Zu stellende Frage: Lieben Sie die Ideen – leidenschaftlich, von ganzem Herzen? Verbringen Sie dieser Idee wegen schlaflose Nächte? Haben Sie das Gefühl, ihretwegen Ihr Leben aufs Spiel zu setzen? Wie viele Denker würden zurückschrecken!

☆

Für die Veröffentlichung der Theaterstücke: Caligula: *Tragödie* – Der Verbannte (oder Budejovice): *Komödie.*

☆

15. Dezember
Die Prüfung auf sich nehmen, ihr die Einheit abgewinnen. Wenn der andere nicht darauf anspricht, in der Verschiedenartigkeit sterben.

☆

Das Schöne, sagt Nietzsche wie vor ihm Stendhal, ist eine Glücksverheißung. Aber wenn es nicht das Glück selber ist, was kann es verheißen?

☆ WAS für eine PARABEL!!!

... Erst als alles in Schnee gehüllt war, entdeckte ich, daß die Türen und die Fenster blau waren.

☆

Wenn es stimmt, daß das Verbrechen die ganze Lebensfähigkeit eines Menschen erschöpft (siehe oben) [1] ... In dieser Hinsicht hat Kains Verbrechen (und nicht Adams Verbrechen, das daneben wie eine läßliche Sünde wirkt) unsere Lebenskräfte und unsere Lebensliebe erschöpft. In dem Maße, in dem wir an seinem Wesen und an seiner Verdammung teilhaben, leiden wir an jener seltsamen Leere und jener wehmütigen Verlorenheit, die auf allzu heftige Gefühlsausbrüche und erschöpfende Arbeiten folgen. Kain hat für uns mit einem Schlag alle Möglichkeiten echten Lebens ausgeschöpft. Darin besteht die Hölle. Aber wir sehen deutlich, daß sie sich auf Erden befindet.

☆

Die Prinzessin von Cleve.[2] Gar nicht so simpel. Die Handlung schreitet in Sprüngen fort. Der Roman ist zu Beginn verwickelt, wenn er auch in

1 Seite 139.
2 Vgl. *L'Intelligence et l'Échafoud* in *Confluences.*

der Einheit endet. Mit *Adolphe* verglichen, ist er ein vielschichtiges Feuilleton.

Seine eigentliche Einfachheit liegt in seiner Auffassung von der Liebe: Für Mme de Lafayette ist die Liebe eine Gefahr. Das ist ihr Postulat. Und was wir in ihrem ganzen Buch spüren, wie übrigens auch in *Die Prinzessin von Montpensier* oder *La Comtesse de Tende*, ist ein beständiges Mißtrauen gegenüber der Liebe. (Was wohlgemerkt das Gegenteil von Gleichgültigkeit ist.)

«Man brachte ihm seine Begnadigung, als er nur noch den Todesstreich erwartete. Aber die Furcht hatte ihn derart gepackt, daß er ohne Besinnung war und einige Tage später starb.» (*Alle* Personen, die die Lafayette sterben läßt, sterben am *Gefühl.* Man versteht, daß das Gefühl ihr einen solchen Schrecken einflößt.)

«Ich sagte ihm darum, daß ich seinen Kummer, solange er sich in Grenzen halte, billige und mitempfinde; daß ich ihn aber nicht mehr beklagen könne, wenn er sich der Verzweiflung überlasse und den Verstand verliere.» Großartig. Das Schamgefühl unserer großen Jahrhunderte. Es ist männlich. Aber es ist nicht engherzig. Denn derselbe Mann (der Fürst von Cleve), der diese Worte sagt, stirbt später ausgerechnet an Verzweiflung.

«Der Ritter ... beschloß, hinfort nie mehr daran zu denken, daß er die Liebe Frau von Cleves erringen könnte. Um aber von einem Unternehmen, daß ihm so schwer und rühmlich erschienen war, abstehn zu können, brauchte er ein anderes, dessen Größe ihn ganz erfüllte. Er nahm sich vor, die Insel Rhodos zu erobern.»

«Frau von Cleves Andeutungen über ihr Porträt hatten ihn dem Leben wiedergegeben: Er selbst war es, *den sie liebte.*»[1] Das Wort versengte ihm die Zunge.

☆

Die Armut ist ein Zustand, dessen Tugend Freigebigkeit heißt.

☆

Kindheit in Armut. Wesentlicher Unterschied, wenn ich meinen Onkel besuchte[2]: daheim besaßen die Dinge keine Namen, wir sagten: die Suppenteller, der Topf auf dem Kaminsims, usw. Bei ihm: das geflammte Steingut aus den Vogesen, das Quimper-Service, usw. – Ich wurde auf das Erlesene aufmerksam.

☆

1 Madame de Lafayette: *Die Prinzessin von Cleve, Die Prinzessin von Montpensier*. Rowohlts Klassiker Bd. 28, S. 25, 43, 59, 83.

2 Monsieur Acault, vgl. Hommage à Gide (Nouvelle N. R. F., November 1951).

Das rohe physische Verlangen ist bequem. Aber das mit Zärtlichkeit verbundene Verlangen erfordert Zeit. Man muß das ganze Land der Liebe durchqueren, ehe man der Flamme des Verlangens begegnet. Ist es deshalb am Anfang immer so schwer, nach dem zu verlangen, was man liebt?

☆

Essay über die Revolte.[1] Das Heimweh nach den «Anfängen». *Id.* das Thema des Relativen – aber das Relative mit Leidenschaft. Beispiel: hin und her gerissen zwischen der Welt, die unzulänglich ist, und Gott, den er nicht besitzt, entscheidet der absurde Geist sich leidenschaftlich für die Welt. *Id.:* Zwischen dem Relativen und dem Absoluten schwankend, stürzt er sich mit Feuereifer ins Relative.

☆

Jetzt, wo er den Preis kennt, ist er besitzlos. Vorbedingung des Besitzens ist die Unwissenheit. Sogar im körperlichen Bereich: nur die Unbekannte besitzen wir richtig.

☆

Budejovice (oder *Der Verbannte*).

☆

I

Die Mutter: «Nein, nicht heute abend. Gewähren wir ihm diese Ruhepause. Gönnen wir uns diesen Aufschub. Vielleicht können wir dank diesem Aufschub gerettet werden.»

Die Tochter: «Was nennst du gerettet werden?»

Die Mutter: «Die ewige Vergebung erlangen.»

Die Schwester: «Dann bin ich bereits gerettet. Denn ich habe mir für alle Zeiten im voraus selber vergeben.»

II

Id. siehe oben.

Schwester: «Mit welchem Recht?»

Die Frau: «Mit dem Recht meiner Liebe.»

Schwester: «Was soll dieses Wort bedeuten?»

(Übergang.)

Frau: «Die Liebe bedeutet meine Freude von einst und mein Leid von heute.»

Schwester: «Sie sprechen ganz entschieden eine Sprache, die ich nicht verstehe. Liebe, Freude und Leid, ich habe diese Wörter nie gehört.»

1 Vgl. *Remarque sur la Révolte,* in *L'Existence* (1945), eine erste Fassung des ersten Kapitels von *Der Mensch in der Revolte.*

III

«Ah!» sagt er im Augenblick des Todes, «diese Welt ist also nicht für mich geschaffen, und dieses Haus ist nicht das meine.»

Die Schwester: «Die Welt ist zum Sterben da, und die Häuser, um darin zu schlafen.»

IV

2. Akt. Betrachtungen über die Hotelzimmer. Er läutet. Stille. Schritte. Der stumme Alte erscheint. Einen Augenblick unbeweglich und schweigend unter der Tür.

«Nichts», sagt der andere. «Nichts. Ich wollte bloß wissen, ob jemand Antwort gibt, ob die Klingel funktioniert.»

Der Alte einen Augenblick unbeweglich, er entfernt sich. Schritte.

V

Die Schwester: «Bitten Sie Gott, er möge sie den Steinen gleichmachen. Das ist das wahre Glück, und das hat er für sich selbst gewählt.

Er ist taub, sage ich Ihnen, und stumm wie Granit. Werden Sie wie er, um von der Welt nur noch das rieselnde Wasser zu kennen und die wärmende Sonne. Werden Sie zu Stein, so lange noch Zeit ist» (ausführen).

☆

Die absurde Welt läßt sich nur ästhetisch rechtfertigen.

☆

Nietzsche. – Alles Entscheidende kann nur auf einem «trotz allem» aufgebaut werden.

☆

Die metaphysischen Romane von Maurice Blanchot.

Thomas l'Obscur. Was Anne bei Thomas anzieht, ist der Tod, den er in sich trägt. Ihre Liebe ist metaphysisch. Deshalb löst sie sich im Augenblick des Sterbens von ihm. Denn in diesem Augenblick *weiß* sie, und wir lieben es, nicht zu wissen. So ist einzig der Tod die wahre Erkenntnis. Aber zugleich macht er die Erkenntnis überflüssig: dieser Fortschritt ist unfruchtbar.

Thomas entdeckt in sich den Tod, der seine Zukunft vorwegnimmt. Der Schlüssel des Buches findet sich im XIV. Kapitel. Dann müssen wir noch einmal lesen, und alles erhellt sich – aber mit dem glanzlosen Licht, das die Affodille des Totenreichs umgibt. (In der Nähe des Hofs befindet sich ein merkwürdiger Baum, bestehend aus zwei ineinander verflochtenen Stämmen, deren einer, seit langem abgestorben, nicht einmal mehr den Boden berührt, da seine Wurzeln verfault sind. Er klebt weiterhin am anderen, und beide zusammen sind ein ziemlich getreues Bild von Thomas. Aber der lebende Stamm hat sich nicht ersticken lassen. Er hält den anderen Stamm noch enger mit seiner Rinde umklammert – er hat seine Zweige ringsum und darüber ausgebreitet – er hat sich nicht niederreißen lassen.)

Adminadab ist entgegen dem Anschein schwerer verständlich. Es handelt sich um eine neue Form des Mythos von Orpheus und Eurydike (festhalten, daß in beiden Büchern der Eindruck der Ermattung, die die Person zu empfinden scheint und die sie gleichzeitig dem Leser vermittelt, ein *künstlerischer Eindruck* ist).

☆

Pest. Zweite Fassung.

Bibel: Deuteronomium 28, 21; 32, 24. Levitikus 26, 25. Amos 4, 10. Exodus 9, 4; 9, 15; 12, 29. Jeremias 24, 10; 14, 12; 6, 19; 21, 7 und 9. Hesekiel 5, 12; 6, 12; 7, 15.

Jeder sucht seine Wüste, und sobald er sie gefunden hat, findet er sie zu hart. Niemand wird sagen können, daß ich meine nicht zu ertragen vermochte.»

☆

Ursprünglich [1] sollten die drei ersten Teile, die sich aus Tagebüchern – Aufzeichnungen – Notizen – Predigten – Abhandlungen – und aus objektiven Berichten zusammensetzen, andeuten, Neugier erwecken und in die Tiefen des Buches einführen. Der letzte, ausschließlich aus Handlung bestehende Teil sollte durch diese Handlung, und einzig und allein durch sie, den Sinn des Ganzen kundtun.

Jeder Teil sollte auch die Bande zwischen den Personen ein bißchen enger knüpfen – und sollte + spürbar machen, dank der fortschreitenden Verschmelzung der Tagebücher zu einem einzigen, und sie in den Szenen des 4. Teils vollenden.

☆

2. Fassung.

Die Pest malerisch und beschreibend – kleine dokumentarische Abschnitte und eine Abhandlung über die Heimsuchungen.

Stephan [2] – 2. Kap.: Er flucht jener Liebe, die ihn um alles übrige betrogen hat.

Alles in indirektem Stil schreiben (– Predigten – Tagebücher, usw.) und einförmige Auflockerung durch Bilder der Pest?

Es muß entschieden ein Bericht sein, eine Chronik. Aber wie viele Probleme das stellt.

Vielleicht: Stephan ganz neu gestalten und das Thema Liebe weglas-

1 Im Manuskript folgen auf *Ursprünglich* die Worte «siehe Aufzeichnungen» – die nachfolgenden Zeilen wurden in den Aufzeichnungen zu *Die Pest* gefunden.

2 Stephan ist eine Gestalt, die in der ersten Fassung der *Pest* vorkommt.

sen. Stephan ist nicht genügend entwickelt. Die Fortsetzung ließ Umfassenderes erwarten.

Das Thema der Trennung bis zum Schluß durchführen.

Einen allgemeinen Bericht über die Pest in O. anfertigen lassen?

Die Leute, die einen Floh bei sich entdecken.

Ein Kapitel über das Elend.

Für die Predigt: «Habt ihr bemerkt, meine Brüder, wie eintönig Jeremias ist?»

Zusätzliche Gestalt: ein Versprengter, ein Verbannter, der alles unternimmt, um aus der Stadt herauszukommen, und dem es nicht gelingt. Seine Schritte: er will unter dem Vorwand, «daß er nicht von hier ist», einen Passierschein erlangen. Wenn er stirbt, aufzeigen, daß er vor allem darunter leidet, nicht mit ihr vereint zu sein und so viele Dinge in der Schwebe lassen zu müssen. Das berührt den Grund der Pest.

Vorsicht: Asthma rechtfertigt nicht so zahlreiche Besuche.

Die Atmosphäre von Oran hineinbringen.

Keine «Grimassen», das Natürliche.

Ziviles Heldentum.

Die Gesellschaftskritik und die Revolte ausführen. Was ihnen fehlt, ist die Phantasie. Sie richten sich im Epos ein wie in einem Picknick. Sie denken nicht im Maßstab der Heimsuchungen. Und die Heilmittel, die sie ersinnen, entsprechen kaum einem Schnupfen. Sie werden zugrunde gehen (weiterentwickeln).

Ein Kapitel über die Krankheit. «Sie stellten wieder einmal fest, daß die körperliche Krankheit nie allein kam, sondern stets von seelischen Leiden begleitet war (Angehörige – enttäuschte Liebe), die ihr ihre Tiefe verliehen. So entdeckten sie – und zwar im Gegensatz zur landläufigen Meinung –, daß es zwar eines der grausamen Vorrechte des Menschen war, allein zu sterben, daß es darum aber nicht minder grausam und nicht minder wahr war, daß der Mensch gerade nie die Möglichkeit hat, wirklich allein zu sterben.»

Moral der Pest: sie hat niemandem und nichts gedient. Nur die Menschen, die in ihrer eigenen Person oder in ihren Angehörigen vom Tod berührt wurden, haben etwas gelernt. Aber die so erlangte Wahrheit betrifft nur sie allein. Sie ist ohne Zukunft.

Die Ereignisse und die Chroniken müssen den sozialen Sinn der Pest erkennen lassen. Den tieferen Sinn lassen die Personen erkennen. Grob gesagt.

Gesellschaftskritik. Die Begegnung der Verwaltung, die etwas Abstraktes ist, mit der Pest, der konkretesten aller Mächte, kann nur komische und ärgerliche Ergebnisse zeitigen.

Der Getrennte flieht, weil *er nicht warten kann, bis sie alt geworden ist.*

Ein Kapitel über die *in den Lagern* isolierten Angehörigen.

Ende des 1. Teils. Die Zunahme der Pestfälle muß der Zunahme der Ratten entsprechen. Ausbauen. Ausbauen.

Die «Drôle de Peste»?[1]

Der 1. Teil ist eine Einleitung, die durchwegs einen sehr raschen Rhythmus haben sollte – sogar in den Tagebüchern.

Eines der möglichen Themen: Kampf der Medizin und der Religion: die Mächte des Relativen (und welch ein Relatives!) gegen die des Absoluten. Das Relative siegt oder, genauer ausgedrückt, verliert nicht.

«Natürlich wissen wir, daß die Pest ihr Gutes hat, daß sie die Augen öffnet, zum Nachdenken zwingt. Sie ist in dieser Hinsicht nicht anders als alle Übel dieser Welt oder die Welt selbst. Aber was außerdem für die Übel dieser Welt und die Welt selbst zutrifft, das trifft auch für die Pest zu. Gleichgültig, welche Größe einzelne ihr abgewinnen, muß einer angesichts der Not unserer Brüder ein Irrer, ein Verbrecher oder ein Feigling sein, um die Pest zu bejahen, und ihr gegenüber ist die einzige Parole des Menschen die Auflehnung.»

Alle suchen den Frieden. Hervorheben.

? Cottard *umgekehrt* behandeln: sein Betragen schildern und *am Schluß* enthüllen, daß er Angst hatte, verhaftet zu werden.

Die Zeitungen haben nichts anderes mehr zu berichten als Pestgeschichten. Die Leute sagen: es steht nichts in der Zeitung.

Man läßt Ärzte von auswärts kommen.

Was mir diese Epoche am besten zu kennzeichnen scheint, ist die *Trennung*. Alle sind von der übrigen Welt abgeschnitten geworden, von ihren Lieben oder von ihren Gewohnheiten. Und in dieser Abgeschiedenheit waren sie entweder zur Kontemplation gezwungen, falls sie dazu fähig waren, oder zum Leben eines gehetzten Tieres. Kurzum, es gab keinen Mittelweg.

Der Verbannte, der schließlich von der Pest befallen wird, eilt auf eine Anhöhe und schreit laut nach seiner Frau, über die Mauern der Stadt, das Land, drei Dörfer und einen Fluß hinweg.

? Ein Vorwort des Erzählers mit Betrachtungen über die Objektivität und über das Zeugnis.

Am Ende der Pest wirken alle Einwohner wie Auswanderer.

Einzelheiten «Epidemie» hinzufügen.

Tarrou ist der Mensch, der alles verstehen kann – und der darunter leidet. Er kann nichts richten.

Welches Ideal hat ein der Pest ausgelieferter Mensch? – Ihr werdet lachen: die Rechtschaffenheit.

Weglassen: «anfänglich – tatsächlich – in Wirklichkeit – während der ersten Tage – ungefähr zur gleichen Zeit», usw.

? Durch das ganze Werk hindurch mit den Mitteln eines Detektivs aufzuzeigen, daß Rieux der Erzähler ist. Zu Beginn: Zigarettengeruch.

Gleichzeitig Menschenscheu und Bedürfnis nach Wärme. Um dies zu

1 «La drôle de guerre» (den komischen Krieg) nennt man in Frankreich die Zeit von September 1939 bis Anfang Mai 1940. (Anm. d. Übers.)

vereinbaren: das Kino – wo man eng zusammengedrängt ist, ohne sich zu kennen.

In der dunklen Stadt kleine Inseln des Lichts, denen ein Volk von Schatten entgegenstrebt wie Protozoen, die plötzlich von einem Drang zur Sonne erfaßt werden.

Zum Verbannten: Abends in den Cafés, wo man die Lampen möglichst spät anzündet, um Licht zu sparen, wo die Dämmerung das Lokal wie graues Wasser überflutet, während die letzten Sonnenstrahlen sich schwach in den Scheiben spiegeln und die Marmorplatten der Tische und die Stuhllehnen sanft aufschimmern lassen: das ist die Stunde seiner Verlassenheit.

Die Getrennten 2. Teil: «Sie stellten betroffen fest, wie viele Kleinigkeiten es gab, die für sie sehr wichtig und für die anderen überhaupt nicht vorhanden waren. So machten sie die Entdeckung des persönlichen Lebens.» – «Sie wußten genau, daß es ein Ende nehmen mußte – oder zumindest, daß sie das Ende herbeiwünschen sollten –, und somit wünschten sie es herbei, aber ohne die Inbrunst der Anfänge – und einzig im Bewußtsein der ganz eindeutigen Gründe, aus denen sie es herbeiwünschen sollten. Von dem gewaltigen Schwung der ersten Tage blieb ihnen nur eine trübe Niedergeschlagenheit, die sie sogar die Ursache ihrer Verstörtheit vergessen ließ. Sie besaßen das Gehaben der Traurigkeit und des Unglücks, aber sie empfanden deren Stachel nicht mehr. Im Grunde genommen bestand gerade darin das Unglück. Vorher waren sie nur der Verzweiflung anheimgefallen. In dieser Weise wurden viele untreu. Denn von ihrem Liebesleid waren ihnen nur das Verlangen und das Bedürfnis nach Liebe geblieben, und da sie sich allmählich von dem Wesen lösten, das diese Gefühle in ihnen wachgerufen hatte, fühlten sie sich wehrloser und gaben schließlich der ersten Zärtlichkeitsverheißung nach. So waren sie aus Liebe untreu.» – «Aus der Distanz kam ihr Leben ihnen jetzt als einheitliches Ganzes vor. Und nun bekannten sie sich mit einer neuen Kraft dazu. So gab die Pest ihnen die Einheit zurück. Wir müssen also folgern, daß diese Menschen nicht mit ihrer Einheit zu leben verstanden, obwohl sie eine besaßen – oder vielmehr, daß sie erst fähig wurden, sie zu leben, als sie sich ihrer beraubt sahen.» – «Sie merkten manchmal, daß sie noch im ersten Stadium verharrten – jedesmal, wenn sie sich vornahmen, an diesem oder jenem Tage irgendeinem Freund, der nicht mehr da war, irgend etwas zu zeigen. In das zweite Stadium traten sie erst dann ein, als sie nur noch in Pest-Begriffen denken konnten.» – «Aber zuweilen brach mitten in der Nacht ihre Wunde wieder auf. Und jäh aus dem Schlaf aufschreckend, betasteten sie die entzündeten Wundränder, begegneten erneut ihrem noch ganz frischen Leiden und zugleich dem verstörten Antlitz ihrer Liebe.»

Ich will mit der Pest das Ersticken ausdrücken, an dem wir alle gelitten haben, und die Atmosphäre der Bedrohung und des Verbanntseins, in der wir gelebt haben. Ich will zugleich diese Deutung auf das Dasein überhaupt ausdehnen. Die Pest wird das Bild jener Menschen wiederge-

kann die Seele überhaupt leiden?

ben, denen in diesem Krieg das Nachdenken zufiel, das Schweigen – und auch das seelische Leiden.

☆

Hier kennt niemand den Durst und das Gefühl des Ausgetrocknetseins, das einen nach einem Lauf in Sonne und Staub ganz ausfüllt. Die Limonade, die man gierig trinkt: man spürt nichts von der Flüssigkeit, sondern nur die tausend brennenden Nädelchen der Kohlensäure.

☆

Nicht für die Verzettelung geschaffen.

☆

15. Januar

Die Krankheit ist ein Kreuz, aber vielleicht auch eine Brustwehr. Am besten wäre es indessen, ihr ihre Kraft zu nehmen und ihre Schwächen zurückzuweisen. Soll sie der Zufluchtsort sein, der im richtigen Augenblick stärker macht. Und wenn wir mit der Mühe des Leidens und des Verzichts zahlen müssen – zahlen wir!

☆

Weil der Himmel blau ist, wirken die schneebedeckten Bäume, die ihre weißen Zweige am Flußufer sehr nahe über das eisige Wasser spreizen, wie blühende Mandelbäume. Für das Auge besteht in dieser Landschaft eine beständige Vermengung von Frühling und Winter.

Ich habe mit dieser Landschaft Beziehungen angeknüpft, das heißt, ich habe Gründe, sie zu lieben, und Gründe, sie zu verabscheuen. Im Falle Algeriens ist es im Gegenteil zügellose Leidenschaft und Hingabe an die Wonne des Liebens. Frage: kann man ein Land lieben wie eine Frau.

☆

Pest, 2. Fassung. Die Getrennten.

Die Getrennten entdecken, daß sie in Wirklichkeit seit der ersten Phase nie aufgehört haben, auf etwas zu hoffen: daß die Briefe ankommen, daß die Pest aufhört, daß der Abwesende sich in die Stadt schmuggelt. Erst in der zweiten Phase hören sie auf zu hoffen. Aber zu diesem Zeitpunkt sind sie zum Glück teilnahmslos (es sei denn, das Leben biete ihnen Gründe für neue Interessen). Sie müssen sterben oder verraten.

Id. Jene Augenblicke, in denen sie sich der Pest entgegentreiben lassen und nur noch auf deren Schlaf hoffen. Cottard sagt: es muß schön sein im Gefängnis. Und die Einwohner: vielleicht befreit die Pest von allem.

☆

Die Reinheit des Herzens bei Kierkegaard – wieviel leere Worte. Ist das Genie wirklich so schwerfällig!

«Die Verzweiflung ist die Grenze, wo sich in derselben Ohnmacht das Aufbrausen eines ängstlich-feigen Egoismus und die Tollkühnheit eines hoffärtig-beharrlichen Geistes begegnen.»

«Wenn der unsaubere Geist aus dem Menschen ausgefahren ist, so durchwandelt er dürre Stätten, sucht Ruhe und findet sie nicht.» (Matth. 12, 43.)

Hoffnung worauf?

Seine Unterscheidung zwischen Menschen der Tat und Menschen des Leidens.

Id. Bei Kafka: Wir müssen der irdischen Hoffnung den Todesstreich versetzen, erst dann erretten wir uns durch die wahre Hoffnung.

Die Reinheit des Herzens besteht für K. in der Einheit. Aber es ist die Einheit *und* das Gute. Es gibt keine Reinheit außerhalb Gottes. Schlußfolgerung: sich mit dem Unreinen abfinden? Ich stehe dem Guten fern und dürste nach Einheit. Das ist unheilbar.

☆

Essay über die Revolte. Nachdem wir die Philosophie von der Angst ausgehen ließen: sie aus dem Glück hervorgehen lassen.

Id. Die Liebe in der absurden Welt erneuern heißt eigentlich, das brennendste und vergänglichste der menschlichen Gefühle erneuern (Platon: «Wenn wir Götter wären, kennten wir die Liebe nicht»). Aber über die dauerhafte Liebe (auf dieser Erde) und die der Dauer entbehrende kann kein Werturteil gefällt werden. Eine treue Liebe – *sofern sie nicht verarmt* – bietet dem Menschen ein Mittel, das Beste seiner selbst so weitgehend wie möglich zu bewahren. Dadurch erhält die Treue einen neuen Wert. Aber diese Liebe steht außerhalb des Ewigen. Sie ist ein durchaus menschliches Gefühl, mit allem, was dieser Ausdruck an Beschränkung und Überschwang in sich birgt. Deshalb verwirklicht der Mensch sich nur in der Liebe, weil sie ihm blitzartig das Bild seiner zukunftslosen Lage vor Augen führt (und nicht, wie die Idealisten behaupten, weil sie eine Annäherung an eine bestimmte Form des Ewigen wäre). Der Typus: Heathcliff. Dies alles erläutert die Tatsache, daß die Absurdität ihre Formel in dem Gegensatz zwischen dem Dauerhaften und dem nicht Dauerhaften besitzt. Vorausgesetzt, daß es nur eine Art zu dauern gibt, nämlich ewig zu dauern, und keinen Mittelweg. Wir gehören der nicht dauerhaften Welt an. Und alles, was nicht dauerhaft ist – und ausschließlich, was nicht dauerhaft ist –, gehört uns. So gilt es, die Liebe der Ewigkeit oder zumindest jenen Leuten, die sie mit dem Gewand der Ewigkeit verkleiden, wieder wegzunehmen. Ich höre schon jetzt den Einwand: Sie haben eben nie geliebt. Lassen wir das.

☆

Pest, 2. Fassung.

Die Getrennten verlieren den kritischen Sinn. Sogar die Intelligentesten unter ihnen suchen in den Zeitungen oder Rundfunksendungen nach Gründen, an ein baldiges Ende der Pest zu glauben, nähren nichtige Hoffnungen und empfinden grundlose Ängste, wenn sie die Betrachtungen lesen, die ein Journalist, vor Langeweile gähnend, mehr oder weniger aufs Geratewohl zusammengeschrieben hat.

☆

Was die Welt erhellt und erträglich macht, ist das Gefühl der Selbstverständlichkeit unserer Beziehungen zu ihr – und insbesondere unserer

Beziehungen zu den Mitmenschen. Was uns mit ihnen verbindet, hilft uns, immer weiterzumachen, weil es immer eine Weiterentwicklung, eine Zukunft unterstellt – und auch weil wir so leben, als bestünde unsere einzige Aufgabe eben darin, zu den Mitmenschen Beziehungen zu unterhalten. Aber sobald wir uns bewußt werden, daß dies nicht unsere einzige Aufgabe ist, und vor allem, sobald wir erkennen, daß nur unser Wille die Verbindung dieser Mitmenschen mit uns aufrechterhält – hört auf, zu schreiben oder zu sprechen, sondert euch ab, und ihr werdet sehen, wie sie sich verlaufen –, daß die meisten uns in Wirklichkeit den Rücken zukehren (nicht aus Bosheit, sondern aus Gleichgültigkeit) und daß die übrigen sich *immer* die Möglichkeit bewahren, sich für andere Dinge zu interessieren, sobald wir uns also deutlich vor Augen halten, wieviel Zufälliges, wieviel Spiel der Umstände an einer sogenannten Liebe oder Freundschaft beteiligt ist, dann kehrt die Welt in ihre Nacht zurück, und wir in jene große Kälte, aus der die menschliche Wärme uns einen Augenblick herausgelöst hatte.

☆

10. Februar

Vier Monate asketisches, einsames Leben. Der Wille, der Geist gewinnen dabei. Aber das Herz?

☆

Das ganze Problem des Absurden müßte sich auf eine Kritik des Werturteils und des Tatsachenurteils konzentrieren lassen.

☆

Merkwürdiger Text der Genesis (3, 22): «Und Gott der Herr sprach: Siehe, Adam ist nach dem Sündenfall geworden wie *unsereiner* und weiß, was gut und böse ist. Nun aber, daß er nicht ausstrecke seine Hand und breche auch von dem Baume des Lebens und esse *und lebe* ewiglich.»

Und nachdem der Mensch ausgetrieben wurde, «lagert (Gott) vor den Garden Eden die Cherubim mit dem bloßen hauenden Schwert, zu bewahren den Weg zu dem Baum des Lebens». Es ist die Geschichte von Zeus und Prometheus, die von vorne beginnt. Der Mensch besaß die Macht, Gott gleich zu werden, und Gott fürchtete ihn und hielt ihn in Abhängigkeit. *Id.* Von der göttlichen Verantwortung.

☆

Was mich bei der Übung des Denkens oder der für ein Werk notwendigen Disziplin stört, ist die Phantasie. Meine Phantasie ist ungeordnet, maßlos, ein bißchen ungeheuer. Schwierig, festzustellen, welch eine gewaltige Rolle sie in meinem Lieben gespielt hat. Und doch ist mir diese persönliche Eigenart erst im Alter von dreißig Jahren aufgefallen.

Zuweilen, in der Eisenbahn, im Omnibus, schleichen die Stunden dahin, und ich verbiete mir, mich in Bilderspielen zu verlieren, in Konstruktionen, die mir unfruchtbar vorkommen. Wenn ich es müde werde, die Neigung meines Denkens unablässig zur Ordnung zu rufen, es auf die

Dinge zurückzulenken, deren es zu seiner Nahrung bedarf, kommt der Augenblick, wo ich mich gehen oder vielmehr treiben lasse: die Stunden verfliegen im Nu, und ehe ich mich dessen versehe, bin ich angekommen.

☆

Vielleicht zieht mich meine Vorliebe für den Stein so stark zur Bildhauerei hin. Sie verleiht der menschlichen Gestalt wieder jenes Gewicht und jene Unempfindlichkeit, ohne die sie mir keine Größe zu besitzen scheint.

☆

Essay: Ein Kapitel zur «Fruchtbarkeit der Tautologien».

☆

Ein einigermaßen ans Denken gewöhnter Geist weiß wie Pascal, daß jeder Irrtum durch eine Ausschließung verursacht wird. Wir wissen mit unumstößlicher Sicherheit, daß letzten Endes jede Theorie ein Korn Wahrheit enthält und daß keines der großen Experimente der Menschheit, mögen sie einander noch so entgegengesetzt sein, mögen sie Sokrates und Empedokles, Pascal und Sade heißen, von vornherein bedeutungslos ist. Aber die Umstände zwingen zur Wahl. So erscheint es Nietzsche notwendig, mit schwerem Geschütz Sokrates und das Christentum anzugreifen. Aber eben deshalb müssen wir heute im Gegenteil Sokrates in Schutz nehmen, oder zumindest das, wofür er steht, weil unsere Zeit ihn durch Werte zu ersetzen droht, die jede Kultur verneinen, und weil Nietzsche hier wohl einen Sieg erlangen könnte, auf den er gerne verzichten würde.

Das scheint einen gewissen Opportunismus in die Welt der Vorstellungen einzuführen. Aber es scheint nur so, denn Nietzsche und wir selber bleiben uns weiter der *Kehrseite* des Problems bewußt, und es handelt sich nur um eine Abwehrreaktion. Und letzten Endes stellt Nietzsches Erfahrung im Verband mit unserer eigenen, wie Pascals mit Darwins, Kallikles' mit Platons, die ganze Stufenleiter des Menschlichen wieder her und gibt uns unserer Heimat zurück. (Aber dies alles kann nur mit einem Dutzend modifizierender Bemerkungen zutreffen.)

Auf jeden Fall, siehe Nietzsche (*Origine de la Philosophie*, Beanquis, p. 208): «Sokrates, um es nur zu bekennen, steht mir so nahe, daß ich fast immer einen Kampf mit ihm kämpfe.»

☆

Pest, 2. Fassung. Die Getrennten haben Schwierigkeiten mit den Wochentagen. Der Sonntag natürlich. Der Samstagnachmittag. Und gewisse Tage, die früher bestimmten Bräuchen geweiht waren.

Id. Ein Kapitel über den Schrecken: «Die Leute, die abends abgeholt wurden» . . .

Im Kapitel über die Isolierlager: die Eltern sind bereits vom Toten getrennt – dann werden aus sanitären Gründen die Kinder von den Eltern getrennt und die Männer von den Frauen. So daß *die Trennung allgemein wird.* Alle werden der Einsamkeit anheimgegeben.

So das Thema der Trennung zum Hauptthema des Romans machen. «Sie hatten nichts von der Pest gewollt. Sie hatten sich geduldig im Schoß einer unverständlichen Welt ihr eigenes, rein menschliches Universum geschaffen, wo Herzenswärme und Gewohnheit sich in die Tage teilten. Und nun war es offenbar nicht genug, daß sie von der eigentlichen Welt getrennt lebten, nun mußte die Pest sie auch von ihren bescheidenen Alltagsschöpfungen trennen. Nachdem sie ihren Geist geblendet hatte, riß sie ihnen das Herz aus dem Leib.» Praktisch: *es gibt nur einsame Menschen im Roman.*

☆

Pest, 2. Fassung.

Man sucht den Frieden und wendet sich an die Menschen, um ihn von ihnen zu empfangen. Aber sie können zunächst nur Irrsinn und Verwirrung gewähren. Man muß ihn wohl oder übel anderswo suchen, aber der Himmel ist stumm. Dann, dann erst, kann man sich wieder an die Menschen wenden, weil sie einem, in Ermangelung des Friedens, den Schlaf gewähren.

☆

Pest, 2. Fassung.

Es ist richtig, daß es Terrassen über der Pest gibt.

Sie haben alle recht, sagt Rieux.

Tarrou (oder Rieux) vergibt der Pest.

☆

Essay über die Revolte. Die absurde Welt läßt sich *zunächst* nicht genau analysieren. Sie läßt sich heraufbeschwören, und man kann sie sich vorstellen. So ist diese Welt das Produkt des *Denkens im allgemeinen*, das heißt der genauen Phantasie. Es ist die Anwendung eines bestimmten modernen Prinzips auf die Lebensweise und auf die Ästhetik. Es ist keine Analyse.

Aber sobald diese Welt in großen Zügen entworfen und der Grundstein (es gibt nur einen) gelegt ist, wird es möglich, zu philosophieren – oder genauer gesagt, wenn man richtig verstanden hat – es wird notwendig. Die Analyse und die Genauigkeit werden erforderlich und erneut eingeführt. Die Einzelheiten und die Beschreibung siegen. Von «nichts ist interessant, außer ...» gelangen wir zu: «alles ist interessant, ausgenommen ...» – Daher eine exakte und strenge Untersuchung – ohne Schlußfolgerungen – der Revolte.

1) Die Entstehung der Revolte und die äußere Revolte;

2) der Zustand der Revolte;

3) die metaphysische Revolte.

Entstehung der Revolte: Das gute Recht – der Eindruck, daß es zu lange gedauert hat –, daß der andere die Grenzen seines Rechts überschreitet (der Vater zum Beispiel). «Bis hierher und nicht weiter» – Analyse fortsetzen.

Siehe Aufzeichnungen *Ursprung Philosophie* und *Über Ressentiment und moralisches Werturteil*[1] in Essay.

☆

Essay über die Revolte: eine der Richtungen des absurden Geists ist die Armut und die Entblößung.

Die einzige Art, nicht vom Absurden «besessen» zu werden, besteht darin, keinen Vorteil daraus zu schlagen. Keine sexuelle Zerstreuung ohne Keuschheit usw.

Id. Thema der Pendelbewegung einführen.

Id. Die Kontemplation als eines der absurden Ziele, insofern sie genießt, ohne Partei zu ergreifen.

☆

Stellen wir uns einen Denker vor, der erklärt: «Nun, ich weiß, daß dies wahr ist. Aber letzten Endes stoßen die Konsequenzen daraus mich ab, und ich schrecke davor zurück. *Die Wahrheit ist sogar für den, der sie findet, unannehmbar.*» Damit hätten wir den absurden Denker mit seinem ewigen Unbehagen.

☆

Der eigenartige Wind, der stets am Rand der Wälder weht. Merkwürdiges Ideal des Menschen: sich im Schoß der Natur eine Wohnung einrichten.

☆

Wir müssen uns dazu entschließen, in die Belange des Denkens die notwendige Unterscheidung zwischen einleuchtender Philosophie und Lieblingsphilosophie einzuführen. Mit anderen Worten, wir können zu einer Philosophie gelangen, die dem Geist und dem Herzen zuwider ist, *die sich aber aufdrängt.* So ist die mir einleuchtende Philosophie das Absurde. Aber das hindert mich nicht, eine Lieblingsphilosophie zu haben (oder vielmehr zu *kennen*):

Z. B.: ein ausgewogenes Gleichgewicht zwischen Geist und Welt, Harmonie, Fülle, usw.... Glücklich ist der Denker, der seiner Neigung folgt – verbannt ist jener, der das ablehnt – um der Wahrheit willen – mit Bedauern, aber mit Entschlossenheit...

Kann man diese Trennung zwischen dem Denker und seinem System bis zum Äußersten treiben? Kommt es nicht tatsächlich einer Rückkehr zu einem indirekten Realismus gleich: die Wahrheit außerhalb des Menschen – ihr Zwang. Vielleicht, aber dann wäre es ein unbefriedigender Realismus. Keine Lösung a priori.

☆

Das große Problem, das man «praktisch» lösen muß: kann man glücklich und einsam sein.

☆

1 Ein Werk von Max Scheler (vgl. *Der Mensch in der Revolte*).

Anthologie der Bedeutungslosigkeit.[1] Und zunächst, was ist die Bedeutungslosigkeit? Die Etymologie ist hier irreführend. Es ist nicht das, was keinen Sinn hat. Sonst müßten wir tatsächlich sagen, daß die Welt bedeutungslos ist. Unsinnig und bedeutungslos sind keine Synonyme. Eine bedeutungslose Person kann durchaus vernünftig sein. Es ist auch nicht das, was unbedeutend ist. Es gibt erhabene Taten, ernsthafte und großartige Vorhaben, die bedeutungslos sind. Indessen setzt uns das auf die Spur eines Fortschritts. Denn jene Taten sind für den Menschen, der sie mit feierlichem Ernst unternimmt, durchaus nicht bedeutungslos. Wir müssen also hinzufügen, daß sie bedeutungslos sind für ... daß eine Person bedeutungslos ist im Hinblick auf ... daß ein Gedanke bedeutungslos ist im Rahmen ... Mit anderen Worten, und wie in allen Dingen, es gibt eine Relativität der Bedeutungslosigkeit. Das will nicht heißen, daß die Bedeutungslosigkeit etwas Relatives ist. Sie steht in Relation zu etwas, was nicht die Bedeutungslosigkeit ist – was einen Sinn hat –, eine gewisse Wichtigkeit, was «zählt», was Interesse verdient, was lohnt, sich dabei aufzuhalten, sich damit zu beschäftigen, sich ihm zu widmen, was Raum einnimmt, und zwar zu Recht, was dem Geist auffällt, was sich der Aufmerksamkeit aufdrängt, was in die Augen springt ... usw. Dieses Etwas ist noch nicht genauer bestimmt. Die Bedeutungslosigkeit wird nur dann relativ sein, wenn wir diesen Urmeter der Bedeutung auf mehrere Arten definieren können. Andernfalls ist sie wie alles mit etwas Größerem vergleichbar und verdankt das bißchen Sinn, das sie besitzt, einer allgemeineren Bedeutung. Verweilen wir bei diesen Ausdrücken. In gewissem Maße, mit größter Vorsicht und mehreren Einschränkungen, könnten wir sagen, daß eine bedeutungslose Sache nicht unbedingt eine Sache ist, die keinen *Sinn* hat, wohl aber eine Sache, die an sich keine allgemeine *Bedeutung* besitzt. Mit anderen Worten, und gemäß der herkömmlichen Wertskala: wenn ich heirate, tue ich etwas, dem eine allgemeine Bedeutung zukommt, sowohl innerhalb der Art als auch innerhalb der Gesellschaft, der Religion und schließlich vielleicht sogar der Metaphysik. Schlußfolgerung: die Heirat ist keine bedeutungslose Handlung, zumindest innerhalb der allgemein anerkannten Wertskala. Denn wenn ihr die Bedeutung für die Art, die Gesellschaft oder die Religion entzogen wird, und dies ist bei Individuen der Fall, die solchen Überlegungen gleichgültig gegenüberstehen, ist die Heirat wirklich eine bedeutungslose Handlung. Dieses Beispiel erläutert jedenfalls, daß die Bedeutungslosigkeit in der Bedeutung liegt, die sie nicht hat.

Um ein entgegengesetztes Beispiel anzuführen, wenn ich einen Türgriff nach rechts anstatt nach links drehe, um die Tür zu öffnen, kann ich diese Handlung mit keiner anerkannten allgemeinen Bedeutung in Zusammenhang bringen. Der Gesellschaft, der Art, der Religion, ja Gottvater in höchsteigener Person ist es vollkommen egal, ob ich den Griff

1 Vgl. *De l'insignifiance, Cahier des saisons* (1959), wo dieser Text in spöttischer Tonart wieder aufgenommen ist.

nach rechts oder nach links drehe. Schlußfolgerung: meine Handlung ist bedeutungslos, es sei denn, diese Gewohnheit ist für mich zum Beispiel mit der Absicht verbunden, Energie zu sparen, einem Sinn für Effektivität, der einen gewissen Willen widerspiegeln kann, eine Lebensweise, usw. In dem Fall wird es für mich unendlich viel wichtiger sein, den Griff auf eine bestimmte Art zu drehen, als zu heiraten. So hat die Bedeutungslosigkeit stets ihre Relation, die über ihr Wesen entscheidet. Die allgemeine Schlußfolgerung lautet, daß im Falle der Bedeutungslosigkeit Ungewißheit herrscht.

Aber da ich vorhabe, eine Anthologie der bedeutungslosen Handlungen zusammenzustellen, muß ich wohl wissen, was eine bedeutungslose Handlung ist. Vermutlich. Aber zu wissen, wann eine Handlung bedeutungslos ist, heißt noch nicht wissen, was die Bedeutungslosigkeit ist. Und schließlich kann ich diese Anthologie zum Beispiel auch zusammenstellen, um die Frage zu klären. Indessen ...

Plan.

1. bedeutungslose Handlungen: der Alte und die Katze – der Soldat und das junge Mädchen (Anmerkung dazu. Ich habe gezögert, diese Geschichte in die Anthologie aufzunehmen. Sie besitzt eine große Bedeutung. Ich führe sie aber an, um die ungeheure Schwierigkeit meiner Arbeit darzutun. Auf jeden Fall wird es möglich sein, sie *auch* in eine Anthologie der Dinge aufzunehmen, die einen Sinn haben – in Vorbereitung), usw. usw.

2. Bedeutungslose Worte. «Wie man bei uns zu sagen pflegt» – «Wie Napoleon sagte» – und, ganz allgemein, die Mehrzahl der historischen Aussprüche. Jarrys Zahnstocher.[1]

3. Bedeutungslose Gedanken. Mehrere dicke Wälzer sind dafür vorzusehen.

☆

Wozu diese Anthologie? Man wird feststellen, daß letzten Endes die Bedeutungslosigkeit sich beinahe immer mit dem mechanischen Aspekt der Dinge und Menschen deckt – mit der Gewohnheit meistens. Da alles schließlich zur Gewohnheit wird, können wir sicher sein, daß auch die erhabensten Gedanken, auch die edelsten Handlungen zuletzt der Bedeutungslosigkeit anheimfallen. Das Leben hat[2] die Bedeutungslosigkeit zum Zweck. Darin liegt der Wert dieser Anthologie. Sie beschreibt praktisch nicht nur den wesentlichsten Teil des Daseins, den der belanglosen Handlungen, der belanglosen Gedanken und der belanglosen Launen, sondern zugleich unsere gemeinsame Zukunft. Sie bietet den in unseren Tagen äußerst seltenen Vorteil, wahrhaft prophetisch zu sein.

☆

Nietzsche mit seinem äußerst eintönigen äußeren Leben ist der Beweis

1 Jarrys Zahnstocher: vgl. J. Saltas' Vorwort zur Ausgabe von *Ubu roi* (Fasquelle). Camus hat diese Anekdote bereits auf Seite 90 angeführt.

2 Es folgt ein unleserliches Wort.

dafür, daß das in der Einsamkeit entwickelte Denken an sich ein gewaltiges Abenteuer ist.

☆

Wir finden uns damit ab, daß Molière sterben mußte!

☆

9. März. Das erste Immergrün – und vor acht Tagen schneite es!

☆

Nietzsche kennt auch die Sehnsucht. Aber er will den Himmel um nichts bitten. Seine Lösung: was man nicht von Gott verlangen kann, das verlangt man vom Menschen: es ist der Übermensch. Erstaunlich, daß man ihn nicht selbst zu einem Gott gemacht hat, um sich für diese Anmaßung zu rächen. Vielleicht ist das nur eine Frage der Geduld. Buddha predigt eine Weisheit ohne Götter, und ein paar Jahrhunderte später wird er auf einen Altar gestellt.

☆

Der Europäer, der aus dem Mut einen Hochgenuß macht: er bewundert sich. Widerlich. Der wahre Mut ist passiv: er ist Gleichgültigkeit gegenüber dem Tod. Ein Ideal: die reine Erkenntnis und das Glück.

☆

Was kann ein Mensch sich Besseres wünschen als Armut? Ich habe nicht das Elend gesagt und auch nicht die hoffnungslose Arbeit des modernen Proletariers. Aber ich sehe nicht, was man sich mehr wünschen kann als mit tätiger Muße verbundene Armut.

☆

=> das Absurde verdrängt Werturteile

Es ist nicht möglich, die Werturteile *absolut* aufzuheben. Dadurch wird das Absurde geleugnet.

☆

Die antiken Philosophen verbrachten (mit gutem Grund) viel mehr Zeit mit Nachdenken als mit Lesen. Deshalb hielten sie sich so streng ans Konkrete. Der Buchdruck hat das geändert. Es wird mehr gelesen als nachgedacht. Wir besitzen keine Philosophien, sondern nur Kommentare. Das sagt Gilson; er meint, daß auf das Zeitalter der Philosophen, die sich mit der Philosophie beschäftigen, das Zeitalter der Philosophieprofessoren gefolgt ist, die sich mit den Philosophen beschäftigen. Diese Haltung drückt gleichzeitig Bescheidenheit und Ohnmacht aus. Und ein Denker, der sein Buch mit den Worten begänne: «Betrachten wir die Dinge von Anfang an», würde nur Lächeln ernten. Das geht so weit, daß ein heute erscheinendes philosophisches Werk, das sich auf keinerlei Autoritäten, Zitate, Kommentare, usw. stützte, nicht ernst genommen würde. Und doch ...

☆

Für *Die Pest*: Es gibt an den Menschen mehr zu bewundern als zu verachten.

☆

Wenn trotz der Gewißheit des «Alles ist erlaubt» der Verzicht gewählt wird, bleibt dennoch etwas bestehen: wir sitzen nicht mehr über die anderen zu Gericht.

Viele Leute fühlen sich zum Roman hingezogen, weil es sich dabei scheinbar um eine Gattung handelt, die keinen Stil hat. In Wirklichkeit fordert sie den schwierigsten aller Stile, den, der sich restlos dem Gegenstand unterwirft. So kann man sich einen Autor vorstellen, der jeden seiner Romane in einem anderen Stil verfaßt.

☆

Das Gefühl des Todes, das mir nunmehr vertraut ist: der Beistand des Schmerzes ist ihm versagt. Der Schmerz ist in der Gegenwart verankert, er fordert einen Kampf, der einen *beschäftigt*. Aber beim bloßen Anblick eines blutigen Taschentuchs den Tod ahnen bedeutet einen jähen, schwindelerregenden Sturz in die Zeit: die Angst vor dem Werden.

☆

Die Wolken lichteten sich. Sobald die Sonne durchbrechen konnte, begannen die Ackerfurchen zu dampfen.

☆

Der Tod verleiht der Liebe ihre Gestalt wie dem Leben – indem er sie in Schicksal verwandelt. Die du liebst, ist in der Zeit gestorben, während der du sie liebtest, und nun ist die Liebe für immer fixiert – während sie sich ohne dieses Ende aufgelöst hätte. Was wäre die Welt somit ohne den Tod, eine Folge vergehender und wieder entstehender Gestalten, eine ängstliche Flucht, eine unvollendbare Welt. Aber da ist zum Glück er, der Beständige. Und der Liebende, der die geliebte Tote beweint wie René Pauline, vergießt die Tränen der reinen Freude – des Es ist vollbracht –, eines Mannes, der erkennt, daß sein Schicksal endlich Gestalt angenommen hat.

☆

Die merkwürdige Theorie Mme de Lafayettes besteht darin, die Ehe als ein kleineres Übel zu betrachten. Es ist besser, unglücklich verheiratet zu sein, als von der Leidenschaft gequält zu werden. Man erkennt darin eine Ethik der *Ordnung*.

(Der französische Roman ist psychologisch, weil er der Metaphysik mißtraut. Er bezieht sich aus *Vorsicht* unablässig auf das Menschliche.) Wer in *Die Prinzessin von Cleve* ein Muster des klassischen Romans erblickt, hat das Werk unaufmerksam gelesen. Es ist im Gegenteil sehr schlecht aufgebaut.

☆

Pest. Die Getrennten: Tagebuch der Trennung? «Das Gefühl des Getrenntseins war allgemein, und man kann an Hand der Unterhaltungen, der vertraulichen Gespräche und der Nachrichten, die in den Zeitungen standen, einen Begriff davon vermitteln.»

Id. Die Getrennten. Jene Abendstunde, die für die Gläubigen die Stunde der Gewissenserforschung ist – eine harte Stunde für die Gefangenen –, ist auch die Stunde der enttäuschten Liebe.

Pest. *Id.* Der Hunger drängt die einen zum Nachdenken und die anderen zur Nahrungssuche. So war das Unglückbringende nicht zur gleichen Zeit eine Wohltat, sondern was für die einen ein Unglück war, war für die anderen eine Wohltat. Man fand sich nicht mehr zurecht.

? Stephan. Tagebuch der Trennung.

Drei Ebenen im Werk:

Tarrou, der mit Hilfe von Kleinigkeiten beschreibt;

Stephan, der *das Allgemeine heraufbeschwört;*

Rieux, der in der höheren Umsetzung der *relativen Diagnose* beides vereinigt.

☆

Die Getrennten. *Id.* Als das Ende der Pest bevorstand, konnten sie sich die Vertrautheit, in der sie einst lebten, nicht mehr vorstellen, und auch nicht, wie ein Mensch an ihrer Seite hatte leben können, den sie jederzeit mit der Hand berühren konnten.

☆

Motto zu *Das Mißverständnis*? «Was entsteht, gelangt nie zur Vollkommenheit und bleibt doch nie stehen.» Montaigne.

☆

Man kann sich gut einen zum Buddhismus bekehrten Europäer vorstellen – weil er dort die Gewißheit eines Lebens nach dem Tode findet – was Buddha als unheilbares Unglück betrachtet – das er aber mit aller Kraft ersehnt.

☆

Saint-Étienne und seine Vororte. Ein solches Schauspiel spricht der Zivilisation das Urteil, die es entstehen ließ. Eine Welt, in der kein Raum mehr vorhanden ist für das Sein, die Freude, die tätige Muße, ist eine Welt, die untergehen muß. Kein Volk kann außerhalb der Schönheit leben. Es kann sich eine Zeitlang überleben, mehr nicht. Und das Europa, das hier eines seiner umwandelbarsten Gesichter zeigt, entfernt sich unablässig von der Schönheit. Deshalb liegt es in Krämpfen, und deshalb wird es untergehen, wenn der Friede für es nicht die Rückkehr zur Schönheit und die Wiedereinsetzung der Liebe in ihre Rechte bedeutet.

☆

Jedes aufs Geld ausgerichtete Leben ist ein Tod. Die Wiedergeburt liegt in der Uneigennützigkeit.

☆

Die Tatsache, daß man schreibt, setzt eine Selbstsicherheit voraus, die mir abhanden zu kommen beginnt. Die Gewißheit, daß man etwas zu sagen hat und, vor allem, daß etwas gesagt werden kann – die Gewißheit, daß das, was man fühlt und was man ist, beispielhaft ist –, die Gewißheit, daß man unersetzlich ist und daß man nicht feige ist. Dies alles kommt mir abhanden, und ich beginne den Zeitpunkt abzusehen, von dem ab ich nicht mehr schreiben werde.

☆

Die Kraft haben, das zu wählen, was einem am wichtigsten ist, und dabei zu bleiben. Andernfalls ist es besser, man stirbt.

☆

Die Getrennten: «Sie harrten ungeduldig der Stunde der gegenstandslosen Eifersucht, um ihre Liebe noch einmal erleben zu können.»

☆

Id. Man fordert sie auf, sich einzutragen, um eine Aufstellung der Getrennten zu bekommen. Sie wundern sich, daß daraufhin nichts geschieht. Aber es handelt sich nur darum, die Namen derer zu kennen, die «im Fall» benachrichtigt werden müssen. «Kurz, wir tragen uns ein.»

☆

Id. 3. T. «Aber als sie sich wiedergefunden hatten, bereitete es ihnen noch lange etliche Mühe, das Geschöpf ihrer Phantasie durch die wirkliche Gestalt zu ersetzen ... und man kann sagen, daß die Pest erst an dem Tag starb, an dem einer von ihnen das Gesicht einer ihm Gegenübersitzenden wieder gelangweilt betrachten konnte.»

☆

Jeder Gedanke läßt sich nach dem beurteilen, was er dem Leiden abzugewinnen vermag. Trotz meines Abscheus ist das Leiden eine Tatsache.

☆

Ich kann nicht außerhalb der Schönheit leben. Dies macht mich gewissen Menschen gegenüber schwach.

☆

Wenn alles zu Ende sein wird, *beiseite treten* (Gott *oder* die Frau).

☆

Was den Menschen am meisten vom Tier unterscheidet, ist die Phantasie. Deshalb kann unsere Sexualität nie wirklich sein, das heißt blind.

☆

Absurd ist der tragische Mensch vor einem Spiegel (Caligula). Er ist also *nicht allein*. Darin liegt ein Ansatz zur Befriedigung oder zum Gefallen an sich selbst. Jetzt gilt es, den Spiegel abzuschaffen.

☆

Die Zeit vergeht nicht schnell, wenn wir sie beobachten. Sie fühlt sich überwacht. Aber sie nützt unsere Zerstreutheit. Vielleicht gibt es sogar zwei Zeiten, eine, die wir beobachten, und eine, die uns verwandelt.

☆

Motto zu *Mißverständnis*: «Deshalb täuschen die Dichter vor, diese erbärmliche Mutter Niobe sei, nachdem sie zunächst sieben Söhne und in der Folge desgleichen sieben Töchter verloren hatte, schließlich, von ihrem Verlust überwältigt, in einen Felsen verwandelt worden ... um die trübe, stumme und taube Stumpfsinnigkeit auszudrücken, die uns durchdringt, wenn die Schicksalsschläge uns in unerträglichem Maße niederdrücken.» Montaigne.

Id. Von der Traurigkeit. «Ich bin durch und durch frei von dieser Leidenschaft, die ich weder liebe noch schätze, obwohl die Welt es sich angewöhnt hat, ihr wie etwas, dessen Wert feststeht, besondere Ehre zu erweisen.»

Id. (Von den Lügnern) «Und an nichts läßt die Kraft eines Pferdes sich so deutlich erkennen wie an der Art, scharf und jäh anzuhalten.»

☆

Absurd. Moral durch das Du wiederherstellen. Ich glaube nicht an ein Jenseits, wo wir «Rechenschaft ablegen» müssen. Denn wir müssen schon im Diesseits Rechenschaft ablegen – all denen, die wir lieben.

☆

Id. Zur Sprache. (Parain: die Argumente dafür, daß die Sprache nicht vom Menschen erfunden worden sein kann, sind unwiderlegbar.) Sobald wir tiefer schürfen, mündet alles in ein metaphysisches Problem. So sieht der Mensch, wohin immer er sich wenden mag, sich allein in der Wirklichkeit wie auf einer Insel inmitten eines tosenden Meeres von Möglichkeiten und Fragezeichen. Wir können daraus folgern, daß die Welt einen Sinn hat. Denn sie hätte keinen, wenn sie einfach bloß existierte. Die glücklichen Welten haben keine Gründe. Es ist deshalb lächerlich, zu fragen: «Ist Metaphysik möglich?» Die Metaphysik ist.

☆

Der Trost dieser Welt besteht darin, daß es kein unaufhörliches Leiden gibt. Ein Schmerz vergeht, und eine Freude entsteht. Sie halten sich die Waage. Diese Welt ist ausgeglichen. Und selbst wenn unser Wille dem Werden ein bevorzugtes Leiden abgewinnt, das wir nach dem Maß unserer Kräfte steigern, um es unablässig zu empfinden, liegt in dieser Wahl der Beweis, daß wir dieses Leiden als eine Wohltat betrachten, und so liegt nunmehr in ihm der Ausgleich.

☆

3. Unzeitgemäße. «...daß er (Schopenhauer) sich mit schmerzlichem Blicke von dem Bilde des großen Stifters der *la Trappe*, Rancé, abwandte, unter den Worten: ‹das ist Sache der Gnade.›»

☆

Zu M.[1] Ich weigere mich nicht, dem Höchsten Wesen entgegenzugehen, aber ich lehne einen Weg ab, der von den Menschen wegführt. Wissen, ob wir Gott am Ende unserer Leidenschaft finden können.

☆

Pest: sehr wichtig: «Dadurch, daß sie euch die Lebensmittelversorgung und den Trennungsschmerz aufgehalst haben, konnten sie euch ohne Revolte kleinkriegen.»

☆

20. Mai

Zum erstenmal: eigenartiges Gefühl von Zufriedenheit und Erfüllung. Frage, die ich mir stellte, als ich im Anblick des drückend heißen Abends im Gras lag: «Wenn diese Tage die letzten wären...» Antwort: ein ruhiges Lächeln in mir. Dabei nichts, worauf ich stolz sein könnte: nichts ist entschieden, sogar mein Betragen ist gar nicht so standhaft. Ist es die Verhärtung, die am Ende einer Erfahrung steht, oder die Milde des Abends, oder im Gegenteil der Beginn einer Abgeklärtheit, die nichts mehr verneint?

☆

Juni. Luxembourg.

Ein windiger, sonniger Sonntagmorgen. Rings um das große Becken zersprüht der Wind den Strahl des Springbrunnens, treibt die winzigen Segler auf dem sich kräuselnden Wasser auseinander und die Schwalben um die großen Bäume. Zwei junge Leute diskutieren: «Du mit deinem Glauben an die Menschenwürde.»

☆

Prolog:

– Die Liebe ...
– Die Erkenntnis ...
– Es ist dasselbe Wort.

☆

Während der Flug der Vögel uns tagsüber immer ziellos vorkommt, scheinen sie gegen Abend immer ein Ziel wiederzufinden. Sie fliegen auf etwas zu. So vielleicht auch am Lebensabend ...[2]

1 Es folgt ein unleserliches Wort.
2 Der folgende Satz wurde mit Bleistift ins Manuskript eingefügt.

Gibt es einen Lebensabend?

☆

Hotelzimmer in Valence. «Ich will nicht, daß du das tust. Was soll dann aus mir werden? Wie soll ich vor deiner Mutter, deinen Schwestern dastehen, Marie-Rolande, ich hatte mir fest vorgenommen, dir nichts zu sagen, du weißt es genau. – Ich flehe dich an, tue es nicht. Ich hatte diese zwei Tage Ausspannung so bitter nötig. Ich werde dich daran hindern, es zu tun. Ich werde nicht auf halbem Weg stehenbleiben. Ich werde dich heiraten, wenn es sein muß. Aber ich will das nicht auf dem Gewissen haben. – Ich hatte mir vorgenommen, dir nichts zu sagen. – Das sind Worte. Und für mich zählen nur Taten ... – Man wird es als Unfall betrachten. Die Eisenbahn ... usw. (Sie weint. Sie schreit: Ich hasse dich. Ich hasse dich, weil du mir das antust.) – Ich weiß, Rolande, ich weiß. Aber ich wollte dir nichts sagen. Usw. usw.» Er verspricht. Dauer: eineinhalb Stunden. Eintönigkeit. Nicht-vom-Fleck-Kommen.

☆

Van Gogh, von einem Gedanken Renans beeindruckt: «Sich selbst absterben, große Dinge vollbringen, das Edle erreichen und über das Gewöhnliche hinauswachsen, in dem sich das Dasein beinahe aller Individuen dahinschleppt.»

«Wenn wir fortfahren, aufrichtig zu lieben, was der Liebe wirklich würdig ist, und *unsere Liebe nicht an unbedeutende und nichtige und abgeschmackte Dinge verschwenden,* werden wir nach und nach mehr Klarheit erlangen und stärker werden.

«Wenn man sich in einer einzigen Sache vervollkommnet und sie richtig versteht, gewinnt man obendrein das Verständnis und die Kenntnis vieler anderer Dinge.»

«Ich bin in meiner Unbeständigkeit in gewisser Weise beständig.»

«Wenn ich Landschaften male, werden sie immer eine Spur von Figuren aufweisen.»

Er zitiert Dorés Ausspruch: «Ich habe eine Ochsengeduld.»

Vgl. Brief 340 über die Reise nach Zweeloo.[1]

Der schlechte Geschmack großer Künstler: er stellt Millet auf eine Stufe mit Rembrandt.

«Ich glaube mehr und mehr, daß man den lieben Gott nicht nach dieser Welt beurteilen darf, sie ist eine seiner mißratenen Studien.»

«Ich kann im Leben und auch in der Malerei sehr wohl ohne den lieben Gott auskommen, aber wenn ich leide, kann ich nicht ohne etwas auskommen, daß größer ist als ich, das mein Leben ist, die Schöpfungskraft.»

Die lange Suche Van Goghs, der bis zu seinem 27. Jahr umherirrt, bevor er seinen Weg findet und entdeckt, daß er Maler ist.

☆

1 Van Gogh, *Correspondance complète,* t. II, p. 254.

Wenn man alles getan hat, um die Armut, die Krankheit und seine eigenen Fehler zu verstehen, zuzugeben und zu ertragen, bleibt noch ein Schritt zu tun.

☆

Pest. Sentimentaler Professor [1] gelangt am Ende der Pest zu dem Schluß, daß die einzige vernünftige Beschäftigung darin besteht, ein Buch von hinten nach vorne abzuschreiben (Wortlaut und Bedeutung ausführen).

Tarrou stirbt wortlos (Augenzwinkern usw.).

Behördliches Isolierlager.

Gespräch am Ende zwischen Professor und Arzt: Sie sind vereint. Aber nur, weil sie wenig verlangten. Ich selber hatte nicht usw.

Das Judenviertel (die Fliegen). Die Leute, die den Schein wahren wollen. Man lädt zu einem Endiviensalat ein.

Getrennte. 2. Und was für sie allein schon so schwer zu ertragen war (das Alter), mußten sie nun für zwei erdulden.

Trotzdem werden die laufenden Geschäfte weiterhin erledigt. So erfuhr man zu diesem Zeitpunkt von den Folgen einer Affäre, die seinerzeit die Neugierde der Kenner gereizt hatte. Ein junger Mörder ... war begnadigt worden. Die Zeitungen vertraten die Ansicht, daß er mit zehn Jahren guter Führung davonkommen werde und dann sein normales Leben wiederaufnehmen könne. Das war wirklich nicht der Mühe wert.

☆

Das Vertrauen zu den Worten kennzeichnet die Klassik – aber um das Vertrauen nicht zu verlieren, macht sie nur vorsichtig Gebrauch davon. Der Surrealismus, der ihnen nicht vertraut, mißbraucht sie. Kehren wir zur Klassik zurück, aus Bescheidenheit.

☆

Wer die Wahrheit liebt, muß die Liebe in der Ehe suchen, das heißt, die Liebe ohne Illusion.

☆

«Worin besteht die okzitanische Inspiration?» Eine Sondernummer der *Cahiers du Sud*. Grob gesagt, haben wir während der Renaissance, des 18. Jahrunderts und der Revolution nichts getaugt. Nur zwischen dem 10. und dem 13. Jahrhundert besaßen wir einen gewissen Wert, ausgerechnet zu einer Zeit, wo es kaum möglich ist, von uns als einer Nation zu sprechen – wo alle Kultur international ist. So sind ganze Jahrhunderte der Geschichte, Unglück oder Ruhm, das gute Hundert berühmter Namen, die sie uns hinterließen, eine Tradition, das Leben einer Nation, die Liebe, kurzum alles, eitel und nichtig. Und wir sind die Nihilisten!

☆

1 Stephan, von dem bereits die Rede war (S. 161).

Der Humanismus langweilt mich nicht: ich finde ihn sogar ansprechend. Aber ich finde ihn unzulänglich.

☆

Brück, Dominikaner:

«Diese christlichen Demokraten gehen mir auf die Nerven.»

«G. hat ganz das Gehabe eines Pfarrers, eine Art bischöflicher Gesalbtheit. Und schon bei den Bischöfen kann ich das kaum ertragen.»

☆

Ich. – «Als ich jung war, glaubte ich, alle Priester seien glücklich.»

Brück. – «Ihre Angst, den Glauben zu verlieren, läßt ihr Fühlen verkümmern. Es ist nur noch eine negative Berufung. Sie bieten dem Leben nicht die Stirn.» (Sein Traum, der große Klerus als Eroberer, aber großartig durch Armut und Kühnheit.)

Unterhaltung über Nietzsche, den Verdammten.

☆

Barrès und Gide. Die Entwurzelung ist für uns ein überholtes Problem. Und wenn die Probleme uns nicht brennend beschäftigen, sagen wir weniger Dummheiten. Kurz, ein Vaterland tut not, und Reisen tut not.

☆

Mißverständnis. Die Frau nach dem Tod ihres Mannes: «Wie lieb ich ihn habe!»

☆

Agrippa d'Aubigné[1]: Hier haben wir einen Menschen, der glaubt und der kämpft, weil er glaubt. Kurz, er ist glücklich. Das erkennt man an der Befriedigung, die sein Haus ihm verschafft, sein Leben, seine Laufbahn. Wenn er tobt, dann gegen die Leute, die unrecht haben – seiner Ansicht nach.

☆

Eine Tragödie kommt dadurch zustande, daß alle einander widerstreitenden Kräfte gleichermaßen rechtmäßig sind, Anspruch auf Leben haben. Daher eine schwache Tragödie: eine, die unrechtmäßige Kräfte ins Werk setzt. Daher eine starke Tragödie: eine, die *alles* rechtfertigt.

☆

Auf den Hochebenen von Mézenc der Wind, der mit gewaltigen Schwertstreichen durch die Luft pfeift.

☆

Mit seinen Leidenschaften leben setzt voraus, daß man sie sich unterworfen hat.

☆

1 In Camus' Nachlaß finden sich drei Seiten Notizen zu d'Aubigné.

Die Ewige Wiederkehr setzt Gefallen am Schmerz voraus.

☆

Das Leben birgt eine Fülle von Begebenheiten, die einen wünschen lassen, älter zu werden.

☆

Nicht vergessen: die Krankheit und ihr Siechtum. Es gilt, keine Minute zu verlieren – was vielleicht das Gegenteil von «Eile tut not» ist.

☆

Moral: Es ist nicht möglich, mit den Leuten zusammenzuleben, wenn man ihre Hintergedanken kennt.

Beharrlich jedes Kollektivurteil ablehnen. Inmitten der «Randbemerkungen» jeder Gesellschaft die Unschuld bewahren.

☆

Die Wärme läßt die Menschen reifen wie Früchte. Sie sind reif, ehe sie zu leben beginnen. Sie wissen alles, ehe sie etwas gelernt haben.

☆

B. B. «Niemand macht sich klar, daß gewisse Leute eine Herkuleskraft aufwenden, um nur normal zu sein.»

☆

Pest. Tarrous Aufzeichnungen nehmen soviel Raum ein, weil es sich trifft, daß er im Hause des Erzählers stirbt (zu Beginn).

– Sind Sie sicher, daß man sich anstecken kann, daß die Isolierung zu empfehlen ist? – Ich bin keiner Sache sicher, aber ich bin sicher, daß Leichen, um die sich niemand kümmert, die Promiskuität usw. nicht empfehlenswert sind. Die Theorien mögen sich ändern, aber es gibt etwas, was immer und allezeit Gültigkeit besitzt, nämlich die Folgerichtigkeit.

☆

Die Sanitätsgruppen sind so vom Kämpfen in Anspruch genommen, daß sie sich nicht mehr um die Pestnachrichten kümmern.

Die Pest hebt die Werturteile auf. Man beurteilt die Qualität der Kleider, Nahrungsmittel, usw. nicht mehr. Man nimmt alles an.

Der Versprengte will vom Arzt ein Zeugnis verlangen, um aus der Stadt zu kommen (so lernt er ihn kennen), er erzählt von seinen Schritten ... Er kommt regelmäßig wieder.

Die Züge, die Bahnhöfe, das Warten.

Die Pest verschärft die Trennung. Aber der Umstand, daß man beisammen ist, ist nur ein Zufall, der sich in die Länge zieht. Die Pest bildet die Regel.

☆

1. September 1943
Wer an den Ereignissen verzweifelt, ist ein Feigling, aber wer auf den Menschen baut, ist ein Narr.

☆

15. September
Er läßt alles fallen, eigene Arbeit, Geschäftsbriefe, usw., um einem dreizehnjährigen Mädchen zu antworten, das ihm einen herzlichen Brief geschrieben hat!

☆

Da sich hinter dem Wort Existenz etwas verbirgt, das unsere Sehnsucht ist, aber da es gleichzeitig auch die Bejahung einer höheren Wirklichkeit impliziert, wollen wir es nur in verwandelter Form beibehalten – wir werden von einer inexistentiellen Philosophie sprechen, was keine Verneinung ausdrückt, sondern nur den Zustand des «Menschen ohne» ... umschreiben will. Die inexistentielle Philosophie wird die Philosophie des Exils sein.

☆

Sade. «Man zetert gegen die Leidenschaften, ohne zu bedenken, daß die Philosophie ihre Fackel an deren Flamme entzündet.»

☆

Die Kunst ist der Schamhaftigkeit ähnlich. Sie kann die Dinge nicht direkt aussprechen.

☆

In Zeiten der Revolution sterben die Besten. Das Gesetz des Opfers sorgt dafür, daß schließlich immer die Feigen und Vorsichtigen das Wort führen, weil die anderen es verloren, indem sie ihr Bestes gaben. Reden setzt immer voraus, daß man verraten hat.

☆

Nur die Künstler tun der Welt Gutes. Nein, sagt Parain.

☆

Pest. Alle kämpfen – und jeder auf seine Weise. Die einzige Feigheit besteht darin, auf die Knie zu fallen ... Man sah Unmengen neuer Moralisten auftauchen, und ihre Schlußfolgerung lautete immer gleich: Man muß auf die Knie fallen. Aber Rieux erwiderte: man muß auf diese oder jene Weise kämpfen.

Der Verbannte verbringt Stunden auf Bahnhöfen. Den toten Bahnhof wieder lebendig machen.

Rieux: «In jeder im Kampf stehenden Gemeinschaft sind Menschen nötig, die töten, und Menschen, die heilen. Ich habe das Heilen gewählt. Aber ich weiß, daß ich im Kampf stehe.»

☆

Pest. Es gibt in diesem Augenblick ferne Häfen, deren Wasser in der Abendsonne rosig schimmert.

☆

«Sich Gott zuwenden, weil man sich von der Erde gelöst und der Schmerz einen von der Welt getrennt hat, ist sinnlos. Gott braucht Menschen, die mitten in der Welt stehen. An eurer Freude findet er Gefallen.»

Abstraktion als Lösung?

☆

Die Nachbildung der Welt ist vielleicht unfehlbarer ein Verrat an ihr als ihre Verwandlung. Auch die beste Fotografie ist bereits ein Verrat.

Gegen den Rationalismus. Wenn der reine Determinismus einen Sinn hätte, genügte eine einzige wahre Behauptung, um von Folgerung zu Folgerung zur ganzen Wahrheit zu gelangen. Das ist nicht der Fall. Wir haben also entweder nie auch nur eine einzige wahre Behauptung aufgestellt, nicht einmal die, daß alles determiniert ist. Oder wir haben die Wahrheit gesagt, aber *umsonst*, und der Determinismus ist falsch.

☆

Zu meiner «Schöpfung gegen Gott»[1]. Ein katholischer Kritiker (Stanislas Fumet) sagt, daß die Kunst, *welches immer ihr Ziel sein mag*, stets in schuldhaften Wettstreit mit Gott tritt. So auch: Roger Secrétain, *Cahiers du Sud*, August–September 1943. Oder Péguy: «Es gibt sogar eine Dichtung, die ihren Glanz der Abwesenheit Gottes verdankt, die auf keinerlei Heil spekuliert, die auf nichts als auf sich selbst vertraut, menschliches Bemühen, die Leere der Weltenräume auszufüllen, das seinen Lohn schon auf Erden empfängt.»

Es gibt kein Mittelding zwischen der apologetischen Literatur und der Wettstreit-Literatur.

☆

Es ist unsere Pflicht, das zu tun, was wir für richtig und gut halten – für «besser». Das ist leicht? Nein, denn auch wenn wir wissen, daß etwas besser ist, tun wir es nur ungern.

ABSURD

☆

Absurd. Wenn man sich umbringt, wird das Absurde verneint. Wenn man sich nicht umbringt, gewährt das Absurde auf die Dauer eine Befriedigung, die es ihrerseits leugnet. Das will nicht heißen, daß es das Absurde nicht gibt. Es will heißen, daß das Absurde *wirklich* der Logik entbehrt. Deshalb können wir *wirklich* nicht davon leben.

☆

1 Vgl. *Revolte und Kunst* [enthalten in: *Der Mensch in der Revolte*, S. 257 ff].

Paris, November 1943 [1]

Surena. Im 4. Akt sind alle Türen bewacht. Und Eurydike, die sich bis dahin so bewundernswert ausgedrückt hat, verstummt und quält sich, ohne das Wort aussprechen zu können, das sie befreien würde. Sie wird bis zum Schluß stumm bleiben – bis sie stirbt, weil sie nicht gesprochen hat. Und Surena:

«Ach! ... die mich bedrückenden Leiden
Setzt sie nicht auf die Stufe der Rührseligkeiten.»

Die bewundernswerte Leistung des klassischen Theaters, wo Schauspieler paarweise nacheinander die Ereignisse berichten, ohne sie je zu erleben – und wo dennoch die Spannung und die Handlung sich unablässig steigern.

☆

Parain. Sie haben alle gemogelt. Sie sind nie über die Verzweiflung hinausgelangt, in der sie sich befanden. Und daran ist die Literatur schuld. Ein Kommunist ist für ihn ein Mensch, der auf die Worte verzichtet, sie durch die *tatsächliche Revolte* ersetzt hat. Er hat beschlossen, das zu tun, was Christus nicht für der Mühe wert hielt, die Verdammten erlösen – indem er sich verdammt.

☆

Bei jedem Leiden, jeder Gemütsbewegung, jeder Leidenschaft gibt es ein Stadium, in dem sie ein Teil des ureigensten Wesen des Menschen sind, und ein anderes Stadium, in dem sie Sache der Kunst sind. Aber in der ersten Phase kann die Kunst nie etwas damit anfangen. Die Kunst ist der Abstand, den die Zeit dem Leiden gibt.

Das ist die Transzendenz des Menschen in bezug auf sich selbst.

☆

Bei Sade [2] ist die systematische Erotik eine der Richtungen des absurden Denkens.

☆

Für Kafka ist der Tod keine Erlösung. Sein demütiger Pessimismus, sagt Magny.

☆

Pest. Die Liebe hatte bei ihnen die Form der Halsstarrigkeit angenommen.

☆

Hinzufügen Fahnen Caligula: «Schön, die Tragödie ist zu Ende, der Mißerfolg vollkommen. Ich mache kehrt und trete ab. Ich habe meinen Teil zu diesem Kampf um das Unmögliche beigetragen. Warten wir auf das Sterben, in dem Bewußtsein, daß der Tod von nichts erlöst.» [3]

☆

1 Camus trat am 2. November 1943 als Lektor in das Verlagshaus Gallimard ein.

2 Vgl. *Ein Schriftsteller* [enthalten in: *Der Mensch in der Revolte*, 2. Aufl. S. 46 ff].

3 Camus hat diese Aufzeichnungen schließlich nicht benutzt.

«Christus mag für jemanden gestorben sein, aber jedenfalls nicht für mich.» – Der Mensch ist schuldig, aber er ist dessen schuldig, daß er es nicht verstanden hat, alles aus sich selbst zu machen – es ist eine Schuld, die seit Anbeginn gewachsen ist.

☆

Zur Gerechtigkeit – der Typ, der nicht mehr daran glaubt, seit er von der Polizei verhauen worden ist.

Id. Ich werfe dem Christentum vor, daß es eine Lehre der Ungerechtigkeit ist.

☆

Pest. Als letztes Bild die unbewegliche Gestalt einer Frau in Trauerkleidern, die durch ihren Schmerz bekundet, was die Menschen an Leben und Blut hingegeben haben.

☆

Dreißig Jahre.

Die oberste Fähigkeit des Menschen ist das Vergessen. Aber gerechterweise muß man sagen, daß er sogar vergißt, was er Gutes getan hat.

☆

Pest. Die Trennung ist die Regel. Alles übrige ist Zufall.

– Aber die Leute sind immer noch beisammen.

– Es gibt Zufälle, die ein ganzes Leben dauern.

Das Baden im Meer wird verboten. Das ist das Zeichen. Verboten, seinen Körper zu erfreuen – zur Wahrheit der Dinge zu gelangen. Aber die Pest nimmt ein Ende, und es wird eine Wahrheit der Dinge geben.

Tagebuch des Getrennten?

☆

Die größte Ersparnis, die sich im Bereich des Denkens erzielen läßt, besteht darin, die Nicht-Verstehbarkeit der Welt hinzunehmen – und sich um den Menschen zu kümmern.

☆

Wenn man im Alter zu einer Weisheit oder einer Moral gelangt, wie betroffen muß man sich fühlen, wenn man voll Bedauern an alles denkt, was man wider diese Moral und diese Weisheit getan hat. Zu früh oder zu spät. Dazwischen liegt nichts.

☆

Ich verkehre mit den X., weil sie ein besseres Gedächtnis haben als ich. Sie bereichern unsere gemeinsame Vergangenheit für mich, weil sie mir alles in Erinnerung rufen, was ich vergessen hatte.

☆

Um zur Herausforderung zu werden, muß das Werk fertiggestellt sein (daher die Notwendigkeit des «Ohne Zukunft»). Es ist das Gegenteil der göttlichen Schöpfung. Es ist abgeschlossen, genau umrissen, klar, vom menschlichen Anspruch erfüllt. Die Einheit liegt in unserer Hand.

☆

Parain. Kann das Individuum den Augenblick wählen, indem es für die Wahrheit sterben darf?

Es gibt in dieser Welt Zeugen und Pfuscher. Sobald ein Mensch Zeugnis ablegt und stirbt, wird sein Zeugnis durch die Worte, das Predigen, die Kunst, usw. verpfuscht.

☆

Der Erfolg kann dem jungen Menschen förderlich sein wie das Glück dem reifen Mann. Wenn sein Bemühen Anerkennung gefunden hat, kann er ihm die Entspannung und die Ungezwungenheit hinzufügen, königliche Tugenden.

☆

Roger Bacon verbringt *zwölf Jahre* im Gefängnis, weil er behauptet hat, die Erfahrung habe in Fragen der Erkenntnis Vorrang.

☆

Es kommt ein Augenblick, in dem die Jugend verlorengeht. In diesem Augenblick verlieren wir die Menschen. Und wir müssen fähig sein, uns damit abzufinden. Aber dieser Augenblick ist hart.

☆

Zum amerikanischen Roman: Er strebt Allgemeinheit an. Wie die Klassik. Aber während die Klassik eine ewige Allgemeingültigkeit anstrebt, strebt die zeitgenössische Literatur infolge der Umstände (wechselseitige Durchdringung der Grenzen) eine historische Allgemeingültigkeit an. Es ist nicht der Mensch aller Zeiten, sondern der Mensch aller Räume.

☆

Pest. «Er liebte es, um vier Uhr morgens zu erwachen und sie sich dann vorzustellen. Das war die Stunde, in der er sie zu fassen vermochte. Um vier Uhr morgens *tut man nichts.* Man schläft.»[1]

Eine Theatergruppe spielt unentwegt: ein Stück über Orpheus und Eurydike.

☆

Die Getrennten: Die Welt ... Aber wer bin ich, sie zu richten. Sie haben alle recht. Aber es gibt keinen Ausweg.

Gespräch über die Freundschaft zwischen Arzt und Tarrou: «Ich habe daran gedacht. Aber es geht nicht. Die Pest läßt *keine Zeit.*» – Unvermittelt: In diesem Augenblick leben wir alle *für* den Tod. Das zwingt zum Nachdenken.

Id. Ein Mann, der das Schweigen wählt.

☆

«Verteidigen Sie sich», sagten die Richter.

«Nein», sagte der Angeklagte.

1 Vgl. Rambert in *Die Pest* (rororo. 15, S. 66).

«Warum nicht? Es gehört sich so.»

«Noch einmal, nein. Ich will, daß Sie Ihre volle Verantwortung auf sich nehmen.»

☆

Natürlichkeit in der Kunst. Absolut ist sie nicht möglich. Weil das Wirkliche nicht möglich ist (schlechter Geschmack, Gewöhnlichkeit, Unangemessenheit dem tiefen Anspruch des Menschen gegenüber). Deshalb richtet menschliche Schöpfung, die von der Welt ausgeht, sich schließlich immer gegen die Welt. Die Feuilletonromane sind schlecht, weil sie größtenteils wahr sind (sei es, daß die Wirklichkeit sich ihnen angepaßt hat, sei es, daß die Welt konventionell ist). Die Kunst und der Künstler schaffen die Welt neu, aber stets mit einem Hintergedanken des Protests.

☆

A. Entwirft das Porträt von S.: «Ihre Anmut, ihre Feinfühligkeit, diese Mischung von Lässigkeit und Festigkeit, Vorsicht und Kühnheit, diese Naivität, die sie nicht hindert, eine gesunde Weltkenntnis zu besitzen.»

☆

Die Griechen hätten vom Existentialismus nichts begriffen – während sie, *ungeachtet des Ärgernisses*, zum Christentum Zugang fanden. Das liegt daran, daß der Existentialismus keine bestimmte Lebensweise voraussetzt.

Id. Es gibt keine vollkommen reine, das heißt desinteressierte Erkenntnis. Die Kunst versucht, mit Hilfe der Beschreibung die reine Erkenntnis zu verwirklichen.

☆

Wer die Frage nach der absurden Welt stellt, fragt: «Werden wir die Verzweiflung untätig hinnehmen?» Ich nehme an, daß kein ehrlicher Mensch sie mit Ja beantworten kann.

☆

Algerien. Ich weiß nicht, ob ich mich deutlich ausgedrückt habe. Aber die Rückkehr nach Algerien weckt in mir das gleiche Gefühl wie die Betrachtung eines Kindergesichts. Dabei weiß ich, daß nicht alles rein ist.

☆

Mein Werk. Folge von Werken zu Buch über die erschaffene Welt fertigstellen: *«Die korrigierte Schöpfung.»*

☆

Wenn das von der Revolte hervorgebrachte Werk das ganze Trachten des Menschen zusammenfaßt, ist es notgedrungen idealistisch (?). So ist das reinste Produkt der Kunst in der Revolte der Liebesroman, der ...

☆

Die unglaubliche Verwirrung, die dazu führt, daß die Poesie uns als geistige Übung und der Roman als persönliche Askese hingestellt wird.

☆

Roman. Der Tat oder dem Tod gegenüber, alle Haltungen ein und desselben Menschen. Aber jedesmal, als wäre sie die richtige.

☆

Pest. Man kann sich nicht am Gezwitscher der Vögel in der abendlichen Kühle erfreuen – nicht an der Welt, wie sie ist. Denn die Geschichte hat sie inzwischen unter einer dicken Schicht begraben, die ihre Sprache durchdringen muß, um zu uns zu gelangen. Sie wird dadurch entstellt. Keine ihrer Äußerungen wird rein empfunden, weil sich mit jedem Moment der Welt eine ganze Reihe von Bildern des Todes oder der Verzweiflung verbindet. Es gibt keinen Morgen ohne Agonien mehr, keinen Abend ohne Gefängnis, keinen Mittag ohne fürchterliche Gemetzel.

☆

Erinnerungen eines Scharfrichters. «Ich wechsle zwischen Sanftheit und Brutalität ab. Das ist psychologisch günstig.»

☆

Pest. Der Mann, der sich fragt, ob er den Sanitätsgruppen beitreten oder sich für seine große Liebe aufsparen soll. Fruchtbarkeit! Wo ist sie?

Id. Während des Ausgehverbots erstarrt die Stadt zu Stein.

Id. Was ihnen lästig fiel, war die Unsicherheit. Tag für Tag, Stunde um Stunde ruhelos, gehetzt, in der Ungewißheit.

Id. Ich versuche, mich bereitzuhalten. Aber es gibt immer eine Stunde des Tages oder der Nacht, in der der Mensch feige ist. Vor dieser Stunde fürchte ich mich.

Id. Das Isolierlager. «Ich wußte Bescheid. Man würde mich vergessen, das stand fest. Wer mich nicht kannte, würde mich vergessen, weil andere Dinge ihn beschäftigen, und wer mich kannte und liebte, würde mich vergessen, weil er seine Kräfte in Schritten und Gedanken verausgaben würde, um mich herauszuholen. Auf jeden Fall würde niemand an mich denken. Niemand würde sich vorstellen, wie ich Minute um Minute usw. usw.»

(Ihn von Rambert besuchen lassen.)

Id. Die Sanitätsgruppen oder die Männer der Auslösung. Alle Angehörigen der Sanitätsgruppen sehen traurig aus.

Id. «Auf dieser Terrasse kam Dr. Rieux der Gedanke, eine Chronik des Geschehens zu hinterlassen, die mit aller Deutlichkeit zum Ausdruck brächte, wie sehr er sich mit diesen Menschen solidarisch fühlte. Und das Zeugnis, das hier zu Ende geht . . . usw.»

Id. Unter der Pest lebt man nicht mehr durch den Körper, man fällt vom Fleisch.

Id. Anfang: Der Arzt begleitet seine Frau zum Bahnhof. Aber er ist gezwungen, die Schließung zu fordern.

☆

Être et Néant (p. 135–136).[1] Seltsamer Irrtum über unser Leben, weil wir versuchen, unser Leben von außen zu erleben.

☆

Wenn der Körper seine Sehnsucht nach der Seele hat, ist nicht einzusehen, warum die Seele in der Ewigkeit nicht schmerzlich unter ihrer Trennung vom Körper leiden sollte – und warum sie dann nicht danach trachten sollte, auf die Erde zuückzukehren.

☆

Man schreibt in Augenblicken der Verzweiflung. Aber was ist die Verzweiflung?

☆

Wir können nichts auf die Liebe gründen: sie ist Flucht, Zerrissenheit, wunderbare Augenblicke oder Fall ohne Aufschub. Aber sie ist nicht...

☆

Paris – die Kulisse der Empfindsamkeit an sich.

☆

Novellen. Der Mann, der während der Revolution seinen Gegnern verspricht, ihr Leben zu schonen. Später verurteilt ein Gericht seiner Partei sie zum Tode. Er verhilft ihnen zur Flucht.

Id. Ein gefolterter Priester verrät.[2]

Id. Zyankali. Er macht keinen Gebrauch davon, um zu sehen, ob er bis zum Ende durchhalten wird.

Id. Der Mann, der auf einmal anfängt, passiven Widerstand zu leisten. Er pflegt die Geschädigten. Aber er hat die Armbinde nicht abgelegt. Er wird erschossen.

Id. Der Feigling.

☆

Pest. *Nach* der Pest *hört* er zum erstenmal den Regen auf der Erde.

Id. Da er sterben mußte, mußte er schleunigst herausfinden, daß das Leben sinnlos war. Und zwar deshalb, weil er bisher gedacht hatte, diese Überzeugung sollte ihm wenigstens diese schwere Stunde erleichtern.

1 *Das Sein und das Nichts.* Reinbek bei Hamburg 1962; S. 146 f (Anm. d. Übers.).

2 Diesem Thema begegnen wir wieder in *Der Abtrünnige* oder *Ein verirrter Geist* (*Das Exil und das Reich*).

Er wollte doch wahrhaftig nicht ausgerechnet in dem Augenblick, in dem er alle Trümpfe auf seine Seite bringen mußte, ein Gesicht lächeln sehen, das er nur verschlossen gekannt hatte.

Id. Der Mann, der versehentlich ins Krankenhaus eingeliefert wird. Es handelt sich um ein Versehen, sagte er. Ein Versehen? Seien Sie nicht blöde, es gibt niemals ein Versehen.

Id. Medizin und Religion: Zwei Berufe, und sie scheinen miteinander vereinbar. Aber heute, wo alles klar ist, erkennen wir, daß sie unvereinbar sind – und daß man zwischen dem Relativen und dem Absoluten wählen muß. «Wenn ich an Gott glauben würde, pflegte ich die Menschen nicht. Wenn ich der Ansicht wäre, der Mensch könne geheilt werden, glaubte ich nicht an Gott.»

Gerechtigkeit: die Erfahrung der Gerechtigkeit *durch den Sport.*

☆

Pest. Der Mann, der die Krankheit der anderen philosophisch hinnimmt. Aber als sein bester Freund erkrankt, setzt er alle Hebel in Bewegung. Die Solidarität des Kampfs ist somit ein leeres Wort, die persönlichen Gefühle siegen.

Tarrous Chronik: ein Boxkampf – Tarrou freundet sich mit einem Boxer an. Heimlich organisierte Wettkämpfe – ein Fußballspiel – ein Gericht.

Die wohltuende Vormittagsstunde, in der man nach einem kräftigen Frühstück, eine Zigarette rauchend, durch die Straßen geht. Es gab noch angenehme Augenblicke.

Tarrou: «Merkwürdig, Sie besitzen eine traurige Philosophie und ein glückliches Gesicht.» – Dann schließen Sie daraus, daß meine Philosophie nicht traurig ist.

Um die Mitte des Buches finden alle Personen sich in derselben Sanitätsgruppe vereint. Ein Kapitel über eine große Versammlung.

Der Sonntag eines Fußballspielers, der nicht mehr spielen darf, ihn mit Tarrou in Verbindung bringen: Étienne Villaplane langweilt sich am Sonntag, seit die Fußballspiele verboten worden sind. Was seine Sonntage waren. Wie sie jetzt aussehen: er streift ziellos durch die Straßen, versetzt Steinen Fußtritte und versucht, sie geradewegs in einen Gully zu befördern («Eins zu Null», sagte er. Und er fügte hinzu, es sei ein Hundeleben). Er beteiligt sich an den Ballspielen der Kinder. Er spuckt seine Kippen aus und tritt nach ihnen (anfangs, natürlich. Später sammelt er die Kippen).

Rieux und Tarrou.

Rieux: Wenn man schreibt, was Sie schreiben, scheint man nichts mit dem Dienst am Menschen zu tun zu haben.

«Aber nein», erwidert Tarrou, «das scheint nur so.»

☆

W. Alles, was sie definieren kann, scheint ihr verächtlich. Sie sagt: «Das ist widerlich. Das sieht nach Kampf der Geschlechter aus.» Aber der Kampf der Geschlechter ist eine Wirklichkeit, und wir können nichts daran ändern.

☆

Ein Mensch, der fordert, daß *der andere* alles tut, und der dann alles über sich ergehen läßt und passiv lebt und nur aktiv wird, und zwar ungestüm, um den anderen zu überreden, weiterhin alles zu geben und alles zu tun.

☆

Essay über Revolte: «Alle Revoltierenden benehmen sich indessen, als glaubten sie an die Vollendung der Geschichte. Der Widerspruch besteht darin . . .»

Id. Die Freiheit ist nur der Wunsch einiger weniger. Die Gerechtigkeit der Wunsch der überwiegenden Mehrzahl, und diese überwiegende Mehrzahl verwechselt sogar Gerechtigkeit und Freiheit. Aber Frage: ist die absolute Gerechtigkeit gleichbedeutend mit dem absoluten Glück? – Wir gelangen zu der Vorstellung, daß wir wählen müssen, entweder die Freiheit der Gerechtigkeit opfern oder die Gerechtigkeit der Freiheit. Für einen Künstler bedeutet das unter gewissen Umständen die Wahl zwischen seiner Kunst und dem Glück der Menschen.

Kann der Mensch aus eigener Kraft seine eigenen Werte schaffen? Darin liegt das ganze Problem.

Sie haben recht? Aber ich habe nie behauptet, der Mensch sei nicht vernünftig. Ich will ihn nur seiner illusorischen Verlängerung berauben und aufzeigen, daß er ohne sie endlich eindeutig und kohärent ist.

Id. Opfer, das zu Wert führt. Aber Selbstmord auch egoistisch: stellt einen Wert in den Vordergrund – der ihm wichtiger scheint als das eigene Leben – und zwar die Vorstellung des würdigen und glücklichen Lebens, das ihm versagt blieb.

☆

Heldentum und Mut als untergeordnete Werte betrachten – *nachdem man seinen Mut bewiesen hat.*

☆

Roman über terminierten Selbstmord. Festgelegt auf ein Jahr später – seine gewaltige Überlegenheit dank der Tatsache, daß der Tod ihm gleichgültig ist.

Dies mit Roman über Liebe verbinden?

☆

Sinnlosigkeit des Opfers: der Mann, der für etwas stirbt, *was er nicht erleben wird.*

☆

Ich habe zehn Jahre gebraucht, um zu erobern, was mir unendlich kostbar scheint: ein Herz ohne Bitterkeit. Und wie es häufig geschieht, habe ich die einmal überwundene Bitterkeit in ein oder zwei Büchern eingeschlossen. Deshalb wird man mich in alle Ewigkeit nach jener Bitterkeit beurteilen, die mir nichts mehr bedeutet. Aber das ist gerecht. Es ist der Preis, der bezahlt werden muß.

☆

Der furchtbare und verzehrende Egoismus der Künstler.

☆

Eine Liebe kann nur aus Gründen konserviert werden, die nichts mit der Liebe zu tun haben. Aus moralischen Gründen zum Beispiel.

☆

Roman. Was bedeutet für sie die Liebe: diese Leere, diese kleine Höhlung in ihr, seit sie sich erkannten, der gegenseitige Anruf der Liebenden, die ihre Namen schreien.

☆

Man kann sich unmöglich auf allen Ebenen engagieren. Aber man kann wenigstens den Lebensbereich wählen, in dem man sich engagieren kann. Dem Achtbaren in einem entsprechend leben, und nur das. In gewissen Fällen mag das dazu führen, daß man sich von den Menschen abwendet, sogar (und vor allem) bei jemandem, der den Menschen leidenschaftlich zugetan ist.

Auf jeden Fall entsteht dadurch eine Zerrissenheit. Aber was beweist das schon? Es beweist, daß jeder, der sich *ernsthaft* mit dem Problem der Moral beschäftigt, in Extremen endet. Ob man dafür ist (Pascal) oder dagegen (Nietzsche), es genügt, es ernsthaft zu sein, um zu erkennen, daß das Problem der Moral nichts ist als Blut, Wahnsinn und Schreie.

☆

Revolte. I. Kap. Die Moral existiert. Unmoralisch ist das Christentum. Definition einer Moral gegen den intellektuellen Rationalismus und den göttlichen Irrationalismus.

10. Kap. Die Verschwörung als moralischer Wert.

☆

Roman.

Die Frau, die alles aus Zerstreutheit verdorben hat: «Und dabei liebte ich ihn von ganzem Herzen.»

«Mag sein», sagte der Priester, «das war eben noch nicht genug.»

☆

Sonntag, 24. Dezember 1944. Brief

Roman: «Nacht der Geständnisse, der Tränen und der Küsse. Von Tränen, Schweiß und Liebe durchtränktes Bett. Auf dem Höhepunkt aller Zerrissenheiten.»

☆

Roman. Ein schöner Mensch. Und ihm wird alles vergeben.

☆

Wer alle Frauen liebt, ist auf dem Weg der Abstraktion. Er geht allem Anschein zum Trotz über diese Welt hinaus. Denn er wendet sich vom Besonderen, vom Einzelfall ab. Der Mann, der jede Idee und jede Abstraktion fliehen wollte, der wahrhaft Verzweifelte, ist der Mann einer einzigen Frau. Weil er sich auf dieses einzelne Gesicht versteift, das nicht allem zu genügen vermag.

☆

Dezember. Dieses Herz voller Tränen und Nacht.

☆

Pest. Während der Trennung schreiben sie sich, und er findet den richtigen Ton, und er bewahrt seine Liebe. Sieg der Sprache und des guten Stils.

☆

Rechtfertigung der Kunst: Das echte Kunstwerk fördert die Aufrichtigkeit, verstärkt die Anteilnahme der Menschen aneinander, usw....

☆

Ich glaube nicht an Verzweiflungstaten. Ich glaube nur an begründete Taten. *Aber* ich glaube, daß eine Kleinigkeit genügt, um eine Tat zu begründen.

☆

Gegen die totalitäre Einstellung gibt es nur das religiöse oder das moralische Argument. Wenn diese Welt sinnlos ist, haben sie recht. Ich bin nicht bereit, sie recht haben zu lassen. Also ...

An uns ist es, Gott zu schaffen. Nicht er ist der Schöpfer. Das ist die ganze Geschichte des Christentums. Denn wir können Gott auf keine andere Weise schaffen, als indem wir Gott werden.

☆

Roman über Gerechtigkeit.

Am Schluß. Bei der armen und kranken Mutter.

«Ich mache mir keine Sorgen um dich, Jean. Du bist intelligent.»

«Nein, Mutter, das ist es nicht. Ich habe mich oft geirrt, und ich war nicht immer ein gerechter Mensch. Aber eines ist sicher ...»

«Natürlich.»

«Eines ist sicher, und zwar, daß ich dich nie verraten habe. Ich bin dir mein ganzes Leben lang treu geblieben.»

«Du bist ein guter Sohn, Jean. Ich weiß, daß du ein sehr guter Sohn bist.»

«Danke, Mutter.»

«Nein, ich danke dir. Du, du mußt weitermachen.»

☆

Es gibt für den Menschen keine Freiheit, solange er seine Angst vor dem Tod nicht überwunden hat. Aber nicht durch Selbstmord. Um zu

CREDO

überwinden, darf man sich nicht aufgeben. Mit offenem Visier sterben können, ohne Bitterkeit.

☆

Das Heldentum und die Heiligkeit, untergeordnete Tugenden. Aber man muß seinen Mann gestellt haben.

☆

Roman über Gerechtigkeit. Ein Aufrührer vollbringt eine Tat, obwohl er weiß, daß ihretwegen unschuldige Geiseln getötet werden ... Dann findet er sich bereit, einen Schriftsteller zu begnadigen, den er verachtet.

☆

Das Ansehen. Du genießt es bei Durchschnittsmenschen, und du teilst es mit Durchschnittsmenschen oder mit Schuften.

☆

Die Gnade?

Wir müssen der Gerechtigkeit dienen, weil unser Wesen ungerecht ist, das Glück und die Freude fördern, weil diese Welt unglücklich ist. Gleichermaßen dürfen wir nicht zum Tode verurteilen, da man zum Tode Verurteilte aus uns gemacht hat.

Der Arzt, Feind Gottes: er kämpft gegen den Tod.

☆

Pest.

Rieux sagte, er sei der Feind Gottes, da er gegen den Tod kämpfe, und es sei sogar sein Beruf, Gottes Feind zu sein. Er sagte auch, daß er Paneloux mit dem Versuch, ihn zu retten, gleichzeitig bewies, daß er unrecht hatte und daß Paneloux mit seiner Bereitschaft sich retten zu lassen, gleichzeitig die Möglichkeit hinnahm, nicht recht zu haben. Paneloux antwortete nur, daß er recht behalten werde, da er ohne Zweifel sterben würde, und Rieux erwiderte, daß es vor allem darauf ankomme, nicht hinzunehmen, bis zum Schluß zu kämpfen.

☆

Sinn meines Werks: So viele Menschen entbehren der Gnade. Wie können wir ohne die Gnade leben? Wir müssen uns wohl oder übel darein schicken und tun, was das Christentum nie getan hat: uns der Verdammten annehmen.

☆

Klassik, das ist Beherrschung der Leidenschaften. Während der großen Jahrhunderte waren die Leidenschaften individuell. Heute sind sie kollektiv. Es gilt, die kollektiven Leidenschaften zu beherrschen, das heißt, sie zu formen. Aber während man sie empfindet, wird man von ihnen verschlungen. Deshalb sind die meisten zeitgenössischen Werke Reportagen und nicht Kunstwerke.

Antwort: wenn man nicht alles gleichzeitig tun kann, auf alles verzichten. Das heißt? Es erfordert heute mehr Willenskraft als damals.

Es wird uns gelingen. Der große Klassiker von morgen ist ein Sieger ohnegleichen.

☆

Roman über die Gerechtigkeit.

Der Mann, der sich den Revolutionären anschließt (Komm.), wird nach Urteil oder Verdächtigung (denn Einheit tut not) unverzüglich mit einer Mission betraut, bei der er, wie jeder weiß, unweigerlich umkommen muß. Er nimmt die Aufgabe an, weil dies in der Ordnung der Dinge liegt. Er kommt dabei um.

Id. Der Mann, der die Moral der Aufrichtigkeit anwendet, um die Solidarität zu betonen. Die ungeheure Einsamkeit am Ende.

Id. Wir bringen die Unverfrorensten von ihnen um. Sie haben die Unverfrorensten von uns umgebracht. Übrig bleiben die Beamten und der Stumpfsinn. Das kommt davon, wenn man Ideen hat.

☆

Pest. Ein Kapitel über die Ermattung.

☆

Revolte. Die Freiheit ist das Recht, nicht zu lügen. Dies stimmt im sozialen Bereich (des Untergebenen wie des Vorgesetzten), und auch im moralischen Bereich.

☆

Korrigierte Schöpfung.[1] *Geschichte vom terminierten Selbstmord.*

☆

Pest. «Die unter dem Getrenntsein stöhnenden Dinge.»

☆

Dieser (ein Eisenbahninspektor) lebt nur für die Eisenbahn.

Der Bahnbeamte lebt auf dem Oberflächenfilm der Materie.

☆

Der Vetter von M. V. Er sammelt Montgolfieren (aus Porzellan, als Pfeifen, Briefbeschwerer, Tintenfäßchen, usw.).

☆

Universeller Roman. Der Panzer, der umkippt und auseinanderfällt wie ein Tausendfüßler.

☆

Bob während des Angriffs in den Sommerwiesen. Sein mit Goldlack und Unkraut bedeckter Helm.

☆

1 Dieser Titel kehrt in den Tagebüchern häufig wieder, so zum Beispiel im 5. Heft, S. 235: *Korrigierte Schöpfung oder das System.*

Korrigierte Schöpfung.

Der umgekippte Panzer, der zappelt wie ein Tausendfüßler.

Bob in den Sommerwiesen der Normandie. Sein mit Unkraut und Goldlack bedeckter Helm.

Vgl. Bericht der englischen Kommission über Greueltaten in *Times*.

Der spanische Journalist in Suzy (seinen Artikel verlangen) – (Kinder zeigen ihm lachend die Leichen).

Eine Stunde lang kalter Wasserstrahl aufs Herz.

Den ganzen Tag wirr darüber gesprochen, daß es abends möglicherweise Milchsuppe gibt, weil man danach nachts mehrmals pissen muß. Weil die Latrinen hundert Meter vom Block entfernt liegen, weil es kalt ist, usw.

– Die deportierten Frauen, die in die Schweiz kommen und beim Anblick einer Beerdigung schallend lachen: «So behandeln sie hier die Toten.»

– Jacqueline.

– Die beiden jungen Polen, die als Vierzehnjährige gezwungen werden, ihr Haus in Brand zu stecken, in dem sich ihre Eltern befinden. Von vierzehn bis siebzehn Buchenwald.

– Die Concierge des Hauses an der rue de la Pompe, in dem die Gestapo sich in zwei Stockwerken eingerichtet hat. Vormittags verrichtet sie inmitten der Gefolterten die Hausarbeiten. «Ich kümmere mich nie darum, was meine Mieter machen.»

– Jacquelines Rückkehr von Königsberg nach Ravensbrück – 100 Kilometer zu Fuß. In einem großen Zelt, das durch Stellwände in vier Räume aufgeteilt ist. So viele Frauen, daß sie auf der Erde nur schlafen können, wenn sie sich eng aneinanderschmiegen. Die Ruhr. Die Latrinen sind hundert Meter entfernt. Aber man muß über die Leiber klettern und auf sie treten. Man macht auf die anderen.

– Weltweiter Aspekt im Zwiegespräch zwischen Politik und Moral. Diesem Konglomerat gigantischer Kräfte gegenüber: Sintes [1].

– Die Deportierte X, hat bei der Befreiung eine Tätowierung: sie diente der SS des Lagers ein Jahr lang als . . .

☆

Beweisen. Daß die Abstraktion das Übel ist. Sie verursacht die Kriege, die Folterungen, die Gewalttätigkeit, usw. Problem: wie bewahrt die abstrakte Sehweise dem körperlichen Leiden gegenüber ihren Standpunkt – die Ideologie angesichts der Folter, die im Namen dieser Ideologie angewendet wird.

☆

Christentum. Ihr wäret schön gestraft, wenn wir euren Postulaten beipflichteten. Denn dann wäre unsere Verdammung unwiderruflich.

☆

1 Vor «Sintes» stehen ein paar unleserliche Buchstaben.

Sade. Von Gall vorgenommene Autopsie: Der bloßgelegte Schädel gleicht dem Schädel jedes anderen Greises. Die Organe der väterlichen Gefühle und der Kinderliebe sind deutlich ausgeprägt.

Sade über Mme de Lafayette: «Und indem sie bündiger wurde, wurde sie interessanter.»

Sades leidenschaftliche Bewunderung für Rousseau und Richardson, die ihn lehrten, «daß man nicht immer dadurch Interesse erregt, daß man die Tugend triumphieren läßt».

Id. «Man gewinnt die Kenntnis des menschlichen Herzens nur» durch Unglück und Reisen.

Id. Der Mensch des 18. Jahrhunderts: «Wenn er es den Titanen gleich wagt, seine kühne Hand bis zum Himmel emporzurecken, und wenn er, bewehrt mit seinen Leidenschaften, nicht länger zögert, denen den Krieg zu erklären, die ihn einst erzittern ließen.»

☆

Revolte. Die Politik führt schließlich zu den Parteien, die der Gemeinschaft (Anteilnahme[1]) abträglich sind.

☆

– Und die Schöpfung selbst. Was tun? Gerade der Aufrührer hat *am* wenigsten Aussicht, die Komplicen loszuwerden. Aber es wird gelingen.

☆

Tiefer Ekel vor jeglicher Gesellschaft. Versuchung, zu fliehen und sich mit dem Untergang seiner Epoche abzufinden. Das Alleinsein macht mich glücklich. Aber zugleich der Eindruck, daß der Untergang in dem Augenblick beginnt, in dem man sich damit abfindet. Und man bleibt – damit der Mensch auf der ihm gebührenden Höhe bleibe. Genau gesagt um nicht zu seinem Abstieg beizutragen. Aber Ekel, übelkeiterregender Ekel vor dieser Verzettelung in den anderen.

☆

Gemeinschaft. Hemmnis für den Menschen, weil er den Kreis der ihm bekannten Menschen nicht sprengen kann. Jenseits macht er ihn zur Abstraktion. Der Mensch *muß* im Kreise des Fleisches *leben.*

☆

Das alternde Herz. Geliebt zu haben, ohne daß doch etwas gerettet wäre!

☆

Die Versuchung der untergeordneten und alltäglichen Verrichtungen.

☆

1 Das Wort «Anteilnahme» steht im Manuskript über dem Wort «Gemeinschaft».

C. und P. G.: die Leidenschaft für die Wahrheit. Rings um sie wird alle Welt gekreuzigt.

☆

Wir Franzosen stehen heute an der Spitze aller Zivilisation: wir haben es verlernt, zu töten.

Wir sind es, die gegen Gott zeugen.

☆

Juli 45

Chateaubriand an Ampère, als dieser 1841 nach Griechenland fährt:

«Vergessen Sie nicht, den Berg Hymettos von mir zu grüßen, wo ich Bienen zurückgelassen habe, und das Kap Sunion, wo ich das Zirpen der Grillen vernahm ... Bald werde ich allem entsagen müssen. Noch streife ich in meinem Gedächtnis inmitten meiner Erinnerungen umher; aber sie werden verblassen ... Sie werden kein Blatt der Olivenbäume, keine Beere der Trauben vorfinden, die ich in Attika sah. Sogar dem Gras meiner Tage traure ich nach. Ich habe nicht die Kraft besessen, ein Heidekraut fortleben zu lassen.»

☆

Revolte.

Schließlich habe ich die Freiheit gewählt. Denn auch wenn die Gerechtigkeit nicht verwirklicht wird, bewahrt die Freiheit das Vermögen, gegen die Ungerechtigkeit zu protestieren, und rettet so die Gemeinschaft. Die Gerechtigkeit in einer schweigenden Welt, die Gerechtigkeit der Stummen, zerstört die Anteilnahme, leugnet die Revolte und stellt die Übereinstimmung wieder her, aber diesmal in ihrer niedrigsten Form. Hier erkennen wir die Vorrangstellung, die der Wert Freiheit nach und nach einnimmt. Aber die Schwierigkeit besteht darin, nie aus den Augen zu verlieren, daß sie *gleichzeitig*, wie schon gesagt, die Gerechtigkeit fordern muß. Indessen erlaubt eine allerdings grundverschiedene Gerechtigkeit ebenfalls, den einzigen beständigen Wert in der Geschichte der Menschen zu begründen, deren Tod immer nur dann sinnvoll war, wenn sie für die Freiheit starben.

Die Freiheit ist die Möglichkeit, zu verteidigen, was ich nicht denke, sogar unter einem Regime oder in einer Welt, die ich billige. Sie ist die Möglichkeit, dem Gegner recht zu geben.

☆

«Ein Mensch, der bereut, ist unendlich groß. Aber wer möchte heutzutage unendlich groß sein, ohne gesehen zu werden?» (Rancés Leben.)

☆

Welch ein Mann wäre ich, wenn ich nicht das Kind gewesen wäre, das ich war!

☆

Unveröffentlichtes von Ch.

«Nie haben die Arme einer Frau mich mit jener rückhaltlosen Hingabe, jener Innigkeit, jener leidenschaftlichen Glut umschlungen, die ich suchte und deren Zauber ein ganzes Leben wert wäre.»

«Es gibt Zeiten, in denen der Charakter erlahmt, so daß die Laster nur Sittenlosigkeit hervorbringen und keine Verbrechen.»

Id. «Gäbe es keine Leidenschaft, so gäbe es auch keine Tugend, und doch ist unser Jahrhundert zu jenem äußersten Elend gelangt, daß es weder Leidenschaft noch Tugend besitzt; es tut Böses und Gutes passiv wie die Materie.»

«Wer einen hohen Geist und ein niedriges Herz besitzt, schreibt großartig und handelt kleinlich.»

☆

Roman.

«Ich habe den Menschen gegeben, was ihnen zukommt. Das heißt, ich habe mit ihnen gelogen und mich gesehnt. Ich bin von einem zum anderen geeilt, ich habe alles Nötige getan. Nun ist es genug. Ich habe mit dieser Landschaft eine Rechnung zu begleichen. Ich wünsche mit ihr allein zu bleiben.»

☆

30. Juli 45

Mit dreißig Jahren sollte ein Mann sich in der Hand haben, genau Bescheid wissen über seine Mängel und seine Vorzüge, seine Grenzen kennen, sein Versagen vorhersehen – er selber sein. Und sich vor allem damit abfinden. Wir werden positiv. Alles vollbringen und allem entsagen. Sich im Natürlichen einrichten, aber ohne die Maske abzulegen. Ich habe genug kennengelernt, um auf beinahe alles verzichten zu können. Es bleibt ein tägliches, beharrliches, gewaltiges Bemühen. Das Bemühen um das Geheimnis, ohne Hoffnung, ohne Bitterkeit. Nichts mehr verneinen, da alles bejaht werden kann. Über die Zerrissenheit hinausgewachsen.

FÜNFTES HEFT

September 1945 – April 1948

Das einzige Problem unserer Zeit: kann man die Welt verwandeln, ohne an die unumschränkte Macht der Vernunft zu glauben? Den rationalistischen, den marxistischen Illusionen zum Trotz ist die ganze Geschichte der Menschheit die Geschichte der Freiheit.

Wie könnten die Wege der Freiheit determiniert sein? Es ist ohne Zweifel falsch, zu behaupten, daß alles, was determiniert ist, aufgehört hat zu leben. Aber nur das ist determiniert, was vergangen ist. Gott selber, wenn es ihn gäbe, könnte die Vergangenheit nicht ändern. Aber die Zukunft gehört ihm nicht mehr und nicht weniger als den Menschen.

☆

Politische Antinomien. Wir leben in einer Welt, in der wir nur die Wahl haben, Opfer zu sein oder Henker – etwas anderes gibt es nicht. Diese Wahl ist nicht leicht zu treffen. Mir schien immer, es gebe in Wirklichkeit keine Henker, sondern nur Opfer. Letzten Endes, natürlich. Aber das ist eine wenig verbreitete Wahrheit.

Ich bin überzeugter Anhänger der Freiheit. Und für jeden Intellektuellen verschmilzt die Freiheit schließlich mit der Redefreiheit. Aber ich bin mir durchaus bewußt, daß dies für eine sehr große Zahl von Europäern nicht das Wichtigste ist, weil nur die Gerechtigkeit ihnen das unerläßliche materielle Minimum gewährleisten kann, und daß sie zu Recht oder zu Unrecht leichten Herzens die Freiheit dieser elementaren Gerechtigkeit opfern würden.

Das weiß ich schon lange. Wenn es mir notwendig schien, für Gerechtigkeit und Freiheit einzutreten, so erklärt sich dies aus meiner Überzeugung, daß darin die letzte Hoffnung des Abendlandes lag. Aber dieser Ausgleich kann sich nur in einem bestimmten Klima vollziehen, das mir heute fast utopisch vorkommt. So muß der eine oder der andere dieser Werte geopfert werden? Was sollen wir in diesem Fall denken?

☆

Politik (Fortsetzung). Alles rührt daher, daß die Wortführer des Volkes sich nie wirklich um die Freiheit sorgen. Wenn sie aufrichtig sind, rühmen sie sich sogar des Gegenteils. Dabei würde schon die Sorge genügen ...

Die Leute also, die mit diesen Skrupeln leben, und sie sind dünn gesät, müssen früher oder später untergehen (in dieser Hinsicht gibt es viele Arten des Sterbens). Wenn sie stolz sind, werden sie das nicht kampflos tun. Aber wie könnten sie wohl gegen ihre Brüder und die ganze Justiz kämpfen? Sie werden Zeugnis ablegen, mehr nicht. Und mit zweitausend Jahren Abstand werden wir der mehrmals wiederholten Opferung des Sokrates beiwohnen. Programm für morgen: feierliche und bedeutsame Hinrichtung der Zeugen der Freiheit.

☆

Revolte: Schaffen, um sich mit den Menschen zu vereinen? Aber nach und nach trennt die Schöpfung uns von allen und verstößt uns in die Ferne, ohne einen Schatten von Liebe.

☆

Die Leute meinen immer, daß man sich aus einem Grund das Leben nehme. Aber man kann sich sehr wohl aus *zwei* Gründen das Leben nehmen.

☆

Wir sind nicht für die Freiheit geboren. Aber der Determinismus ist ebenfalls ein Irrtum.

☆

Was könnte (Was kann [1]) die Unsterblichkeit für mich bedeuten? Leben, bis der letzte Mensch von der Erdoberfläche verschwunden ist. Weiter nichts.

☆

X. Diese merkwürdige Person drischt leeres Stroh. Aber das ist das Gegenteil von Leichtfertigkeit. Sie behauptet etwas, dann widerspricht sie sich oder gibt unumwunden zu, daß sie unrecht hat. Das alles, weil sie es unwichtig findet. Sie denkt nicht wirklich an das, was sie sagt, weil sie mit einer anderen, unendlich schlimmeren Wunde beschäftigt ist, die sie mit sich schleppen wird, unerkannt, bis zum Tod.

☆

NAJA

Ästhetik der Revolte.[2] Wenn die Klassik durch die Beherrschung der Leidenschaften gekennzeichnet wird, ist diejenige Epoche klassisch, deren Kunst die Leidenschaften der Zeitgenossen in Formen und Formeln kleidet. Heute überwiegen die kollektiven Leidenschaften über die individuellen, es handelt sich nicht länger darum, die Liebe durch die Kunst zu beherrschen, sondern die Politik, im reinsten Sinn des Wortes. Der Mensch ist in hoffnungsvoller oder zerstörerischer Leidenschaft zu seinem Wesen entbrannt.

Aber wieviel schwieriger ist die Aufgabe – 1. weil die kollektive Leidenschaft die ganze Zeit des Künstlers aufzehrt, wenn es stimmt, daß nur erlebte Leidenschaften formuliert werden können; 2. weil die Wahrscheinlichkeit des Todes dabei größer ist – und auch weil die einzige Art, die kollektive Leidenschaft zu erleben, in der Bereitschaft besteht, dafür zu sterben. Hier ist also die größte Wahrscheinlichkeit der Echtheit zugleich die größte Wahrscheinlichkeit des Scheiterns für die Kunst. Deshalb ist diese Art Klassik vielleicht nicht möglich. Aber wenn sie es wäre, dann deshalb, weil die Geschichte der menschlichen Revolte wirklich einen Sinn hätte, und zwar den Sinn, diese äußerste Grenze zu erreichen.

1 «Was kann» ist mit Bleistift in das Manuskript eingetragen.

2 Vgl. Vorwort zu *Chamfort* und die letzten Kapitel von *Der Mensch in der Revolte.*

Hegel hätte recht, und das Ende der Geschichte wäre vorstellbar, aber nur in einem Scheitern. Und darin hätte Hegel unrecht. Aber wenn diese Art Klassik möglich ist, wie wir zu glauben scheinen, erkennen wir wenigstens, daß sie nur von einer Generation aufgebaut werden kann – und nicht mehr von einem Menschen. Mit anderen Worten, die Möglichkeiten des Scheiterns, von denen ich spreche, können nur durch die Möglichkeiten der großen Zahl aufgewogen werden, das heißt, die Möglichkeit, daß von zehn echten Künstlern einer überlebt und in seinem Leben sowohl für die Leidenschaft als auch für das Schaffen Zeit findet. Der Künstler kann kein Einzelgänger mehr sein. Und wenn er einer ist, dann dank einem Sieg, den er einer ganzen Generation verdankt.

☆

Oktober 45
Ästhetik der Revolte.

Der Mensch kann unmöglich völlig verzweifeln. Schlußfolgerung: jede Literatur der Verzweiflung stellt einen Grenzfall dar, und nicht den eigentlich bezeichnenden. Das Bemerkenswerte am Menschen ist nicht, daß er verzweifelt, sondern daß er die Verzweiflung überwindet und vergißt. – Eine verzweifelte Literatur wird nie allgemeingültig sein. – Eine allgemeingültige Literatur kann sich nicht bei der Verzweiflung aufhalten (übrigens ebensowenig beim Optimismus – es genügte, die Überlegung umzukehren), sie muß ihr nur Rechnung tragen. Hinzufügen: aus welchen Gründen die Literatur allgemeingültig ist oder nicht ist.

☆

Ästhetik der Revolte. Der gehobene Stil und die ausgewogene Form, Ausdruck der vornehmsten Revolte.

☆

Korrigierte Schöpfung.

«Menschen wie ich haben keine Angst vor dem Tod», sagt er. «Ein Unfall gibt ihnen recht.»

☆

Warum bin ich Künstler und nicht Philosoph? Weil ich in Worten und nicht in Ideen denke.

☆

Ästhetik der Revolte.

E. M. Forster. – «(Das Kunstwerk) ist der einzig materielle Gegenstand des Universums, der eine innere Harmonie besitzt. – Alle anderen sind durch äußeren Druck gemodelt worden und zerbröckeln, sobald die Form weggenommen wird. Das Kunstwerk behauptet sich ganz aus eigener Kraft, und nichts anderes kann das. *Es vollbringt, was die Gesellschaft so oft versprochen, aber nie gehalten hat.*

... Sie (die Kunst) ist das einzige wohlgeordnete Erzeugnis, das unser unordentliches Geschlecht hervorgebracht hat. Sie ist der Schrei von tausend Schildwachen, das Echo von tausend Labyrinthen, sie ist das

Leuchtfeuer, das nicht verdeckt werden kann, sie ist der beste Beweis, den wir für unsere Würde beibringen können.»

☆

Id. Shelley: «Die Dichter sind die unerkannten Gesetzgeber der Welt.»

☆

Tragödie.

C. und L. – Ich wende mich wegen dieses Falles an dich. Ich erteile dir damit einen lebensgefährlichen Auftrag.

– Sie haben alle recht, ruft jemand.

C. – Ich treibe dich höchstwahrscheinlich in den Tod. Aber ich verlange, daß du mich verstehst.

– Ich kann nicht verstehen, was unmenschlich ist.

– Dann muß ich also auch noch darauf verzichten, von denen, die ich liebe, verstanden zu werden.

C. – Ich glaube nicht an die Freiheit. Ich leide darunter menschlich. Die Freiheit fällt mir heute lästig.

L. – Warum?

– Sie hindert mich, die Gerechtigkeit aufzurichten.

– Ich bin überzeugt, daß sie miteinander vereinbar sind.

– Die Geschichte beweist, daß deine Überzeugung falsch ist. Ich glaube, daß sie unvereinbar sind. Darin besteht meine Weisheit als Mensch.

– Warum die eine wählen, und nicht die andere?

– Weil ich will, daß eine möglichst große Zahl von Menschen glücklich ist. Und weil die Freiheit stets nur die Sorge, die vordringliche Sorge einiger weniger ist.

– Und wenn deine Gerechtigkeit fehlschlägt?

– Dann werde ich in eine Hölle kommen, die du dir nicht einmal heute vorstellen kannst.

– Ich will dir sagen, was geschehen wird (Schilderung).

– Jeder Mensch setzt auf das, was ihm die Wahrheit zu sein scheint ... Ich wiederholte, die Freiheit fällt mir lästig – wir müssen die Zeugen der Freiheit aus der Welt schaffen.

C. – L., deine Achtung?

L. – Das kann dir doch gleich sein.

C. – Du hast recht, es ist eine Schwäche, die keinen Sinn hat.

L. – Und doch bewahre ich dir ihretwegen meine Achtung. Lebewohl, C. ... Menschen wie ich scheinen immer allein zu sterben. Das werde ich tun. Aber ich werde wahrhaftig nichts unterlassen haben, um es den Menschen zu ersparen.

L. – Die Welt erneuern, ist eine unbedeutende Aufgabe.

C. – Nicht die Welt muß erneuert werden, sondern der Mensch.

C. – Dummköpfe gibt es überall. Aber in der ganzen übrigen Welt gibt es Dummköpfe und Feiglinge. Bei uns findest du keinen einzigen Feigling.

L. – Das Heldentum ist eine zweitrangige Tugend.

C. – Du hast das Recht, das zu behaupten, weil du Beweise gibst. Aber welche Tugend soll dann die oberste sein?

L. (ihn anblickend) – Die Freundschaft.

L. – Wenn die Welt tragisch ist, wenn wir in der Zerrissenheit leben, dann sind nicht so sehr die Tyrannen daran schuld. Du und ich wissen, daß es eine Freiheit gibt, eine Gerechtigkeit, eine tiefe Freude, die man mit anderen teilt, kurz, eine Gemeinschaft im Kampf gegen die Tyrannen. Wenn das Böse herrscht, gibt es kein Problem. Wenn der Gegner im Unrecht ist, sind diejenigen, die gegen ihn kämpfen, frei und friedliebend. Die Zerrissenheit aber rührt daher, daß Menschen, die einer wie der andere das Beste für die Menschheit wollen, ihre Pläne sofort oder in drei Generationen verwirklichen wollen und daß das genügt, um sie für immer auseinanderzubringen. Wenn beide Parteien gleichermaßen recht haben, beginnt die Tragödie. Und weißt du, was am Ende der Tragödie steht?

C. – Ja, der Tod.

L. – Ja, der Tod. Und dennoch werde ich mich nie bereit finden, dich zu töten.

C. – Ich wohl, wenn es sein müßte. Das ist meine Moral. Und es ist für mich das Zeichen, daß du dich außerhalb der Wahrheit befindest.

L. – Es ist für mich das Zeichen, daß du dich außerhalb der Wahrheit befindest.

C. – Ich erscheine als Sieger, weil ich lebe. Aber ich befinde mich in der gleichen Finsternis wie ihr, und meine einzige Zuflucht ist mein Wille als Mensch.

Ende. Die Leiche von L. wird gebracht. Ein Partisan behandelt sie unehrerbietig. Schweigen. C.: «Dieser hier ist als Held für die Sache gefallen, die unsere Sache war. Wir müssen ihn ehren und rächen.[1]»

C. – Seht[2]. Seht diese Nacht. Sie ist unendlich. Sie läßt ihre stummen Sterne hoch über den fürchterlichen Schlachten der Menschen kreisen. Jahrtausendelang habt ihr diesen Himmel angebetet, obwohl er beharrlich schweigt, ihr habt hingenommen, daß eure armseligen Liebschaften, eure Wünsche und eure Nöte nichts seien angesichts der Gottheit. Ihr habt an eure Einsamkeit geglaubt. Und heute, wo dasselbe Opfer von euch gefordert wird, aber diesmal im Dienste des Menschen, wollt ihr euch weigern?

1 Die letzten Worte sind nur wahrscheinlich. Das Manuskript läßt sich hier schlecht entziffern.

2 Drei unleserliche Worte.

der absolute Ankläger

C. – Ihr dürft meine Seele nicht für völlig blind halten.

L. kehrt verwundet zurück.

C. – Du hättest dich doch durchschlagen sollen.

L. – Das war nicht möglich.

C. – Du konntest zurückkommen, also konntest du dich auch durchschlagen.

L. – Das war nicht möglich.

C. – Warum nicht?

L. – Weil ich gleich sterben werde.

X. – Sie dürfen nicht dorthin gehen.

C. – Ich führe hier den Befehl, und ich entscheide.

X. – Eben deshalb, wir haben Sie nötig. Wir sind nicht dazu da, erhabene Taten zu vollbringen, sondern Erfolge zu erzielen. Ein guter Anführer ist die Vorbedingung des Erfolgs.

C. – In Ordnung, X. Aber ich mag die Wahrheiten nicht, die für mich vorteilhaft sind. Deshalb werde ich gehen.

Die F. – Aber wer hat denn recht?

Der Leutn. – Wer überlebt.

Ein Mann kommt herein.

– Er ist auch gestorben.[1]

Oh! Nein, nein! Ich weiß doch selber genau, wer recht hatte. Er, ja, er, der die Vereinigung forderte.

☆

Revolte.

Die kollektiven Leidenschaften gewinnen die Oberhand über die individuellen Leidenschaften. Die Menschen haben das Lieben verlernt. Was sie heutzutage interessiert, ist Conditio humana und nicht mehr die Einzelschicksale.

☆

Die Freiheit ist die letzte individuelle Leidenschaft. Deshalb ist sie heute unmoralisch. In Gesellschaft und eigentlich auch an sich ist sie unmoralisch.

☆

Die Philosophie ist die zeitgenössische Form der Schamlosigkeit.

☆

Mit dreißig Jahren bin ich beinahe über Nacht berühmt geworden. Ich bedaure das nicht. Später hätte es mir vielleicht Albträume verursacht. Jetzt weiß ich, was es ist. Es ist wenig.

☆

1 Die vier vorangehenden Zeilen sind mit Bleistift ins Manuskript eingetragen.

Dreißig Artikel.[1] Die Argumente der positiven sind ebensowenig stichhaltig wie die der negativen. Kaum eine oder zwei echte oder erschütterte Stimmen. Der Ruhm! Bestenfalls ein Mißverständnis. Aber ich werde nicht die überlegene Miene des Kostverächters aufsetzen. Der Ruhm ist ebenfalls ein Merkmal der Menschen, nicht mehr und nicht weniger wichtig als ihre Gleichgültigkeit, als die Freundschaft, als der Abscheu. Was kümmert mich das alles schließlich? Wer dieses Mißverständnis richtig aufzunehmen versteht, findet darin eine Befreiung. Mein Ehrgeiz, wenn ich überhaupt ehrgeizig bin, ist anderer Art.

November – 32 Jahre

☆

Die natürlichste Neigung des Menschen besteht darin, sich und zugleich alle anderen zugrunde zu richten. Wie ungeheuer muß man sich anstrengen, um nur normal zu sein! Und um wieviel mehr noch muß sich jemand anstrengen, der sich selbst und den Geist beherrschen will. Der Mensch ist nichts. Er ist nur eine unbeschränkte Möglichkeit. Aber er ist für diese Möglichkeit unbeschränkt verantwortlich. An sich neigt der Mensch dazu, sich zu verzetteln. Aber wenn sein Wille, sein Bewußtsein, seine Abenteuerlust siegen, beginnt die Möglichkeit zu wachsen. Niemand kann behaupten, er habe die Grenze des Menschseins erreicht. Die letzten fünf Jahre haben mich das gelehrt. Vom Tier zum Märtyrer, vom Geist des Bösen zum Opfer ohne Hoffnung gab es kein Zeugnis, das nicht erschütternd war. An jedem von uns ist es, in sich die höchste Möglichkeit des Menschen, sein äußerstes Vermögen auszuschöpfen. Erst an dem Tag, an dem die Grenze des Menschseins einen Sinn haben wird, wird sich das Problem «Gott» stellen. Aber nicht vorher, niemals, bevor die Möglichkeit restlos ausgelebt worden ist. Die großen Taten haben nur ein mögliches Ziel, nämlich die menschliche Fruchtbarkeit. *Aber zuerst Herr über sich selbst werden.*

☆

Die Tragödie ist keine Lösung.

☆

Parain. Gott hat sich nicht selber erschaffen. Er ist der Sohn des menschlichen Hochmuts.

Verstehen heißt schöpferisch sein.

☆

Revolte. Wenn es dem Menschen mißlingt, Gerechtigkeit und Freiheit miteinander auszusöhnen, dann mißlingt ihm alles. – So hat die Religion recht? Nein, wenn er sich mit einem Mehr-oder-Weniger zufriedengibt.

☆

Ströme von Blut und Jahrhunderte der Geschichte sind erforderlich, um eine unmerkliche Änderung der Lebensbedingungen des Menschen zu er-

1 Nach der Aufführung von *Caligula*.

reichen. So lautet das Gesetz. Jahrelang fallen die Köpfe wie Hagelkörner, herrscht der Terror, wird die Revolution ausgerufen, und schließlich wird die Monarchie von Gottes Gnaden durch die konstitutionelle Monarchie ersetzt.

☆

Ich habe während meiner ganzen Jugend mit der Vorstellung meiner Unschuld gelebt, das heißt, ohne jede Vorstellung. Heute ...

☆

Ich bin nicht für die Politik geschaffen, weil ich unfähig bin, den Tod des Gegners zu wünschen oder zu billigen.

☆

Nur dank einer unablässigen Anstrengung vermag ich zu schaffen. Ich neige zur Unbeweglichkeit. Meine tiefste und verläßlichste Neigung ist das Schweigen und die alltägliche Gebärde. Damit ich der Zerstreuung entging, der Faszination des Mechanischen, bedurfte es jahrelanger Beharrlichkeit. Aber ich weiß, daß ich mich dank eben dieser Anstrengung aufrecht halte und daß ich in den Abgrund rollen würde, sobald ich nur einen Augenblick aufhörte, daran zu glauben. So verharre ich außerhalb der Krankheit und der Entsagung und halte mich mit all meiner Kraft aufrecht, um zu atmen und zu siegen. Das ist meine Art, zu verzweifeln, und das ist meine Art, davon zu genesen.

☆

Unsere Aufgabe: Die Universalität oder zumindest universelle Werte schaffen. Dem Menschen seine Katholizität erobern.

☆

Der historische Materialismus, der absolute Determinismus, die Verneinung jeglicher Freiheit, diese fürchterliche Welt des Muts und des Schweigens, das sind die denkbar natürlichsten Folgen einer Philosophie ohne Gott. Darin hat Parain recht. Wenn Gott nicht existiert, ist nichts erlaubt. Nur das Christentum ist in dieser Hinsicht stark. Denn der Vergöttlichung der Geschichte wird es stets die Schöpfung der Geschichte entgegenhalten, die existentialistische Situation wird es nach ihrem Ursprung fragen, usw. Aber seine eigenen Antworten sind nicht vernünftig, sondern mythologisch, und das erfordert Glauben.

Was tun zwischen diesen beiden? Etwas in mir sagt mir, überzeugt mich davon, daß ich mich nicht von meiner Zeit lossagen kann, ohne feige zu sein, ohne in meine Versklavung einzuwilligen, ohne meine Mutter und meine Wahrheit zu verleugnen. Nur als Christ könnte ich das tun oder mich dazu bereitfinden, mich zugleich aufrichtig und mit Vorbehalt zu engagieren. Als Nicht-Christ muß ich den Weg zu Ende gehen. Aber zu Ende gehen bedeutet, rückhaltlos die Geschichte wählen, und mit ihr die Ermordung des Menschen für die Geschichte notwendig ist. Andernfalls bin ich nur ein Zeuge. Die Frage lautet: kann ich ausschließlich Zeuge sein? Mit anderen Worten: habe ich das Recht, ausschließlich Künstler zu sein? Das kann ich nicht glauben. Wenn ich keine Wahl treffe, muß ich also schweigen und mich damit abfinden, ein Sklave zu sein. Wenn ich mich gegen Gott und gegen die Geschichte zugleich entscheide, bin ich der Zeuge der reinen Freiheit, dessen Schicksal in der Geschichte es ist, getötet zu werden[1]. Beim gegenwärtigen Stand der Dinge ist mein Platz im Schweigen oder im Tod. Wenn ich beschließe, mir Gewalt anzutun und an die Geschichte zu glauben, ist mein Platz in der Lüge und im Mord. Sonst: die Religion. Ich verstehe, daß man sich ihr blind in die Arme stürzen kann, um diesem Wahnsinn und diesem fürchterlichen (ja, wahrhaft fürchterlichen) Zwiespalt zu entgehen. Aber ich bin dazu nicht fähig.

Konsequenz: Habe ich als noch freiheitsliebender Künstler das Recht, die mit dieser Haltung verbundenen Vorteile (Geld und Ansehen) anzunehmen? Für mich wäre die Antwort einfach. Die Armut hat mir allezeit die notwendigen Voraussetzungen geboten – und wird sie mir auch in Zukunft bieten –, um meiner Schuld, sofern sie vorhanden ist, wenigstens die Schmach zu nehmen und ihr den Stolz zu erhalten. Aber darf ich meine Kinder zur Armut zwingen, ihnen sogar die bescheidene Behaglichkeit rauben, die ich ihnen biete. Und hatte ich unter diesen Umständen unrecht, die allereinfachsten menschlichen Aufgaben und Pflichten auf mich zu nehmen, etwa die, Kinder zu haben. Hat man eigentlich das Recht, Kinder in die Welt zu setzen, in die Conditio humana einzuwilligen[2], wenn man nicht an Gott glaubt (Die Zwischenstufen der Überlegung einfügen).

Wie einfach wäre es, wenn ich dem Grauen und dem Abscheu nachgäbe, die die Welt mir einflößt, wenn ich noch glauben könnte, daß die Aufgabe des Menschen darin besteht, Glück zu schaffen! So will ich wenigstens schweigen, schweigen, schweigen, bis ich mich berechtigt fühle . . .

☆

Korrigierte Schöpfung.

Während der Besatzung: die Leute, die Pferdemist sammelten. Die Schrebergärten. Saint-Étienne Dunières: Die Arbeiter mit den deutschen Soldaten im gleichen Abteil. Ein Bajonett ist verschwunden. Die Soldaten zwingen die Arbeiter, bis nach Saint-Étienne mitzukommen. Der große Bursche, der in Firminy aussteigen sollte. Seine den Tränen nahe Wut. Über der Müdigkeit des Gesichts die noch grausamere Müdigkeit der Demütigung.

☆

1 Oder zu mogeln, indem ich aus meiner Lage als bevorzugter Künstler materiellen Vorteil schlage (Anm. d. Verf.).

2 Habe ich übrigens wirklich darein eingewilligt, obwohl ich doch so viele Widerstände in mir spürte und es mir so ungemein schwerfällt. Verdient dieses Herz mit seiner problematischen Treue nicht diesen Widerspruch? (Anm. d. Verf.)

Man befiehlt uns, zwischen Gott und der Geschichte zu wählen. Daher das gewaltige Verlangen, die Erde zu wählen, die Welt und die Bäume, wenn ich nicht völlig sicher wäre, daß der Mensch nicht restlos mit der Geschichte übereinstimmt.

☆

Jede Philosophie ist Selbstrechtfertigung. Einzig originell wäre diejenige Philosophie, die jemand anderen rechtfertigte.

☆

Gegen die engagierte Literatur. Der Mensch ist nicht *nur* das Soziale. Sein Tod wenigstens gehört ihm. Wir sind dazu geschaffen, mit den anderen zu leben. Aber man stirbt wirklich nur für sich.

☆

Ästhetik der Revolte. Thibaudet über Balzac: «*Die Menschliche Komödie* ist die Nachahmung Gottvaters.» Das Thema der Revolte, des Vogelfreien bei Balzac.

☆

80 % Scheidungen bei den heimgekehrten Kriegsgefangenen. 80 % der menschlichen Liebesbeziehungen überstehen keine fünf Jahre Trennung.

☆

Thomas. «Hm ... was sagte ich? Nun, gleich fällt es mir wieder ein ... Jedenfalls hat Roupp mir gesagt: Siehst du, ich bin Manager eines Boxers. Ich möchte gerne auch einen Maler managen. Also, wenn du willst ... Aber ich wollte nicht, ich liebe meine Freiheit. Und dann hat Roupp mir vorgeschlagen, ihn nach Paris zu begleiten. Natürlich war ich einverstanden. Ich esse bei ihm. Er hat mir ein Hotelzimmer gemietet. Er bezahlt dafür. Jetzt treibt er mich zum Arbeiten an.»

☆ kann SATANISMUS barmherzig sein?

X: Ein bescheidener und barmherziger Satanismus.

☆

Eine Tragödie über das Problem des Bösen. Auch der beste Mensch muß verdammt werden, wenn er nur den Menschen dient.

☆

«Wir lieben die Menschen nicht so sehr wegen der Wohltaten, die sie uns erwiesen haben, als wegen der Wohltaten, die wir ihnen erwiesen haben.» Nein, im schlimmsten Fall lieben wir sie gleichermaßen. Und das ist kein Unglück. Es ist natürlich, daß man dem Menschen dankbar ist, der einem erlaubt, wenigstens einmal besser zu sein, als man ist. Auf diese Weise ehren und grüßen wir eine bessere Vorstellung des Menschen.

☆

Mit welchem Recht wollte ein Kommunist oder ein Christ (um nur die achtbaren Formen des modernen Denkens zu berücksichtigen) mir Pessimismus vorwerfen? Nicht ich habe das Elend der Kreatur erfunden oder die schrecklichen Formeln des göttlichen Fluchs. Nicht ich habe behauptet, der Mensch sei unfähig, sich aus eigner Kraft zu erlösen, und auf dem Grunde seiner Erniedrigung bleibe ihm schließlich keine Hoffnung außer der auf die Gnade Gottes. Was andererseits den berühmten marxistischen Optimismus betrifft, so sei mir gestattet, darüber zu lachen. Wenige Menschen haben sich ihren Mitmenschen gegenüber mißtrauischer gezeigt. Die Marxisten glauben weder an die Überredung noch an den Dialog. Ein Bürger läßt sich nicht in einen Arbeiter verwandeln, und die ökonomischen Bedingungen sind in ihrer Welt fürchterlichere Schicksalhaftigkeiten als die göttlichen Launen.

Und was Herrn Herriot und die Kundschaft der *Anales* angeht!

Die Kommunisten und die Christen werden mir entgegenhalten, daß ihr Optimismus weitreichender ist, daß er allem übrigen überlegen ist und daß Gott oder die Geschichte, je nachdem, die befriedigenden Endergebnisse ihrer Dialektik darstellen. Ich kann die gleiche Überlegung anstellen. Während das Christentum in bezug auf den Menschen pessimistisch ist, ist es optimistisch in bezug auf das Geschick der Menschheit. Der Marxismus, pessimistisch in bezug auf das Geschick, pessimistisch in bezug auf die Natur des Menschen, ist optimistisch in bezug auf den Gang der Geschichte (sein Widerspruch!). Ich versichere, meinerseits, daß ich in bezug auf die Conditio humana pessimistisch bin, aber optimistisch in bezug auf den Menschen.

Wie können sie nur übersehen, daß nie zuvor ein solcher Schrei des Vertrauens zum Menschen lautgeworden ist? Ich glaube an den Dialog, an die Aufrichtigkeit. Ich glaube, daß sie die Mittel zu einer psychologischen Revolution ohnegleichen darstellen usw. usw....

☆

Hegel: Nur die moderne Stadt bietet dem Geist den Boden, auf dem er sich selbst bewußt werden kann. Bedeutsam. Dies ist die Zeit der Großstädte. Die Welt ist eines Teils ihrer Wahrheit beraubt worden, dessen, was ihre Dauer und ihr Gleichgewicht ausmacht: die Natur, das Meer, usw. Bewußtsein gibt es nur auf der Straße!

(Vgl. Sarte. Alle modernen Geschichtsphilosophien usw.)

☆

Revolte. Das menschliche Streben nach Freiheit und sein *üblicher* Widerspruch: die Disziplin und die Freiheit sterben von seinen eigenen Händen. Die Revolution muß ihre eigene Gewalttätigkeit bejahen oder sich selbst verneinen. Sie kann sich deshalb nicht in der Reinheit vollziehen: wohl aber im Blut oder in der Berechnung. Mein Bemühen: nachweisen, daß die Logik der Revolte das Blut und die Berechnung zurückweist. Und daß der bis zum Absurden vorgetriebene Dialog der Reinheit eine Chance gewährt. – Durch das Mitleid? (Gemeinsam leiden.)

☆

Pest. «Wir wollen nichts übertreiben», sagt Tarrou. «Da ist die Pest. Es ist notwendig, sich gegen sie zu wehren, und das tun wir auch. Es ist wahrhaftig herzlich wenig, und auf jeden Fall beweist es nichts.»

Der Flugplatz liegt zu weit vor der Stadt, als daß ein regelmäßiger Dienst eingeführt werden könnte. Es werden nur Pakete mit Fallschirmen abgeworfen.

Nach Tarrous Tod trifft das Telegramm ein, das Mme Rieux' Tod anzeigt.

Die Pest verläuft wie die Jahreszeiten. Sie besitzt ihren Frühling, in dem sie keimt und sprießt, ihren Sommer und ihren Herbst, usw.

☆ ABSURD

An Guilloux: «Das ganze Unglück der Menschen rührt daher, daß sie sich nicht einer einfachen Sprache bedienen. Wenn die Hauptperson im *Mißverständnis* gesagt hätte: ‹Sehen Sie, ich bin's und ich bin Ihr Sohn›, wäre ein Gespräch möglich, und nicht gefährdet wie im Stück. Es gäbe keine Tragödie mehr, weil der Höhepunkt aller Tragödien in der Taubheit der Hauptpersonen liegt. So gesehen hat Sokrates Jesus und Nietzsche gegenüber recht. Der Fortschritt und die wahre Größe liegen im menschlichen Dialog und nicht im Evangelium, diesem von der Höhe eines einsamen Berges aus diktierten Monolog. An diesem Punkt bin ich angelangt. Das Gegengewicht zum Absurden bildet die Gemeinschaft der Menschen, die dagegen ankämpfen. Und wenn wir uns dafür entscheiden, dieser Gemeinschaft zu dienen, entscheiden wir uns dafür, dem Dialog zu dienen, bis zum Absurden, aller Politik der Lüge oder des Schweigens zum Trotz. Auf diese Weise ist man mit den anderen frei.»

☆

Die Grenzen. So werde ich sagen, daß es unerforschliche Dinge gibt, die aufgezählt und besinnlich betrachtet zu werden verdienen. Mehr nicht.

☆

Saint-Just:

«Ich glaube also, daß wir der Begeisterung bedürfen. Das schließt keineswegs den gesunden Menschenverstand und die Besonnenheit aus.»

☆

Um die Welt ändern zu können, muß der Gedanke zunächst das Leben des Menschen ändern, der ihn denkt. Es muß sich in ein Beispiel verwandeln.

☆

Als Zwölfjährige wird sie von einem Droschkenkutscher vergewaltigt. Einmal. Bis zu ihrem siebzehnten Jahr bewahrt sie den Eindruck einer Art Beschmutzung.

☆

Korrigierte Schöpfung. Die beiden Juden von Verdelot, während der Besatzung. Die furchtbare Angst vor der Verhaftung. Sie wird dabei verrückt und zeigt ihn an. Dann kehrt sie zurück, um es ihm mitzuteilen. Sie werden beide erhängt aufgefunden. Die Hündin heult die ganze Nacht wie im trivialsten Hintertreppenroman.

☆

Korrigierte Schöpfung: «Man hatte mir immer gesagt, die erste sich bietende Fluchtgelegenheit müsse ungesäumt ergriffen werden. Jedes Risiko sei besser als das, was nachher komme. Aber es ist leichter, Gefangener zu bleiben und sich dem Grauen entgegentreiben zu lassen, als auszubrechen. Denn in diesem letzteren Fall muß man die Initiative ergreifen. Im ersten Fall überläßt man sie den anderen.»

☆

Id. «Wenn Sie es wissen wollen, ich habe nie an die Gestapo geglaubt. Denn sie blieb immer unsichtbar. Natürlich traf ich meine Vorkehrungen, aber gewissermaßen abstrakt. Von Zeit zu Zeit verschwand ein Kamerad. Und eines Tages sah ich vor Saint-Germain-des-Prés zwei baumlange Kerle, die einen Mann mit Faustschlägen ins Gesicht zwangen, in ein Taxi zu steigen. Und niemand erhob Einspruch. Ein Kellner sagte mir: ‹Seien Sie still. Das sind die.› Das weckte in mir den Verdacht, daß es sie tatsächlich gab und daß eines Tages ... Aber nur einen Verdacht. Die Wahrheit ist, daß ich erst an die Gestapo werde glauben können, wenn ich den ersten Fuß in den Unterleib bekomme. So bin ich. Deshalb dürfen Sie sich keine zu hohe Vorstellung von meinem Mut machen, weil ich in der Résistance bin, wie man so sagt. Nein, ich habe kein Verdienst, weil ich keine Phantasie habe.»

☆

Politik der Revolte. «So kommt es, daß die pessimistische Revolution zur Revolution des Glücks wird.»

☆

Tragödie. C. L. C. «Ich habe recht, und das verleiht mir das Recht, ihn zu töten. Ich kann mich nicht bei dieser Kleinigkeit aufhalten. Ich denke in Begriffen der Welt und der Geschichte.»

L. – Wenn die Kleinigkeit ein Menschenleben ist, bedeutet sie für mich die gesamte Welt und die ganze Geschichte.

☆

Ursprünge des modernen Wahnsinns. Das Christentum hat den Menschen von der *Welt* abgelenkt. Es hat ihn auf sich selbst und auf seine Geschichte beschränkt. Der Kommunismus ist eine logische Folge des

Christentums. Er ist eine christliche Geschichte.

Id. Nach zweitausend Jahren Christentum die Revolte des Körpers. Zweitausend Jahre waren nötig, damit man ihn wieder nackt am Strand zeigen konnte. Daher Übertreibungen. Und er hat seinen Platz im täglichen Leben wiedererlangt. Nun muß ihm sein Platz in der Philosophie und der Metaphysik zurückgegeben werden. Das ist eine der Bedeutungen der heutigen Umwälzung.

☆

Berechtigte Kritik von Albert Wild am Absurden: «Das Gefühl der Angst ist unvereinbar mit dem Gefühl der Freiheit.»

☆

Die Griechen räumten dem Göttlichen seinen Platz ein. Aber das Göttliche *war nicht alles.*

☆

«Eure Rede aber sei: Ja, ja; nein, nein. Was darüber ist, das ist vom Übel.» Matth. 5, 37.

☆

Koestler. Die überspitzte Doktrin: «Wer sich der Diktatur widersetzt, muß den Bürgerkrieg als Mittel billigen. Wer vor dem Bürgerkrieg zurückschreckt, muß den Widerstand aufgeben und die Diktatur billigen.» Die typische «historische» Argumentation.

☆

Id. «Sie (die Partei) leugnete die Willensfreiheit des Individuums – und forderte gleichzeitig seine freiwillige Entsagung. Sie leugnete, daß es die Möglichkeit habe, zwischen zwei Lösungen zu wählen, und gleichzeitig forderte sie, daß es stets die richtige wähle. Sie leugnete seine Fähigkeit, zwischen Gut und Böse zu unterscheiden – und gleichzeitig sprach sie in schwülstigem Ton von Schuld und Verrat. Das Individuum – ein Rädchen in einer für alle Ewigkeit aufgezogenen Uhr, die nichts aufhalten oder beeinflussen konnte – wurde unter das Zeichen der ökonomischen Notwendigkeit gestellt, und die Partei forderte, es solle sich gegen die Uhr empören und deren Werk ändern.»

Typisch für den «historischen» Widerspruch.

☆

Id. «Die größte Versuchung für Menschen unseres Schlages besteht darin, auf die Gewalt zu verzichten, zu bereuen, den inneren Frieden zu finden. Die Versuchungen Gottes waren allezeit gefährlicher für die Menschheit als die Satans.»

☆

Liebesroman: Jessica.

☆

Tod eines alten Schauspielers.

Ein Morgen in einem Paris voller Schnee und Kot. Das älteste und traurigste Viertel der Stadt, wo La Santé, Sainte-Anne und Cochin[1] angesiedelt worden sind. Längs der schwarzen, eisigen Straßen die Verrückten, die Kranken, die Armen und die Verurteilten. Cochin: die Kaserne des Elends und der Krankheit, und seine Mauern schwitzen die schmutzige Feuchte aus, die das Unglück kennzeichnet.

Dort ist er gestorben. Am Ende seines Lebens spielte er noch Lückenbüßer (die Theaterleute haben seltsame Ausdrücke) und vertauschte seinen einzigen Anzug, dessen Schwarz vergilbt, dessen Gewebe fadenscheinig war, mit den mehr oder weniger prächtigen Kostümen, die man wohl oder übel den Nebenrollen zugestehen muß. Er sah sich gezwungen, die Arbeit aufzugeben. Er konnte nur noch Milch trinken, und zudem gab es keine Milch. Man hat ihn ins Cochin gebracht, und er hat seinen Gefährten gesagt, er werde operiert und nachher sei es vorbei (ich erinnere mich an einen Satz seiner Rolle «Als ich ein kleiner Junge war», und auf eine Anweisung hin, die man ihm gab, sagte er: «Ah, ich empfinde es nicht so»). Er wurde nicht operiert, er wurde auf die Straße gesetzt und für gesund erklärt. Er nahm sogar die kleine Rolle einer grotesken Figur wieder auf, die er damals spielte. Aber er war abgemagert. Es hat mich immer in Erstaunen versetzt, wie ein gewisser Grad der Abmagerung, eine gewisse Art, wie die Backenknochen hervorstehen und das Zahnfleisch schwindet, das nahe Ende ankündigen. Nur derjenige, der abmagert, scheint sich nie «Rechenschaft zu geben». Oder wenn er sich «Rechenschaft gibt», dann vielleicht in flüchtigen Augenblicken, und das kann ich natürlich nicht wissen. Ich kann nur wissen, was ich sehe, und ich sah eben, daß Liesse sterben würde.

Er ist dann auch gestorben. Er hat wieder aufgehört zu spielen. Er ist ins Cochin zurückgekehrt. Man hat ihn weiterhin nicht operiert, aber er ist auch ohne das gestorben – eines Nachts, ganz unauffällig. Und am Morgen ist seine Frau wie gewohnt gekommen, um ihn zu besuchen. Niemand in der Verwaltung bereitete sie vor, weil niemand vorbereitet war. Die Nachbarn des Toten brachten der Frau die Nachricht bei. «Wissen Sie», sagten sie, «das ist diese Nacht passiert.»

Und an diesem Morgen befindet er sich dort in der kleinen Totenkammer, die auf die rue de la Santé geht. Zwei oder drei alte Kameraden haben sich eingefunden, und die Witwe und die Tochter der Wiwe, die nicht die Tochter des Toten ist. Als ich eintraf, sagte mir der Anweiser (warum trägt er eine blauweißrote Schärpe wie ein Bürgermeister?), man könne ihn noch sehen. Ich hatte keine Lust dazu, mir saß der zähe, aussätzige Morgen im Hals wie ein Knoten, den ich nicht hinunterschlucken konnte. Aber ich bin hingegangen. Man sah nur seinen Kopf; was als Leichentuch diente, bedeckte ihn bis zum Kinn. Er war noch magerer geworden. – Ich hielt es nicht für möglich, daß man in seinem Fall noch magerer werden konnte. Aber er hatte es fertiggebracht, und nun bemerkte

1 Das Gefängnis La Santé, das Irrenhaus Sainte-Anne und das Krankenhaus Cochin (Anm. d. Übers.).

"Der Hungerkünstler" dito

man den groben Knochenbau und erkannte, daß dieser mächtige, knorrige Kopf bestimmt war, ein schweres Gewicht an Fleisch zu tragen. Aus Mangel an Fleisch traten seine Zähne hervor, grauenvoll ... Aber wozu das beschreiben. Tote sind Tote, das weiß jeder, und man muß sie einander begraben lassen. Welch ein Jammer aber doch, welch ein furchtbarer Jammer!

Die Männer, die hinter seinem Kopf standen und die Hände auf den Rand des Sargs gelegt hatten, so daß sie den Toten seinen Besuchern zu präsentieren schienen, legten in diesem Augenblick los. Loslegen ist der treffende Ausdruck, denn diese unbeholfenen, in ihrer groben Kleidung linkisch wirkenden Automaten stürzten sich plötzlich mit Windeseile auf das Leichentuch, den Deckel und einen Schraubenzieher. In Sekundenschnelle war der Deckel zugeklappt, und zwei Männer zogen mit entsetzlichem Kraftaufwand und einer brutalen Bewegung des Vorderarms die Schrauben an. «Ha!» schienen sie zu sagen, «du kommst uns nicht mehr heraus!» Diese Lebenden wollten ihre Ruhe, das sah man gleich. Er wurde weggebracht. Wir folgten ihm. Die Witwe und die Tochter bestiegen zusammen mit dem Toten den Leichenwagen. Wir übrigen drängten uns in ein Auto, das hinterherfuhr. Nicht eine Blume, nichts als Schwarz.

Wir fuhren zum Friedhof von Thiais. Die Witwe fand, er sei zu weit weg, aber die Verwaltung hatte ihr keine Wahl gelassen. Wir verließen die Stadt durch die Porte d'Italie. Nie zuvor schien mir der Himmel so tief über den Vororten von Paris zu hängen. Bruchstücke von Baracken, Pfähle, eine schwarze, spärliche Vegetation ragten aus Schnee- und Matschhaufen hervor. Sechs Kilometer durch diese Landschaft, und wir halten vor den monumentalen Toren des scheußlichsten Friedhofs der Welt. Ein Aufseher mit blutunterlaufenem Gesicht hat den Zug am Tor aufgehalten und den Einlaßschein verlangt. «In Ordnung», sagte er, als er im Besitz seines Eigentums war. Gute zehn Minuten fuhren wir zwischen Matsch- und Schneehaufen, dann hielten wir hinter einem anderen Leichenzug. Eine Schneehalde trennte uns vom Gelände der Toten. Zwei Kreuze standen schief im Schnee, eines war für Liesse bestimmt, wie ich lesen konnte, das andere für ein kleines Mädchen von elf Jahren. Der Zug vor uns gehörte zu dem kleinen Mädchen. Aber die Familie war dabei, wieder in den Leichenwagen zu steigen. Er fuhr los, und wir konnten noch ein paar Meter zurücklegten. Wir stiegen aus. Große, blau gekleidete Männer, die Stiefel trugen wie Kloakenreiniger, ließen ihre Schaufeln im Stich, auf die sie sich gestützt hatten, während sie die Szene betrachteten. Sie traten näher und zogen den Sarg aus dem Wagen. In diesem Augenblick tauchte eine Art Briefträger in Blau und Rot auf, der eine eingebeulte Schirmmütze trug; er hielt einen Block mit Kohlepapier zwischen den Blättern in der Hand. Die Kloakenreiniger lasen daraufhin mit lauter Stimme eine Nummer, die in den Sarg eingeschnitten war: 3237 C. Der Briefträger folgte den Zeilen seines Zettels mit der Bleistiftspitze und sagte: «Schön», während er eine Nummer ankreuzte. Nun wurde der Sarg vorbeigetragen. Wir betraten das Gelände. Unsere Füße versanken in einem öligen, elastischen Lehm. Das Loch war inmitten von vier anderen Gruben ausgehoben worden. Die Kloakenreiniger ließen die Kiste ziemlich rasch hinuntergleiten. Aber wir standen alle sehr weit vom Loch entfernt, weil die Gräber uns am Vordringen hinderten und der schmale Durchgang zwischen ihnen mit Werkzeug und Erde versperrt war. Als der Sarg unten war, entstand ein Schweigen. Alle schauten sich an. Es gab keinen Priester, keine Blumen, und kein Wort des Friedens oder der Trauer wurde laut. Und alle spürten, daß der Augenblick feierlicher sein sollte – daß man ihn zu etwas Besonderem hätte machen sollen, und niemand wußte, wie. Da sagte einer der Kloakenreiniger: «Wenn die Damen und Herren ein bißchen Erde streuen wollen.» Die Witwe nickte. Er nahm Erde auf eine Schaufel, holte ein Kratzeisen aus der Tasche und legte ein bißchen Erde auf das Kratzeisen. Die Witwe streckte über einen Erdklumpen hinweg die Hand aus. Sie ergriff das Kratzeisen und warf die Erde in Richtung auf das Loch, ein bißchen aufs Geratewohl. Das Aufklatschen auf dem Sarg verursachte ein hohles Geräusch. Aber die Tochter verfehlte ihr Ziel. Die Erde flog über das Loch hinweg. Sie machte eine Gebärde, die besagte: «Pech.» Die Rechnung: «Und er wurde für einen unverschämten Preis in die Lehmerde gelegt.»

Wissen Sie, das ist der Friedhof der zum Tode Verurteilten.

Laval liegt nicht weit davon.[1]

☆

Roman. Wenn am Abend die Suppe später gebracht wurde, wußte man, daß am nächsten Morgen eine Hinrichtung stattfand.

☆

V. Ocampo begibt sich in den Buckingham Palace. Am Eingang fragt die Wache sie nach ihrem Begehr. «Die Königin sprechen.» – «Bitte schön.» Der Türsteher (?). *Id.* «Bitte schön.» Die Gemächer der Königin. «Nehmen Sie den Aufzug.» Usw. Sie wird ohne jegliche Formalität empfangen.

☆

Nürnberg. 60 000 Leichen unter den Trümmern. Man darf das Wasser nicht trinken. Aber zum Baden lädt es ebensowenig ein. Es ist das Wasser des Leichenhauses. Über der Fäulnis der Prozeß.

Auf dem Lampenschirm aus Menschenhaut bemerkt man eine sehr antike Tänzerin, die zwischen den Brüsten tätowiert ist.

☆

Revolte. Anfang: «Das einzige wirklich ernste moralische Problem ist der Mord. Alles übrige kommt später. Aber ich muß wissen, ob ich das Recht habe, den Mann mir gegenüber zu töten oder töten zu lassen, ich muß wissen, daß ich nichts weiß, so lange ich nicht weiß, ob ich das Recht habe, zu töten; das gilt es zu lernen.»

☆

1 Hier folgte die Reise nach Nordamerika.

Die Leute wollen uns *ihre* Folgerungen aufzwingen. Wenn sie uns richten, dann immer mit dem Hintergedanken ihrer Grundsätze. Mich aber kümmert es nicht, ob sie dieses oder jenes denken. Mir ist wichtig, zu wissen, ob ich das Recht habe, zu töten. Wenn einer zu jenen Grenzen gelangt ist, an denen sich jedes Denken stößt, reiben sie sich die Hände. «Was wird er jetzt tun?» Und sie halten ihre Wahrheit bereit. Aber ich glaube, daß es mich nicht stört, wenn ich mir widerspreche, denn ich möchte kein philosophisches Genie sein. Ich möchte überhaupt kein Genie sein, bereitet es mir doch schon genug Mühe, ein Mensch zu sein. Ich möchte einen Ausgleich finden und, wissend, daß ich mich nicht selber töten kann, wissen, ob ich das Recht habe, zu töten oder töten zu lassen, und aus diesem Wissen alle Konsequenzen ziehen auf die Gefahr hin, in Widersprüchen befangen zu bleiben.

☆

Es scheint, ich müßte einen Humanismus entdecken. Ich habe selbstverständlich nichts gegen den Humanismus. Ich finde ihn unzulänglich, das ist alles. Und das griechische Denken, zum Beispiel, war etwas völlig anderes als ein Humanismus. Es war ein Denken, das allem seinen Platz zuwies.

☆

Das Grauen! Und sie vergessen schon.

☆

[1] Roman Gerechtigkeit.

1. Kindheit in Armut – Ungerechtigkeit ist natürlich. Bei der ersten Gewalttat (Mißhandlung durch die Polizei) Ungerechtigkeit und jugendliche Revolte.
2. Einheimische Politik. Partei (usw.).
3. Revolution im allgemeinen. Denkt nicht an die Grundsätze. Krieg und Widerstand.
4. Säuberung. Die Gerechtigkeit läßt sich nicht mit der Gewalt vereinbaren.

Liebesbeziehungen

5. Daß die Wahrheit ohne ein wahrhaftiges Leben nicht möglich ist.
6. Rückkehr zur Mutter. Priester? «Nicht der Mühe wert.» Sie hatte nicht nein gesagt. Aber daß es nicht der Mühe wert sei. Er wußte, daß sie es nie der Mühe wert fand, jemand ihretwegen zu belästigen. Und sogar ihr Tod ...

☆

Revolte und Revolution.

Die Revolution als Mythos ist die endgültige Revolution.

Id. Die Betrachtungsweise des Historikers unterläßt es, das Phänomen der Schönheit zu erklären, das heißt die Beziehungen zur Welt

1 Von den Herausgebern wieder eingesetzte Stelle.

(Naturgefühl) und zu den Menschen als Individuen (Liebe). Was soll man von einer vorgeblich absoluten Erklärung halten, die ...

☆

Id. Das ganze Bemühen des deutschen Denkens zielte darauf ab, den Begriff der menschlichen Natur durch den der menschlichen Situation zu ersetzen und somit Gott durch die Geschichte und das antike Gleichgewicht durch die moderne Tragödie. Der moderne Existentialismus treibt dieses Bemühen noch weiter vor und führt in den Begriff der Situation dieselbe Ungewißheit ein wie in den Begriff der Natur. Es bleibt nichts übrig als eine Bewegung. Aber wie die Griechen glaube ich an die Natur.

☆

Pest. In meinem ganzen Leben hatte ich nie ein solches Gefühl des Scheiterns. Ich bin nicht einmal sicher, bis ans Ende zu gelangen. Und doch, zu gewissen Stunden ...

☆

Alles sprengen. Der Revolte die Form eines Pamphlets geben. Die Revolution und die Leute, die nie töten werden. Die Predigt in der Revolte. Kein einziges Zugeständnis.

☆

«Welch ein unsinniges, unvorstellbares Ding, daß ein Autor nie – unter keinerlei vorstellbaren Umständen – mit seinen Lesern offen sprechen kann.» Melville.

☆

Vom Standpunkt einer neuen Klassik aus sollte *Die Pest* der erste Versuch sein, eine kollektive Leidenschaft zu gestalten.

☆

Zu *Die Pest.* Vgl. Defoes Vorwort zum 3. Band des *Robinson*: Ernsthafte Überlegungen zum Leben und den erstaunlichen Abenteuern Robinson Crusoes: «Es ist ebenso vernünftig, eine Art Gefangenschaft durch eine andere darzustellen, wie irgend etwas wirklich Vorhandenes durch etwas, das es nicht gibt. Wenn ich das Privatleben eines Menschen auf die übliche Weise beschrieben hätte ... wäre euch alles, was ich gesagt hätte, langweilig vorgekommen ...»

Die Pest ist ein *Pamphlet.*

☆

Wie in der Wüste sterben lernen!

☆

Lourmarin[1]. Der erste Abend nach so vielen Jahren. Der erste Stern über

1 Camus war von Henri Bosco zusammen mit ein paar befreundeten Schriftstellern nach Lourmarin eingeladen worden.

dem Lubéron, das gewaltige Schweigen, die Zypresse, deren Wipfel in der Tiefe meiner Müdigkeit bebt. Ein Land, feierlich und herb – trotz seiner überwältigenden Schönheit.

☆

Geschichte des ehemaligen KZ-Häftlings, der in Lourmarin deutschen Gefangenen begegnet. «Zum erstenmal wurde er während seines Verhörs geschlagen. Aber irgendwie normal, weil außergewöhnlich. Eigentlich begann alles im Lager, als er wegen eines nichtigen Vergehens zwei kräftige Ohrfeigen bekam. Denn nun begriff er, daß dies in den Augen dessen, der ihn geschlagen hatte, durchaus alltäglich war, normal, selbstverständlich ...» Er versucht, sich mit dem deutschen Gefangenen darüber auszusprechen. Aber der andere ist *Gefangener*, mit ihm kann man nicht über solche Dinge sprechen. Schließlich verschwindet der andere, sie werden sich niemals (miteinander) aussprechen. Recht bedacht, spürt er, daß kein Mensch frei genug ist, um das aufklären zu können. Alle sind Gefangene.

Ein andermal hatte man im Lager den Zeitvertreib erfunden, sie ihr eigenes Grab schaufeln zu lassen, und sie dann doch nicht hingerichtet. Gut zwei Stunden lang hatten sie die schwarze Erde aufgebrochen, die Wurzeln gesehen, usw., und dies alles mit neuen Augen.

☆

«Es stirbt ohne Tod auf den Fleck festgebannt
Wer sich nicht ermannt
Wenn des Unglücks nächtlicher Schoß ihn umspannt.»*

Agrippa d'Aubigné.

☆

Revolte. I. Kap. über die Todesstrafe.

Id. Ende. So ist es nicht möglich, vom Absurden ausgehend die Revolte zu durchleben, ohne an irgendeinem Punkt auf die Erfahrung der Liebe zu stoßen, die zu definieren bleibt.

☆

Roman. Kindheit in Armut. «Ich schämte mich meiner Armut und meiner Familie. (Aber das sind doch Ungeheuer!) Und wenn ich heute mit schlichten Worten davon sprechen kann, so deshalb, weil ich mich jener Scham nicht länger schäme und mich nicht mehr verachte, weil ich sie einmal empfand. Ich habe diese Scham erst erlebt, als ich aufs Gymnasium geschickt wurde. Bis dahin waren alle wie ich, und die Armut schien mir die normale Luft dieser Welt zu sein. Im Gymnasium lernte ich den Vergleich kennen.

Ein Kind ist von sich aus nichts. Es wird von seinen Eltern vertreten. Und es ist viel weniger verdienstvoll, das Mannesalter erreicht zu haben, ohne diese häßlichen Gefühle zu kennen. Denn dann beurteilt man uns nach dem, was wir sind, und man beurteilt sogar unsere Angehörigen nach dem, was aus uns geworden ist. Ich weiß heute, daß ich eines außergewöhnlich und übermenschlich reinen Herzens bedurft hätte, um nicht zu leiden, so oft ich auf dem Gesicht eines begüterten Freundes die schlecht verhehlte Überraschung las, die er angesichts des Hauses empfand, in dem ich wohnte.

Ja, ich besaß ein schlechtes Herz, was durchaus gewöhnlich ist. Und wenn ich bis zu meinem fünfundzwanzigsten Jahr nur mit Zorn und Schamgefühl an dieses schlechte Herz denken konnte, so deshalb, weil ich mich weigerte, gewöhnlich zu sein. Während ich heute weiß, daß ich es bin, und da mir dies jetzt weder gut noch schlecht vorkommt, wende ich mich anderen Dingen zu ...

Ich liebte meine Mutter verzweifelt. Ich habe sie immer verzweifelt geliebt.

☆

Vorstellung eines Widerstandes im metaphysischen Sinn.

☆

Von dem Bösen sprechen, das die Welt mir antut. Sie macht mich zum Verleumder, obwohl ich keiner bin ... Diese Art von zweitem Dasein ...

siehe Petrus u. relig. Aspekt

☆

Machado. «Das Geräusch des Sargs in der Erde ist etwas Tiefernstes.»

«Meine Mutter, o Herr, und mein Herz sind allein.»

«Wenn der Tag meiner letzten Fahrt einst beginnt,
Und das Schiff ausfährt, das nie wiederkehrt,
Find ich nackt, wie die Söhne des Meeres es sind,
Und mit leichtem Gepäck zu der Reise mich ein.»

☆

Die Reden aus Juan de Mairena [1] übersetzen.

Ein afrikanischer Romanzero?

☆

Der einzige christliche Denker von Format, der dem Problem des Bösen ins Gesicht geblickt hat, ist der heilige Augustin. Er hat daraus den schrecklichen Schluß des «Nemo Bonus» gezogen. Seitdem hat das Christentum sich um vorläufige Lösungen des Problems bemüht.

Wir sehen das Ergebnis. Denn es ist das Ergebnis. Die Menschen haben lange gebraucht, aber sie sind heute von einer Vergiftung befallen, die 20 Jahre alt ist. Sie stehen dem Bösen empört oder ergeben gegenüber, das kommt auf das gleiche heraus. Aber sie vertragen in dieser Beziehung wenigstens keine Lügen mehr.

☆

1 Prosawerk von Antonio Machado.

19. Februar 1861. Aufhebung der Leibeigenschaft in Rußland. Der erste Schuß fällt am 4. April 1966 (durch Karakosow).

Siehe *Wer ist schuld?* Roman von Herzen (1847)
und id. *Entwicklung der revolutionären Ideen in Rußland.*[1]

☆

Die engagierten Menschen sind mir lieber als die engagierte Literatur. Mut im Leben und Talent im Werk, das ist gar nicht so übel. Und zudem engagiert sich der Schriftsteller, wann er will. Sein Verdienst ist seine Initiative. Aber wenn daraus ein Gesetz, ein Beruf oder eine Schrekkensherrschaft gemacht werden soll, wo bleibt das Verdienst?

Es sieht so aus, als sei jeder, der heutzutage ein Gedicht über den Frühling verfaßt, ein Diener des Kapitalismus. Ich bin kein Lyriker, aber ich könnte mich eines solchen Werkes ohne Hintergedanken erfreuen, vorausgesetzt, daß es schön wäre. Man dient dem ganzen Menschen oder überhaupt nicht. Und wenn der Mensch Brot und Gerechtigkeit nötig hat und wenn alles getan werden muß, um dieses Bedürfnis zu befriedigen, hat er auch die reine Schönheit nötig, denn sie ist das Brot seines Herzens. Alles übrige entbehrt der Ernsthaftigkeit.

Ja, ich sähe sie gern in ihren Werken weniger und in ihrem Alltagsleben ein bißchen mehr engagiert.

☆

Der Existentialismus hat vom Hegelianismus den Grundirrtum übernommen, den Menschen auf die Geschichte zu beschränken. Aber er hat die entsprechende Konsequenz nicht übernommen, dem Menschen tatsächlich jegliche Freiheit abzuerkennen.

☆

Oktober 1946. In einem Monat 33 Jahre alt.

Seit einem Jahr läßt mein Gedächtnis mich im Stich. Meine Unfähigkeit, eine Geschichte zu behalten, die erzählt wurde – mir ganze Stücke Vergangenheit in Erinnerung zu rufen, obwohl sie einmal lebendig waren. Bis das besser wird (falls es besser wird), muß ich hier mehr und mehr Dinge aufzeichnen, wohl oder übel auch persönlicher Art. Denn schließlich befindet sich für mich alles auf derselben ein wenig dunstigen Ebene, das Vergessen erfaßt auch das Herz. Es gibt nur noch flüchtige Gemütsbewegungen, denen das Gedächtnis keinen Nachhall mehr verleiht. Das Empfinden der Hunde ist von dieser Art.

☆

Pest ... «Und so oft ich eine Pestgeschichte las, stieg aus der Tiefe eines von seinen eigenen Revolten und von den Gewalttaten der anderen vergifteten Herzens ein unmißverständlicher Schrei auf, der besagte, daß es dennoch an den Menschen mehr zu bewundern als zu verachten gab.»

1 Lektüren zu *Die Gerechten* und *Der Mensch in der Revolte.*

... «Und daß jeder die Pest in sich trägt, weil niemand, wirklich niemand auf der Welt davon frei ist.[1] Und daß man dauernd auf der Hut sein muß, um nicht in einem Augenblick der Unaufmerksamkeit einem anderen ins Gesicht zu atmen und ihn so mit der Krankheit anzustekken. Das Naturgegebene sind die Mikroben. Alles übrige, die Gesundheit, die Rechtschaffenheit, die Reinheit, wenn Sie wollen, ist ein Werk des Willens, und zwar eines Willens, der nie erlahmen darf. Der anständige Mensch, der, der niemanden ansteckt, ist der am wenigsten zerstreute.

Ja, es ist anstrengend, ein Schmutzfink zu sein. Aber es ist noch anstrengender, kein Schmutzfink sein zu wollen. Und deshalb sind alle Menschen so müde, weil alle Menschen ein bißchen Schmutzfinken sind. Aber aus diesem selben Grund erleben einige wenige eine äußerste Müdigkeit, von der nur noch der Tod sie befreien kann.»

☆

Natürlich bin ich selbst nicht so sehr daran interessiert, besser zu sein, als akzeptiert zu werden. Keiner akzeptiert den anderen. Hat sie mich akzeptiert? Nein, offensichtlich nicht.

☆

Wie verwahrloste Tiere sehen die Leute in den Wartezimmern der Ärzte aus.

☆

Jacques Rigaut. «Das Beispiel kommt von oben. Gott schuf den Menschen sich zum Bilde. Welche Versuchung für den Menschen, sich diesem Bilde anzugleichen.»

«Die Lösung, die Antwort, der Schlüssel, die Wahrheit, das ist das Todesurteil.»

«Er ist stolz, da kann ihn nichts schrecken.»

«Und je größer meine Uneigennützigkeit ist, desto echter ist meine Anteilnahme.»

«Entweder oder. Nicht sprechen, nicht schweigen. Selbstmord.»

«So lange ich meinen Hang zum Genießen nicht überwunden habe, bleibe ich für den Wahnwitz des Selbstmords anfällig, das weiß ich genau.»

☆

Gespräche mit Koestler. Der Zweck heiligt die Mittel nur, wenn die wechselseitige Größenordnung vernünftig ist. Z. B.: ich habe das Recht, Saint-Exupéry in den Tod zu schicken, um ein Regiment zu retten. Aber ich habe nicht das Recht, Millionen Menschen zu deportieren und jegliche Freiheit aufzuheben, um ein zahlenmäßig gleichwertiges Ergebnis zu erzielen, und über das Schicksal von drei oder vier Generationen im voraus zu entscheiden.

1 Vgl. *Die Pest* (rororo. 15, S. 149 f).

– Das Genie. Es gibt keines.

– Sobald das Talent anerkannt wird, beginnt das große Elend des Schaffenden (Ich habe nicht mehr den Mut, meine Bücher zu veröffentlichen).

☆

Zu gewissen Stunden fühle ich mich nicht länger fähig, den Widerspruch zu ertragen. Wenn der Himmel kalt ist und nichts in der Natur uns Beistand gewährt ... Ach, vielleicht wäre es besser, zu sterben!

☆

Fortsetzung des Vorhergehenden. Meine Zerrissenheit, wenn ich an diese Artikel für Combat denke.[1]

☆

Ein Essay über das Naturgefühl – und das Genießen.

☆

Kunst und Revolte. Breton hat recht. Ich selber glaube auch nicht an den Bruch zwischen Welt und Mensch. Es gibt Augenblicke des Einklangs mit der unberührten Natur. Aber die Natur ist nie unberührt. Aber die Landschaften fliegen vorbei und werden vergessen. Deshalb gibt es Maler. Und die surrealistische Malerei, zum Beispiel, ist *in ihrer Bewegung* der Ausdruck dieser Revolte des Menschen gegen die Schöpfung. Aber ihr Irrtum bestand darin, nur die wunderbare Seite der Natur festhalten oder nachahmen zu wollen. Der wahre Künstler in der Revolte leugnet die Wunder nicht, sondern zähmt sie.

☆

Parain. Der Wesenskern der modernen Literatur sei die Palinodie. Die Surrealisten verwandeln sich in Marxisten. Rimbaud Frömmigkeit. Sartre die Moral. Und das Hauptproblem der Zeit sei der Konflikt. Conditio humana. Wesen des Menschen.

– Aber wenn es ein Wesen des Menschen gibt, woher kommt es?

☆

Klar, daß ich jede schöpferische Tätigkeit aufgeben sollte, so lange ich nicht weiß. Was den Erfolg meiner Bücher ausmachte, stellt in meinen Augen deren Lüge dar. Im Grunde bin ich ein Durchschnittsmensch + ein Anspruch. Die Werte, die ich heute verteidigen und veranschaulichen müßte, sind durchschnittliche Werte. Sie erfordern ein so abgeklärtes Talent, daß ich fürchte, es nicht zu besitzen.

☆

1 Es handelt sich zweifellos um den im November 1946 erschienenen Text *Ni victimes ni bourreaux.*

Das Ende der Revolte ist die Befriedigung der Menschen. Jede Revolte endet und läuft aus in der Bejahung der Grenze des Menschseins – und einer Gemeinschaft aller Menschen, gleich welcher Art, diesseits der Grenze. Demut und Genie.

☆

29. Oktober. Koestler – Sartre – Malraux – Sperber und ich. Zwischen Piero della Francesca und Dubuffet.

K. – Notwendigkeit, ein Mindestmaß an politischer Moral festzulegen. Sich dementsprechend zunächst einer gewissen Anzahl falscher Bedenken zu entledigen (er nennt sie «Trugschlüsse») a) daß unsere Worte einer Sache dienen können, der wir nicht dienen können. b) Gewissenserforschung. Die Ordnung der Ungerechtigkeiten. «Als mich der Interviewer fragte, ob ich Rußland haßte, habe ich gespürt, wie etwas in mir stehenblieb. Und ich habe mir Mühe gegeben. Ich habe gesagt, daß ich Stalins Regime ebensosehr haßte wie Hitlers Regime, und aus den gleichen Gründen. Aber da ist etwas in mir, das sich ausgehakt hat.» – «So viele Jahre des Kampfes. Ich habe für sie gelogen ... und jetzt bin ich wie jener Kamerad, der in meinem Zimmer mit dem Kopf gegen die Wand rannte, sich mit blutüberströmtem Gesicht mir zukehrte und sagte: ‹Es gibt keine Hoffnung mehr, es gibt keine Hoffnung mehr.›» – Möglichkeiten des Handelns usw.

M. – Vorläufige Unmöglichkeit, das Proletariat zu erreichen. Ist das Proletariat der höchste historische Wert?

C. – Die Utopie. Heute kostet eine Utopie sie weniger als ein Krieg. Das Gegenteil der Utopie ist der Krieg. Einerseits. Und andererseits: «Finden Sie nicht auch, daß wir alle für den Mangel an Werten verantwortlich sind. Und wenn wir alle, die wir von Nietzsche, vom Nihilismus oder vom historischen Realismus herkommen, öffentlich verkünden wollten, daß wir uns getäuscht haben, daß es moralische Werte gibt und daß wir in Zukunft alles tun werden, um sie zu begründen [1] und zu veranschaulichen, glauben Sie nicht, daß dies der Anfang einer Hoffnung wäre?»

S. – Ich kann meine moralischen Werte nicht ausschließlich gegen die UdSSR kehren. Denn es stimmt zwar, daß es schlimmer ist, mehrere Millionen Menschen zu deportieren, als einen Neger zu lynchen. Aber das Lynchen eines Negers ist das Ergebnis einer Situation, die seit über hundert Jahren andauert und die schließlich im Verlauf der Zeit ebenso viele Neger ins Unglück gestürzt hat, wie Tscherkessen deportiert worden sind.

K. – Wir müssen festhalten, daß wir als Schriftsteller im Angesicht der Geschichte zu Verrätern werden, wenn wir nicht anprangern, was angeprangert werden muß. Die Verschwörung des Schweigens verurteilt uns in den Augen derer, die nach uns kommen werden.

1 Das Manuskript läßt sich nur schwer entziffern. Das Wort könnte auch «bewahren» heißen.

S. – Gewiß. Usw. usw.

Und die ganze Zeit über keine Möglichkeit, zu unterscheiden, welchen Anteil an Angst oder an Wahrheit die Worte eines jeden enthalten.

☆

Glaubt man an den moralischen Wert, so glaubt man an die ganze Moral, die sexuelle Moral inbegriffen. Völlige Umstellung.

☆

Owen lesen.

☆

Die Geschichte eines Zeitgenossen schreiben, der allein durch die eingehende Betrachtung einer Landschaft von seiner Zerrissenheit geheilt wird.

☆

Robert, der kommunistische Wehrdienstverweigerer, im Jahre 33. Drei Jahre Gefängnis. Als er freigelassen wird, befürworten die Kommunisten den Krieg, und die Pazifisten sind Anhänger Hitlers. Er versteht diese verrückt gewordene Welt nicht mehr. Er geht als Freiwilliger zu den spanischen Republikanern und *macht den Krieg mit.* Er fällt vor Madrid.

☆

Was ist ein berühmter Mann? Einer, dessen Vorname nebensächlich ist. Bei allen anderen hat der Vorname seine eigene Bedeutung.

☆

Warum trinkt man? Weil im Trunk alles eine Bedeutung gewinnt, alles sich einer höchsten Linie gemäß ordnet. Schlußfolgerung: man trinkt aus Ohnmacht oder weil man dazu verdammt ist.

☆

Die universelle Ordnung kann nicht von oben herab, das heißt, durch eine Idee, verwirklicht werden, sondern von unten her, das heißt, durch jenen gemeinsamen Grund, der ...

☆

Einen Band politischer Schriften um Brasillach zusammenstellen.

☆

Guilloux. Die einzige Beziehung ist der Schmerz. Daß auch der Schuldigste eine Beziehung zum Menschlichen bewahrt.

☆

Nach den Ausführungen zum Dialog Tar. begegnet. Er scheint abweisend und besitzt dennoch den gleichen freundschaftlichen Blick wie damals, als ich ihn in die Widerstandsgruppe des Combat aufnehmen ließ.

«Sie sind jetzt Marxist?»

«Ja.»

«Dann werden Sie ein Mörder.»

«Das war ich bereits.»

«Ich auch. Aber ich will nicht mehr.»

«Und Sie waren mein Pate.»

Das stimmt.

«Hören Sie, Tar. Das wahre Problem lautet so: komme, was kommen mag, ich werde Sie immer gegen die Gewehre der Hinrichtung verteidigen. Sie aber werden billigen müssen, daß ich erschossen werde. Denken Sie daran.»

«Ich will daran denken.»

☆

Unerträgliche Einsamkeit – an die ich nicht glauben und mit der ich mich nicht abfinden kann.

☆

Wenn ein Mensch sich allein fühlt, erklärt sich das aus der Gemeinheit der anderen. Muß man versuchen, auch diese Gemeinheit zu verstehen? Aber das geht über meine Kraft. Und andererseits kann ich kein Verächter sein.

☆

Wenn sich wirklich alles auf den Menschen und auf die Geschichte beschränkt, frage ich, wo die Natur – die Liebe – die Musik – die Kunst ihren Platz haben.

☆

Revolte. Wir geben uns nicht mit irgendeinem Helden zufrieden. Die Gründe des Heldentums sind wichtiger als das Heldentum selber. Der Wert der Konsequenz ist somit älter als der Wert des Heldentums. Nietzsches Freiheit ist ein Taumel.

☆

Korrigierte Schöpfung. Die Gestalt des Terroristen (Ravenel).

☆

Beziehung zwischen dem Absurden und der Revolte [1]. Wenn die letzte Entscheidung darin besteht, den Selbstmord zu verwerfen, um sich zur Gegenüberstellung zu bekennen, wird das Leben stillschweigend als einziger tatsächlicher Wert anerkannt, der die Gegenüberstellung möglich macht, der die Gegenüberstellung *ist*, gerade «ohne den es nichts gibt». Daraus geht hervor, daß diesem absoluten Wert nur gehorcht werden kann, wenn zugleich mit dem Selbstmord auch der Mord verworfen wird. Unsere Zeit kennzeichnet sich dadurch, daß sie den Nihilismus bis zum Äußersten entwickelt und damit den Selbstmord akzeptiert hat. Das läßt

1 Entwurf zum 1. Kapitel von *Der Mensch in der Revolte*, wie er sich im Manuskript findet.

sich an der Leichtigkeit ermessen, mit der sie den Mord oder die Rechtfertigung des Mordes akzeptiert. Der Mensch, der sich selbst umbringt, läßt noch einen Wert unangetastet, nämlich das Leben der anderen. Der Beweis liegt darin, daß er die Freiheit und die furchtbare Kraft, die sein Todeswille ihm verleiht, *niemals* dazu benutzt, über die anderen zu herrschen: jeder Selbstmord ist in irgendeinem Punkt unlogisch. Aber die Vertreter des Schreckens haben die Werte des Selbstmords bis zur letzten Konsequenz vorgetrieben, nämlich bis zum legitimierten Mord, das heißt, dem kollektiven Selbstmord. Beispiel: die nazistische Apokalypse von 1945.

☆

Briançon. Januar 47
Der Abend, der über diese kalten Berge rinnt, läßt schließlich das Herz zu Eis erstarren. Ich habe diese Abendstunden stets nur in der Provence oder am Strand des Mittelmeeres ertragen können.

☆

G. Orwell. *Burmese days.* «Viele Leute fühlen sich in einem fremden Land nur wohl, wenn sie dessen Einwohner verachten.»

«... das maßlose Glück, das aus der Erschöpfung und dem Erfolg hervorgeht und mit dem nichts anderes im Leben – keine Freude des Körpers oder des Geistes – verglichen zu werden verdient.»

☆

Georg Simmel lesen (*Schopenhauer und Nietzsche*). Kommentar zu Nietzsche, ins Englische übertragen von Berneri (den die Kommunisten in Spanien umbrachten, als die Anarchisten liquidiert wurden). Erläutert Nietzsches Verlangen nach Gott. «Though this may seem to us fantastic and excessive it reveals under the form of an extreme personalism, a feeling which, in another form, is not very distant from the Christian conception of the inner life. Christianity, in fact, as well as our infinite distance and smallness before God, there is the idea of becoming equal to him. The mystic of every age and every religion gives rise to this aspiration to become one with God or, more audaciously, to become God. The scholastics talk of deificatio, and for Meister Eckhard man can shed his human form and become God again, as he is by his proper and original nature, or, as Angelus Silesius expressed:

I must find my ultimate end and my beginning
I must find God in me and me in God
And become what he is ...[1]

☆

1 Soll ich mein letztes End und ersten Anfang finden,
So muß ich mich in Gott und Gott in mir ergründen
Und werden das, was er ... (Anm. d. Übers.)

This same passion was felt by Spinoza and Nietzsche: *they could not accept not being God.*»

Nietzsche sagt: Es kann keinen Gott geben, denn wenn es einen gäbe, könnte ich mich nicht damit abfinden, nicht Gott zu sein.

☆

Es gibt nur eine Freiheit: mit dem Tod ins reine kommen. Nachher ist alles möglich. Ich kann dich nicht zwingen, an Gott zu glauben. An Gott glauben heißt, den Tod akzeptieren. Wenn du den Tod akzeptiert hast, wird das Problem Gott gelöst sein – und nicht umgekehrt.

☆

Der Milizsoldat Radici, der in der Waffen-SS diente und vor Gericht gestellt wurde, weil er 28 Häftlinge des Gefängnisses La Santé hatte erschießen lassen (er hatte den vier Hinrichtungsschüben beigewohnt), war Mitglied des Tierschutzvereins.

☆

Rebatet und Morgan. Rechts und links – oder universelle Definition des Faschismus: Da sie keinen Charakter hatten, schufen sie sich eine Doktrin.

☆

Titel für die Zukunft: System (1500 S.).

☆

Während die Werke des Menschen nach und nach die unendlichen Weiten unter sich begraben haben, in denen die Welt schlummerte, und zwar in solchem Ausmaß, daß sogar die Vorstellung der unberührten Natur heute dem Mythos des Gartens Eden angehört (es gibt keine Inseln mehr), indem er die Wüsten bevölkerte, jeden Streifen Strand in Grundstücke aufteilte, sogar den Himmel mit groben Flugzeugstrichen schraffierte und nur jene Gegenden schonte, wo der Mensch eben nicht leben kann, hat gleichermaßen und zur gleichen Zeit (und deswegen) das Geschichtsgefühl nach und nach das Naturgefühl im Herzen der Menschen unter sich begraben und dabei dem Schöpfer entzogen, was ihm bis dahin zukam, um es dem Geschöpf zurückzugeben, und dies alles in einer so mächtigen und unaufhaltsamen Bewegung, daß wir den Tag voraussehen können, an dem die stille Schöpfung der Natur restlos durch die scheußliche, aufdringliche Schöpfung des Menschen verdrängt sein wird, die vom Geschrei der Revolution und Kriege dröhnt, vom Lärm der Fabriken und der Eisenbahn, unwiderruflich schließlich und siegreich im Ablauf der Geschichte; und dann hat sie ihre Aufgabe auf dieser Erde erfüllt, die vielleicht darin bestand, zu demonstrieren, daß alles noch so Großartige und Erstaunliche, was sie in Jahrtausenden zu vollbringen vermochte, nicht soviel wert war wie der flüchtige Duft der Heckenrose, das Tal der Olivenbäume, der Lieblingshund.

☆

1947
Wie alle Schwachen traf er brutale und unvernünftig endgültige Entscheidungen.

☆

Ästhetik der Revolte. Die Malerei trifft eine Wahl. Sie «isoliert», und dies ist ihre Art zu einen. Die Landschaft isoliert im Raum, was sich gewöhnlich in der Perspektive verliert. Die Abbildung einer Szene isoliert in der Zeit die Gebärde, die sich gewöhnlich in einer anderen Gebärde verliert. Groß sind die Maler, die den Eindruck erwecken, das Bild sei *in diesem Augenblick* festgehalten worden (Piero della Francesca), als sei der Projektionsapparat eben plötzlich stehengeblieben.

☆

Ein Stück über die Regierung der Frauen. Die Männer entscheiden, daß sie versagt haben, und legen die Regierung in die Hände der Frauen.

1. Akt. – Mein Sokrates tritt auf und entschließt sich zur Machtübergabe.
2. Akt. – Sie wollen es machen wie die Männer. – Scheitern.
3. Akt. – Von Sokrates wohl beraten, regieren sie als Frauen.
4. Akt. – Verschwörung.
5. Akt. – Sie zahlen den Männern heim.

Geben vor, einen Krieg zu erklären. «Habt ihr begriffen, was das für den Zurückbleibenden bedeutet – und zuzusehen, wie alle, die man auf Erden liebt, ins Gemetzel ziehen?»

Jetzt können wir gehen. Wir haben alles getan, was man angesichts der menschlichen Dummheit auf dieser Erde zu tun hoffen kann. – Und zwar? – Ein klein wenig Erziehung.

«So dumm wie wir, aber nicht so bösartig.»

Ein Experiment von einem Jahr.

Wenn alles gutgeht, wird verlängert.

Alles geht gut, aber es wird nicht verlängert. Es fehlte ihnen an Haß. Es fängt von vorne an, sagt Sokrates. Sie bereiten alles vor. die hochtrabenden Ideen und die Meinungen zur Geschichte. In zehn Jahren Massengräber.

Hört:

Ein Ausrufer.

Paragraph I – Es gibt weder Reiche noch Arme mehr.

Paragraph II.

«Du gehst noch aus?»

«Ja, ich habe eine Versammlung.»

«Ich habe die Zerstreuung nötig – daß mein Haus bestellt sei ...»

☆

1947
Vae mihi qui cogitare ausus sum.

☆

Nach einer Woche des Alleinseins von neuem das stechende Gefühl meiner Unzulänglichkeit für das Werk, das ich mit so wildem Ehrgeiz begann. Versuchung, es aufzugeben. Diese lange Auseinandersetzung mit einer Wahrheit, die stärker ist als ich, erforderte ein abgeklärteres Herz, einen vielseitigeren und stärkeren Geist. Aber was tun? Ohne das stürbe ich.

☆

Revolte. Freiheit gegenüber dem Tod. Angesichts der Freiheit des Mords bleibt keine andere Freiheit übrig als die Freiheit zu sterben, das heißt, die Aufhebung der Angst vor dem Tod und die Wiedereinsetzung dieses Zufalls in die natürliche Ordnung der Dinge. Sich darum bemühen.

☆

Montaigne. Wechsel im Ton des 20. Kap. des 1. Buchs. Über den Tod. Erstaunliche Dinge, die er von seiner Angst vor dem Tod sagt.

☆

Roman. – Twinkle[1]: «Als ich ankam, war ich von Furcht und Fieber erschöpft. Ich studierte die ausgehängten Fahrpläne, um herauszufinden, um wieviel Uhr sie eintreffen mochte, wenn sie nicht überhaupt schon da war. Es war 11 Uhr abends. Der letzte Zug aus dem Westen sollte um 2 Uhr ankommen. Ich ging als letzter hinaus. Sie erwartete mich am Ausgang, allein inmitten von zwei oder drei Leuten, mit einem Wolfshund, der ihr zugelaufen war. Sie trat auf mich zu. Ich umarmte sie flüchtig, aber ich war von Herzen froh. Wir gingen hinaus. Der Himmel der Provence schimmerte von Sternen über den Stadtmauern. Sie war schon seit fünf Uhr nachmittags da. Sie hatte mich bereits mit dem Sieben-Uhr-Zug erwartet, aber er kam ohne mich. Sie hatte Angst, ich werde nicht kommen, denn sie hatte im Hotel meinen Namen angegeben, und ihre Papiere lauteten anders. Man hatte sich geweigert, sie einzuschreiben, und sie wagte es nicht, noch einmal hinzugehen. Als wir zu den Stadtmauern gelangten, warf sie sich mir an die Brust, unbekümmert um die Leute, die vorübergingen und sich umdrehten, und sie drückte mich mit einer Heftigkeit, die Erleichterung ausdrückte und keine Liebe, aber eine Hoffnung auf Liebe. Ich spürte mein Fieber, und ich hätte stark sein mögen und schön. Im Hotel erklärte ich alles, und es gab keine Anstände. Aber ich wollte einen Schnaps trinken, ehe wir unser Zimmer aufsuchten. Und dort, in der gut geheizten Bar, wo sie mich unablässig trinken ließ, spürte ich, wie das Vertrauen zurückkehrte und die Entspannung mich durchflutete.»

☆

Seine Oberlippe war in ihrer ganzen Länge aufgeschnitten. Die Zähne waren bis auf das Zahnfleisch entblößt. So schien er unablässig zu lachen. Aber seine Augen waren ernst.

☆

1 Twinkle oder Zwinkle?

Was ist der Mensch wert? Was ist der Mensch? Nach allem, was ich gesehen habe, werden mir ihm gegenüber mein Leben lang ein Mißtrauen und eine wesentliche Unruhe bleiben.

☆

Vgl. Marc Klein in *Études germaniques.* «Observations et réflexions sur les camps de concentration nazis.»

☆

Roman korrigierte Schöpfung. «Er hatte ihm den Spaten ins Genick gesetzt, sobald er am Boden lag. Und mit dem Fuß auf dem Spaten hatte er mit derselben Bewegung, mit der die fetten Erdschollen aufgebrochen werden, durchgedrückt.»

☆

Nemesis – Göttin des Maßes. Ein jeder, der das Maß überschreitet, wird erbarmungslos vernichtet.

☆

Isokrates: Es gibt auf der Welt nichts Göttlicheres, Erhabeneres und Edleres als die Schönheit.

Äschylus, von Helena [1]: «Eine Seele, heiter wie die Ruhe der See, Schönheit, die die reichste Zierde schmückt, sanfte, pfeilgleich durchdringende Augen, Blüte der Liebe, verderblich für die Herzen.»

Helena ist nicht die Schuldige, sondern das Opfer der Götter. Nach der Katastrophe nimmt sie ihr früheres Leben wieder auf.

☆

La Patellière. Der Augenblick (die letzten Gemälde), in dem die Jahreszeiten prangen – in dem allenthalben im Bild geheimnisvolle Hände ihre Blumen darbieten. Eine stille Tragödie.

☆

Terrorismus.

Die große Reinheit des Terroristen von Kaliajews Art besteht darin, daß für ihn Mord und Selbstmord eins sind (vgl. Sawinkow: *Erinnerungen eines Terroristen*). Ein Leben wird mit einem Leben bezahlt. Die Überlegung ist falsch, aber achtenswert. (Ein geraubtes Leben ist nicht so viel wert wie ein hingegebenes Leben.) Heute Mord im Auftrag. Niemand bezahlt.

1905 Kaliajew: das Opfer des Leibes. 1930: das Opfer des Geistes.

☆

Panelier, 17. Juni 47

Wunderbarer Tag. Ein schaumhaftes, schimmerndes und weiches Licht hüllt die großen Buchen ein. Alle ihre Zweige scheinen es auszuströmen. Die Blattgebinde bewegen sich sanft in diesem blauen Gold wie tausend viellippige Münder, die den lieben langen Tag diesen luftigen gelben

1 Vgl. *Helenas Exil* in *Der Sommer.*

und süßen Seim absondern – oder wie tausend kleine gewundene Wasserspeier aus grüner Bronze, die den Himmel unablässig mit einem blauen und funkelnden Wasser begießen – oder auch ... aber es reicht.

☆

Daß es nicht möglich ist, zu behaupten, jemand sei durch und durch schuldig, und demzufolge nicht möglich, die unwiderrufliche Strafe auszusprechen.

☆

Kritik des Begriffs der Wirksamkeit – ein Kapitel.

☆

Die deutsche Philosophie hat Bewegung in die Angelegenheiten der Vernunft und des Weltalls gebracht – während die Antike sie starr sah. Die deutsche Philosophie kann nur überwunden werden – und der Mensch gerettet –, wenn bestimmt wird, was starr ist und was beweglich (und wovon man nicht weiß, ob es starr oder beweglich ist).

☆

Das Ende der Bewegung des Absurden, der Revolte, usw. und somit das Ende der gegenwärtigen Welt, findet sich im Mitleiden im eigentlichen Sinn des Wortes, das heißt schließlich, in der Liebe und der Dichtung. Aber dazu ist eine Unschuld erforderlich, die ich nicht mehr besitze. Ich kann nur den Weg richtig erkennen, der dahin führt, und die Zeit der Schuldlosen anbrechen lassen. Sie wenigstens noch erleben, ehe ich sterbe.

☆

Hegel gegen die Natur. Vgl. Große Logik, 36–40. Warum die Natur abstrakt ist. – Das Konkrete ist der Geist.

Es ist das große Abenteuer der Erkenntnis – dasjenige, das schließlich alles umbringt.

☆

Ins Archiv zur *Pest* aufnehmen:

1. Anonyme Briefe, in denen Familien denunziert werden. Das Muster des bürokratischen Verhörs;
2. Typen von Verhafteten.[1]

☆

Ohne Zukunft.

1. Reihe. Absurd: *Der Fremde* – *Der Mythos von Sisyphos* – *Caligula* und *Das Mißverständnis*.

2. – Revolte: *Die Pest* (und Nachträge) – *Der Mensch in der Revolte* – Kaliajew.

1 Weder in Camus' Akten noch in den «Archiven de la Peste», wie er sie in den Cahiers de la Pléiade veröffentlicht hat, finden sich entsprechende Aufzeichnungen.

3.– *Das Gericht – Der erste Mensch.*

4.– Zerrissene Liebe. *Der Scheiterhaufen – Von der Liebe – Der Verführerische.*

5.– *Korrigierte Schöpfung* oder *Das System*[1] – *großer Roman* + große Meditation + unspielbares Stück.

☆

25. Juni 47

Betrüblichkeit des Erfolgs[2]. Die Opposition ist notwendig. Wenn für mich alles schwieriger wäre, so wie früher, hätte ich mehr Recht, zu sagen, was ich sage. Immerhin kann ich vielen Menschen helfen – vorläufig.

☆

Mißtrauen gegenüber der zur Schau gestellten Tugend – so erklärt sich unsere Welt. Die Leute, die dieses Mißtrauen sich selber gegenüber empfunden und es auf alle anderen übertragen haben, sind dadurch für jede erklärte Tugend überempfindlich geworden. Ein Schritt weiter, und wir verdächtigen die *in der Tat umgesetzte* Tugend. Sie haben deshalb beschlossen, Tugend zu nennen, was der Einrichtung der von ihnen gewünschten Gesellschaftsordnung dient. Der tiefe Beweggrund (dieses Mißtrauen) ist edel. Es fragt sich nur, ob die Logik stichhaltig ist.

Ich habe selber auch eine Rechnung mit dieser Auffassung zu begleichen. Alles, was ich je gedacht oder geschrieben habe, bezieht sich auf dieses Mißtrauen (es bildet das Thema des *Fremden*). Da ich es ablehne, das «sittliche Selbstbewußtsein», wie Hegel es nennt, kurz und bündig zu leugnen (Nihilismus oder historischer Materialismus), muß ich einen Mittelweg finden. Ist es möglich und gerechtfertigt, in der Geschichte zu stehen und sich auf Werte zu beziehen, die über der Geschichte stehen? Birgt der Wert der Unwissenheit nicht an sich eine bequeme Ausflucht? Nichts ist rein, nichts ist rein – das ist der Schrei, der unser Jahrhundert vergiftet hat.

Die Versuchung, zu denen überzugehen, die leugnen und handeln! Es gibt Menschen, die in die Lüge eintreten wie andere in einen Orden. Und aus den gleichen bewundernswerten Beweggründen natürlich. Aber was ist ein Beweggrund? Wonach, wie, weshalb werden wir urteilen?

Wenn dies wirklich der Lauf der Geschichte ist, wenn es keine Befreiung gibt, sondern nur Einigung, gehöre ich dann nicht zu denen, die die Geschichte hemmen? Keine Befreiung ohne Einigung, versichern sie, und wenn das stimmt, dann sind wir Nachzügler. Aber um an der Spitze zu stehen, müssen wir den Wirklichkeiten des Unglücks, des Mords und des Exils für zwei oder drei Generationen eine kaum wahrscheinliche Hypothese vorziehen, die *von der Geschichte* bereits mehrfach erschreckend Lügen gestraft worden ist. So ist eine Hypothese der Gegenstand der Wahl. Es ist nicht erwiesen, daß die Befreiung die Einigung voraus-

1 Siehe oben, S. 196.

2 *Die Pest* wurde mit dem «Prix des Critiques» ausgezeichnet.

setzt. Es ist ebensowenig erwiesen, daß sie darauf verzichten kann. Aber es steht nirgends geschrieben, daß die Einigung sich mit Gewalt vollziehen muß. – Die Gewalt bringt im allgemeinen die Entzweiung im Gewand der Einheit. Es ist wahrscheinlich, daß die Einigung und die Freiheit notwendig sind, möglich, daß eine gewisse Aussicht besteht, diese Einigung durch *Erkenntnis* und durch Predigen herbeizuführen. Dann wäre das Wort eine Tat. Zumindest müßte man völlig in dieser Aufgabe aufgehen.

Ach, das sind die Stunden des Zweifels! Und wer kann ganz allein den Zweifel einer ganzen Welt auf sich nehmen.

☆

Ich kenne mich zu gut, als daß ich an eine völlig reine Tugend glaubte.

☆

Stück. Der Terror. Ein Nihilist. Gewalt überall. Überall Lüge.

Zerstören, zerstören.

Ein Realist. Man muß in die Ochrana eintreten.

Zwischen beiden Kaliajew. – Nein, Boris, nein.

– Ich liebe sie.

– Warum sagst du das auf so fürchterliche Art?

– Weil meine Liebe fürchterlich ist.

Id. Janek und Dora.

Janek sanft: Und die Liebe?

Dora: Die Liebe, Janek? Es gibt keine Liebe.

J.: O Dora, wie kannst du so etwas sagen! Ich kenne doch dein Herz!

D.: Zuviel Blut, siehst du, zuviel brutale Gewalt ... Wer die Gerechtigkeit wahrhaft liebt, hat kein Recht auf Liebe. Diese Menschen stehen aufrecht wie ich, mit erhobenem Kopf und starren Augen. Was sollte die Liebe in ihren stolzen Herzen? Die Liebe neigt die Köpfe sanft, Janek, und wir, wir schlagen sie ab.

– Aber wir lieben doch unser Volk, Dora.

– Wir lieben es, bestimmt. Wir lieben es mit einer großen, unglücklichen Liebe. Aber das Volk, liebt es uns? Weiß es, daß wir es lieben? Das Volk schweigt. Dieses Schweigen ... dieses Schweigen ...

– Aber das ist ja das Wesen der Liebe, Dora: alles geben, alles opfern, ohne auf Lohn zu hoffen.

– Vielleicht, Janek. Das ist die reine, ewige Liebe. Und in der Tat lodert diese Liebe in mir. Aber manchmal frage ich mich, ob die Liebe nicht etwas anderes ist, ob sie nicht aufhören kann, ein Monolog zu sein, ob es nicht zuweilen eine Antwort gibt. Und dann stelle ich mir vor, daß die Köpfe sich sanft neigen, das Herz seinen Stolz aufgibt, die Augen sich senken und die Arme sich ein wenig öffnen. Ach, Janek, wenn man nur eine Stunde lang das fürchterliche Elend der Welt vergessen und sich endlich gehenlassen dürfte! Ein einziges Stündchen Egoismus – kannst du dir das vorstellen?

– Ja, Dora, das nennt sich Zärtlichkeit.

– Du weißt alles, Liebster. Das nennt sich Zärtlichkeit. Aber liebst du die Gerechtigkeit zärtlich?

Janek schweigt.

– Liebst du unser Volk mit dieser Hingabe oder mit dem Feuer der Rache und der Empörung?

Janek schweigt.

– Da siehst du. Und mich, liebst du mich zärtlich?

– Ich liebe dich über alles in der Welt.

– Mehr als die Gerechtigkeit?

– Für mich seid ihr ein unteilbares Ganzes, du, die Organisation und die Gerechtigkeit.

– Ich weiß. Aber gib mir Antwort, ich bitte dich, Janek, gib mir Antwort. Liebst du mich in der Einsamkeit, zärtlich, egoistisch?

– O Dora, ich vergehe vor Verlangen, ja zu sagen.

– So sag es, sag ja, Liebster, wenn du es denkst und wenn es wahr ist! Ja, im Angesicht der Organisation, der Gerechtigkeit, des Elends der Welt und des geknechteten Volks! Ja, ja, ich bitte dich, im Angesicht der Kinder im Todeskampf, der für immer Gefangenen, der Gehängten und der zu Tode Gepeitschten.

Janek erbleicht.

– Schweig, Dora, schweig.

– O Janek, du hast es noch nicht gesagt!

Schweigen.

– Ich kann es nicht sagen. Aber mein Herz spricht nur von dir.

Sie lacht, als ob sie weinte.

– Es ist schon recht, Liebster. Siehst du, es war unvernünftig. Auch ich hätte es nicht sagen können. Ich liebe dich mit der gleichen etwas starren Liebe, vor Gericht und in den Kerkern. Wir gehören nicht in diese Welt, Janek. Unser Los ist das Blut und der kalte Strick.

☆

Die Revolte ist das Gebell des närrischen Hundes (Antonius und Kleopatra).

☆

Ich habe alle diese Hefte noch einmal gelesen – vom ersten an. Was mir aufgefallen ist: die Landschaften verschwinden nach und nach. Der moderne Krebs zerfrißt auch mich.

☆

Das ernsteste Problem, das sich den Menschen unserer Zeit stellt: der Konformismus.

☆

Zu Lao-Tse: Je weniger man handelt, desto mehr herrscht man.

☆

G. Lebte mit seiner Großmutter, die in Saint-Brieuc mit Grabsteinen handelte: machte seine Schularbeiten auf einer Grabplatte!

☆

Vgl. Crapouillot: die Anarchie. Tailhade: Souvenirs du juge d'instruction. Stirner: Der Einzige und sein Eigentum.

☆

G. Die Ironie wurzelt nicht unbedingt in der Bosheit.
M. Auf jeden Fall stammt sie nicht aus der Güte.
G. Nein. Aber vielleicht aus dem Schmerz, an den man *bei den anderen* nie denkt.

☆

In Moskau, als die weiße Armee die Stadt bedroht, zu Lenin, der die gewöhnlichen Strafgefangenen aufbieten will:
– Nein, nicht *mit* denen.
– *Für* sie, sagt Lenin.

☆

Stück Kaliajew: Unmöglich, einen Menschen *aus Fleisch und Blut* zu töten, man tötet den Autokraten. Nicht den Mann, der sich am Morgen rasiert hat usw. usw.

☆

Szene: Der Provokateur wird hingerichtet.

☆

Das große Problem des Lebens: wissen, wie man sich unter den Menschen bewegen soll.[1]

☆

X. «Ich bin ein Mensch, der an nichts glaubt und der niemanden liebt, zumindest ursprünglich. Ich trage eine Leere in mir, eine fürchterliche Öde ...»

☆

Marc im Gefängnis von Loos zum Tode verurteilt. Lehnt es ab, sich während der Karwoche die Ketten abnehmen zu lassen, um seinem Erlöser ähnlicher zu sein. Früher schoß er mit dem Revolver auf die Kruzifixe an den Landstraßen.

☆

Glückliche Christen. Sie haben die Gnade für sich behalten und uns die Barmherzigkeit überlassen.

☆

1 Im Manuskript steht in Klammern: A. F.

Grenier. Vom richtigen Gebrauch der Freiheit. «Der moderne Mensch glaubt nicht mehr, daß es einen Gott gibt, dem er gehorchen muß (Jude und Christ), eine Gesellschaft, die er achten muß (Hindu und Chinese), eine Natur, der er folgen muß (Grieche und Römer).»

Id. «Wer einen Wert heftig liebt, ist schon dadurch ein Feind der Freiheit. Wer über alles die Freiheit liebt, wird die Werte entweder leugnen oder sie nur zeitweilig vertreten. (Toleranz aus dem Verschleiß der Werte hervorgegangen.)»

«Wenn wir stehenbleiben (auf dem Weg zum Nein), dann nicht so sehr, um die anderen zu schonen, als um uns selbst zu schonen.» (Nein für sich, Ja für die anderen!)

☆

Stück.

D. – Das Traurige ist, daß all das uns alt macht, Janek. Wir werden nie mehr, nie mehr Kinder sein. Von nun an können wir sterben, wir haben das Menschsein durchlaufen. (Der Mord ist die Grenze.)

– Nein, Janek, wenn die einzige Lösung der Tod ist, sind wir nicht auf dem richtigen Weg. Der richtige Weg führt zum Leben.

– Wir haben das Unglück der Welt auf uns genommen, das ist ein Hochmut, der bestraft werden wird.

– Wir haben die kindlichen Zärtlichkeiten mit jener ersten und letzten Liebe vertauscht, die der Tod ist. Wir sind zu hastig vorgegangen. Wir sind keine Menschen.

☆

Elend unseres Jahrhunderts. Vor noch gar nicht so langer Zeit bedurften die schlechten Taten einer Rechtfertigung, heute die guten.

☆

Roman. «Wenn ich sie liebe, wünsche ich, daß sie mich so kennt, wie ich war. Denn sie meint, dieses bewundernswerte Wohlwollen ... Aber nein, es ist eine Ausnahme.»

☆

Reaktion? Wenn sie darin besteht, das Rad der Geschichte zurückzudrehen, werde ich nie so weit gehen wie sie – bis zu Pharao.

☆

Defoe. «Ich war von Natur dazu bestimmt, mich selbst zu zerstören.»

Id. «Ich habe von einem Mann gehört, den das unerträgliche Geschwätz einiger seiner Angehörigen mit so außerordentlichem Ekel erfüllte ... daß er plötzlich beschloß, nicht mehr zu sprechen ...» (Stück.)

Marion über Defoe (S. 139) 29 Jahre Schweigen. Seine Frau wird verrückt. Seine Kinder verlassen ihn. Seine Tochter bleibt. Fieber, Delirium. Er spricht. In der Folge spricht er oft, aber nur wenig mit seiner Tochter «und nur ganz selten mit anderen Leuten».

☆

91. Psalm: «Meine Zuversicht und meine Burg, mein Gott, auf den ich hoffe. Denn er errettet dich vom Strick des Jägers und von der schädlichen Pestilenz ... daß du nicht erschrecken müssest vor dem Grauen der Nacht, vor den Pfeilen, die des Tages fliegen, vor der Pestilenz, die im Finstern schleicht, vor der Seuche, die im Mittage verderbt.»

☆

Die vollkommene Einsamkeit. In der Bedürfnisanstalt eines großen Bahnhofs um ein Uhr morgens.[1]

☆

Ein Mann (ein Franzose?), ein heiliger Mann, der sein Leben lang in der Sünde lebte (nie an den Tisch des Herrn trat, die Frau nicht heiratete, mit der er zusammenlebte), denn er wollte, weil er die Vorstellung nicht ertrug, daß auch nur eine einzige Seele verdammt werde, auch verdammt werden.

Es handelte sich um jene Liebe, die größer ist als jede andere: die des Mannes, der seine Seele für einen Freund hingibt.

☆

Merleau-Ponty[2]. Lesen lernen. Er beklagt sich, weil er schlecht gelesen – und verstanden – worden sei. Zu dieser Art Klage hätte ich früher ebenfalls geneigt. Jetzt weiß ich, daß sie ungerechtfertigt ist. Es gibt keine falsche Auffassung.

Die in ihren Grundsätzen tugendhaften Durchtriebenen. Wahr. Aber praktisch und vorläufig ziehe ich einen Wüstling, der niemanden umbringt, einem Puritaner vor, der alle umbringt. Und was ich vor allem nie vertragen konnte, ist ein Wüstling, der alle umbringen will.

M. P. oder der Typus des Zeitgenossen: der, der die Schläge zählt. Er erklärt, daß niemand je recht hat und daß die Dinge nicht so einfach liegen (ich hoffe, daß er sich nicht meinetwegen mit dieser Beweisführung abmüht). Aber ein bißchen später ruft er, Hitler sei ein Verbrecher, gegen den jeglicher Widerstand allezeit recht haben wird. Wenn niemand recht hat, darf nicht gerichtet werden. Denn es ist *heute* notwendig, gegen Hitler zu sein. Die Schläge sind gezählt worden. Es wird weitergemacht.

☆

Die Tat läßt sich künftig in unseren Augen nur im Hinblick auf beschränkte Ziele rechtfertigen. So spricht der Zeitgenosse. Hier liegt ein Widerspruch.

☆

1 Diese Bemerkung wurde der ersten maschinengeschriebenen Abschrift von Hand hinzugefügt.

2 Er hatte eben *Humanisme et Terreur* veröffentlicht. Der Bruch zwischen Merleau-Ponty und Camus erfolgte nach dieser Veröffentlichung (Vgl. Sartre: *Merleau-Ponty vivant* [*Freundschaft und Ereignis.* Übertragen von Hans Heinz Holz. Frankfurt a. M. S. 23]).

Dwinger[1] (in einem Lager in Sibirien): Wenn wir Tiere wären, wäre alles längst zu Ende, aber wir sind Menschen.

Id. Ein Leutnant, ein Pianist, der seiner Kunst lebt. Er bastelt ein stummes Klavier aus Kistenbrettern. Er spielt täglich sechs bis acht Stunden. Er hört jede Note. Bei gewissen Stellen verschönt sich sein Gesicht.

Das werden wir *alle* tun, im Grenzfall.

Id. Während des weißen Krieges. In einem Zug im Hinterland. D. und ein Kamerad betreten ein Abteil, in dem sich ein großer Hauptmann mit fiebrigen Augen befindet. Ihm gegenüber liegt jemand auf den Sitzen, eine mit einem Mantel zugedeckte Gestalt. Die Nacht bricht herein. Der Mond erhellt das Abteil. «Öffnet die Augen, Brüder. Ich will euch etwas zeigen, ihr habt es wohl verdient.» Er zieht sachte den Mantel weg: eine nackte junge Frau von unbeschreiblich großer, ebenmäßiger Schönheit ... «Schaut», sagt der Offizier. «Das wird euch neue Kraft geben. Und ihr werdet wissen, wofür wir kämpfen. Denn wir kämpfen auch für die Schönheit, nicht wahr. *Nur sagt das niemand.*»

☆

Bataille über die *Pest.* Sade forderte ebenfalls die Aufhebung des Todesstrafe, des legitimierten Mords. Grund: den Mörder entschuldigen natürliche Leidenschaften. Das Gesetz nicht.

☆

Studie über G.[2]: G. und Malraux entgegengesetzte Geister. Und beide sind sich der Versuchung bewußt, die der andere Geist darstellt. Die Welt von heute ist ein Dialog M. G.

☆

Stück. Janek zu einem anderen, der der Totschläger ist.

Janek. – Vielleicht. Aber das wird uns der Liebe berauben.

Der T. – Wer behauptet das?

Janek. – Dora.

Der T. – Dora ist eine Frau, und die Frauen wissen nicht, was Liebe ist... Die fürchterliche Explosion, in der ich mich vernichten werde, ist der wahre Ausbruch der Liebe.

☆

Jours de notre mort.[3] 72–125–190.

U. C. 15 – 66.

☆

1 Vgl. die beiden ersten Bände von Edwin Eich Dwingers Trilogie *Die deutsche Passion,* die 1931 unter den Titeln *Mon Journal de Sibérie* und *Entre les Rouges et les Blancs* in französischer Übersetzung erschienen.

2 Ohne Zweifel Jean Grenier.

3 *Les Jours de notre mort,* von David Rousset. U. C. steht für *L'Univers concentrationnaire,* ebenfalls von David Rousset.

Der Gewalttat ihre Eigenart als *Bruch*, als Verbrechen bewahren – das heißt, sie nur in Verbindung mit einer *persönlichen* Verantwortung zulassen. Andernfalls ist sie die *Ausführung eines Befehls*, ist sie *in der Ordnung der Dinge* – entweder das Gesetz oder die Metaphysik. Sie ist kein Bruch mehr. Sie geht dem Widerspruch aus dem Weg. Sie stellt paradoxerweise einen Sprung in die Bequemlichkeit dar. *Die Gewalttat ist zu einer bequemen Sache gemacht worden.*

☆

Der Freund von M. D., der wie jeden Tag in das kleine Café an der rue Dauphine geht, wo er Stammgast ist – er setzt sich an den gleichen Tisch und schaut den gleichen «Belote»-Spielern zu. Der Spieler, hinter dem er sitzt, hat nur Karo in der Hand. «Schade», sagt der Freund von M. D., «daß nicht ohne Trumpf gespielt wird.» Und plötzlich stirbt er.

Id. Die alte Geisterseherin, die ihren Sohn im Krieg verloren hat: «Wo ich auch gehe und stehe, ist mein Sohn hinter mir.»

Id. Der alte Kolonialgouverneur, der sich stocksteif hält und verlangt, mit Herr Gouverneur angeredet zu werden. Er treibt Forschungen, um eine Entsprechung zum gregorianischen Kalender herzustellen. Er erwärmt sich nur für ein Thema, sein Alter: «80 Jahre! Nie einen Tropfen Alkohol, da sehen Sie!» Dann springt er mehrmals hoch und versetzt sich mit den Fersen kleine Tritte in den Hintern.

☆

Palante (S. I.) [1]. «Der Humanismus ist ein Übergriff des Priestergeists auf das Gebiet des Gefühls ... Es ist die Eiseskälte der Herrschaft des Geistes.»

☆

Man wirft uns vor, abstrakte Menschen zu schaffen. Aber der Mensch, der uns zum Vorbild dient, ist eben abstrakt – man wirft uns vor, die Liebe zu ignorieren, aber (der Mensch, der uns zum Vorbild dient) ist eben unfähig, zu lieben usw. usw.

☆

Lautréamont: Alles Wasser des Meeres reichte nicht hin, einen Fleck intellektuellen Bluts abzuwaschen.

☆

Novelle oder Roman Gerechtigkeit. Gefoltert, fünf Tage aufrecht, ohne zu essen, ohne zu trinken, verboten, sich anzulehnen, usw. usw. Man kommt, um ihm zur Flucht zu verhelfen. Er weigert sich: er hat nicht die

1 G. Palante, ein Philosoph, den Louis Guilloux und Jan Grenier kannten. S. I. steht für *La Sensibilité individualiste*, ein 1919 bei Alcan erschienenes Werk (S. 41).

Kraft dazu. Bleiben kostet ihn weniger Anstrengung. Man wird ihn wieder foltern, und er wird umkommen.

☆

L'Isle-sur-Sorgue. Großes, dem Herbst geöffnetes Zimmer. Es ist selber herbstlich mit dem baumartigen Geranke seiner Möbel und den dürren Blättern der Platanen, die der Wind unter den Fenstern mit ihren farnkrautbestickten Vorgängen hindurch ins Zimmer treibt.

☆

Als R. C. im Mai 44 seine Widerstandsgruppe verläßt, um nach Nordafrika zu gehen, steigt im Département Basses-Alpes ein Flugzeug auf und überfliegt in der Nacht die Durance. Und da bemerkt er die ganze Kette der Berge entlang die Feuer, die seine Leute angezündet haben, um ihn ein letztes Mal zu grüßen.

In Calvi legt er sich schlafen (Einbruch der Träume). Als er am Morgen aufwacht, sieht er eine Terrasse, die mit großen Kippen von amerikanischen Zigaretten übersät ist. Nach vier Jahren des Kampfs und der zusammengebissenen Zähne brechen die Tränen hervor, und er weint eine Stunde lang im Anblick der Kippen.

☆

Der alte Kommunist, der sieht, was er sieht, und sich nicht daran gewöhnen kann: «Ich kann nicht über meinen eigenen Schatten springen.»

☆

Bayle: Verschiedene Gedanken über den Kometen.

«Das Leben eines Menschen darf weder nach seinem Glauben noch nach seinen Schriften beurteilt werden.»

☆

Der Denunziant, der seine Listen peinlich in Ordnung hält. Verschiedene Tinten. Gezogene Striche. Die Reihenfolge der Namen.

☆

Wie begreiflich machen, daß ein armes Kind sich schämen kann, ohne Neid zu empfinden?

☆

Der alte Bettler zu Eleanor Clark: «Nicht daß man ein schlechter Mensch wäre, aber man verliert das Augenlicht.»

☆

Sartre oder die Sehnsucht nach dem universellen Idyll.

☆

Ravachol (Verhör): «Den Menschen, die die Wahrheit bringen, die Gewißheit, das Glück der Menschheit, müssen alle restlos alle Hindernisse aus dem Weg geräumt werden, und wenn nachher nur eine Handvoll Menschen auf Erden übrigbleiben sollte, wären sie wenigstens glücklich.»

Id. (Aussage vor dem Schwurgericht) «Was die unschuldigen Opfer angeht, die ich vielleicht getroffen habe, so bereue ich dies aufrichtig. Ich bereue es um so mehr, als mein ganzes Leben voll Bitterkeit war.»

Aussage eines Zeugen (Chaumartin): «Er war kein Weiberheld und trank nur Wasser mit ein bißchen Zitronensaft.»

☆

Vigny (Briefe): «Die soziale Ordnung ist immer schlecht; von Zeit zu Zeit ist sie allenfalls erträglich. Ob schlecht oder erträglich, der Streit ist keinen Tropfen Blut wert.» – Nein, das Erträgliche verdient wenn nicht das Blut, zumindest das Bemühen eines ganzen Lebens.

Der gegenüber der Menge menschenfeindliche Individualist läßt das Individuum gelten.

☆

Sainte-Beuve: «Ich war immer überzeugt, daß die Gesellschaft zusammenbrechen müßte, wenn alle Leute nur eine Minute lang sagten, was sie denken.»

☆

B. Constant (Prophet!): «Um in Ruhe zu leben, muß man sich beinahe ebensosehr anstrengen, wie um die Welt zu regieren.»

☆

Sich der Menschheit weihen: man möchte, wie Sainte-Beuve sagt, bis zum Schluß eine erfolgreiche Rolle spielen.

☆

Stendhal: «Ich werde für mein eigenes Glück nichts vollbracht haben, so lange ich mich nicht daran gewöhnt habe, mit meiner Seele in Zwist zu leben.»

☆

Palante stellt treffend fest, daß die Freiheit keine Daseinsberechtigung hat, wenn es eine einzige und universelle Wahrheit gibt.

☆

14. Oktober 47. Die Zeit drängt. Allein und mit angespannten Kräften in einer trockenen Luft.

☆

17. Oktober. Beginn.

☆

Es sieht so aus, als müsse der Mensch unbedingt zwischen der Erniedrigung und der Züchtigung wählen.

☆

Im Kinderkrankenhaus. Kleiner Saal mit niedriger Decke, hermetisch geschlossen, überheizt – von Gerüchen nach fetter Brühe und Verbänden erfüllt ... Ohnmacht.

☆

Es gibt die messianischen Handlungen und die besonnenen Handlungen.

☆

Alles aufschreiben – wie es kommt.

☆

Um zum Besten zu gelangen, können wir alles tun, alles verstehen und schließlich alles beherrschen. Aber wir können niemals jenes Liebesvermögen in uns finden und schaffen, das uns für immer genommen wurde.

☆

Todesstrafe. Man unterschiebt mir die Behauptung, ich sei gegen jede Gewalttat, gleich welcher Art.[1] Das hätte ebensoviel Sinn, als wenn ich dagegen wäre, daß der Wind immer aus derselben Richtung weht.

☆

Aber niemand ist absolut schuldig, und so darf auch niemand absolut verurteilt werden. Niemand ist absolut schuldig 1. in den Augen der Gesellschaft, 2. in den Augen des Individuums. Etwas in ihm hat teil am Schmerz.

Ist der Tod die absolute Strafe? Nicht für die Christen. Aber diese Welt ist nicht christlich. Ist Zwangsarbeit nicht schlimmer (Paulhan)? Das weiß ich nicht. Aber das Gefängnis läßt einem die Möglichkeit, den Tod zu wählen (sofern man nicht *aus Trägheit* vorzieht, die Arbeit von anderen ausführen zu lassen). Der Tod läßt einem keinerlei Möglichkeit, das Gefängnis zu wählen. Schließlich Rochefort: «Um die Abschaffung der Todesstrafe zu fordern, muß man ein Blutsauger sein.»

☆

Generation von Greisen. «So ein Jüngling war äußerlich reich, aber innerlich arm in die Welt geschickt und strebte nun vergeblich, durch den äußern Reichtum den innern zu ersetzen, in dem er alles *von außen* empfangen wollte, den Greisen analog, welche sich durch die Ausdünstung junger Mädchen zu stärken suchen» (*Aphorismen zur Lebensweisheit).*

Sokrates, der einen Fußtritt erhalten hat. «Würde ich denn, wenn mich ein Esel gestoßen hätte, ihn verklagen?» (Diogenes Laertius, I, 21.)[2]

☆

1 Vgl. *Réponse à Emmanuel d'Astier de La Vigerie, Actuelles I,* p. 184.

2 Auch dieses Zitat fand Camus in Schopenhauers *Aphorismen zur Lebensweisheit* (Anm. d. Übers.).

Heine (1848): Was die Welt heute anstrebt und erhofft, ist meinem Herzen völlig fremd geworden.

☆

Der Mut ist nach Schopenhauer «eine bloße Unteroffizierstugend».

☆

Im 4. Buch seines *Émile* empfiehlt Rousseau den Mord (21. Anmerkung) aus Gründen der Ehre.

«Wenn jemand geohrfeigt und der Lüge geziehen wird, so hat das Folgen, die kein Weiser zu verhüten und für die kein Gericht dem Beleidigten Genugtuung verschaffen kann. Die Unzulänglichkeit der Gesetze gibt ihm darin seine Unabhängigkeit zurück; er ist nunmehr die einzige Obrigkeit, der einzige Richter zwischen dem Beleidiger und ihm; er ist alleiniger Ausleger und Vertreter des Naturgesetzes; er ist sich Gerechtigkeit schuldig, und er allein kann sie sich gewähren ... Ich sage nicht, er solle sich schlagen, das ist eine Albernheit; ich sage, daß er sich Gerechtigkeit schuldig ist und daß er allein sie üben kann. Wenn ich Herrscher wäre, würde in meinen Landen ganz bestimmt auch ohne die vielen wirkungslosen Erlasse gegen die Duelle niemals jemand geohrfeigt oder der Lüge geziehen, und zwar *dank einem höchst einfachen Mittel, mit dem die Gerichte nichts zu schaffen haben.* Wie dem auch sei, Émile weiß in solchen Fällen, welche Gerechtigkeit er sich selber und welches Beispiel er der Sicherheit der Leute von Ehre schuldig ist. Auch der entschlossenste Mann kann nicht vermeiden, daß er beleidigt wird, aber er kann vermeiden, daß der andere sich noch lange rühmt, ihn beleidigt zu haben.»[1]

☆

Zu Schopenhauer: das objektive Dasein der Dinge, ihre «Vorstellung», ist immer angenehm, während das subjektive Dasein, das Wollen, immer Schmerz ist.

«Alle Dinge sind herrlich zu *sehn*, aber schrecklich zu sein», daher die so verbreitete und für mich stets so auffällige Illusion der äußeren Einheit des Lebens der anderen.

☆

Schopenhauer. «Ruhm und Jugend auf ein Mal ist zuviel für einen Sterblichen.»

Id. In dieser Welt kann man wohl Belehrung finden, nicht aber das Glück. Daher: Beschränkung macht glücklich.

☆

David liegt Jehovah mit Bitten in den Ohren, solange sein Sohn krank ist. Aber kaum ist er tot, schnalzt er mit den Fingern und denkt nicht weiter daran.[2]

☆

1 Auf diese Anmerkung wurde Camus auf eine Stelle in Schopenhauers *Aphorismen zur Lebensweisheit* hingewiesen (An. d. Übers.).

2 Paraphrase einer Stelle aus Schopenhauers *Aphorismen zur Lebensweisheit* (Anm. d. Übers.).

Voltaire: «Man hat auf Erden nur dank der Schwertspitze Erfolg, und man stirbt mit der Waffe in der Hand.»

☆

Petscherin, russischer Emigrant des 19. Jahrhunderts, der im Ausland Mönch wurde, und der ausruft: «Welche Lust, sein Vaterland zu hassen und glühend seine Vernichtung zu ersehnen.»

Die Intellektuellen und die *totalitäre* Deutung der Welt.

Petraschewskis Verschwörer [1]: idyllisch. (Befreiung der Leibeigenen ohne revolutionäre Handlung – Einfluß von Georg Sand.) Liebe zum Fernen, nicht zum Nahen. «Da ich nichts finde, was meiner Zuneigung würdig wäre, weder unter den Männern noch unter den Frauen, widme ich mich dem Dienst an der Menschheit» (Petraschewski). (Außer Sprechner, dem Vorbild Stawrogins.)

☆

Bjelinskis individualistischer Sozialismus. Gegen Hegel, für die menschliche Person. Vgl. Botkins Briefe: «Das Schicksal des einzelnen, des Individuums, der Person, ist wichtiger als das Schicksal der ganzen Welt und die Gesundheit des Kaisers von China, das heißt, die Hegelsche Allgemeinheit [2].»

Id. «Ich grüße Ihre Philosophenmütze (an Hegel). Aber bei aller Achtung, die Ihrem philosophischen Spießertum gebührt, habe ich die Ehre, Ihnen zu erklären, daß ich im Falle meines Aufstiegs zur höchsten Stufe der Entwicklungsleiter über all die Menschen Rechenschaft fordern würde, die durch die Bedingungen des Lebens und der Geschichte zu Märtyrern wurden, über all die Opfer des Zufalls, des Aberglaubens, der Inquisition, Philipps II., usw.... Andernfalls würde ich mich von diesem erhöhten Standpunkt aus kopfüber in die Tiefe stürzen. Ich will nichts von einem Glück wissen, das mir gewährt wird, ohne zunächst über das Schicksal eines jeden meiner Blutsbrüder, Fleisch von meinem Fleisch, Bein von meinem Bein, beruhigt zu sein...»

«Man sagt, der Mißklang sei die Vorbedingung der Harmonie; das mag für den Musikliebhaber durchaus vorteilhaft und köstlich sein, ist es aber zweifellos bedeutend weniger für denjenigen, dem die Rolle des Mißklangs zugefallen ist.»

☆

Petraschewski und die Idyllischen.

Bjelinski und der individualistische Sozialismus.

Dobroljubow – asketisch, mystisch und voller Skrupel.

Er verliert den Glauben *angesichts des Bösen* (Marcion).

Tschernischewski: «Was tun?»

1 Lektüren zu *Die Gerechten* und *Les Meurtriers délicats* (1948, Table Ronde, No. 1).

2 Deutsch im Original (Anm. d. Übers.).

Pissarew: «Ein Paar Stiefel ist mehr wert als Shakespeare.» Herzen – Bakunin – Tolstoj – Dostojevskij.

Das Schuldgefühl bei den vom Volk getrennten Intellektuellen. Der (die soziale Sünde) «bereuende Edelmann».

☆

Netschajew und der revolutionäre Katechismus (zentralisierte Partei kündigt den Bolschewismus an).

«Der Revolutionär ist ein gezeichnetes Individuum. Er hat keine persönlichen Interessen oder Angelegenheiten oder Gefühle, keine Bindungen, nichts, was sein Eigentum wäre, nicht einmal einen Namen. Alles in ihm wird von einem einzigen, ausschließlichen Interesse bestimmt, einem einzigen Gedanken, einer einzigen Leidenschaft: der Revolution.»

Alles, was der Revolution dient, ist moralisch.

Ähnlichkeit mit Dserschinski, dem Begründer der Tscheka.

Bakunin: «Die Leidenschaft der Zerstörung ist schöpferisch.»

Id. Drei Prinzipien der Entwicklung des Menschen:

impliziert aber doch das Absolute {
der tierhafte Mensch
das Denken
die Revolte.

☆

Siebzig Jahre. Michailowski, individualistischer Sozialist.

«Wenn das revolutionäre Volk in mein Zimmer einbräche, um Bjelinskis Büste entzweizuschlagen und meine Bibliothek zu zerstören, würde ich bis zum letzten Blutstropfen gegen es kämpfen.»

☆

Problem des Übergangs. Mußte Rußland die Phase der bürgerlichen und kapitalistischen Revolution durchmachen, wie es die Logik der Geschichte wollte? In diesem Punkt ist nur Tkatschew (mit Netschajew und Bakunin) ein Vorläufer Lenins. Marx und Engels waren Menschewiken. Sie faßten nur die künftige bürgerliche Revolution ins Auge.

Die ständigen Diskussionen der ersten Marxisten über die Unvermeidbarkeit der kapitalistischen Entwicklung in Rußland, und ihre Vorbereitungen auf diese Entwicklung. Tichomirow, altes Mitglied der Partei des Volkswillens, wirft ihnen vor, sich zu den «Verfechtern der ersten Kapitalisierungen» zu machen.

☆

Lermontows Vorhersage.

Jäh aufbricht die Pest aus den Haufen der Leichen
Um durch das unheimliche Dickicht zu schleichen.

Vgl. Berdjajew, S. 107.

☆

Dostojevskijs spiritueller Kommunismus: die moralische Verantwortung aller.

☆

Berdjajew: «Es kann keine Dialektik der Materie geben, die Dialektik setzt den Logos und das Denken voraus; nur eine Dialektik des Denkens und des Geistes ist möglich. Marx übertrug die Eigenschaften des Geistes auf das Reich der Materie.»

Letztlich wird die Welt durch den Willen des Proletariats verwandelt. So gibt es im Marxismus *wirklich* eine Existenzphilosophie, die die Lüge der Objektivation anprangert und den Sieg der menschlichen Tätigkeit verkündet.

☆

Wolja bedeutet auf russisch *gleichermaßen* Wille und Freiheit.

☆

Frage an den Marxismus:

«Ist die marxistische Ideologie der Spiegel der wirtschaftlichen Tätigkeit wie alle anderen Ideologien, oder erhebt sie Anspruch darauf, die von den historischen Wirtschaftsformen und den wirtschaftlichen Interessen unabhängige Wahrheit schlechthin zu entdecken.» Mit anderen Worten: ist sie ein Pragmatismus oder ein absoluter Realismus?

Lenin tritt (dem Marxismus zum Trotz) für den Vorrang des Politischen vor dem Ökonomischen ein.

Lukács: Der revolutionäre Sinn ist der Sinn für die Totalität. Auffassung von der totalen Welt, wo Theorie und Praxis zusammenfallen.

Der Sinn für das Religiöse nach Berdjajew.

☆

Was es in Rußland gibt, ist eine «totale» kollektive und keine persönliche Freiheit. Aber was ist eine totale Freiheit? Man ist frei *von* etwas – in bezug auf. Offensichtlich bildet die Freiheit in bezug auf Gott den Grenzfall. Dann wird klar, daß sie die Unterwerfung unter den Menschen bedeutet.

☆

Berdjajew vergleicht Pobjedonotsew (Prokuror des Heiligen Synod, ideologische Führer des russischen Kaiserreichs) mit Lenin. Beides *Nihilisten.*

☆

Vera Figner: «Worte und Taten aufeinander abstimmen, von den anderen verlangen, daß ihre Worte mit ihren Taten übereinstimmen ... das sollte der Wahlspruch meines Lebens sein.»

Id. «Die Bildung eines Geheimbunds innerhalb einer bereits geheimen Gesellschaft schien mir unzulässig.»

Der Haushalt des Zaren bezog seine Mittel zu 80 bis 90 % von den niedrigen Klassen.

☆

Jedes Mitglied des «Volkswillens» verpflichtete sich feierlich, seine Kräfte ganz in den Dienst der Revolution zu stellen, um ihretwillen die Blutbande zu vergessen, die persönlichen Sympathien, die Liebe und die Freundschaft.

☆

Stück *Dora*: Wenn du nicht liebst, kann es kein gutes Ende nehmen.

☆

Wie viele Mitglieder zählte der «Volkswille»? 500. Das russische Reich? Über hundert Millionen.

☆

Sofia Perowskaja umarmte drei ihrer Kameraden (Jeljabow, Kilbatschisch und Michailow), als sie mit ihnen zum Schafott ging, nicht aber den vierten, Ryssakow, der sich zwar tapfer geschlagen, aber eine Adresse verraten und den Tod von drei weiteren Kameraden verursacht hatte, um sein Leben zu retten. Ryssakow wird erhängt und stirbt allein.

Ryssakow hatte die Bombe auf Alexander II. geworfen. Der unversehrte Zar sagt: «Gott sei Dank, alles ist in Ordnung.» – «Wir werden sehen, ob alles in Ordnung ist», erwidert Ryssakow. Und eine zweite Bombe, die von Grinewitski, trifft den Kaiser.

☆

Vgl. Vera Figner, S. 190, über die Denunziation.

Id. Maria Kolugnaja. Sie wird freigelassen und daraufhin des Verrats beschuldigt. Um sich reinzuwaschen, schießt sie auf einen Gendarmerieoffizier. Zum Straflager verurteilt. Sie nimmt sich in Kara das Leben, um gemeinsam mit zwei Kameraden gegen die einem dritten zugefügte körperliche Züchtigung zu protestieren (S. 239).

☆

Den Christen in Erinnerung zu rufen. «Die christliche Brüderlichkeit.» Ein Aufruf an «Alle, die Christi heilige Lehre verehren». «Die herrschende Regierung, alle ihre auf die Lüge, die Unterdrückung und das Verbot der unbehinderten Wahrheitssuche gegründeten Gesetze sollten als rechtswidrig, als Gottes Willen und dem christlichen Geist zuwiderlaufend betrachtet werden.»

☆

Vera Figner: «Ich mußte leben, leben, um gerichtet zu werden. Denn der Prozeß krönt die Tätigkeit des Revolutionärs.»

☆

Ein zum Tode Verurteilter: «Während meines ganzen Lebens, so kurz es war, habe ich nur Böses gesehen ... Kann man unter solchen Umständen und bei einem solchen Leben irgend etwas lieben *und wäre es gut*?»

☆

In den achtziger Jahren wird ein Soldat hingerichtet, der einen Unteroffizier getötet hat. Vorher ruft er, sich in die verschiedenen Richtungen wendend: «Lebewohl Norden, lebewohl Süden ... Osten, Westen.»

☆

Niemand war sicherer als ich, die Welt auf den geraden Wegen zu erobern. Und jetzt... Wo mag der Fehler gelegen haben, was hat plötzlich versagt und alles übrige ausgelöst...

☆

Unwichtige Tatsache: man glaubt häufig, «mir schon begegnet zu sein».

☆

Paris–Algier. Das Flugzeug als eines der Elemente der modernen Negation und Abstraktion. Es gibt keine Natur mehr; die tiefe Schlucht, die wirkliche Höhe, der unüberquerbare Sturzbach, alles verschwindet. Was bleibt, ist ein Aufriß – ein Plan.

Kurzum, der Mensch sieht mit den Augen Gottes. Und dann erkennt er, daß Gott nur Abstraktes sehen kann. Es ist kein gutes Geschäft.

☆

Die Polemik – als Element der Abstraktion. Sooft man beschließt, einen Menschen als Feind zu betrachten, verwandelt man ihn in ein Abstraktum. Man rückt ihn in die Ferne. Man will nicht mehr wissen, daß er ein schallendes Lachen besitzt. Er wird zur *Silhouette.*
Usw. usw....

☆

Wenn es notwendig ist, zum Christentum zurückzukehren, um den Nihilismus zu überwinden, können wir ebensogut noch einen Schritt weitergehen und das Christentum durch den Hellenismus überwinden.

☆

Platon geht von der Vernunftwidrigkeit zur Vernunft und von der Vernunft zum Mythos. Er umfaßt alles.

☆

Sokrates. «Ich habe nichts für Sie übrig.» – Heimkehr aus dem Lager.
Ende des II. Er zeigt die Male vor:
«Was ist das?»
«Die Male.»
«Welche Male?»
«Die Male der Liebe der Menschen.»[1]

☆

Die Vorwürfe, ich betonte in meinen Büchern den politischen Aspekt nicht. Mit anderen Worten: sie fordern, ich solle Parteien in Szene setzen. Aber ich setze nur Individuen in Szene, Gegner der Staatsmaschine, weil ich weiß, was ich sage.

☆

1 Vgl. *Die Gerechten.* Akt III, S. 276.

Die Welt wird in dem Maße, in dem sie keuscher sein wird, gerechter sein (G. Sorel).

☆

Im Theater: Notwendigkeit, um der Abwechslung willen die syntaktischen Konstruktionen zu komplizieren.

☆

Stück. Dora oder eine andere: «Verurteilt, verurteilt, Helden zu sein und Heilige. Zwangsläufig Helden. Denn sie interessieren uns nicht, verstehen Sie, sie interessieren uns überhaupt nicht, die schmutzigen Geschäfte dieser vergifteten und stumpfsinnigen Welt, die an uns klebt wie Vogelleim. – Gebt zu, so gebt doch zu, daß es die Menschen sind, die euch interessieren, und ihr Gesicht ... Und daß ihr zwar eine Wahrheit zu suchen vorgebt, aber letzten Endes nur auf die Liebe wartet.»

☆

«Weint nicht. Dies ist der Tag der Rechtfertigung. Zu dieser Stunde steigt etwas auf, das unser, der Menschen in der Revolte, Zeugnis ist.»

☆

Roman. Der Mann, der von der politischen Polizei gefaßt wird, weil er zu faul war, sich um seinen Paß zu kümmern. Er wußte es. Er hat es nicht getan, usw. ...

☆

«Ich besaß jeden Luxus. Nun bin ich unwiderruflich versklavt ... usw.»

☆

Rousset. Was mir den Mund verschließt, ist, daß ich nicht deportiert wurde. Aber ich weiß, welchen Schrei ich ersticke, indem ich das sage.

☆

Das Christentum erklärt den Bolschewismus. Bewahren wir das Gleichgewicht, um nicht zu Mördern zu werden.

☆

Zeitgenössische Literatur. Leichter, Anstoß zu erregen, als zu überzeugen.

☆

R. C. Im Besatzungszug, der Tag bricht an. Die Deutschen. Eine Frau läßt ein Goldstück fallen. C. verdeckt es mit dem Fuß und gibt es ihr zurück. Die Frau: Danke. Sie bietet eine Zigarette an. Er nimmt sie. Sie bietet den Deutschen Zigaretten an. R. C.: «Ich habe es mir anders überlegt, Madame, ich gebe Ihnen Ihre Zigarette zurück.» Ein Deutscher schaut ihn an. Tunnel. Eine Hand drückt die seine. «Ich bin Pole.» Als sie aus dem Tunnel herauskommen, blickt R. C. den Deutschen an. Seine Augen stehen voll Tränen. Am Bahnhof dreht der Deutsche sich im Weggehen um und blinzelt ihm zu. C. erwidert lächelnd das Blinzeln. «Saukerle», ruft ihnen ein Franzose nach, der die Szene beobachtet hat.

☆

Form und Revolte. Formen, was keine Form besitzt, das ist der Zweck eines jeden Werks. Es handelt sich also nicht nur um Schöpfung, sondern um Korrektur (siehe oben). Daher Bedeutung der *Form.* Daher Notwendigkeit eines Stils für jedes Thema, auch wenn er nicht grundverschieden sein kann, da die Sprache des Autors ihm eigen ist. Aber sie wird eben die *Einheit* nicht dieses oder jenes Buches, sondern des ganzen Werks deutlich zutage treten lassen.

☆

Es gibt keine Gerechtigkeit, es gibt nur Grenzen.

☆

Der Tolstojsche Anarchist während der deutschen Besatzung. Er hat auf seine Tür geschrieben: «Woher du kommen magst, sei willkommen.» Es kamen die Milizsoldaten.

☆

Wörterbuch. *Umanität*: wird zumeist mit *h* geschrieben und hingerichtet.[1] Aber hier ist man dagegen ... Abgeleiteter Sinn: *Vorwand.* Synonyme: Matratze – Trittbrett – Gurgelwasser – Endstation.

Palinodie: Hohe literarische Übung, die darin besteht, die Fahne erst anzuspucken und dann aufzuziehen, auf den Wegen der Ausschweifung zur Moral zurückzukehren und die ehemaligen Piraten in Pantoffeln zu stecken. Man fängt als Eisenfresser an und endet in der Ehrenlegion.

Hist.: 80 % der Autoren des 20. Jahrhunderts würden den Namen Gottes schreiben und verehren, wenn sie es nur anonym tun könnten.

☆

Tragödie. Er wird des Verrats *verdächtigt.* Dieser Verdacht genügt, um ihn zu zwingen, sich töten zu lassen. Es gibt keinen anderen Beweis.

☆

Leysin. Schnee und Wolken vom Tal bis zu den Berggipfeln. Über diesem unbeweglichen Wattenmeer fliegen die Dohlen in Gruppen wie schwarze Möwen und empfangen auf ihren Flügeln den Sprühregen des Schnees.

☆

Tolstoj: «Ein starker Westwind wirbelte auf den Wegen und Feldern Staubsäulen auf, bog die Wipfel der hohen Linden und der Birken im Garten und trug die herabfallenden gelben Blätter weit mit sich fort.» (Kindheit.)

1 Wortspiel: «h» wird im Französischen gleich ausgesprochen wie das Wort «hache» = das Beil (Anm. d. Übers.).

Id. «Wenn es mir in den schmerzlichen Stunden meines Lebens nochmals vergönnt wäre, dieses Lächeln (seiner Mutter) wiederzusehen, und wäre es nur für einen Augenblick, würde ich den Schmerz vergessen.»

☆

Ich habe mich von der Welt zurückgezogen, nicht weil ich in ihr Feinde besaß, sondern weil ich in ihr Freunde hatte. Nicht weil sie mir Schaden zufügten, wie es gewöhnlich der Fall ist, sondern weil sie mich für besser hielten, als ich bin. Das ist eine Lüge, die ich nicht habe ertragen können.

☆

Eine übertriebene Tugend, die darin besteht, seine Leidenschaften abzutöten. Eine tiefere Tugend, die darin besteht, sie ins Gleichgewicht zu bringen.

☆

Alles, was heute im Geist der Zeitgenossen Wert besitzt, ist irrational. Und doch lehrt, tötet und regiert alles, was in der Politik vorherrscht, im Namen der Ratio.

☆

Der Friede bestünde darin, wortlos zu lieben. Aber da ist das Bewußtsein und die Person; es muß geredet werden. Lieben wird zur Hölle.

☆

Der Schauspieler P. B., der faul ist und gläubig, hört die Messe in seinem Bett, im Radio. Er braucht nicht aufzustehen. Er hat seine Pflicht erfüllt.

☆

Ludmilla Pitoëff: «Das Publikum stört mich eher. Wenn es fehlt, ist alles vollkommen.» Und von G. P.: «Er hat mich immer in Erstaunen versetzt.»

☆

Den Ägyptern zufolge muß der Gerechte nach seinem Tod sagen können: «Ich habe niemandem Kummer bereitet.» Andernfalls erwartet ihn die Strafe.

☆

Die Schlußfolgerung lautet, daß die Geschichte ihre Zwecke nur dadurch erreichen kann, daß sie die geistigen Errungenschaften zunichte macht. Wir sind also gezwungen ...

☆

Für die Christen steht die Offenbarung am Anfang der Geschichte. Für die Marxisten steht sie am Ende. Zwei Religionen.

☆

Kleine Bucht vor Tenès, am Fuß der Bergkette. Vollkommenes Halbrund. Im hereinbrechenden Abend schwebt eine beklommene Erfüllung über den schweigenden Wassern. Man versteht hier, daß die Griechen die Vorstellung der Verzweiflung und der Tragödie stets *durch* die Schönheit und das Bedrückende, das ihr anhaftet, hindurch herangebildet haben. Es ist eine Tragödie auf der höchsten Ebene. Während der moderne Geist seine Verzweiflung auf Häßlichkeit und Mittelmäßigkeit aufbaute.

Ohne Zweifel das, was Char sagen will. Für die Griechen bildet die Schönheit den Ausgangspunkt. Für den Europäer ist sie ein nur selten erreichtes Ziel. Ich bin nicht modern.

☆

Wahrheit dieses Jahrhunderts: Man macht so viele große Erfahrungen, daß man zum Lügner wird. Mit allem übrigen aufräumen und mein tiefstes Inneres zum Ausdruck bringen.

SECHSTES HEFT

April 1948 – März 1951

Gegen Ende des 19. Jahrhunderts verließ Antoine Orly, Notar in Périgueux, plötzlich seine Stadt, um sich nach Patagonien zu begeben, wo er sich niederließ. Er verstand es, die Indianer des Landes für sich zu gewinnen, und ließ sich nach ein paar Jahren, einzig aus Sympathie, zum Kaiser von Araukanien ausrufen. Er prägte Münzen, gab Briefmarken heraus, kurzum, er machte von allen Vorrechten eines legitimen Herrschers Gebrauch. So kam es, daß die Regierung von Chile, die das Hoheitsrecht über jene abgelegenen Landstriche besaß, ihn vor ein Gericht stellte, das ihn zum Tode verurteilte. Die Strafe wurde in zehn Jahre Gefängnis umgewandelt.

Als er nach zehn Jahren freigelassen wird, kehrt er nach Patagonien zurück, wo seine Untertanen ihn wieder als ihren Kaiser empfangen, und er läßt sich erneut diesen Titel geben. Aber da er das Alter nahen spürt, denkt er an einen Nachfolger und vermacht den Thron von Araukanien seinem Sohn Orly Louis, der als Louis I. Kaiser werden soll. Aber Orly Louis lehnt ab. Daraufhin dankt Antoine zugunsten seines Neffen Achille Orly aus Périgueux ab und stirbt, hoch verehrt von seinen Untertanen. Aber Achille I. denkt nicht daran, sich zu seinen Untertanen zu begeben. Er geht nach Paris, verkehrt in den besten Kreisen, lebt auf großem Fuß, empfängt als Kaiser. Seine Einkünfte stammen aus dem Verkauf von araukanischen Konsulaten. Da seine Bedürfnisse wachsen, organisiert er auch Sammlungen für die Verbreitung der christlichen Religion durch den Bau von Kirchen und Kathedralen. Er bringt damit viel Geld auf, so viel, daß die Jesuiten sich beunruhigt fühlen und sich an den Papst wenden.

Nun wird festgestellt, daß sich in Patagonien keine einzige Kirche im Bau befindet, und Achille I. erscheint vor Gerichten, die ihn verurteilen. Der an den Bettelstab gekommene Kaiser verbringt den Rest seines Lebens in Montparnasse als Stammgast einer Kneipe, in der die Königin Ranavalo ihn besucht haben soll.

☆

Jedes Opfer ist messianisch. Beweisen, daß das Opfer auf der Ebene eines überlegten (also nicht messianischen) Gedankens vorstellbar ist. Die Tragödie des Gleichgewichts.

☆

Moderne Kunst. Sie entdecken den Gegenstand neu, weil sie keine Ahnung von der Natur haben. Sie schaffen die Natur neu, und das ist unvermeidlich, da sie sie vergessen haben. *Wenn diese Arbeit wiederum vollbracht ist,* werden die großen Jahre anbrechen.

☆

Ohne eine unumschränkte Pressefreiheit, ohne eine unbedingte Versammlungs- und Vereinsfreiheit läßt die Herrschaft der breiten Volksmassen sich nicht denken. (Rosa Luxemburg, *Die Russische Revolution*).

☆

Salvador de Madariaga: «Europa wird erst wieder zur Besinnung kommen, wenn das Wort Revolution Scham wachruft anstatt Stolz. Ein Land, das mit seiner ruhmreichen Revolution prahlt, ist ebenso eitel und absurd wie ein Mann, der mit seiner ruhmreichen Blinddarmentzündung prahlt.»

In gewissem Sinn richtig. Aber zu diskutieren.

☆

Stendhal (Brief an Di Fiore, 34): «Aber meine eigene Seele ist ein Feuer, das leidet, wenn es nicht lodert.»

Id. «Jeder Romancier muß versuchen, die *verzehrende Leidenschaft* glaubhaft zu gestalten, aber ohne sie jemals zu nennen: das widerspricht dem Schamgefühl» (Brief an Mme Gaulthier, 34).

Id. Gegen Goethe: «Goethe hat dem Doktor Faustus den Teufel zum Freund gegeben, und mit einem so mächtigen Helfer tut Faust, was wir alle als Zwanzigjährige getan haben, er verführt eine Putzmacherin.»

☆

London.

Ich erinnere mich an London als an eine Stadt der Gärten, wo die Vögel mich des Morgens aufweckten. London ist das Gegenteil, und doch ist meine Erinnerung richtig. Die Karren voll Blumen in den Straßen. Die Docks, großartig.

N. Gallery. Wunderbare Piero und Velázquez.

Oxford. Das sorgfältig gestriegelte Gestüt. Die Stille von Oxford. Was hätte die Welt hier zu suchen?

☆

Morgengrauen an der schottischen Küste. Edinburgh: Schwäne auf den Kanälen. Die Stadt rings um eine falsche Akropolis, geheimnisvoll und in Nebel gehüllt. Das Athen des Nordens ist nicht nordisch. Chinesen und Malaien in der Princess Street. Es ist ein Hafen.

☆

Nach Simone Weil sind die Gedanken, die sich auf die Geistigkeit der Arbeit beziehen, oder auf ein Vorgefühl davon, und die wir verstreut bei Rousseau, Sand, Tolstoj, Marx, Proudhon finden, die einzigen wirklich originellen Gedanken unserer Zeit, die einzigen, die wir nicht bei den Griechen entlehnt haben.

☆

Deutschland: Das Unglück, das sich allzu tief eingenistet hat, weckt eine Bereitschaft zum Unglück, die einen zwingt, sich selbst und die anderen hineinzustürzen.

☆

Richelieu sagt, daß unter im übrigen gleichen Bedingungen die Aufrührer immer nur halb so stark sind wie die Verteidiger der herrschenden Ordnung. Des schlechten Gewissens wegen.

☆

Pater de Foucauld, Zeuge Christi bei den Tuaregs, fand es ganz natürlich, dem französischen Geheimdienst Auskünfte über die Gesinnung dieser selben Tuaregs zukommen zu lassen.

☆

S. W. Widerspruch zwischen Wissenschaft und Humanismus. Nein. Zwischen dem sogenannten modernen wissenschaftlichen Geist und dem Humanismus.

– Denn der Determinismus und die Gewalt leugnen den Menschen.

«Wenn die Gerechtigkeit unausrottbar im Herzen der Menschen wohnt, besitzt sie eine Wirklichkeit auf Erden. In dem Fall hat die Wissenschaft unrecht.»

☆

S. W. Die Römer haben den Stoizismus entwürdigt, indem sie seine mannhafte Liebe durch den Hochmut ersetzten.

☆

G. Greene: «In einem glücklichen Leben fällt die Enttäuschung, die uns die menschliche Natur letzten Endes bereitet, mit dem Tod zusammen. Heutzutage müssen die Leute zusehen, wie sie ein Leben lang mit der Erfahrung dieser Enttäuschung fertig werden» ... «Unsere Zeit ist eine Epoche, in der man schon zuviel weiß, ehe man volljährig wird.»

Id. Die Hingabe ... «Welch eine Welt, in der solche Eigenschaften verlorengehen!»

Id. «Er (der Geheimagent) gab unbesonnen ein Versprechen, als wäre es in einer Welt der Gewalt möglich, irgend etwas zu versprechen, was nicht nur im gegenwärtigen Augenblick gälte.»

Id. «Wer nicht an Gott glaubt, empfindet die Welt als ein einziges Chaos, wenn die Leute nicht nach ihrem Verdienst behandelt werden, er ist der Verzweiflung ausgeliefert.»

☆

Der Schriftsteller zum *Verstehen* verurteilt. Er kann kein Töter sein.

☆

Vorliebe für das Gefängnis bei den Kämpfern. Um ihrer Treueverpflichtungen entbunden zu sein.

☆

Motto zum Scheiterhaufen.[1]

1 Eine geplante Novelle, von der später noch mehrnach die Rede ist.

«Von tiefer Traurigkeit betroffene Menschen verraten sich, wenn sie glücklich sind: sie besitzen eine Art, das Glück zu fassen, als wollten sie es umschlingen und vor Eifersucht ersticken . . .»

☆

Juli 48 – Como:

«Was nützt ein Himmel uns, dem unsre Liebe fehlt
Wir sind allein in unsres Daseins Graun gestellt.»

☆

Stück. Der Hochmut. Der Hochmut entsteht inmitten der Felder.

☆

Die düstere Provence.

☆

Die Verantwortung gegenüber der Geschichte entbindet von der Verantwortung gegenüber den Menschen. Darin besteht ihre Bequemlichkeit.

☆

Die Sterne blinken im gleichen Rhythmus, in dem die Grillen zirpen. Sphärenmusik.

☆

Freund von C. «Wir sterben mit vierzig Jahren an einer Kugel, die wir uns mit zwanzig ins Herz gejagt haben.»

☆

Wir leben zu lange.

☆

Den Dialog zwischen den Gesetzen und Sokrates in *Kriton* mit den Moskauer Prozessen vergleichen.

☆

Die felsfarbenen Schmetterlinge.

Der Wind, der über die Schlucht streicht, verursacht ein Geräusch wie kühles, tosendes Wasser.

Die mit blühenden Schleppen geschmückte Sorgue.

☆

Der Tugendtaumel, von dem dieses Jahrhundert erfaßt ist. Die Menschheit kehrt der Skepsis den Rücken, die zum Teil Demut ist, und sucht krampfhaft eine Wahrheit. Sie wird sich entspannen, sobald sie wieder einen Irrtum gefunden hat, in dem sich leben läßt.

☆

Die Künstler wollen Heilige sein anstatt Künstler. Ich bin kein Heiliger. Wir fordern, daß alle Welt uns beipflichtet, und das wird uns nicht gelingen. Was dann?

☆

Titel Stück. Die Inquisition zu Kadiz.[1] Motto:

1 Erster Titel für *Der Belagerungszustand*.

«Die Inquisition und die Gesellschaft sind die beiden Geißeln der Wahrheit.» Pascal.

☆

Erschütterung, zur Ungerechtigkeit beigetragen zu haben, während man der Gerechtigkeit zu dienen vermeinte. Es wenigstens zugeben und dann die größere Erschütterung entdecken: erkennen, daß es keine totale Gerechtigkeit gibt. Nach der furchtbarsten Revolte erkennen, daß man nichts ist, darin liegt der Schmerz.

☆

Ich habe in meinem Leben das Glück gehabt, nur außergewöhnliche Menschen kennenzulernen, zu lieben (und zu enttäuschen). Ich bin der Tugend, der Würde, der Natürlichkeit, dem Edelmut begegnet, *bei den anderen*. Bewundernswertes – und schmerzliches – Schauspiel.

☆

Gobineau. Wir stammen nicht vom Affen ab, sondern entwickeln uns mit Windeseile auf ihn zu.

☆

Die Lebenslust führt zur Verzettelung, hebt die Konzentration auf, hemmt jedes Streben nach Größe. Aber ohne Lebenslust ... Nein, es gibt keine Lösung. Es sei denn, man machte eine große Liebe zur Wurzel und fände darin den Lebensquell, ohne dabei durch Verzettelung bestraft zu werden.

☆

1. September 1948

«Ich habe die Reihe von Werken, die zu schreiben ich mir vor zehn Jahren vornahm, beinahe fertiggestellt. Sie haben mich in die Lage versetzt, mein Handwerk zu verstehen. Jetzt, wo ich weiß, daß meine Hand nicht zittern wird, kann ich meiner Narrheit freien Lauf lassen.» So sprach einer, der wußte, was er hat. Am Ende der Scheiterhaufen.

☆

Kann ein gewissenhafter Mensch, fragt Dostojevskij, sich auch nur im geringsten achten?

☆

D.: «Und wenn es dann geschieht, daß der menschliche Vorteil zuweilen nicht nur darin bestehen kann, sondern geradezu darin bestehen muß, anstatt eines Vorteils einen Nachteil zu wünschen.»

☆

«Wahrhaft leben wir nur ein paar Stunden unseres Lebens ...»

☆

Nacht auf der Kuppe des Vaucluse. Die Milchstraße steigt bis zu den Lichtnestern im Tal herab. Alles vermengt sich. Dörfer befinden sich am Himmel und Gestirne in den Bergen.

☆

Man muß der Liebe begegnen, ehe man der Moral begegnet. Andernfalls Zerrissenheit.

☆

Man kann rein gar nichts für einen Menschen tun (wirklich tun), was nicht einen anderen verleugnet. Und wenn man sich nicht damit abfinden kann, die Menschen zu verleugnen, verfällt man einem Gesetz, das endgültig unfruchtbar macht. Im Grenzfall heißt einen Menschen lieben, alle anderen töten.

☆

Ich habe das Schaffen gewählt, um dem Verbrechen zu entgehen. Und ihre Achtung! Welch ein Mißverständnis.

☆

X. – Trinken Sie abends Kaffee?
– Im allgemeinen nie.

– Zehnmal täglich Sulfonamide.
– Zehnmal? Ein bißchen viel.
– Entweder, oder.

☆

André B. und seine Tante, die ihm einen zu schweren und zu auffälligen Schal geschenkt hat. Da sie sich jeden Morgen vergewissert, ob er ihn auch wirklich trägt, verabschiedet er sich in Hemdsärmeln von ihr und schlüpft dann unter der Haustür rasch in Jacke und Mantel, ehe er weggeht.

☆

Zu Anfang schafft man in der Einsamkeit und glaubt, das sei schwer. Aber später schreibt und schafft man in Gesellschaft. Dann weiß man, daß das Unterfangen Irrsinn ist und daß das Glück am Anfang vorhanden war.

. . . .

☆

Ende des Romans. – «Der Mensch ist ein religiöses Tier», sagte er. Und auf die grausame Erde fiel ein unerbittlicher Regen.

☆

Korrigierte Schöpfung: Er ist der einzige Vertreter jener Religion, die so alt ist wie die Menschheit, und er wird überall verfolgt.

☆

Ich habe mit all meinen Kräften und im Bewußtsein meiner Schwächen versucht, ein moralischer Mensch zu sein. Die Moral tötet.

☆

Die Hölle ist eine besondere Gunst, die denjenigen gewährt wird, die inständig danach verlangt haben.

☆

Nach Beyle darf man einen Menschen weder nach seinen Worten noch nach seinen Schriften beurteilen. Ich füge hinzu: und auch nicht nach seinen Taten.

☆

Ein schlechter Ruf ist leichter zu ertragen als ein guter, denn der gute ist ein schweres Hemmnis, man muß sich seiner würdig zeigen, und die geringste Schwäche wird einem als Verbrechen angekreidet. Besitzt man einen schlechten, wird die Schwäche mit einem nachsichtigen Lächeln aufgenommen.[1]

☆

Abendessen Gide. Briefe junger Autoren, die fragen, ob sie weitermachen sollen. Gide antwortet: «Wie? Sie können das Schreiben entbehren, und Sie zögern?»

☆

Zuerst liebt man niemanden. Dann liebt man alle Menschen im allgemeinen. Später liebt man noch einige wenige, dann eine einzige, dann den einzigen.

☆

Algier nach zehn Jahren. Die Gesichter, die ich nach einem Zögern wiedererkenne und die alt geworden sind. Es ist die Soiree der Guermantes. Aber im Maßstab einer Stadt, in der ich mich nicht zurechtfinde. Ich kann mich nicht wiederfinden. Ich gehöre zu jener gewaltigen Menge, die ohne Unterlaß einem Loch entgegenzieht, in das alle fallen werden, einer auf den anderen, von einer neuen Menge getrieben, die hinter ihnen kommt und ihrerseits ...

☆

Vom Flugzeug aus, mitten in der Nacht, die Lichter der Balearen wie Blumen im Meer.

☆

M. «Wenn ich glücklich aussehe, sind sie enttäuscht. Sie befragen mich, sie möchten mich gestehen hören, daß es nicht stimmt, mich zu sich ziehen, mich in ihre Welt zurückführen. Sie fühlen sich verraten.»

☆

Leben heißt nachprüfen.

☆

Grenier. Das Nicht-Tun ist die Einwilligung in die Zukunft – aber mit der Untröstlichkeit gegenüber der Vergangenheit. Es ist die Philosophie eines Toten.

☆

Rede über *Don Juan* oder *Die Kartause von Parma.* Und die unablässige Forderung der französischen Literatur, die dahin geht, die Spannkraft und die Widerstandskraft des individuellen Geistes zu erhalten.

☆

1 In der ersten Abschrift weggelassene Stelle, die an Hand des Manuskripts wieder eingesetzt wurde.

Alexander Blok.

«Ach, wenn ihr wüßtet, Kinder,
Wie kalt und dunkel die kommenden Tage sind.»

oder:

«Wie mühselig ist es, unter den Menschen zu wandern,
Vorzugeben, daß man noch lebt.»

oder:

«Wir alle sind unglücklich. Unser Vaterland hat uns einen Boden für den Zorn und den Streit bereitet. Wir alle leben hinter einer chinesischen Mauer und verachten uns gegenseitig. Unsere einzigen wahren Feinde sind die Popen, der Wodka, die Krone, die Gendarmen, die ihre Gesichter verhüllen und uns gegeneinander aufhetzen. Ich will versuchen ... diesen ganzen Unrat zu vergessen, um ein Mann zu werden anstatt eine Brutmaschine des Hasses ...

... Ich liebe nur die Kunst, die Kinder und den Tod.»

Id. Angesichts der Unwissenheit und Erschöpfung der armen Leute: «Mein Blut erstarrt vor Scham und Verzweiflung. Da ist nichts als Leere, Bosheit, Verblendung, Elend. Nur ein umfassendes Mitleid kann eine Änderung herbeiführen ... Ich reagiere so, weil ich kein gutes Gewissen habe ... Ich weiß, was ich tun muß: all mein Geld hingeben, die ganze Welt um Verzeihung bitten, meinen Besitz verteilen, meine Kleier ... Aber ich kann nicht ... ich will nicht ...»

«O mein liebes, mein geliebtes Gesindel!»

«Was an den Grenzen der Kunst liegt, kann nicht geliebt werden», und doch: «Wir sterben alle, aber die Kunst bleibt.»

☆

Prokosch. *Sieben auf der Flucht.* «Alle haßten ihn, aber alle beneideten ihn um sein blitzendes Lächeln, und er ahnte deutlich, daß in den Augen der meisten Menschen das kostbarste Gut, das, wonach sie im Grunde ihres Herzens am leidenschaftlichsten verlangen, das unerreichbare und flüchtige Aufleuchten der Schönheit ist.»

«Späher: die Felsen; unter ihnen die gewaltige Ebene und über ihnen die Sterne. Nichts als Stärke; und was sie hier nicht zulassen wollten, diese ewigen Späher, war die Schwäche, das heißt, die Unreinheit und Gebrechlichkeit des Geistes.»

«... diejenigen, die irgendwo, in der Inbrunst der Kindheit und der Jugend, alle Liebesfähigkeit eingebüßt haben.»

Großartig p. 106.

«... seine Mutter – das einzige Geschöpf, für das er je etwas empfunden hatte, was man vielleicht nicht Liebe, aber eine Art Loyalität des Herzens nennen könnte.»

«Die Welt! Sie reden von Krieg und Geld, von Hungersnot, Ungerechtigkeit und allem übrigen. Aber die Wirklichkeit ist bedeutend, ja unvergleichlich umfassender, tiefer und schrecklicher! Wollt ihr wissen, was sie ist? Dies: die Liebe zum Tod.»

«Ich sage eine Feuerbrunst voraus ... Alles wird verzehrt. Alles. Außer denjenigen, die geläutert sind und im Feuer des Geistes die Ewigkeit erlangt haben. Durch die Liebe.

– Welche Art der Liebe?

– Durch die Liebe, die zerstört! Die Liebe ohne Beschwichtigung und ohne Ende.»

☆

Eine Novelle, die an einem von gelbem Nebel erfüllten Tag spielt.

☆

Durch die Ablehnung eines Teils dieser Welt wird diese Welt erträglich? Gegen den Amor fati. Der Mensch ist das einzige Tier, das sich weigert, zu sein, was es ist.

☆

«Ach, ich brächte mich bestimmt um, wenn ich nicht wüßte, daß auch der Tod keine Ruhe bietet und daß uns auch im Grab eine furchtbare Angst erwartet.»[1]

☆

Der Staatsanwalt betritt die Zelle des Verurteilten. Dieser ist jung. Er lächelt. Man fragt ihn, ob er schreiben möchte. Ja, sagt er. Und er schreibt: «Tag des Siegs!» Er lächelt immerfort. Der Staatsanwalt fragt ihn, ob er keinen Wunsch habe. Ja, sagt der junge Mann. Und er gibt ihm eine schallende Ohrfeige. Alles stürzt herbei. Der Staatsanwalt zögert. Ein ganzer Haß, so alt wie die Welt, kehrt zurück. Aber er verharrt unbeweglich, ein Gedanke steigt in ihm auf. *Man kann ihm nichts anhaben.* Der andere lächelt und blickt ihn an. Nein, sagt er fröhlich, da ist nichts zu machen. Der Staatsanwalt bei seiner Frau. Aber, sagt diese, was hast du getan. Hast du ihm nicht ...

– Was?

– Richtig. Da ist nichts zu machen.

Von Prozeß zu Prozeß dient der Staatsanwalt der Linie voller Haß. Bei jedem Angeklagten wartet er auf die Unterwerfung. Aber vergeblich. Sie sind sich einig.

Dann richtet er mit übermäßigem Haß. Er weicht ab. Er wird zum Ketzer. Er wird verurteilt. Da kehrt die Flut zurück. Das ist die Freiheit. Er wird den Staatsanwalt ohrfeigen. Dieselbe Szene. Aber er lächelt

1 Im Manuskript steht dieser Satz in Anführungsstrichen. In der ersten Abschrift wurden sie weggelassen oder wohl eher vergessen.

nicht, und das Gesicht des anderen ist vor ihm. «Haben Sie keinen Wunsch?»

Er schaut den Staatsanwalt an: «Nein», sagt er. «Gehen wir.»

☆

Die Grenze des Denkens in der Revolte: es auf sich nehmen, sich selbst umzubringen, um nicht am allgemeinen Morden teilnehmen zu müssen.

☆

Die Pflichten der Freundschaft helfen einem, die Annehmlichkeiten der Gesellschaft zu ertragen.

☆

Scheiterhaufen. «In dieser 2. Periode fiel mir auf, wie fremd sie mir während der ersten geblieben war, obwohl sie mein Leben für immer erfüllt und verschönert hatte.»

☆

Id. «Ich dachte es mir. Ich kannte jene Morgen, an denen das Bild des am Vortag entdeckten Menschen und der ein wenig nebelhaften Wonnen, die wir im ersten Überschwang erlebten, plötzlich klar wird und an denen der etwas wilde Rausch des Vorabends zu einer durchsonnten Freude wird, jener der reinsten aller Eroberungen.»

☆

Char. Stiller Felsblock hinieden, von einem dunklen Unstern herabgefallen.

☆

Ich besitze zwei oder drei Leidenschaften, die man als schuldhaft betrachten kann, die es in meinen Augen sind und von denen ich mich durch die Übung des Willens zu heilen versuche. Manchmal gelingt es mir.

☆

Max Jacob: «Man fabriziert eine frühreife Erfahrung mit einem guten Gedächtnis.» Ungesäumt sein Gedächtnis entwickeln.

– Kürze und Härte sind Auswirkungen der Trägheit.

– Verachtet weder die kleinen Leute, *noch die großen* (für mich).

☆

Roman. Heimkehr aus dem Lager. Er kommt an, er ist erschöpft, aber bestimmt. «Ich will eure Neugierde ein für allemal stillen. Aber nachher möchte ich nichts mehr gefragt werden.» Folgt ein kalter Bericht.

Z. B. Ich bin davongekommen.

Die Worte fielen hart, aus einem Guß. Es gab keine Nuancen mehr.

Ich möchte rauchen.

Erster Zug. Er wendet sich um und lächelt.

Mit Verlaub, sagt er mit der gleichen ruhigen und verschlossenen Miene.

Dann spricht er nie wieder davon. Er führt ein völlig unscheinbares Leben. Nur eines: er rührt seine Frau nicht mehr an. Bis zur Krise und der Erklärung: «Alles Menschliche flößt mir Grauen ein.»

☆

Programm Februar–Juni.

1. *Der Strick.*[1]

2. *Der Mensch in der Revolte.*

Drei Essaybände fertigstellen:

1. Literarische Essays. *Vorwort* – Der Minotaurus + Prometheus in der Unterwelt + Helenas Exil + Algerische Städte + ...

2. Kritische Essays. *Vorwort* – Chamfort + Die Intelligenz und das Schafott + Agrippa d'Aubigné + Vorwort zu den Italienischen Chroniken + Kommentar zu *Don Juan* + Jean Grenier.

3. Politische Essays. *Vorwort* – 10 Leitartikel + Die Intelligenz und der Mut + Weder Opfer noch Henker + Antworten an d'Astier + Warum Spanien + Der Künstler und die Freiheit.

18. – 28. Februar: *Strick* I. Fassung fertigstellen.

März–April: *Mensch in der Revolte* fertigstellen.

1. Fassung. Mai: Essays.

Juni: Fassungen *Strick* und M. i. d. R. durchsehen.

Früh aufstehen. Dusche *vor* dem Frühstück.

Keine Zigaretten vor Mittag.

Beharrlichkeit in der Arbeit. Sie überwindet die Schwächen.

☆

Porträts. Unter dem kleinen Schleier blickt sie aufmerksam mit ihren schönen Augen hervor. Eine stille, ein wenig milchige Schönheit. Plötzlich spricht sie, und der Mund verzieht sich zu einem Parallelogramm. Sie ist häßlich. Eine Dame der Gesellschaft.

☆

Man unterhält sich mit ihm. Er spricht. Plötzlich, während er seinen Satz beendet, ist sein Blick anderswo, notgedrungen noch auf einen gerichtet, aber bereits abgleitend. Weiberheld.

☆

HIMMLER

Letzte Worte von Karl Gerhard, dem ehemaligen Arzt Himmlers (der über Dachau Bescheid wußte):

Ich bedaure, daß es auf Erden noch Ungerechtigkeit gibt.

☆

Sich hingeben hat nur einen Sinn, wenn man sich besitzt. – Andernfalls gibt man sich hin, um dem Elend zu entgehen. Man kann nur das geben, was man hat. Sein eigener Herr sein, ehe man die Waffen niederlegt.

☆

1 Erster Titel für *Die Gerechten.*

X: «Das war, als ich meine Peritonitis hatte.

Das geschah kurz nach meiner Perforation ...» usw. usw. Darmkalender.

☆

Prozeß. – Wenn man bedenkt, wie unersetzlich die Erfahrung eines edlen Herzens ist, welche Summe an Kenntnissen sie voraussetzt, wie viele gegen sich selbst und die Härte des Himmels ausgetragene und gewonnene Schlachten, und daß drei Schergen genügen ...

☆

In einer Welt, die nicht mehr an die Sünde glaubt, ist der Künstler mit dem Predigen beauftragt. Aber die Worte des Priesters wirkten, weil sie sich auf das Beispiel stützten. Also versucht der Künstler, ein Vorbild zu werden. Eben deshalb wird er zu seiner größten Empörung erschossen oder deportiert. Überdies läßt die Tugend sich nicht so rasch erlernen wie die Handhabung der Maschinenpistole. Es ist ein ungleicher Kampf.

☆

Nach der Ermordung Alexanders II., Botschaft des Exekutivkomitees an Alexander III. «Gerade wir verstehen besonders gut, wie traurig es ist, so viele Gaben, so große Energien durch das Werk der Zerstörung zu verlieren ...»

«Ein friedlicher Kampf der Ideen wird an die Stelle der Gewalt treten, die uns mehr anwidert als Eure Diener und die wir nur auf Grund einer traurigen Notwendigkeit anwenden.»

– Siehe die merkwürdige Aussage Ryssakows, der bereit ist, als Spitzel zu wirken, um sein Leben zu retten. Aber er sucht *sich* gute Gründe (*Procès célèbres de la Russie*, S. 137).

Leutnant Schmidt: Mein Tod wird alles vollenden, und meine Sache wird, durch die Hinrichtung gekrönt, untadelig und vollkommen sein.

☆

G. Dieser von der schmutzigen Erosion der Lust zerfressene Mund.

☆

Revolte. Kapitel über das Scheinen (sich selbst und den anderen gegenüber). Das Dandytum, Triebfeder so vieler, sogar revolutionärer Handlungen.

☆

So lange der Mensch das Verlangen nicht gezügelt hat, hat er nichts gezügelt. Und er zügelt es beinahe nie.

☆

Vinaver[1]. Der Schriftsteller ist letztlich der Gesellschaft gegenüber für sein Tun verantwortlich. Aber er muß hinnehmen (und eben darin muß er sich sehr bescheiden zeigen, sehr wenig anspruchsvoll), daß er seine Verantwortung nicht vorher kennt, daß er, *während er schreibt*, nicht weiß, unter welchen Bedingungen er sich engagiert – daß er ein Risiko eingeht.

☆

Essay. Einführung. Warum das Bespitzeln ablehnen, die Polizei, usw. ... wenn wir weder Christen noch Marxisten sind. Wir besitzen keine entsprechenden Werte. Bis wir wieder eine Basis für diese Werte gefunden haben, sind wir dazu verurteilt, uns für das Gute zu entscheiden (falls wir uns dafür entscheiden), ohne es rechtfertigen zu können. Bis zu diesem Zeitpunkt wird die Tugend immer unrechtmäßig sein.

☆

1. Zyklus. Von meinen ersten Büchern (*Hochzeit des Lichts*) bis zu *Der Strick* und *Der Mensch in der Revolte* habe ich mich eigentlich immer bemüht, mich zu entpersönlichen (jedesmal in einem anderen Ton). Nachher werde ich in meinem eigenen Namen sprechen können.

☆

Die erhabenen Seelen interessieren mich – und nur sie allein. Aber ich selber bin keine erhabene Seele.

☆

Vorwort zu Artikelsammlung.[2] «Ich bedaure unter anderem, daß ich der Objektivität allzuviel geopfert habe. Objektivität ist bisweilen Selbstgefälligkeit. Heute sind die Dinge klargestellt, und es muß als konzentrationslagerartig bezeichnet werden, was konzentrationslagerartig ist, sogar der Sozialismus. In gewissem Sinn werde ich nie mehr höflich sein.»

Ich habe mich um die Objektivität bemüht, obwohl sie meiner Natur zuwiderläuft. Denn ich mißtraute der Freiheit.

☆

Jeljabow, der die Ermordung Alexanders II. organisiert und 48 Stunden vor der Tragödie verhaftet wird, verlangt, gleichzeitig mit Ryssakow hingerichtet zu werden, der die Bombe geworfen hat.

«Nur die Feigheit der Regierung könnte erklären, warum nur ein Galgen aufgerichtet würde anstatt zwei.»

☆

Zybin, der unübertreffliche Entzifferer der Ochrana, wird von der GPU auf seinem Posten belassen. *Id.* Kommisarow, der für die Ochrana

1 M. Vinaver, Verfasser von *Lataume* (1950) und *L'Objecteur* (1951).
2 Entwurf eines Vorworts zu *Actuelles I.*

Pogrome organisiert, wird von der Tscheka übernommen. «In den Untergrund gehen» (Illegalität).

«Die Schläge des Terrors müssen sorgfältig organisiert werden. Die Partei wird die moralische Verantwortung übernehmen. Das gewährt den heroischen Kämpfern die erforderliche geistige Unbefangenheit.»

Azew – das Grab 10 466 auf dem Friedhof eines Berliner Vororts.

Ein paar Tage vor dem Attentat auf Plehwe schickt der Lopuchin von der Ochrana eine «allgemeine» Warnung und fordert Verstärkung an. Er denunziert die Terroristen des Südens, damit die von Petersburg freie Hand haben. Plehwe wird getötet; wie Azew gesagt hatte:

«Von dieser Seite (Gerschum) haben Sie nichts zu befürchten.»

☆

Zubatow als Direktor. Plädierte vor einer falschen Untersuchungskommission für den Angeklagten. Und machte ihn zum Spitzel.

In 9 von 10 Fällen betrieb der Revolutionär seinen Spitzelberuf mit leidenschaftlicher Hingabe.

☆

Die Revolution von 1905 begann mit einem Streik in einer Moskauer Druckerei, deren Setzer forderten, Punkte und Kommas bei der Berechnung des «Akkordlohns» als Buchstaben zu zählen.

Der Sowjet von Sankt Petersburg rief 1905 zum Streik auf mit der Parole *Nieder mit der Todesstrafe.*

☆

Während der Kommune in Moskau, auf dem Trubnajaplatz, vor einem von den Kanonen zerschossenen Gebäude, wird ein Teller mit einem Stück Menschenfleisch ausgestellt, daneben eine Tafel mit den Worten: «Spendet für die Opfer.»

☆

Provokation. Der Fall Malinowski, vgl. Laporte, S. 175 bis 176. Zusammentreffen. Burtsew-Azew, in Frankfurt – nach der Verurteilung. Vgl. S. 221, Laporte.

☆

Dimitri Bogrow, dem Mörder Stolypins, wird die Gunst gewährt, im Frack gehängt zu werden.

☆

Am 1. Juni fertig werden. Dann reisen. Tagebuch. Lebenskraft. Nie versumpfen.

☆

Ein Essay über das Alibi.

☆

Man kann die gesamte Geschichte des russischen Terrorismus als die Geschichte des Kampfes zwischen den Intellektuellen und dem Absolutismus in Gegenwart des schweigenden Volkes betrachten.

☆

Roman. In dem nicht enden wollenden Elend des Lagers ein Augenblick unbeschreiblichen Glücks.

☆

Im Grunde ist das Evangelium realistisch, während man glaubt, es lasse sich nicht in die Tat umsetzen. Es weiß, daß der Mensch nicht rein sein kann. Aber er kann sich bemühen, seine Unreinheit zuzugeben, das heißt, zu verzeihen. Die Verbrecher sind immer Richter ... Nur diejenigen können absolut verurteilen, die absolut unschuldig sind ... Deshalb muß Gott absolut unschuldig sein.

☆

Einen Menschen töten heißt, ihn der Möglichkeit berauben, sich zu vervollkommnen.

☆

Wie soll man leben ohne ein paar triftige Gründe zur Verzweiflung!

☆

Vorwort. – Sich als Revolutionär bezeichnen und andererseits die Todesstrafe ablehnen[1] (Vorwort Tolstoj zitieren – dieses Vorwort Tolstojs, das mit Ehrfurcht zu lesen ich jetzt alt genug bin, ist zu wenig bekannt), die Einschränkung der Freiheiten, die Kriege, das ist leeres Gerede. Man muß also erklären, daß man kein Revolutionär ist – sondern, bescheidener, ein Reformist. Ein kompromißloser Reformismus. Schließlich, *und alles recht bedacht,* kann man sich als Revoltierenden bezeichnen.

☆

(Sie werden Ihr Ansehen einbüßen, wird mir gesagt.
– Das will ich sehr hoffen, wenn es mit solchem Wasser getauft ist.[2])

☆

Tschaikowski hatte die Gewohnheit, Papiere zu essen (auch sehr wichtige, zum Beispiel im Justizministerium), so zerstreut war er.

«In ihm entfaltete sich ein Schaffensdrang, der so gewaltig war, daß nur seine unendliche Arbeitskraft ihm zu genügen vermochte» (N. Berberowa).

«Wenn jene Gemütsbewegung des Künstlers, die man Inspiration nennt, ohne Unterbrechung andauerte, könnte man nicht leben» (Tschaikowski).

«In Augenblicken des Nichtstuns überfällt mich eine Angst, nie fähig zu sein, die Vollkommenheit zu erreichen, eine Unzufriedenheit, ein Haß auf mich selber. Der Gedanke, daß ich zu nichts tauge, daß nur meine große Betriebsamkeit über meine Fehler hinwegtäuscht und mich im tief-

1 Vgl. *Actuelles I*, S. 235.

2 Im Manuskript folgt diese Bemerkung unmittelbar auf die vorhergehende Stelle, zu der sie offenbar einen Kommentar bildet.

sten Sinn des Wortes zum Menschen macht, foltert mich und quält mich. Nur die Arbeit rettet mich» (Tschaikowski).

Dabei ist seine Musik größtenteils mittelmäßig.

☆

Zulauf. Die meisten gescheiterten Literaten gehen zum Kommunismus über. Das ist die einzige Position, die ihnen erlaubt, von oben herab über die Künstler zu urteilen. So gesehen ist sie die Partei der verhinderten Berufungen. Der Zulauf ist groß, das läßt sich denken.

☆

Mai 49. Und jetzt: auf das «Menschliche» verzichten, wie sie sagen.

☆

Ich stellte mir Themen wie lauter Vorwände, um mich zum Sprechen zu zwingen.

☆

Vorwort Band politische Essays. Unter diesem Gesichtspunkt drückt der letzte Essay ziemlich gut meine Ansicht aus, daß nämlich der moderne Mensch gezwungen ist, sich mit Politik zu befassen. Ich befasse mich wider meinen Willen damit, und auch, weil ich es mehr meiner Fehler als meiner Vorzüge wegen nie verstanden habe, den Verpflichtungen auszuweichen, die meinen Weg kreuzten.

☆

Man kann nicht an die Güte, die Moral und die Selbstlosigkeit glauben – der Psychologie wegen. Aber man kann auch nicht an das Böse usw. glauben – der Geschichte wegen.

☆

[1] Roman. Die steinernen Liebenden. Und jetzt wußte er, woran er während der ganzen Dauer dieser Liebe gelitten hatte und daß es sich nur hätte lösen können, wenn ... im richtigen Augenblick ... ein vom Himmel herabwehender Wind sie mitten in der Glut ihrer Liebe in Stein verwandelt hätte und sie sich nun in alle Ewigkeit unbeweglich gegenüberstünden, endlich dieser grausamen Erde entrückt, unkundig der sie wütend umtosenden Begierden und eines dem anderen zugekehrt wie dem strahlenden Antlitz der es ergänzenden Liebe.

☆

Man sagt nicht ein Viertel dessen, was man weiß. Andernfalls bräche alles zusammen. Schon bei dem wenigen, was man sagt, stimmen sie ein Geheul an.

☆

Wer ein einziges Mal das Strahlen des Glücks auf dem Gesicht eines geliebten Menschen gesehen hat, weiß, daß es für einen Menschen keine

1 Von den Herausgebern wieder eingesetzt.

andere Berufung geben kann, als dieses Leuchten auf den ihn umgebenden Gesichtern hervorzurufen ... und der Gedanke an das Unglück und die Nacht, womit wir durch unser bloßes Dasein die Gemüter der Menschen erfüllen, denen wir begegnen, zerreißt uns das Herz.

☆

Als die Barbaren des Nordens das sanfte Königreich der Provence zerstört und aus uns Franzosen gemacht hatten ...

☆

Mounier rät mir in *Esprit*, mich nicht mit Politik abzugeben, weil ich kein politischer Kopf bin (was ganz offenkundig stimmt), und mich mit der hinlänglich edlen und so gut zu mir passenden Rolle eines Warners zu begnügen. Aber was ist ein politischer Kopf? Die Lektüre von *Esprit* verrät es mir nicht. Und was die «edle» Rolle des Warners angeht, bedürfte es dazu eines makellosen Gewissens. Und ich fühle mich nur dazu berufen, dem Gewissen zu sagen, daß es nicht makellos ist, und der Vernunft, daß ihr etwas fehlt. Hier folgte die Reise nach Südamerika.

☆

September 49
Schließlich den Mord wieder aufwerten, um ihn der anonymen und kalten – und abstrakten – Zerstörung entgegenzustellen. Die Apologie des Mordes von Menschen an Menschen ist eine der Stufen auf dem Wege der Revolte.

☆

Das einzige, worum ich mich im Leben bemüht habe, da alles übrige mir, und zwar reichlich, geschenkt wurde (außer dem Reichtum, der mich kalt läßt): das Leben eines normalen Menschen zu führen. Ich wollte kein Mensch der Abgründe sein. Diese übermenschliche Bemühung hat zu nichts geführt. Anstatt in meinem Unterfangen ständig erfolgreicher zu sein, sehe ich den Abgrund allmählich näher kommen.

☆

Gheorghiu bemerkt zu Recht, daß die Verurteilung (und die Hinrichtung) Christi mit jener der beiden Schächer vermengt wurde. Schon im Jahre Null wurde die Technik der Verschmelzung betrieben.

Der einzige Fortschritt, nach G.: heute werden zehntausend Unschuldige von zwei Schuldigen eingerahmt.

☆

... die Fassaden von Dörfern, die Potemkin an den Straßen errichten ließ, die Katharina die Große auf ihrer Reise durch ihr Reich benutzte.

☆

Czapski (Terre inhumaine) erzählt, wie die russischen Kinder die Leichen der im Schnee aufgefundenen deutschen Soldaten mit Wasser besprengten und die vereisten Körper am nächsten Morgen als Schlitten benutzten.

☆

Man muß das Leben lieben, ehe man seinen Sinn liebt, sagt Dostojevskij. Gewiß, und wenn die Liebe zum Leben verschwindet, tröstet uns kein Sinn darüber hinweg.

Der große Imam Ali: «Die Welt ist ein Aas. Wer immer ein Teilchen dieser Welt besitzen möchte, wird mit den Hunden leben.»

☆

Stendhal: «Unterschied zwischen den Deutschen und anderen Völkern: die Meditation versetzt sie in Erregung, anstatt sie zu beruhigen. Zweite Nuance: sie vergehen vor Verlangen, Charakter zu besitzen.»

☆

Sperber. «Gott strafe die Frommen, die, anstatt in die Kirche zu gehen, einer revolutionären Partei beitreten, um eine Kirche daraus zu machen.»

– Der Kommunismus, ein skeptischer Fanatismus.

– Von einem Lehrmeister (Grenier?) sprechend: «Diesem Mann zu begegnen war ein großes Glück. Ihm zu folgen wäre falsch gewesen, ihn nie im Stich zu lassen wird richtig sein.»

☆

Id. Der Tod Rosa Luxemburgs: «Für die anderen war sie vor zwölf Jahren gestorben. Für sie starb sie seit zwölf Jahren.»

☆

«Es gibt kein vereinzeltes Opfer. Hinter jedem Individuum, das sich opfert, stehen andere, die es mit sich zusammen opfert, ohne sie nach ihrer Meinung zu fragen.»

Sie wollen das Wohl des Volkes, aber sie lieben das Volk nicht. Sie lieben niemanden, nicht einmal sich selbst.

☆

Oktober 49

Roman. «Irgendwo, in einer abgelegenen Gegend seiner Seele, liebt er sie. Sie wurden wirklich geliebt, aber aus einer solchen Entfernung, daß das Wort Liebe einen neuen Sinn gewann.»

«Er begehrte zwei Dinge, deren eines der absolute Besitz war. Das zweite war die absolute Erinnerung, die er ihr hinterlassen wollte. Die Menschen wissen so genau, daß die Liebe dem Tod verfallen ist, daß sie während der ganzen Dauer ihrer Liebe an der Erinnerung daran arbeiten.

Er wollte ihr ein erhabenes Bild seiner selbst zurücklassen, auf daß ihre Liebe endgültig erhaben sei. Aber er wußte jetzt, daß er nicht erhaben war, daß sie es eines Tages erfahren würde, früher oder später, und daß es für ihn anstatt der absoluten Erinnerung zumindest den absoluten Tod geben werde. Der Sieg, der einzige Sieg bestünde darin, zuzugeben, daß die Liebe erhaben sein kann, auch wenn der Liebende es nicht ist. Aber er war noch nicht reif für diese furchtbare Bescheidenheit.»

«Er trug mit einem glühenden Eisen eingegraben die Erinnerung an ihr vom Schmerz zerfressenes Gesicht mit sich ... Um diese Zeit verlor er die Selbstachtung, die ihn bis dahin immer aufrecht gehalten hatte ... Der Liebe nicht gewachsen, sie hatte recht.»

«Man kann in Ketten lieben, durch mehrere Meter dicke Mauern hindurch usw. ... Aber sobald auch nur ein winziges Stückchen des Herzens der Pflicht unterworfen ist, wird die echte Liebe unmöglich.»

«Er stellte sich eine Zukunft der Einsamkeit und des Leidens vor. Und diese Bilder gewährten ihm eine subtile Freude. Aber nur, weil er sich das Leiden edel und harmonisch dachte. Und so malte er sich in Wirklichkeit eine Zukunft ohne Leiden aus. Von dem Augenblick an, in dem der Schmerz auftrat, gab es im Gegenteil kein Leben mehr.»

«Er versicherte ihr, die Liebe der Menschen sei so, ein Wille, keine Gnade, und sie müsse sich selbst erobern. Sie schwor ihm, das sei nicht die Liebe.»

«Er hat alles verloren, sogar die Einsamkeit.»

«Er schrie ihr zu, das sei sein Tod, und sie blieb ungerührt. Denn auf dem Höhepunkt ihres Anspruchs fand sie es natürlich, daß er starb, da er versagt hatte.»

«Alles muß verziehen werden, angefangen beim Dasein. Das Dasein wird letzten Endes immer zur bösen Tat.»

«An jenem Tag verlor er sie. Das Unglück kam offenbar erst später. Aber er wußte, daß es an jenem Tag geschehen war. Um sie sich zu bewahren, hätte er nie versagen dürfen. Sie stellte einen so hohen Anspruch, daß er keinen einzigen Irrtum begehen, keine einzige Schwäche zeigen durfte. Bei jedem anderen hätte sie es hingenommen, hatte sie es hingenommen, würde sie es hinnehmen. Bei ihm nicht. Das sind die Vorrechte der Liebe.»

«Es gibt in der Liebe eine Ehre. Wenn sie verlorengeht, ist die Liebe nichts.»

☆

«Ich war klein, ehe ich liebte, gerade eben weil ich manchmal versucht war, mich groß zu finden.» (Stendhal, *Von der Liebe.*)

☆

Ein überlegener Geist und ein gewöhnliches Herz. Mit anderen Worten, seine Tugenden gehörten dem Geist an, nicht dem Herzen. Was ihm an ihr gefiel, war das äußere Leben, das Romanhafte, das Spiel und das Theater.

☆

Die Verzweiflung besteht darin, nicht zu wissen, warum man kämpft, und doch kämpfen zu müssen.

Auf einem Gang durch Paris diese Erinnerung: die Feuer auf den brasilianischen Feldern und der würzige Duft von Kaffee und Kräutern. Grausame und traurige Abende, die dann über dieses unermeßliche Land hereinbrechen.

☆

Revolte. Das Absurde setzt das Fehlen einer Wahl voraus. Leben heißt wählen. Wählen heißt töten. Der Einwand gegen das Absurde ist der Mord.

☆

Guilloux. Es ist das Unglück des Künstlers, nicht völlig Mönch und nicht völlig Laie zu sein – und beide Arten von Versuchung zu erleben.

☆

Das wahre Problem des Augenblicks: die Züchtigung.

☆

Wer vermöchte die Not des Menschen zu beschreiben, der für das Geschöpf gegen den Schöpfer Partei ergriffen hat und der, wenn er die Vorstellung seiner eigenen Unschuld und der Unschuld der anderen verliert, das Geschöpf und sich selbst ebenso verbrecherisch findet wie den Schöpfer.

☆

Monnerot. «Die Fruchtbarkeit eines Menschen, der Ideen hervorbringt (er spricht von Hegel), ermißt sich an der Vielzahl der möglichen *Übersetzungen* (Deutungen).»

Natürlich nicht. Das trifft auf einen Künstler zu, aber in keiner Weise auf einen Denker.

☆

Roman. Zum Tode verurteilt. Aber man schmuggelt ihm Zyankali zu ... Und dort, in der Einsamkeit seiner Zelle, begann er zu lachen. Ein unendliches Wohlbehagen erfüllte ihn. Er schritt nicht mehr der Mauer zu. Er hatte die ganze Nacht vor sich. Er würde *wählen können* ... Sich sagen

«Jetzt» und dann «nein, noch einen Augenblick», und diesen Augenblick auskosten ... Welch eine Vergeltung! Welch eine Widerlegung!

☆

In Ermangelung der Liebe kann man versuchen, Ehre zu besitzen. Traurige Ehre.

☆

F.: Irrsinn, irgend etwas auf die Liebe zu gründen, Irrsinn, irgend etwas um der Liebe willen zu zerbrechen.

☆

Nur weil Gott auf unseren Schmerz eifersüchtig war, ist er gekommen, um am Kreuz zu sterben. Jener seltsame Blick, der noch nicht sein Blick war ...

Ende Oktober 49. Rückfall
Ein Kranker muß reinlich sein, um vergessen zu werden. Verzeihung zu erlangen. Und selbst dann. Sogar seine Reinlichkeit ist auffällig. Sie ist verdächtig – wie jene übermäßig großen Rosetten, die wir im Knopfloch der Gauner erblicken.

☆

Nach einer so langen Gewißheit der Genesung sollte dieser Rückfall mich niederdrücken. Und er drückt mich nieder. Aber da er auf eine ununterbrochene Reihe niederdrückender Vorfälle folgt, reizt er mich zum Lachen. Endlich bin ich frei. Auch der Wahnsinn ist Befreiung.

☆

«Von großer Empfindsamkeit, daß er den Schmerz mit den Händen hätte berühren können» (Anny Lowell über Keats).

Nochmals Keats. «Es gibt keine größere Sünde als die, sich für einen großen Schriftsteller zu halten. Allerdings zieht ein solches Verbrechen eine schwere Strafe nach sich.»

☆

«Ins Kloster, Ophelia!» Nun ja, denn es gibt keine andere Weise, sie zu besitzen, als Vorkehrungen zu treffen, daß niemand sie besitzt. Außer Gott, dessen Vorteile leicht erträglich sind: sie berühren den Körper nicht.

☆

Wenn es eine Seele gibt, ist es ein Irrtum, zu glauben, daß sie uns fertig erschaffen verliehen wird. Sie schafft sich hier, das ganze Leben lang. Und leben ist nichts anderes als diese lange und qualvolle Geburt. Wenn die Seele bereit ist, von uns und dem Schmerz erschaffen, kommt der Tod.

☆

«Ich bin glücklich, daß es hinieden so etwas gibt wie das Grab» (Keats).

☆

Chesterton. Die Gerechtigkeit ist ein Mysterium, keine Illusion.

☆

Zu Browning: der Durchschnittsmensch – so, wie er mich beschäftigt.

☆

Kleist, der seine Manuskripte zweimal verbrennt... Piero della Francesca, der am Ende seiner Tage erblindet... Ibsen, der zuletzt das Gedächtnis verliert und von neuem das Alphabet lernt... Mut! Mut!

☆

Die Schönheit, die leben hilft, hilft auch sterben.

☆

Jahrtausendelang glich die Welt jenen italienischen Renaissancegemälden, wo auf den kalten Fliesen Menschen gefoltert werden, während andere mit der denkbar größten Unbekümmertheit anderswohin blicken. Die Zahl der «Unbeteiligten» war schwindelerregend im Vergleich zur Zahl der Beteiligten. Die Geschichte kennzeichnete sich durch die Vielzahl der Leute, die dem Unglück der anderen unbeteiligt gegenüberstanden. Zuweilen war die Reihe an den Unbeteiligten. Aber das geschah dann inmitten der allgemeinen Unbekümmertheit, und das eine schuf einen Ausgleich für das andere. Heute geben alle Leute vor, beteiligt zu sein. In den Gerichtssälen kehren die Zeugen sich unvermittelt dem Gegeißelten zu.

☆

Peer Gynt erzählt seinen Mitbürgern, daß der Teufel der Menge versprochen habe, das Quieken eines Schweins täuschend nachzuahmen. Er erscheint und hält Wort. Aber nach der Vorstellung erhoben sich kritische Stimmen. Die einen fanden die Stimme zu dünn; die anderen zu gekünstelt. Alle bedauerten, daß die Wirkung übertrieben war. Dabei waren es wirklich die Schreie eines Schweinchens gewesen, das der Teufel unter seinem Mantel getragen und gezwickt hatte.

☆

Don Giovannis Ende: die Stimmen der Verdammnis, die bis dahin geschwiegen haben, erfüllen unvermittelt die Bühne des Weltalls. Da waren sie, eine geheime Menge, zahlreicher als die Lebenden.

☆

Prozeß Rajk: Die Vorstellung vom objektiven Verbrecher, der sich des Bruchs zwischen zwei Aspekten des Menschen bewußt ist, ist eine landläufige, aber *übertriebene* Vorstellung des Gerichtsverfahrens.

☆

Der Marxismus ist eine Philosophie des Gerichtsverfahrens, aber ohne Jurisprudenz.

☆

Bemerkenswert: während des ganzen Prozesses hielt Rajk den Kopf nach rechts geneigt, was er vorher nie tat.

☆

Id. Die zum Tode Verurteilten, die in Wirklichkeit *nicht hingerichtet* werden und die in Sibirien oder anderswo *ein anderes Leben* leben (Romanfiguren).

☆

Gegen die Todesstrafe. Fichte. «Grundlage des Naturrechts.»

☆

Roman (*Ende*). Er erinnerte sich an jene Zeit, als er Biographien berühmter Männer verschlang und hastig die Seiten umblätterte, bis er zum Augenblick ihres Todes gelangte. Er wollte damals wissen, was das Genie, die Größe, die Empfindsamkeit dem Tod entgegensetzen können. Jetzt aber wußte er, daß diese fieberhafte Suche umsonst war und daß das Leben der großen Männer keine Lehren für ihn enthielt. Das Genie versteht nicht zu sterben. Die arme Frau versteht es.

☆

Die Größe besteht in dem Versuch, groß zu sein. Eine andere gibt es nicht. (Deshalb ist M. eine große Frau.)

☆

Wo man Sklaven halten will, muß man möglichst viel Musik machen. Das ist zumindest die Meinung eines deutschen Fürsten, von dem Tolstoj berichtet.

☆

Gehorcht, sagte Friedrich von Preußen. Aber als er starb: «Ich bin es müde, über Sklaven zu herrschen.»

☆

Roman. «Ich suchte nach einem Mittel, um nicht an seiner Freiheit zu sterben. Wenn ich es gefunden hätte, dann hätte ich ihm diese Freiheit zurückgegeben.»

☆

Gorki über Tolstoj: «Er ist ein Mensch, der Gott sucht, nicht für sich selber, sondern für die anderen, damit Er ihn, den Menschen, in seiner selbstgewählten Einöde in Frieden lasse.»

Id. «Ich bin auf dieser Erde nicht verwaist, so lange dieser Mann lebt.»

☆

Als Johannes Hus verbrannt wurde, sah man eine sanfte, kleine Alte mit einem Reisigbündel daherkommen, das sie zum Scheiterhaufen beisteuern wollte.

☆

Jene Augenblicke, in denen man sich dem Leiden überläßt wie dem körperlichen Schmerz: ausgestreckt, unbeweglich, ohne Willen noch Zukunft, nur auf das anhaltende Stechen des Übels lauschend.

☆

Überwinden? Aber das Leiden ist ja gerade das, dem man nie überlegen ist.

☆

Roman. «Solange sie da war und wir uns gegenseitig zerfleischten, hatten meine Leiden, meine Tränen einen Sinn. *Sie konnte sie sehen.* Als sie mich verlassen hatte, wurde das Leiden sinnlos, zukunftslos. Und das wahre Leiden ist das sinnlose Leiden. An ihrer Seite leiden war ein köstliches Glück. Aber gerade das einsame und unbeachtete Leiden ist der Kelch, der uns ohne Unterlaß geboten wird, von dem wir uns beharrlich abwenden, aus dem wir aber notgedrungen eines Tages trinken müssen, und dieser Tag ist schrecklicher als der Tag unseres Todes.»

☆

Nach den Nächten des Leidens hat man einen Kater – wie nach den anderen.

☆

Roman. «Ein letztes Wort. Es geht nicht darum, einen köstlichen und bitteren Dialog mit einem entschwundenen schönen Bild anzuknüpfen. Es geht darum, es in meinem Inneren sorgfältig, unerbittlich zu zerstören, dieses Gesicht zu entstellen, um meinem Herzen das verzweifelte Aufschrecken zu ersparen, das die Erinnerung ihm bereitet ...» – «Diese Liebe töten, du meine Liebe.»

Id. «Er hatte seit zehn Jahren keinen Theatersaal betreten können ...»

☆

Essay über das Meer[1].

Der Verzweifelte besitzt keine Heimat. Ich selber wußte, daß es das Meer gibt, und deshalb blieb ich in dieser todbringenden Zeit am Leben.

So können auch Menschen, die sich lieben und die getrennt sind, im Schmerz leben. Aber was immer sie sagen mögen, sie leben nicht in der Verzweiflung: sie wissen, daß es die Liebe gibt.

☆

Man versteift sich darauf, einerseits Ehe und Liebe, andererseits Glück und Liebe zu verwechseln. Aber sie haben nichts gemeinsam. Gerade weil

1 Vgl. *Das Meer* (in: *Heimkehr nach Tipasa* [enthalten in: *Literarische Essays*, S. 192 ff]).

das Fehlen der Liebe häufiger ist als die Liebe, kommt es vor, daß Ehen glücklich sind.

☆

Das unfreiwillige Engagement.

☆

Die physische Eifersucht ist zu einem großen Teil ein Urteil über sich selbst. Weil man weiß, welcher Gedanken man fähig sit, stellt man sich vor, *der andere* denke so.

☆

Die Tage auf dem Meer, dieses «gegen das Vergessen widerspenstige, gegen das Erinnern widerspenstige» Leben, wie Stevenson sagt.

☆

Lambert[1]. «Heute behalte ich mein ganzes Mitleid für mich.»

☆

Guilloux. «Letzten Endes schreibt man nicht, um auszusagen, sondern um zu *verschweigen.*»

☆

Roman. «Am Ende jener erschöpfenden Leiden wandte ich mich jener Seite meines Wesens zu, die niemanden liebt, und suchte dort Zuflucht. Dort kam ich ein bißchen zu Atem. Dann kehrte ich kopfüber wieder in das Dickicht und die Dornen zurück.»

☆

Heutzutage ist die Tugend verdienstvoll. Die großen Opfer werden nicht unterstützt. Die Märtyrer werden vergessen. Sie richten sich auf. Man schaut sie an. Sobald sie gefallen sind, gehen die Zeitungen zur Tagesordnung über.

☆

Merle, ein erpresserischer Journalist, erreichte nichts bei X, den er jahrein, jahraus in seiner Zeitung verleumdete. Da änderte Merle seine Taktik und begann, sein Opfer über den grünen Klee zu loben, und augenblicklich erhielt er Geld von ihm.

☆

In der Tschibunin-Affäre plädiert Tolstoj vor Gericht für den Unglücklichen, der seinen Hauptmann geschlagen hat – legt für ihn nach der Verurteilung zum Tode Berufung ein –, schreibt seiner Tante und bittet sie, beim Kriegsminister vorstellig zu werden. Dieser bemerkt nur, daß Tolstoj vergessen hat, den Standort des Regiments anzugeben, so daß er nicht eingreifen kann. Einen Tag nachdem Tolstoj den Brief erhalten hat, in dem er aufgefordert wird, seine Angaben zu ergänzen, wird Tschibunin *durch Tolstojs Schuld* hingerichtet.

☆

1 E. Lambert, ein Freund Jean Greniers, der ihn mit Louis Guilloux bekannt machte.

Tolstojs letztes Werk, das unvollendet auf seinem Schreibtisch gefunden wurde: «*Es gibt auf Erden keine Schuldigen.*»

☆

Er wurde 1828 geboren. Er schrieb *Krieg und Frieden* zwischen 1863 und 1869. Zwischen seinem 35. und seinem 41. Jahr.

☆

Das Leben ist zu lang, sagt Greene. «Könnten wir doch unsere erste Todsünde mit sieben Jahren begehen, uns mit zehn Jahren durch Liebe oder Haß zugrunde richten und mit fünfzehn Jahren auf unserem Totenbett um die Erlösung ringen.»

☆

Scobie, Ehebrecher. «Die Tugend, das reine Leben führten ihn nachts in Versuchung, wie die Sünde einen in Versuchung führt.»

Id. «Die menschliche Liebe kennt nichts, was sich Sieg nennen dürfte, höchstens ein paar kleine strategische Erfolge vor der endgültigen Niederlage, dem Tod oder der Gleichgültigkeit.»

Id. «Die Liebe ist nicht gleichbedeutend mit Verstehen. Sie ist Verstehenwollen, und bald, infolge von wiederholten Fehlschlägen, stirbt auch dieses Verlangen, und die Liebe ...»

☆

Marie Dorval zu Vigny: «Du kennst mich nicht! Du kennst mich nicht!» Nach so langem Fernsein erkennen sie sich nicht wieder. «Sag mir, ist es wahr, daß die Wollust mir Schreie zu entlocken vermag?»

Der von Toulouse ausgestellte Paß: «Gebückte Haltung, schütteres Haar, stolzes Auftreten.»

«Ich habe mich nicht von M. de Vigny getrennt, sondern losgerissen!»

☆

Christi Todeskampf vollzieht sich jetzt in den Gerichtsgebäuden. Mit der Knute in der Hand – thront er hinter den Schaltern der Banken.

☆

Strepto – 40 Gramm vom 6. November bis zum 5. Dezember 49.
P. A. S. 360 Gramm vom 6. November bis zum 5. Dezember 49
+ 20 g Strepto vom 13. November bis zum 2. Januar.

☆

Roman. «Wegen der Beharrlichkeit, mit der sie ihn über seine Liebe ausfragte, und vor allem wegen der Angst, die in ihren Fragen zum Ausdruck kam, begannen Zweifel in ihm aufzusteigen. Und je größer seine Zweifel wurden, desto mehr verhärtete sich sein Liebeswille. So kam es, daß seine Liebe immer abstrakter wurde, je eindringlicher sie an sein Herz appellierte.»

☆

Um gerechtfertigt zu sein, muß jeder Mord ein Gleichgewicht in der Liebe haben. Für die Terroristen war das Schafott die Neunerprobe der Liebe.

☆

1843 befreien die Amerikaner die Hawaii-Inseln, die die Engländer sich gewaltsam hatten abtreten lassen. Melville ist dabei. Der König fordert seine Untertanen auf, «zehn Tage lang allen moralischen, gesetzlichen oder religiösen Zwang außer acht zu lassen und nur ihr Glück zu feiern; für diese Zeitspanne, so erklärte er feierlich, seien alle Gesetze des Territoriums aufgehoben».

☆

Die Irrtümer sind fröhlich, die Wahrheit höllisch.

☆

Jene fatale Unsicherheit, von der Melville spricht, die die Menschen und die Nationen ständig zaudern läßt.

☆

Randbemerkung Melvilles zu Shelleys Essays: «Miltons Satan ist seinem Gott moralisch weit überlegen, wie einer, der trotz Mißgeschick und Folter nicht aufgibt, einem anderen überlegen ist, der mit der kalten Gewißheit des Sieges die fürchterlichste Rache an seinen Feinden übt.»

☆

Bitter sind die Wasser des Todes ...

☆

Melville mit 35 Jahren: Ich habe in die Vernichtung eingewilligt.

☆

Hawthorne von Melville: «Er glaubte nicht und konnte sich nicht mit dem Unglauben abfinden.»

☆

L. G. – ziemlich schön, aber sie läßt, wie Stendhal sagen würde, was ihren Geist angeht, einiges zu wünschen übrig.

☆

An dem Tag, an dem er sich von seiner Frau trennte, verspürte er ein großes Verlangen nach Schokolade und gab ihm nach.

☆

Geschichte des Großvaters von M. de Bocquandé. Im Gymnasium wird er beschuldigt, etwas Ungehöriges getan zu haben. Er bestreitet es. Drei Tage Karzer. Er bestreitet es. «Ich kann keine Verfehlung gestehen, die ich nicht begangen habe.» Der Vater wird benachrichtigt. Er gibt seinem Sohn drei Tage Zeit, ein Geständnis abzulegen. Andernfalls muß er Schiffsjunge werden (die Familie ist reich). Drei Tage Karzer. Er kommt heraus. «Ich kann nicht gestehen, was ich nicht getan habe.» Der Vater läßt sich nicht erweichen und zwingt ihn, Schiffsjunge zu werden. Der

Junge wächst heran, verbringt sein Leben zur See, wird Kapitän. Der Vater stirbt. Er selbst wird alt. Und auf dem Totenbett: «Ich war es nicht.»

☆

Während des Aufstands in Paris pfeifen die Kugeln. Ah! Ah! ruft Gaston Gallimard. Robert Gallimard stürzt zu ihm. Aber Gaston niest.

☆

Sie gewährte ihm Wonnen der Eitelkeit. Und deshalb war er ihr treu.

☆

F.: «Ich bin ein verdrehter Mensch. Ich kann meine Liebesfähigkeit nur an meiner Leidensfähigkeit ermessen. Solange ich nicht leide, weiß ich nicht Bescheid.»

☆

Vorwort zu *Licht und Schatten.*

Es gibt bei mir künstlerische Hemmungen, wie es bei anderen moralische oder religiöse Hemmungen gibt. Das Verbot, der Gedanke «das tut man nicht» ist mir als dem Kind einer freien Natur fremd, aber als dem Sklaven (und zwar dem bewundernden Sklaven) einer strengen künstlerischen Tradition ist er mir gegenwärtig. (Ich habe diese Tabus nur in *Der Belagerungszustand* überwunden, und das erklärt meine Vorliebe für dieses im allgemeinen geringgeschätzte Werk.)

... Vielleicht gilt dieses Mißtrauen auch meiner inneren Zuchtlosigkeit und ist dadurch von Nutzen. Ich kenne meine Unordnung, die Heftigkeit gewisser Instinkte, die gnadenlose Selbstaufgabe, deren ich fähig bin. Um erbaut zu werden (ich spreche für die Zukunft), muß das Kunstwerk sich dieser unberechenbaren Kräfte des Menschen bedienen. Aber nicht, ohne sie mit Schranken zu umgeben. Meine Schranken sind heute noch zu stark. Aber was sie eindämmen mußten, war es ebenfalls. An dem Tag, an dem das Gleichgewicht sich einstellen wird, an diesem Tag werde ich das Werk zu schreiben versuchen, von dem ich träume. Es wird *Licht und Schatten* gleichen, das heißt, daß eine gewisse Art Liebe mein Beistand sein wird.

Mir scheint, daß ich es kann. Die Weite meiner Erfahrungen, die Kenntnis meines Handwerks, meine Heftigkeit und meine Unterwerfung ... In den Mittelpunkt werde ich wie hier das bewundernswerte Schweigen einer Mutter stellen, die Suche eines Mannes, der eine Liebe wiederfinden möchte, die diesem Schweigen gleicht, sie schließlich findet, sie verliert und durch die Kriege, den Wahn der Gerechtigkeit, den Schmerz hindurch zu jenem Einsamen und Stillen zurückkehrt, dessen Tod ein glückliches Schweigen ist. Ich werde ...

☆

Maritain. Der Atheismus in der Revolte (der absolute Atheismus) setzt die Geschichte an die Stelle Gottes und ersetzt die Revolte durch eine absolute Unterwerfung. «Die Pflicht und die Tugend bestehen für ihn nur darin, sich der heiligen Gier des Werdens restlos zu unterwerfen und restlos zu opfern.»

«Auch die Heiligkeit ist eine Revolte: sie lehnt die Dinge, so wie sie sind, ab. Sie nimmt alles Unglück der Welt auf sich.»

☆

Buchschleife für *Die Gerechten*: Terror und Gerechtigkeit.

☆

Roman. «Sie hatte eine besondere Art, dreimal mit flüsternder, hastiger Stimme ‹Ich liebe dich› zu sagen, wie ein etwas gehetztes Kredo ...»

☆

«Meine Hauptbeschäftigung ist entgegen dem Anschein immer die Liebe gewesen (eine lange Zeit ihre Freuden und schließlich ihre herzzerreißenden Ausbrüche). Ich bin schwärmerisch veranlagt und habe immer große Mühe gehabt, mich für etwas anderes zu interessieren.»

☆

Im Frühjahr, wenn alles vorbei ist, *alles, was ich empfinde*, aufzeichnen. Kunterbunte Kleinigkeiten.

☆

Roman. «Bei den meisten Frauen hatte er sich mit Erfolg verstellen können. Bei ihr nie. Eine gewisse geniale Intuition verriet ihr, was in seinem Herzen vorging, legte es bloß.»

☆

Kritik an *Die Gerechten*: «Keine Ahnung von der Liebe.» Wenn ich das Unglück hätte, die Liebe nicht zu kennen, und wenn ich mich damit lächerlich machen wollte, etwas darüber zu erfahren, würde ich nicht in Paris oder bei den Zeitungen in die Schule gehen.

☆

Das Ende eines kalten Tages, die Dämmerung voller Schatten und Eis ... mehr als ich ertragen kann.

☆

Vorwort zu Politische Essays. «Als Napoleon gestürzt wurde, beschloß der Verfasser der nachfolgenden Seiten, der es für dumm hielt, seine Jugend mit politischen Streitereien zu verbringen, auf Reisen zu gehen.» Stendhal: *Vie de Rossini.*

☆

Id. Stendhal (*Von der Liebe*): «Der Mensch hat nicht die Freiheit, zu unterlassen, was ihm mehr Vergnügen macht als irgendeine andere Handlung.»

Id. «Außergewöhnlich schöne Frauen erregen am zweiten Tag weniger Erstaunen. Es ist ein großes Unglück ... usw.»

Der Herzog von Policastro, der «alle sechs Monate hundert Meilen zurücklegte, um eine Viertelstunde lang in Lecca eine angebetete und von einem Eifersüchtigen gehütete Mätresse zu sehen.»

Vgl. Die Geschichte von Donna Diana. Dramatischer Schluß (S. 108, Garnier).

☆

Wenn alles vorbei ist, ein Potpourri schreiben. Alles, was mir durch den Kopf geht.

☆

Revolte: das Ende der Revolte ohne Gott ist die Philanthropie. Das Ende der Philanthropie sind die Prozesse. Kap. Die Philanthropen.

☆

Er war Atheist, so lange er ein untadeliger Ehemann war, und bekehrte sich, als er zum Ehebrecher wurde.

☆

Lieber arm und frei als reich und versklavt. Natürlich wollen die Menschen sowohl reich sein als auch frei, und das führt sie manchmal dazu, arm und versklavt zu sein.

☆

Delacroix. «Das Realste in mir sind die Illusionen, die ich mit meiner Malerei schaffe. Das übrige ist Treibsand.»

☆

Mogador[1].

☆

Delacroix. «Was die genialen Menschen ausmacht ... sind nicht die neuen Ideen, sondern die eine Idee, von der sie besessen sind, daß nämlich alles, was bisher gesagt wurde, nicht erschöpfend gesagt wurde.»

Id. «Der Anblick jener Gegend (Marokko) wird mir immer vor Augen stehen. Die Menschen jener kräftigen Rasse werden sich immer, so lange ich lebe, in meiner Erinnerung bewegen. In ihnen habe ich wahrhaft die antike Schönheit wiedergefunden.»

Id. «... Sie stehen auf tausenderlei Art der Natur näher: ihre Kleidung, die Form ihres Schuhwerks. Deshalb verbindet sich die Schönheit mit allem, was sie tun. Wir in unseren Miedern, unseren engen Schuhen, unseren lächerlichen Schnürleibern, wir sind zum Erbarmen. Die Anmut rächt sich für unser Wissen.»

1 Im Manuskript steht das Wort *Mogador* in großen Buchstaben und dick unterstrichen.

S. 212–213 (Plon), Bd. I, großartige Betrachtungen zum Talent.

Er reiht Goethe (und er begründet das einleuchtend) «unter die kleinlichen und affektierten Geister» ein.

«Dieser Mann, der unablässig sich selbst zusieht...»

☆

10. Januar 1950

Ich habe schließlich in mir nie sehr klargesehen. Aber ich bin immer instinktiv einem unsichtbaren Stern gefolgt...

In mir herrscht furchtbare Anarchie und Zuchtlosigkeit. Schaffen bedeutet für mich tausendfachen Tod, denn es geht um eine Ordnung, und mein ganzes Wesen widerstrebt der Ordnung. Aber ohne sie stürbe ich in der Verzettelung.

☆

Nachmittags, die Sonne und das Licht fluten in mein Zimmer, der Himmel ist blau und dunstig. Kinderlärm steigt aus dem Dorf herauf, das Lied des Springbrunnens im Garten... und nun erinnere ich mich an die Stunden in Algier. Vor zwanzig Jahren...

☆

L. über Mama: «Das ist Brot, und was für ein Brot!»

☆

Bespalow. «Von Revolte zu Revolte, von Revolution zu Revolution glaubte man, die Freiheit zu mehren, und man endet beim Kaiserreich.»

Revolte. Achilles, der nach Patroklus' Tod die Schöpfung herausfordert.

☆

Kap. Wir Nietzsche-Anhänger.

☆

Henry Miller: «Ich stehe wie geblendet vor dem großartigen Zusammenbruch der Welt.» Aber es gibt einen Menschenschlag, der nicht von diesem Zusammenbruch geblendet wird. Eher schmutzig als großartig.

☆

Das Werk beherrschen, aber die *Kühnheit* nicht vergessen. Schöpferisch sein.

☆

Couvreux. Bittet um die Freundlichkeit, am Rundfunk das Nachrichtenprogramm von BBC einzustellen, das seiner Meinung nach immer interessant ist, setzt sich und schläft ein.

☆

Familie. «Sie hätten sich keine Umstände machen sollen.»
«Fühlen Sie sich wie zu Hause.»
«Es kommt von Herzen.»

☆

Themen. Provinzhotel. Anziehungskraft der Menschen.

☆

Meer. Ungerechtigkeit des Klimas. Blühende Bäume in Saint-Étienne. Noch schrecklicher. Zuletzt hätte ich ein völlig schwarzes Gesicht haben mögen. So ergeht es den nordischen Völkern . . .

☆

Februar 1950
Diszipliniertes Arbeiten bis April. Dann mit Feuer und Flamme arbeiten. Schweigen. Lauschen. Überborden lassen.

☆

Der Begriff (und die Wirklichkeit) des Intellektuellen stammt aus dem 18. Jahrhundert.

☆

Später schonungslosen und rückhaltlosen Essay über *das, was ich als wahr erkannt habe,* schreiben (tun, was man nicht will, wollen, was man nicht tut).

☆

Die Urnacht.

☆

Ich lese Rachels Biographie. Immer dieselbe Enttäuschung hinsichtlich der Geschichte. All die Worte, die sie spricht, im vertrauten Kreis zum Beispiel, und die zu jener schwindelerregenden Menge der verlorenen Worte stoßen, die niemand je kennen wird. Mit dieser Menge verglichen ist das, was die Geschichte uns überliefert, nur ein Tropfen Wasser im Meer.

☆

In Delacroix' Tagebuch ein (zitierter) Ausspruch über die Kritiker, die sich zu eigenen Schöpfungen hinreißen lassen. «Man kann nicht gleichzeitig den Steigbügel halten und seinen Hintern zeigen.»

☆

Delacroix – über die Entfernung in London.

«Hier muß man in Meilen rechnen: schon das Mißverhältnis zwischen der Unermeßlichkeit des Raums, den diese Leute bewohnen, und der natürlichen Beschränktheit der menschlichen Verhältnisse veranlaßt mich zu der Behauptung, daß sie Feinde der echten Kultur sind, die die Menschen mit jener attischen Kultur verbindet, die den Parthenon so groß wie eines unserer Häuser baute und die so viel Klugheit, Leben, Kraft, Größe in die enge Gemarkung von Grenzen einschloß, die unserer in ihren so riesig großen Staaten so eingezwängten Barbarei ein Lächeln ablockt.»

☆

Delacroix. «In der Musik *wie ohne Zweifel in jeder anderen Kunst* verschwindet alles übrige, sobald der Stil, die Eigenart, mit einem Wort, der Ernst hervortritt.»

Id. Was die Revolution an Denkmälern und Kunstwerken vernichtet haben – in seinen Einzelheiten, sagt Delacroix, ist es furchtbar.

Gegen den Fortschritt. Bd. I, S. 428: «Wir verdanken der Antike das wenige, was wir wert sind.

☆

Delacroix.

Der große Künstler muß lernen, zu vermeiden, *was nicht versucht werden darf.* «Nur die Narren und die Unfähigen quälen sich mit dem Unmöglichen ab. Und doch *muß man sehr kühn sein.*»

Id. «Man bedarf einer großen Kühnheit, um es zu wagen, *man selbst* zu sein.»

Id. «Es wird nicht nur gearbeitet, um Werke hervorzubringen, sondern um der Zeit Wert zu verleihen.»

Id. «Die Befriedigung des Menschen, der gearbeitet und seinen Tag gebührend ausgenutzt hat, ist ungeheuer groß. Wenn ich mich in diesem Zustand befinde, genieße ich die Köstlichkeit der geringsten Entspannung. Ich kann sogar ohne das geringste Bedauern die Gesellschaft der langweiligsten Leute ertragen.»

Id. «... sich nicht so sehr darauf versteifen, den Dingen nachzujagen, die nichts als Wind sind, als vielmehr die Arbeit selber genießen und die köstlichen Stunden, die auf sie folgen ...»

Id. «Wie glücklich schätze ich mich, weil ich nicht mehr gezwungen bin, in dem Sinne glücklich zu sein, wie man es früher verstand (die Leidenschaften).»

Die großen italienischen Schulen, «wo die Naivität sich mit dem größeren Wissen verbindet».

Id. über Millet. «Er gehört durchaus zur Schwadron der bärtigen Künstler, die an der Revolution von 48 teilnahmen oder ihr Beifall klatschten, da sie offenbar glaubten, sie werde die Gleichheit der Begabungen herbeiführen wie die der Güter.»

Id. Gegen den Fortschritt, die ganze Seite 200 «... Welch edles Schauspiel im vortrefflichsten aller Jahrhunderte: die von den Philosophen gemästete Viehherde der Menschen.»

Id. Die russischen Romane «strömen einen erstaunlichen Duft von Wirklichkeit aus».

S. 341. «... die unvollkommene Schöpfung ...»

Das urwüchsige Talent «zu Anfang Schüchternheit und Dürre, gegen Ende Weitschweifigkeit und Vernachlässigung der Einzelheiten».

☆

Der Bauer, der bei einem Gebet, das allen anderen Tränen entlockt hatte, ungerührt geblieben war. Er sagte den Leuten, die ihm seine Fühllosigkeit vorwarfen, er gehöre nicht zur Gemeinde.

☆

Februar 50
Gedächtnis läßt immer mehr nach. Sollte mich entschließen, ein Tagebuch zu führen. Delacroix hat recht: alle diese Tage, die nicht aufgezeichnet wurden, sind wie Tage, die es nicht gegeben hat. Vielleicht im April, wenn ich wieder etwas Freiheit habe.

☆

Band: Probleme der Kunst – in dem ich meine Ästhetik zusammenfassen werde.

☆

Literarische Gesellschaft. Man denkt an heimtückische Machenschaften, weitgespannte Kalküle des Ehrgeizes. Dabei gibt es nur Eitelkeiten, die sich mit wenigem zufriedengeben.

☆

Ein wenig Stolz hilft, Abstand zu gewinnen. Nicht vergessen, *trotz allem.*

☆

Das Vergnügen, das schließlich zur Dankbarkeit führt: Blumenkranz der Tage. Aber andererseits: das bittere Vergnügen.

☆

Der Mistral hat den Himmel reingefegt: eine neue Haut, so blau und glänzend wie das Meer. Allenthalben bricht Vogelzwitschern hervor, mit einer Kraft, einem Jubilieren, einem fröhlichen Mißklang, einem unendlichen Entzücken. Der Tag sprüht und strahlt.

☆

Nicht die Moral, sondern die Erfüllung. Und es gibt keine andere Erfüllung als die der Liebe, das heißt, die des Verzichts auf sich selbst und des Tods für die Welt. Den Weg zu Ende gehen. *Verschwinden.* In der Liebe aufgehen. Dann wird es die Kraft der Liebe sein, die schafft, und nicht mehr ich. Sich auflösen. Sich zerstückeln. Sich in der Erfüllung und in der Leidenschaft der Wahrheit vernichten.

☆

Motto: «Nichts vermag etwas gegen das demütige, unwissende, beharrliche Leben» (Der Tausch).

☆

Id. «Es gab eine Art, dich zu lieben, und ich habe dich nicht auf diese Art geliebt.»

☆

Adolphe. Neu gelesen. Dieselbe Empfindung sengender Dürre. «Man betrachtete ihn (E) aufmerksam und neugierig wie ein schönes Gewitter.» – «Dieses Herz (A), das allen Interessen der Welt fremd ist.»

☆

«Sobald ich auf ihrem Gesicht einen Ausdruck des Schmerzes sah, wurde ihr Wille zu meinem: ich fühlte mich nur wohl, wenn sie mit mir zufrieden war.»

☆

«... Diese beiden unglücklichen Menschen, die als einzige sich auf Erden kannten, *die als einzige sich Gerechtigkeit widerfahren lassen,* sich verstehen und sich trösten konnten, wirkten wie zwei unversöhnliche Feinde, darauf versessen, sich zu verfleischen.»

☆

Wagner, Sklavenmusik.

☆

Roman. «Es war ihm gleichgültig, wenn sie litt, solange sie nicht in seiner Nähe war. Er war feige.»

☆

Constant. «Man muß das Elend der Menschen studieren, aber zu diesem Elend auch die Vorstellungen rechnen, die sie sich von den Mitteln zu seiner Überwindung machen.»

☆

Id. «Furchtbare Gefahr: daß es zu einer Verschmelzung der amerikanischen Geschäftspolitik und der haltlosen Kultur der Intellektuellen kommt.»

☆

Titel Sonnenessays [1]: Der Sommer. Süden. Das Fest.

☆

Februar 50

Meisterschaft: Nicht sprechen.

Festhalten: Erfahrung ist Erinnerung, aber das Umgekehrte trifft zu. Jetzt zum Detail zurückkehren. Die Wahrheit allem vorziehen.

☆

Nietzsche: *Ich schämte mich dieser verlogenen Bescheidenheit.*

☆

Der Rosmarin ist aufgeblüht. Unter den Olivenbäumen Kränze von Veilchen.

☆

1 Im Manuskript stand: *Mittelmeeressays.* Die Korrektur wurde vom Autor in der ersten Abschrift vorgenommen.

März 50
Die philanthropischen Sektierer streiten alles ab, was nicht Vernunft ist, weil sie durch die Vernunft, wie sie sie verstehen, über alles Herr werden können, sogar über die Natur. Über alles, außer über die Schönheit. Die Schönheit entzieht sich dieser Rechnung. Deshalb ist es für einen Künstler so schwer, Revolutionär zu sein, auch wenn er als Künstler in der Revolte steht. Deshalb ist es für ihn nicht möglich, ein Töter zu sein.

☆

Warten, warten, bis die Tage, deren Lichtgirlande ich noch vor mir habe, einer nach dem anderen erlöschen. Schließlich erlischt der letzte, und es herrscht völlige Dunkelheit.

☆

1. März
Einen Monat unbedingter Selbstbeherrschung – in jeder Beziehung. Dann neu beginnen – (aber ohne *die Wahrheit* zu verlieren, *die Wirklichkeit* der vorangegangenen Erfahrungen, und *dann alle Konsequenzen akzeptieren*, mit *der Entschlossenheit*, sie zu überwinden und sie in der radikalen [aber wissenden] Haltung des Schaffenden zu verklären. Nie ausweichen).

☆

(Sagen können: es war schwer. Es ist mir nicht auf Anhieb gelungen, und ich habe einen erschöpfenden Kampf ausgefochten. Aber schließlich habe ich gesiegt. Und diese tiefe Ermattung macht den Erfolg hellsichtiger, demütiger, aber auch entschlossener.)

☆

Revolte. Wenn alles redigiert ist, alles nochmals durchdenken, *ausgehend* von den so geordneten Unterlagen und Ideen.

☆

In der Kunst wäre der absolute Realist die absolute Gottheit. Deshalb wollen die Bestrebungen, den Menschen zum Gott zu machen, den Realismus vervollkommnen.

☆

Das Meer: ich verlor mich nicht darin, ich fand mich darin wieder.

☆

Vivets Freund, der das Rauchen aufgegeben hatte, fängt wieder damit an, als er von der Erfindung der H-Bombe hört.

☆

Familie.
Die Kärrner haben Algerien geschaffen.
Michel. 80 Jahre. Aufrecht und stark.

X, seine Tochter. Verläßt die Familie mit 18 Jahren, um «ihr eigenes Leben zu leben». Kehrt mit 21 in Geld schwimmend zurück und verkauft all ihren Schmuck, um die von einer Epidemie geleerten Ställe ihres Vaters wieder zu füllen.

☆

«Der Schlaukopf» von Gurdjiew. Konzentration. Sich sammeln (sich mit fremden Augen betrachten).

☆

Jacob Genns, Diktator des Gettos von Wilna, nimmt diese Polizistenstellung an, um den Schaden einzudämmen. Nach und nach werden drei Viertel des Gettos (48 000) ausgerottet. Schließlich wird er selber erschossen. Ohne Grund erschossen, ohne Grund um seine Ehre gebracht.

☆

Titel: das boshafte Genie.

☆

Sie mußte sterben. Dann würde ein furchtbares Glück beginnen. Aber darin eben besteht das Leiden: «sie» sterben nicht im rechten Augenblick.

☆

Den Chinesen zufolge haben Reiche, die am Rande ihres Untergangs stehen, sehr zahlreiche Gesetze.

☆

Strahlendes Licht. Mir ist, als tauchte ich aus einem zehnjährigen Schlaf auf – noch gefangen im Unglück und in falschen Moralvorstellungen –, aber von neuem nackt und der Sonne entgegengestreckt. Glänzende und maßvolle Kraft – und genügsame, gestählte Intelligenz. Ich werde auch als Körper neu geboren ...

☆

Komödie. Ein Mann, der öffentlich für eine Tugend belohnt wird, die er bis dahin instinktiv übte. Von diesem Augenblick an übt er sie bewußt: Katastrophen.

☆

Der Stil des 17. Jahrhunderts, nach Nietzsche: sauber, genau und frei.
Moderne Kunst: Kunst des Tyrannisierens.

☆

Von einem gewissen Alter an werden die Tragödien, die sich unter den Menschen abspielen, durch einen Wettlauf mit der Zeit verschlimmert. Unlösbar dann.

☆

Als brächten die ersten Sonnenstrahlen der Liebe in ihr den angehäuften Schnee nach und nach zum Schmelzen, um den unwiderstehlich hervorquellenden Wassern der Freude freien Lauf zu lassen.

☆

4. März 1950

...und offen gab
Mein Herz, wie du, der ernsten Erde sich,
Der leidenden, und oft in heilger Nacht
Gelobt' ich's ihr, bis in den Tod
Die Schicksalvolle furchtlos treu zu lieben
Und ihrer Rätsel keines zu verschmähn.
So knüpft' ich meinen Todesbund mit ihr.
(Hölderlin, *Empedokles*)

☆

Man hat erst spät den Mut zu dem, was man weiß.

☆

Die Künstler und die Gedanken ohne Sonne.

☆

Mißverständnis in bezug auf die Zärtlichkeit, sagt Nietzsche. Eine knechtische Zärtlichkeit, die sich unterwirft und erniedrigt, die idealisiert und sich irrt – aber eine göttliche Zärtlichkeit, die verachtet und liebt, die das, was sie liebt, verwandelt und erhöht.

☆

Die Welt, in der ich mich *am wohlsten* fühle: der griechische Mythos.

☆

Das Herz ist nicht alles. Es *muß sein*, denn ohne es ... Aber es muß beherrscht und geläutert werden.

☆

Mein ganzes Werk ist ironisch.

☆

Meine beständigste Versuchung, gegen die ich unablässig einen erschöpfenden Kampf geführt habe: der Zynismus.

☆

Heidentum für einen selbst, Christentum für die anderen, das ist der instinktive Wunsch jedes Menschen.

☆

Nicht Schwierigkeit, sondern Unmöglichkeit zu existieren.

☆

Die Liebe ist Ungerechtigkeit, aber die Gerechtigkeit genügt nicht.

☆

Es gibt im Menschen immer einen Teil, der die Liebe ablehnt. Es ist jener Teil, der sterben *will*. Er bedarf Verzeihung.

☆

Titel für den *Scheiterhaufen*: Déjanire.

☆

Déjanire. «Ich hätte die Zeit zum Stehen bringen mögen, an jenem schon fernen Tag in den Tuilerien, als sie mir entgegenkam, mit ihrem schwarzen Rock und ihrer weißen, über goldbraune Arme hochgestreiften Bluse, ihrem aufgelösten Haar, dem sicheren Schritt und dem Buggesicht.»

☆

«Das, worum ich sie seit langem bitten wollte, erbat ich an jenem außergewöhnlichen Abend: den Schwur, niemals einem anderen Mann anzugehören. Ich wollte nicht leben, wenn die menschliche Liebe dessen unfähig war, was die Religion mit sich bringen und zulassen kann. Sie gab mir damals dies Versprechen, ohne von mir dasselbe zu fordern. Aber in der überwältigenden Freude und dem Stolz meiner Liebe versprach ich es ihr voller Fröhlichkeit. Es handelte sich darum, sie zu töten und mich zu töten, auf eine bestimmte Weise.»

☆

Wie sollte die Freiheit dort kein Luxus sein, wo die Liebe ein Luxus ist? Gewiß ein zusätzlicher Grund, jenen Leuten nicht nachzugeben, die aus der Liebe und aus der Freiheit ein doppeltes Elend machen.

☆

Voltaire hat beinahe alles geahnt. Er hat nur sehr wenig begründet, aber das gut.

☆

Roman. Männliche Gestalten: Pierre G., Maurice Adrey, Nicolas Lazarevitch, Robert Chatté, M. D. B., Jean Grenier, Pascal Pia, Ravanel, Herrand, Oettly.

Weibliche: René Audibert, Simone C., Suzanne O., Christiane Galindo, Blanche Balain, Lucette, Marcelle Rouchon, Simone M. B., Yvonne, Carmen, Marcelle, Charlotte, Laure, Madeleine Blanchoud, Janine, Jacqueline, Victoria, Violante, Françoise 1 und 2, Vauquelin, Leibowitz.

Michèle, Andrée Clément, Lorette, Patricia Blake, M. Thérèse, Gisèle Lazare, Renée Thomasset, Evelyne, Mamaine, Odile, Wanda, Nicole Algan, Odette Campana, Yvette Petitjean, Suzanne Agnely, Vivetta, Nathalie, Virginie, Catherine, Mette, Anne.

☆

«Das Meer und der Himmel locken auf die Marmorterrassen die Menge der jungen und kräftigen Rosen.» A. Rimbaud.

☆

Wer dunkel schreibt, hat Glück: er wird kommentiert. Die anderen bringen es nur zu Lesern, was anscheinend verächtlich ist.

☆

Gide besucht die UdSSR, weil er *an die Freude* denkt.

☆

Gide: Nur der Atheismus kann heutzutage die Welt befrieden (!).

☆

Dialog zwischen Lenin und einem russischen Konzentrationslagerhäftling.

☆

Anfangs dient Paris einem Werk und macht es bekannt. Aber sobald es anerkannt ist, fängt der Spaß an. Es geht um seine Vernichtung. So gibt es in Paris wie in gewissen Flüssen Brasiliens Tausende kleiner Fische, deren Aufgabe darin besteht.[1] Sie sind winzig, aber zahllos. Ihr ganzer Kopf besteht, wenn ich so sagen darf, aus Zähnen. In weniger als fünf Minuten entfleischen sie einen Menschen völlig, bis nur noch blanke Knochen übrigbleiben. Dann entfernen sie sich, schlafen ein wenig und fangen von vorne an.

☆

Von Bossuet: «Die einzige Art von Charakter, die die meisten Menschen haben können, äußert sich darin, daß sie sich entrüsten, wenn ihnen dieser Charakter abgesprochen wird.» Er selber hatte sogar diese Art von Charakter verloren.

☆

Wie jene alten Leute, die sich in einem großen, einst von Leben und Geschrei erfüllten Haus auf ein Stockwerk beschränken, dann auf ein Zimmer, dann auf den engsten Raum, in dem sich ihr ganzes Leben abspielt – zurückgezogen und in Erwartung des engen Schlupfwinkels, der noch knapper bemessen ist.

☆

April 50. Wieder in Cabris[2]
Letzten Endes bringt man es fertig. Es ist schwer, aber schließlich bringt man es fertig. Ach, sie bieten keinen erhebenden Anblick! Aber man verzeiht ihnen. Was die zwei oder drei Menschen angeht, die ich liebe, so sind sie besser als ich. Wie man das akzeptieren kann? Nun, Schluß damit.

☆

Neblige und heiße Nacht. In der Ferne die Lichter der Küste. Im Tal ein ungeheures Konzert von Unken, deren zunächst melodische Stimme heiser zu werden scheint. Diese Dörfer des Lichts, Häuser ... «Sie sind Dichter, und ich stehe auf seiten des Todes.»

☆

1 Dieses Bild kehrt in *Der Fall* wieder (S. 12).
2 Cabris bei Grasse.

A. hat sich das Leben genommen. Ich bin erschüttert, weil ich ihn sehr gern hatte, natürlich, aber auch, weil ich plötzlich erkannt habe, daß ich Lust hatte, dasselbe zu tun wie er.

☆

Die Frauen sind wenigstens nicht wie wir zur Größe verpflichtet. Für die Männer wird sogar der Glaube, sogar die Demut zu einer Bewährungsprobe der Größe. Aufreibend.

☆

Es kommt immer ein Augenblick, in dem die Menschen aufhören, zu kämpfen und sich zu zerfleischen, sich endlich bereit finden, sich so zu lieben, wie sie sind. Das ist das Himmelreich.

☆

Schluß mit dem Schuldgefühl – mit der Reue.

☆

Claudel. Dieser gierige Greis stürzt an den Tisch des Herrn, um Ehren zu fressen ... Trostlos!

☆

Novelle. Ein guter Tag. Die reife Dame, die allein ankommt. Cannes.

☆

In großem Roman. Lazarevitch. Adrey. Chatté (und seine Komödien mit Zufallsbegegnungen).

☆

Altern heißt, von der Leidenschaft zum Mitleiden übergehen.

☆

Die Dame, die Kalziumphosphat einnimmt. Bei Tisch. «Dieser arme Hund (ein wunderbarer falber Spaniel), meinen Sie, er sei mit einem Orden ausgezeichnet worden, nach all seinen großartigen Leistungen in Indochina? Keine Spur, bei uns gibt es offenbar keinen Orden für Hunde. Aber in England werden sie ausgezeichnet, wenn sie sich im Krieg tapfer gehalten haben. Bei uns dagegen! Da mag er jeden Hinterhalt dieser Chinesen verraten haben, nichts zu wollen. Armes Tier!»

☆

Das Barflittchen. «Briefe, o nein! Kopfzerbrechen liegt mir nicht.»

☆

Das 19. Jahrhundert ist das Jahrhundert der Revolte. Warum? Weil es aus einer verfehlten Revolution hervorgeht, in deren Verlauf nur das göttliche Prinzip den Todesstreich empfangen hat.

☆

27. Mai 1950

Einsam. Und die Gluten der Liebe versengen die Welt. Das wiegt den Schmerz des Geborenwerdens und Heranwachsens auf. Aber soll man nachher leben? Alles Leben findet dann seine Rechtfertigung. Aber alles Überleben?

☆

Nach *Der Mensch in der Revolte* die freie Schöpfung.

☆

Wie viele Nächte in einem Leben, in denen man nicht mehr ist!

☆

Mein Werk während dieser beiden ersten Zyklen: Menschen, die nicht lügen und demzufolge unwirklich sind. Sie befinden sich nicht in der Welt. Deshalb bin ich ohne Zweifel, jedenfalls bis jetzt, kein Romanschriftsteller im üblichen Sinn. Sondern vielmehr ein Künstler, der nach Maßgabe seiner Leidenschaft und seiner Angst Mythen schafft. Aus dem gleichen Grund haben mich auf Erden stets nur die Menschen mit Begeisterung erfüllt, die die Stärke und die Ausschließlichkeit dieser Mythen besaßen.

☆

Das Unsinnige in der Liebe ist der Wunsch, die Tage der Erwartung zu beschleunigen und zu *verlieren*. Auf diese Weise wünscht man das Ende herbei. Auf diese Weise fällt einer der Aspekte der Liebe mit dem Tod zusammen.

☆

Lager. Ein ungebildeter Aufseher tobt sich an einem Intellektuellen aus. «Da, nimm, für deine Bücher! Soso, wir sind intelligent . . .» usw. Zuletzt bittet der Intellektuelle um Verzeihung.

☆

Die Männer haben das subtile Gesicht ihres Wissens (jene Gesichter, denen wir zuweilen begegnen und die wissen). Aber zuweilen kommt auch unter den Narben das Gesicht des Jünglings zum Vorschein, der dem Leben Dank sagt.

☆

In ihrer Nähe habe ich weder die Armut noch die Mittellosigkeit, noch die Erniedrigung gefühlt. Warum soll ich es nicht aussprechen: ich fühlte und fühle noch jetzt meinen Adel. Wenn ich vor meiner Mutter stehe, fühle ich, daß ich einem edlen Geschlecht angehöre: dem, das keinen Neid kennt.

☆

Ich habe, ohne zu knausern, von der Schönheit gelebt: ewiges Brot.

☆

Für die meisten Menschen ist der Krieg das Ende der Einsamkeit. Für mich ist er die endgültige Einsamkeit.

☆

Rasch wie der Blitz, wie ein einziger, jäher Dolchstoß, ist das Bespringen des Stieres keusch. Es ist das Bespringen Gottes. Keine Sinnenlust, sondern Brennen und heilige Vernichtung.

☆

Vogesen [1]. Der rote Sandstein verleiht den Kirchen und Kalvarienbergen die Farbe getrockneten Bluts. Alles Blut der Eroberungen und der Macht ist über dieses Land geflossen und auf seinen heiligen Stätten eingetrocknet.

☆

Unnütze Moral: das Leben ist moralisch. Wer nicht alles gibt, empfängt nicht alles.

☆

Wenn man das Glück hat, in der Welt des Verstandes zu leben, ist es Wahnsinn, in das Geschrei und das furchtbare Haus der Leidenschaft eintreten zu wollen.

☆

Ich liebe alles, oder ich liebe nichts. Das heißt also, daß ich nichts liebe.

☆

Ende von Déjanire. Er tötet sie planmäßig, nach und nach (sie entschwand nach und nach seinem Blick, und er sah mit einer entsetzlichen Hoffnung und einem quälenden Aufschluchzen der Liebe, wie ihre Züge austrockneten). Sie stirbt. Er sucht die andere auf, die wieder jung ist und schön. Eine köstliche Liebe stieg erneut in seinem Herzen auf. «Ich liebe dich», sagte er zu ihr.

☆

Andachtsübungen des heiligen Ignatius – um sich der Schläfrigkeit während des Gebets zu erwehren.

☆

Die ganze Macht der Wissenschaft zielt heute darauf ab, den Staat zu stärken. Kein einziger Gelehrter hat daran gedacht, seine Forschungen auf die Verteidigung des Individuums hin zu orientieren. Dabei hätte gerade hier eine Freimaurerei ihren Sinn.

☆

Wenn unsere Zeit nur tragisch wäre! Aber sie ist widerlich. Deshalb ist es notwendig, sie anzuklagen – und ihr zu verzeihen.

☆

1 Camus war dort zur Erholung von seiner Krankheit.

I. Der Mythos von Sisyphos (Absurdes). – I. Der Mythos von Prometheus (Revolte). – III. Der Mythos von Nemesis.

☆

J. de Maistre: «Ich weiß nicht, wie die Seele eines Spitzbuben beschaffen ist, aber ich glaube zu wissen, wie die Seele eines Ehrenmannes beschaffen ist, und das läßt einen erschauern.»

☆

Öffnet die Gefängnisse, oder beweist eure Tugendhaftigkeit.

☆

Maistre: «Wehe den Generationen, die den Lauf der Geschichte zu beeinflussen versuchen.» Wie jener chinesische Weise, der Leuten, denen er übel gesinnt war, wünschte, in einer «interessanten» Zeit zu leben.

☆

Baudelaire. Die Welt hat sich mit einer Kruste von Gemeinheit überzogen, die der Verachtung des geistigen Menschen die Heftigkeit [1] einer Leidenschaft verleiht.

☆

Unterlinden: Ich habe mein Leben lang vom Frieden der Klöster geträumt. (Und ich hätte es wahrscheinlich nicht länger als einen Monat dort ausgehalten.)

☆

Krämerhaftes Europa – zum Verzweifeln.

☆

Engagement. Ich habe eine sehr hohe, eine sehr passionierte Vorstellung von der Kunst. Viel zu hoch, als daß ich bereit wäre, sie unter irgend etwas unterzuordnen. Viel zu passioniert, als daß ich bereit wäre, irgend etwas von ihr auszuschließen.

☆

«Die Liebe war für ihn ein Ding der Unmöglichkeit. Er hatte nur Anrecht auf die Lüge und den Ehebruch.»

☆

Claudel. Ein vulgärer Geist.

☆

Savoyen. September 50
Die Menschen, die wie M. als ewige Auswanderer auf der Suche nach einer Heimat sind, finden sie schließlich, aber nur im Schmerz.

☆

1 Das Wort könnte auch «Vornehmheit» heißen.

Der Schmerz und sein bisweilen abstoßendes Aussehen. Aber man muß dabei bleiben und davon leben, um den Preis zu bezahlen. Sich darin zerstören, weil man es gewagt hat, die anderen zu zerstören.

☆

Roman. «Er erinnerte sich, daß sie ihm einmal gesagt hatte – im Verlauf einer jener fürchterlichen Szenen, während deren er immer stärker die Vorahnung einer schrecklichen Zukunft empfand –, sie habe sich geschworen, nur ihm anzugehören, und wenn er nicht mehr da sei, werde es nie und nimmer einen anderen Mann für sie geben. Und in diesem Augenblick, in dem sie ihm den höchsten und endgültigsten Beweis ihrer Liebe zu geben glaubte, in dem sie ihn ihm tatsächlich gab, in diesem Augenblick, in dem sie ihn an sich zu binden und mit sich zu verschmelzen suchte, kam ihm im Gegenteil der Gedanke, daß er befreit war und daß dies der geeignete Moment war, zu fliehen und sie im Stich zu lassen, da er ihrer unbedingten Treue und Unfruchtbarkeit gewiß war. Aber er blieb an diesem Tag – wie immer.»

☆

Paris. September 50
Was ich zu sagen habe, ist wichtiger als das, was ich bin. Sich auslöschen – und *auslöschen*.

☆

Fortschritt: darauf verzichten, einem geliebten Menschen zu sagen, wieviel Leiden er uns verursacht.

☆

Die Angst vor dem Leiden.

☆

Faulkner. Auf die Frage: Was halten Sie von der jungen Schriftstellergeneration, antwortete er: Sie wird nichts Bleibendes hinterlassen. Sie hat nichts mehr zu sagen. Um zu schreiben, muß man die großen Grundwahrheiten in sich aufgenommen haben und sein Werk auf eine von ihnen oder auf alle zugleich hin orientieren. Die Schriftsteller, die nicht vom Stolz, von der Ehre, vom Schmerz zu schreiben verstehen, sind unbedeutend, und ihr Werk wird mit ihnen oder vor ihnen sterben. Goethe und Shakespeare haben alles überdauert, weil sie an das menschliche Herz glaubten. Balzac und Flaubert ebenfalls. Sie sind ewig.

– Wie erklärt sich der Nihilismus, der sich der Literatur bemächtigt hat?

– Aus der Angst. An dem Tag, an dem die Menschen aufhören werden, Angst zu haben, werden sie wieder Meisterwerke schreiben, das heißt, Werke, die dauern.

☆

Sorel: «Die Schüler fordern ihren Lehrer auf, mit dem Zeitalter der Zweifel Schluß zu machen und endgültige Lösungen zu bringen.»

☆

Es besteht kein Zweifel, daß jede Moral *ein wenig* Zynismus nötig hat. Wo liegt die Grenze?

☆

Pascal: «Ich habe in meinem Leben lange Zeit geglaubt, es gebe eine Gerechtigkeit; und darin täuschte ich mich nicht; denn es gibt eine, so wie Gott sie uns offenbaren wollte. Aber ich dachte es mir anders, und darin täuschte ich mich; denn ich glaubte, unsere Gerechtigkeit sei in ihrem Wesen gerecht und ich hätte die Möglichkeit, sie zu kennen und zu beurteilen.»

☆

N. (Die Hellenen.) «Kühnheit der edlen Geschlechter, absurde, spontane Tollkühnheit ... ihre Gleichgültigkeit und ihre Verachtung für alle Sicherheiten des Körpers, für das Leben, für die Behaglichkeit.»

☆

Roman. «Die Liebe erfüllt sich, oder sie erniedrigt. Die Verkrüppelung, die sie schließlich zurückläßt, ist desto größter, je weniger die Liebe sich erfüllte. Wenn die Liebe nicht schöpferisch ist, verhindert sie endgültig jede echte Schöpfung. Sie ist ein Tyrann, und zwar ein mittelmäßiger Tyrann. So fühlte P. sich bedrückt, weil er sich in der Lage befand, zu lieben, ohne dieser Liebe alles schenken zu können. In dieser sinnlosen Verschwendung von Zeit und seelischen Kräften erkannte er eine Art Gerechtigkeit, die schließlich die einzige war, die er wirklich in dieser Welt gefunden hatte. Aber in der Erkenntnis dieser Gerechtigkeit lag zugleich die Erkenntnis einer Pflicht: der Pflicht, diese Liebe und sie beide über die Mittelmäßigkeit hinauszuheben, der Pflicht, das schrecklichste, aber zugleich ehrlichste Leiden zu akzeptieren, vor dem er schon immer mit klopfendem Herzen und ratlos vor Feigheit zurückgewichen war. Er konnte nichts anderes tun, kein anderer sein, und die einzige Liebe, die alles hätte retten können, wäre eine Liebe gewesen, die ihn so akzeptierte, wie er war. Aber die Liebe kann nicht akzeptieren, was ist. Nicht deshalb erhebt sich allerorten ihr Schrei. Sie schreit, um die Güte zurückzuweisen, das Mitleiden, das Verstehen, alles, was zum Ausgleich führt. Sie schreit nach dem Unmöglichen, dem Absoluten, dem Himmel in Flammen, dem unerschöpflichen Frühling, dem über den Tod hinausreichenden Leben, dem Tod selber, der im ewigen Leben verklärt wird. Wie hätte er in der Liebe akzeptiert werden können, er, der in gewissem Sinn nichts war als Elend und Bewußtsein dieses Elends. Er allein konnte sich selbst akzeptieren – indem er den anhaltenden, nicht enden wollenden und furchtbaren Schmerz akzeptierte, die Liebe zu verlieren und dabei zu wissen, daß er sie aus eigenem Verschulden verloren hatte. Darin bestand seine Freiheit, allerdings eine von entsetzlichem Blut triefende Freiheit. Aber zugleich bestand darin die Bedingung dafür, daß überhaupt etwas entstand innerhalb seiner eigenen Grenzen, in der Bestätigung seines eigenen Elends und des Elends allen Lebens, aber auch im Streben nach der Größe, die allein ihn rechtfertigte.

Diesseits dieser Qual verleiht jede Schwäche der Liebe wiederum ihr kindisches und blödes Aussehen, und das ist der Stachel jenes vergeblichen und verstörten Zwangs, wider den jedes einigermaßen anspruchsvolle Herz schließlich löcken wird. Ja, diese Worte mußte er aussprechen: ‹Ich liebe dich – aber ich bin nichts oder wenig, und du kannst mich nicht wirklich akzeptieren, trotz all deiner Liebe. Du forderst alles, im Grunde der Seele, in deinen Wurzeln, ich aber bin und habe nicht alles. Verzeih mir, daß ich weniger Seele habe als Liebe, weniger Glück als Verlangen, und daß ich nicht so hoch reichen kann, wie ich liebe. Vergib mir, und demütige mich nicht länger. Wenn du nicht mehr fähig sein wirst, mich zu lieben, wirst du der Gerechtigkeit fähig sein. An jenem Tag wirst du meine Hölle ermessen, und dann wirst du mich über uns hinweg lieben, mit einer Liebe, die auch mir nie genügen wird, die ich aber dennoch dem Leben zurechnen werde, um sie ein weiteres Mal zu akzeptieren, im Leiden.› Das war es, gewiß, aber dann begann das Schwerste. Wenn sie fern war, schrien die Tage, jede Nacht war eine offene Wunde.»

☆

Die mächtigste Leidenschaft des 20. Jahrhunderts: die Sklaverei.

☆

Die liegenden Grabfiguren Margaretes von Österreich und Philiberts von Savoyen in Brou blicken nicht gen Himmel, sondern schauen sich an, in alle Ewigkeit.

☆

Wer nicht die unbedingte Jungfräulichkeit der Menschen und der Welt gefordert und im Gefühl ihrer Unerreichbarkeit vor Ohnmacht und Verlangen aufgebrüllt hat, wer sich nicht damit zerquält hat, auf halber Höhe ein Antlitz zu lieben, das die Liebe nicht zu ersinnen, sondern nur nachzuäffen vermag, der kann die Wirklichkeit der Revolte und ihre Zerstörungswut nicht verstehen.[1]

☆

Action Française. Mentalität der Parias der Geschichte: das Ressentiment. Rassenhaß eines politischen Gettos.

☆

Ich mag die Geheimnisse der anderen nicht. Aber ihren Geständnissen schenke ich meine Aufmerksamkeit.

☆

Stück: Ein Mann ohne Persönlichkeit. Und er verändert sich je nach dem Bild, das die anderen ihm von ihm selber vorhalten. Trauriger Waschlappen gegenüber seiner Frau. Klug und mutig bei der anderen, die er liebt, usw.... Eines Tages geraten die beiden Bilder in Konflikt. Schließlich:

1 Vgl. *Der Mensch in der Revolte* (S. 266).

Das Dienstmädchen: Der Herr ist zu gütig.
Er: Nehmen Sie, Marie, das ist für Sie.

☆

Wenig Leute sind fähig, die Kunst zu *verstehen.*

☆

Zu Rembrandts Zeit werden die Schlachten von den Fabrikanten gemalt.

☆

Paris. Regen und Wind haben die Herbstblätter auf die Straße gewirbelt. Man schreitet auf einem feuchten falben Pelz.

☆

Ein Taxifahrer, ein Neger, der für das Paris von 1950 ungewöhnlich höflich ist, sagt mir, als wir an dem von zahlreichen Autos gesäumten Théâtre-Français vorbeikommen. «Molières Haus ist heute abend ausverkauft.»

☆

Seit 2000 Jahren werden die griechischen Wertvorstellungen beständig und beharrlich verleumdet. Der Marxismus hat in dieser Beziehung die Nachfolge des Christentums angetreten.

Und seit 2000 Jahren bestehen die griechischen Wertvorstellungen fort, so sehr, daß das 20. Jahrhundert unter seinen Ideologien eher griechisch und heidnisch ist als christlich und russisch.

☆

Die Intellektuellen machen die Theorie, die Massen die Wirtschaft. Letzten Endes bedienen sich die Intellektuellen der Massen, und durch die Massen bedient die Theorie sich der Wirtschaft. Deshalb müssen sie den Belagerungszustand und die wirtschaftliche Versklavung aufrechterhalten – damit die Massen manipulierbar bleiben. Es stimmt wahrhaftig, daß die Wirtschaft den Stoff der Geschichte ausmacht. Die Ideen begnügen sich damit, sie zu lenken.

☆

Von nun an wußte ich die Wahrheit über mich und über die anderen. Aber ich konnte sie nicht akzeptieren. Ich wand mich in dem Feuer, mit dem sie mich brannte.

☆

Die Schaffenden. Sie müssen sich zunächst schlagen, wenn die Katastrophe hereinbricht. Kommt es zur Niederlage, so werden die Überlebenden in jene Länder zurückkehren, in denen die Bildung sich sammeln lassen wird: Chile, Mexiko, usw. Kommt es zum Sieg: die größte Gefahr.

☆

18. Jahrhundert: Den Menschen für vervollkommnungsfähig zu halten, ist bereits fragwürdig. Aber gelebt haben und dann dafür halten, daß der Mensch gut sei ...

☆

Ja, ich habe eine Heimat: die französische Sprache.

☆

Roman.

1. Einnahme von Weimar, oder Entsprechendem, durch die Gestreiften[1].

2. Im Lager wird ein stolzer Intellektueller in die Spuckzelle[2] gesteckt. Sein ganzes Leben von diesem Augenblick an: überleben, um töten zu können.

☆

Auflösung der Gruppe[3]. Lazarevitch: «Wir lieben uns, das ist die Wahrheit. Unfähig, für das, was wir lieben, auch nur einen Finger zu rühren. Nein, wir sind nicht ohnmächtig. Aber wir weigern uns sogar, das wenige zu tun, was wir tun könnten. Eine Versammlung ist uns zuviel, wenn es regnet, wenn wir zu Hause Schwierigkeiten gehabt haben, usw. usw. ...»

☆

Unehrlichkeit des Künstlers, der vorgibt, an die Demokratie der Grundsätze zu glauben. Denn so verleugnet er das, was den tiefsten Gehalt seiner Erfahrung und die große Lehre der Kunst ausmacht: die Hierarchie und das Gefüge. Wenn diese Unehrlichkeit sentimentale Gründe hat, so macht das keinen Unterschied. Sie führt zur Sklaverei der Fabriken oder der Lager.

☆

S. Weil hat recht, nicht die menschliche Person bedarf des Schutzes, sondern die Möglichkeiten, die sie in sich birgt. Zudem, sagt sie, «gelangt man nicht zur Wahrheit, ohne seine eigene Vernichtung erlebt zu haben: ohne lange Zeit in einem Zustand völliger, äußerster Erniedrigung verbracht zu haben». Das Unglück (ein Zufall kann mich zerstören) liegt in diesem Zustand der Erniedrigung, nicht im Leiden. Und weiter «Der Geist der Gerechtigkeit und der Geist der Wahrheit sind eins».

☆

1 Die Gestreiften sind ohne Zweifel die KZ-Häftlinge.

2 Vgl. *Der Fall* (S. 117).

3 Die Gruppe der Liaisons Internationales, die gegründet wurde, um den Opfern aller totalitären Regimes beizustehen.

Der revolutionäre Geist lehnt den Sündenfall ab. Deshalb verfängt er sich darin. Der griechische Geist verschwendet keinen Gedanken daran. Deshalb entgeht er ihm.

☆

Die Verrückten in den Konzentrationslagern. In Freiheit, Gegenstand grausamer Späße.

☆

Während des Prügelns muß in Buchenwald ein Opernsänger seine großen Arien singen.

☆

Id. In Buchenwald weigerten die Zeugen Jehovahs sich, an der Spinnstoffsammlung für die Wehrmacht teilzunehmen.

☆

In Hinzert trugen die französischen Gefangenen zwei Großbuchstaben auf ihren Kleidern: HN: Hunde-Nation.

☆

Weil Frankreich eine kriegerische Nation ist, bieten sich dem Kommunismus hier Möglichkeiten.

☆

Stück.

– Das ist die Rechtschaffenheit. Sie tut das Böse, während sie das Gute zu tun glaubt.

– Aber sie zeichnet aus.

☆

Das Prinzip des Rechts ist das Prinzip des Staates. Römisches Prinzip, das 89 mit Gewalt und gegen das Recht wieder in die Welt eingeführt hat. Wir müssen zum griechischen Prinzip zurückkehren, das heißt zur Autonomie.

☆

Text über das Meer. Die Wellen, Speichel der Götter. Das Seeungeheuer, das zu besiegende Meer, usw. Mein ungezügelter Hang zum Vergnügen.

☆

Alexandre Jacob: «Eine Mutter, siehst du, ist die ganze Menschheit.»

☆

Leibniz: «Ich verachte fast nichts.»

☆

23. Januar 51 – Valence

Ich hatte geschrien, gefordert, gejubelt, war verzweifelt. Aber mit 37 Jahren begegnete mir eines Tages das Unglück, und ich erfuhr, was ich entgegen dem Anschein bis dahin nicht wußte. Gegen die Mitte meines Lebens mußte ich von neuem mühselig lernen, allein zu leben.

☆

Roman. «Ich, der ich seit langem stöhnend in der Welt der Körper lebte, bewunderte diejenigen, die sich ihr wie S. W. zu entziehen schienen. Ich für mein Teil konnte mir keine Liebe ohne Besitz vorstellen, und somit ohne das demütigende Leiden, das das Los aller nach dem Gesetz des Körpers lebenden Menschen ist. Ich ging so weit, es lieber zu sehen, wenn ein Wesen, das mich liebte, mir mit dem Körper als mit der Seele oder dem Herzen treu war. Ich wußte nun genau, daß für die Frau die zweite Art der Treue die erste bedingt, und so forderte ich sie, aber nur als Bedingung jenes ausschließlichen Besitzes, der mir wichtiger war als alles übrige, dessen Entzug eine unendliche Quelle der Qual darstellte und der mein persönliches Heil bildete. Mein Paradies bestand in der Jungfräulichkeit der anderen.»

☆

Grasse, Hauptstadt der Friseurgesellen.

☆

Den Übergang vom Hellenismus zum Christentum genauer untersuchen, diesen wahren und einzigen Wendepunkt der Geschichte. Essay über das Schicksal. (Nemesis?)

☆

Sammlung philosophische Essays. Philosophie des Ausdrucks + Kommentar 1. Buch Ethik + Betrachtungen zu Hegel (Vorlesungen über Geschichtsphilosophie) + Essay Grenier + Kommentar zu Apologie des Sokrates.

☆

«Die Freiheit ist eine Gabe des Meeres.» Proudhon.

☆

Was ich so lange suchte, taucht endlich auf. Sterben wird ein Wille.

☆

5. Februar. Sterben, ohne etwas geregelt zu haben. Aber wer stirbt und hat alles geregelt, außer ...? Wenigstens den Frieden derer regeln, die man geliebt hat ... Man hat selber auf nichts Anspruch, nicht einmal, vor allem nicht auf einen friedlichen Tod.

☆

Februar 1951 [1]. Der Mensch in der Revolte. Ich wollte die Wahrheit sagen, ohne deshalb aufzuhören, großzügig zu sein. Das ist meine Rechtfertigung.

☆

Arbeit usw. 1. Essay über das Meer. Essayband zusammenstellen: Das Fest. 2. Vorwort zur amerikanischen Ausgabe der Stücke. 3. Vorwort

1 Im Manuskript steht 1950. Wahrscheinlich handelt es sich um ein Versehen.

zur amerikanischen Ausgabe der Essays. 4. Übersetzung Timon von Athen. 5. Die Liebe zum Fernen. 6. Die ewige Stimme.

☆

Ignatius von Loyala. «Das Gespräch ist eine Sünde, wenn es unordentlich geführt wird.»

☆

Nach *Der Mensch in der Revolte*. Die aggressive, beharrliche Ablehnung des Systems. Von nun an der Aphorismus.

☆

Loyola. Das Menschengeschlecht: «Diese Menschen, die in Massen der Hölle entgegenmarschieren.»

☆

Novelle. Angst vor dem Tod. Und er nimmt sich das Leben.

☆

Erbärmlicher Schlag von Pariser Schriftstellern, die kultivieren, was sie für Unverschämtheit halten. Lakaien, die zur gleichen Zeit die Großen nachäffen und sie hinter ihrem Rücken verspotten.

☆

Zuweilen wünschte ich mir einen gewaltsamen Tod – gleichsam einen Tod, der es entschuldbar macht, wenn man gegen das Herausreißen der Seele aufbegehrt. Zu anderen Zeiten träumte ich von einem langen, völlig bewußt erlebten Ende, damit wenigstens nicht gesagt werden könne, ich sei überrascht worden – in meiner Abwesenheit – mit einem Wort, um zu wissen ... Aber man erstickt in der Erde.

☆

1. März 51

Ein Denker macht dadurch Fortschritte, daß er seine Schlußfolgerungen hinauszögert, sogar wenn sie ihm auf der Hand zu liegen scheinen.

☆

Eine ins Auge fallende Tugend, die dazu führt, daß man seine Leidenschaft verleugnet. Eine tiefere Tugend, die dazu führt, daß man sie ins Gleichgewicht bringt.

☆

Meine gewaltige Vergessensfähigkeit.

☆

Müßte ich sterben, von der Welt vergessen, in der Tiefe eines kalten Kerkers, würde das Meer im letzten Augenblick meine Zelle füllen, mich über mich selbst hinausheben und mir helfen, ohne Haß zu sterben.[1]

☆

1 Vgl. *Das Meer* [enthalten in: *Literarische Essays*, S. 192].

7. März 1951
Die erste Fassung von *Der Mensch in der Revolte* beendet. Mit diesem Buch gehen die beiden ersten Zyklen zu Ende. 37 Jahre. Und kann das Schaffen jetzt frei sein?

☆

Jede Leistung macht einen zum Sklaven. Sie verpflichtet zu einer noch größeren Leistung.

Biographische Daten

1934 Erste Ehe.
Beitritt zur Kommunistischen Partei.

1935 Im Juni erwirbt der zweiundzwanzigjährige Albert Camus mit der vierten und letzten Prüfung die Würde eines Lizentiaten der Philosophie.
Er entfaltet eine rege Tätigkeit für die «Maison de la Culture» und gründet in Verbindung damit das «Théâtre du Travail».
Als Gemeinschaftswerk entsteht *Révolte dans les Asturies.*

1936 Mai: Hochschuldiplom über Neuplatonismus und christliches Denken.
Im Sommer Reise nach Österreich und Prag, Rückkehr über Italien.
Trennung von seiner Frau.
Er nimmt sich weiterhin des «Théâtre du Travail» an.

1937 Im Sommer gesundheitlich bedingte Reise nach Frankreich. August in Paris. Dann hält er sich einen Monat in Embrun auf. Er verbringt ein paar Tage in Italien, ehe er im September nach Algier zurückkehrt.
Im September lehnt er eine Stelle als Lehrer in Sidi-Bel-Abbès ab.
Endgültiger Bruch mit der Kommunistischen Partei. Gründung des unabhängigen «Théâtre de l'Equipe», das an die Stelle des «Théâtre du Travail» tritt.

1938 Pascal Pia kommt nach Algier, um die Zeitung *Alger-Républicain* zu gründen. Hier beginnt Camus seine journalistische Tätigkeit. Er übernimmt nacheinander sämtliche Sparten, von der Redaktion der vermischten Nachrichten bis zum Leitartikel und zur literarischen Chronik.
Insbesondere befaßt er sich mit wichtigen Prozessen und Reportagen (*Misère de la Kabylie,* abgedruckt in *Actuelles III*).

1939 Arbeit am «Théâtre de l'Equipe».
Im September meldet er sich zum Kriegsdienst, wird aber abgewiesen.
Alger-Républicain ändert den Namen in *Soir Républicain* und wird häufig zensuriert.

1940 *Soir-Républicain* stellt sein Erscheinen ein.
Im Frühjahr fährt Camus zu Pascal Pia nach Paris, wo er dank dessen Vermittlung Redaktionssekretär bei *Paris-Soir* wird (er wollte nicht mehr selber für die Zeitung schreiben).
Im Juni zieht er mit dem Redaktionsstab nach Clermont-Ferrand, dann nach Bordeaux und schließlich nach Lyon.
Dezember: Zweite Ehe.

1941 Im Januar begibt er sich nach Oran, unterrichtet an einer Privatschule, fährt häufig nach Algier und versucht, das «Théâtre de l'Equipe» neu zu beleben.

1942 Camus wird krank und kommt nach Frankreich, um sich in Chambon-sur-Lignon zu erholen.
Die Landung in Nordafrika hindert ihn, nach Algerien zurückzukehren.

1943 Camus läßt sich gegen Jahresende in Paris nieder. Er ist Lektor bei Gallimard und wird Redakteur der illegalen Zeitung *Combat.*

1944 Er übernimmt die Leitung des illegalen *Combat*, da Pascal Pia mit anderen Aufgaben betraut wird.
Nach der Befreiung wird er Chefredakteur des *Combat*.

1945 Geburt seiner Kinder Jean und Catherine.

1946 Reise nach Nordamerika.
Camus scheidet aus der Redaktion des *Combat* aus. Gegen Ende des Jahres kehrt er in die Redaktion dieser Zeitung zurück und veröffentlicht als ersten Artikel *Ni victimes ni bourreaux*.

1947 Camus leitet *Combat* während der Monate April und Mai und tritt die Zeitung an Claude Bourdet ab.

1948 Reise nach Algerien.
Camus unterstützt Garry Davis.

1949 Reise nach Südamerika, von der Camus krank zurückkehrt.

1950 Rekonvaleszenz in Cabris, dann in den Vogesen.

1951 Polemik um *Der Mensch in der Revolte*.

Zwischen 1935 und 1951 entstandene Werke

Romane und Essays

La Mort heureuse – postum 1970 (dtsch. 1971) veröffentlicht. – Entstanden vor 1940.

L'Envers et l'Endroit. Charlot 1937. – Geschrieben 1935–36. – Dt.: *Licht und Schatten.* Enthalten in: *Literarische Essays.* Rowohlt 1958

Noces. Charlot 1938. Neuausgabe 1947 bei Gallimard. – Geschrieben 1936–37. – Dt.: *Hochzeit des Lichts.* Enthalten in: *Literarische Essays.* Rowohlt 1958

L'Étranger. Gallimard 1942 [Beendet im Mai 1940.] – Dt.: *Der Fremde.* Rauch 1948; Neuausg. Rowohlt 1961 (rororo. 432)

Le Mythe de Sisyphe. Gallimard 1942 [Beendet im Februar 1941.] – Dt.: *Der Mythos von Sisyphos. Ein Versuch über das Absurde.* Rauch 1950; Neuausg. Rowohlt 1959 (rowohlts deutsche enzyklopädie. 90)

Les Exilés dans Le Peste. Domaine français 1943

L'Intelligence et l'échafaud. In: *Confluences,* 1943

Première Lettre à un ami allemand. In: *Revue libre,* 1943 – Dt.: *Briefe an einen deutschen Freund. Erster Brief.* Enthalten in: *Fragen der Zeit.* Rowohlt 1960; Neuausg. in: *Kleine Prosa.* Rowohlt 1961 (rororo. 441)

Deuxième Lettre à un ami allemand. In: *Cahier de Libération,* 1944 – *Dt.: Briefe an einen deutschen Freund. Zweiter Brief.* Enthalten in: *Fragen der Zeit.* Rowohlt 1960; Neuausg. in: *Kleine Prosa.* Rowohlt 1961 (rororo. 441)

Préface à Chamfort. In: *Incidences,* 1944

Remarque sur la révolte. In: *L'Existence.* Gallimard 1945

Préface au «Combat silencieux» d'André Salvet. Portulan 1945

Le Minotaure ou La Halte d'Oran. L'Arche 1946 [Geschrieben 1939–1940.]. Aufgenommen in: *L'Été.* Gallimard 1954 – Dt.: *Minotaurus.* Aufgenommen in: *Die Heimkehr nach Tipasa.* Verlag der Arche 1957; Neuausg. *Heimkehr nach Tipasa.* (Enthalten in: *Literarische Essays.*) Rowohlt 1959

Préface à «L'Espagne libre». Calmann-Lévy 1946

La Peste. Chronique. Gallimard 1947 – Dt.: *Die Pest.* Rauch 1949; Neuausg. Rowohlt 1961 (rororo. 432)

Préface aux «Poésies posthumes» de René Leynaud. Gallimard 1947 – Dt.: *Vorwort zu den Gedichten von René Leynaud.* Enthalten in: *Fragen der Zeit.* Rowohlt 1960

Préface à «Laissez passer mon peuple» de Jacques Méry. Seuil 1947

Les Archives de La Peste. In: *Cahiers de la Pléiade,* 1947

Prométhée aux enfers. Palimugre 1947; Aufgenommen in *L'Été.* Gallimard 1954 – Dt.: *Prometheus in der Hölle.* Aufgenommen in: *Die Heimkehr nach Tipasa.* Verlag der Arche 1957; Neuausg. *Heimkehr nach Tipasa.* (Enthalten in: *Literarische Essays.*) Rowohlt 1959

L'Éxil d' Hélène. Permanence de la Grèce 1948; Aufgenommen in: *L'Été.* Gallimard 1954 – Dt.: *Helenas Exil.* Aufgenommen in: *Die Heimkehr nach Tipasa.* Verlag der Arche 1957; Neuausg. *Heimkehr nach Tipasa.* (Enthalten in: *Literarische Essays.*) Rowohlt 1959

Actuelles I. Gallimard 1950 – Dt. Auswahl in: *Fragen der Zeit.* Rowohlt 1960

L'Homme révolté. Gallimard 1951 – Dt.: *Der Mensch in der Revolte.* Rowohlt 1953

Rencontres avec André Gide. In: *Nouvelle Nouvelle Revue Française,* 1951

Dramen

Révolte dans les Asturies. Charlot 1936 – Gemeinschaftswerk, 1935

Le Malentendu. Gallimard 1944 [Beendet 1943.] – Dt.: *Das Mißverständnis.* Enthalten in: *Dramen.* Rowohlt 1959; Neuausg. in: *Dramen.* Rowohlt 1962

Caligula. Gallimard 1944 [Eine erste Fassung entstand 1938.] – Dt.: *Caligula.* Enthalten in: *Dramen.* Rowohlt 1959; Neuausg. in: *Dramen,* Rowohlt 1962

L'État de siège Gallimard 1948 – Dt.: *Der Belagerungszustand.* Desch 1955; Neuausg. in: *Dramen.* Rowohlt 1959, Rowohlt 1962

Les Justes. Gallimard 1950 [Uraufgeführt 1949.] – Dt.: *Die Gerechten.* Enthalten in: *Dramen.* Rowohlt 1959; Neuausg. in: *Dramen.* Rowohlt 1962

Inhalt

Albert Camus

Die Verleihung des Nobelpreises für Literatur 1957 war eine Sensation: Mit 44 Jahren erhielt **Albert Camus** diese höchste literarische Auszeichnung. Als Franzose in Algerien geboren, engagierte er sich für die Rechte der Algerier, als Chefredakteur des «Combat» gehörte Camus zur Résistance gegen die Nazis. Seine Romane, Theaterstücke, Essays waren von einer Hoffnung bestimmt, die sich der Maßlosigkeit der Macht ebenso entgegenstellt wie der Zerstörung der Welt. Am 4.Januar 1960 kam Albert Camus bei einem Autounfall ums Leben.

Der Fall *Roman*
(rororo 1044 und als gebundene Ausgabe)

Kleine Prosa
(rororo 441)

Die Pest *Roman*
(rororo 15)

Der Fremde *Erzählung*
(rororo 432)

Der glückliche Tod *Roman*
(rororo 5152 und als gebundene Ausgabe)

Der Mensch in der Revolte *Essay*
(rororo 1216)

Der Mythos von Sisyphos *Ein Versuch über das Absurde*
(rororo 12375)

Verteidigung der Freiheit
Politische Essays
(rororo 1096)

Tagebücher 1935 – 1951
(rororo 1474)

rororo Literatur

Fragen der Zeit *Essays, Briefe, Reden*
(rororo 4111 und als gebundene Ausgabe)

Reisetagebücher
(rororo 5842 und als gebundene Ausgabe)

Bruno Ganz liest
Der Fall *3 Toncassetten*
(Literatur für Kopf Hörer 66000)
Der Fremde *3 Toncassetten*
(Literatur für Kopf Hörer 66024)

Im Rowohlt Buchverlag sind außerdem lieferbar:

Unter dem Zeichen der Freiheit
Camus-Lesebuch
256 Seiten. Gebunden

Jonas oder Der Künstler bei der Arbeit *Gesammelte Erzählungen*
Deutsch von Guido G.Meister
256 Seiten. Gebunden.

Tagebuch 1951 – 1959
Deutsch von Guido G. Meister
384 Seiten. Gebunden.

Nahaufnahmen

Carola Stern
In den Netzen der Erinnerung
Lebensgeschichten zweier Menschen
(rororo 12227)
«Wie konnte man, als Deutscher, Nazi oder Kommunist – also mit (vielleicht) treuestem Herzen einem verbrecherischen System dienen? – Wie schwer sich zwei höchstgebildete, gewissenhafte Menschen mit der Bewältigung der Vergangenheit tun, das hat Carola Stern nun jedermann klargemacht. Nicht nur deshalb: ein liebenswertes Buch.» Gerd Bucerius in «Die Zeit»

Erwin Leiser
Nahaufnahmen *Begegnungen mit Künstlern unserer Zeit*
(rororo 12673)
Erwin Leiser, international bekannt geworden durch seine politisch brisanten Filme, porträtiert Persönlichkeiten wie Isaac B. Singer, Marc Chagall, George Tabori, Marilyn Monroe, Bertolt Brecht, Marlene Dietrich u. a.

Ernst Toller
Eine Jugend in Deutschland
(rororo 4178)
Als begeisterter Freiwilliger zog er in den Ersten Weltkrieg und als humanitärer Pazifist kehrte er heim. Er schlug sich auf die Seite der Aufständischen und erkannte früh die tragische Grenze der Revolution. Das wahrscheinlich bedeutendste Werk des expressionistischen Autors Ernst Toller, der in Dichtung und Politik keinen unversöhnlichen Gegensatz sah.

rororo Literatur

Edith Piaf
Mein Leben
(rororo 859)
Die Autobiographie der Piaf, deren Stimme für die Welt zum Inbegriff des französischen Chansons wurde. Die Beichte eines Lebens, gezeichnet von Alkohol, Rauschgift und Liebe. Der Abschied eines großen Herzens – mit dem Fazit: ‹Je ne regrette rien.›